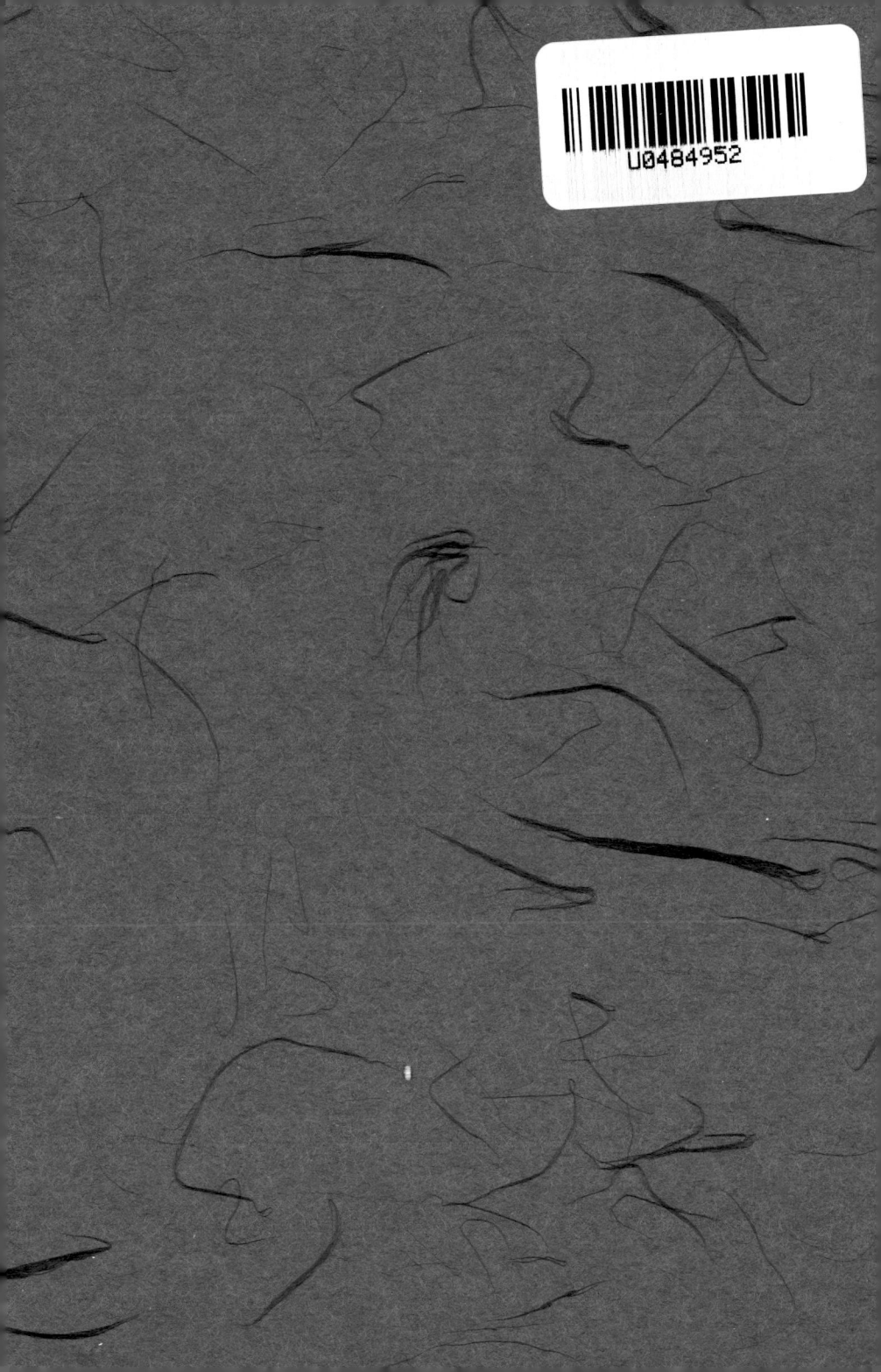

红沙发系列

五张犁

时代出版传媒股份有限公司
安徽文艺出版社

王祥夫◎著　程绍武◎点评

王祥夫，著名作家、画家。代表作品有长篇小说《米谷》《生活年代》等7部、中短篇小说集《顾长根的最后生活》《愤怒的苹果》等5部、散文集《杂七杂八》《纸上的房间》等6部。其中，中短篇小说《儿子》《怀孕》《西风破》等被改编并拍摄成电影。文学作品曾获鲁迅文学奖、林斤澜短篇小说奖杰出作家奖、赵树理文学奖、《小说月报》百花奖等；美术作品曾获第二届中国民族美术双年奖、2015年亚洲美术双年奖。

程绍武，编辑家、评论家。曾任中国作协《作家通讯》主编、人民文学杂志社编辑、编辑部主任，中国作家杂志社副主编，全国新闻出版行业领军人才。主编"新生代作家小说精品"三卷：《被雨淋湿的河》《成长如蜕》《是谁在深夜说话》。发表评论《既暧昧又温存》《制作时代的制作之书》《日常生活的炼金术》等十几万字。编发的作品多次荣获鲁迅文学奖和茅盾文学奖等国家级大奖。

红沙发系列

五张犁

——程绍武点评王祥夫短篇小说

王祥夫 ◎ 著　程绍武 ◎ 点评

时代出版传媒股份有限公司
安徽文艺出版社

图书在版编目（CIP）数据

五张犁：程绍武点评王祥夫短篇小说/王祥夫著；程绍武点评. —合肥：安徽文艺出版社，2018.6

（红沙发系列）

ISBN 978-7-5396-6200-8

Ⅰ. ①五… Ⅱ. ①王… ②程… Ⅲ. ①短篇小说－小说集－中国－当代 Ⅳ. ①I247.7

中国版本图书馆CIP数据核字(2017)第254854号

出 版 人：朱寒冬
责任编辑：汪爱武　　　　　　　　　装帧设计：张诚鑫

出版发行：时代出版传媒股份有限公司　www.press-mart.com
　　　　　安徽文艺出版社　www.awpub.com
地　　址：合肥市翡翠路1118号　　邮政编码：230071
营 销 部：(0551)63533889
印　　制：安徽新华印刷股份有限公司　(0551)65859551

开本：880×1230　1/32　印张：12.25　字数：250千字
版次：2018年6月第1版　2018年6月第1次印刷
定价：38.80元(精装)

（如发现印装质量问题，影响阅读，请与出版社联系调换）

版权所有，侵权必究

目 录

婚宴 / 001

浜下 / 020

六户底 / 041

比邻 / 053

三坊 / 077

猪王 / 093

归来 / 112

战栗 / 134

雨夜 / 167

看戏 / 189

花生地 / 209

五张犁 / 220

菜头 / 233

端午 / 258

一丝不挂 / 272

客人 / 290

牛皮 / 306

拆迁之址 / 335

夹子 / 353

演出 / 370

婚　　宴

　　他们是乡下的那路厨子,聪明而贫穷,没有跟过师傅,一切手艺都是自己苦苦琢磨出来的,所以和正经厨子又不一样,出自他们手的七碟八碗就有了特殊的地方,但怎么个特殊又让人不好说,总之是很受乡下人欢迎。<u>这父子俩长得几乎像是兄弟,都高大漂亮。</u>做父亲的十八岁上就结了婚,十九岁上就得了这个儿子,现在的情况是,父子俩站在一起就像是一对嫡亲的兄弟。他们是一个村一个村地挨着去做席,做一张席五块钱,十张席是五十块钱。除了这可怜的工钱,他们每做一回席照例还可以得到两瓶酒和一条烟,酒是最最普通的那种烧酒,乡间作坊出的那种,没有什么牌子,喝到嘴里却像刀子,用空酒瓶子灌了去就是。烟是"迎宾"烟,最大众的那种白壳子。这父子俩在这一带还很有名:一是他们给人家做席从来都不泼汤洒水;二是他们会尽量替主家着想;三是他们并不负责买料,主家有什么他们就做什么,而且是尽量往好了做。这就与别的厨子不同,这就渐渐有了好人缘儿。虽然这样,这父子

> 与通常厨师形象完全不同,主人公一出场,就在形象上先声夺人。

> 为他人做嫁衣裳，为别人婚事忙碌，此为对比，亦为伏线。

还是贫穷得很，儿子已经一连谈过三个对象了，只是因为家穷又都吹了，做父亲的很为儿子的婚事犯愁，话就更少。儿子也心里急，却不像他的父亲，是一声不吭，是近乎病态的那种自尊和矜持。如果他会来事，亲事也许早就成了，但他就是不会和女孩子在言语间回转，不会和女孩子在来往间使小奸小坏。这是性格很耿直的父子俩。

> "武国权家"，仿佛直接取自村民花名册，原汁原味。

河边村的人们先是看到了这父子俩在那里忙，后来才知道武国权家要办事了。

三个大灶，已经砌在了武国权家后门外的空地上，空地的后边是那条河，河水在太阳下无声而闪烁地流着。除了那三个大灶，武家还让人从小学校那边拉了三个门板放在那里做案板，这真是够排场。猪肉都是从外边现买的，一共三片，白晃晃地放在那里，血脖子是艳艳的红。羊有两只，是活的牵回来现杀，还有二十多只活鸡，都给竹笼罩着，先已喂了两天玉米，鸡就在这两天里又猛长了些分量。这父子俩此时就站在案子边收拾这些要上席面的东西。那三片猪肉是先剔骨，剔好的骨头又仔细分开，腿骨、腔骨算一份，放在一个大盆子里；排骨算一份，又放在另一个大盆子里。这两种骨头因为要做两道菜，所以要分开煮。腿骨上的肉多一些，算一个菜，乡下普遍受欢迎的菜，叫"侉炖骨

> 写婚宴、写厨子，须懂厨事、烹饪，方能起笔。

头",里边要加大量芋头和萝卜。排骨要斩成一段一段的,时下喜欢的是糖醋排骨,临出锅还要加些菠萝块儿在里边。这排骨要先在锅里用酱油调味煮了,煮八成熟,从汤里捞出来再过一下油,这么一来,排骨既是酥烂的而又有嚼头。讲究一点儿的,还要把排骨里的骨头一根一根抽出来再往里边塞上用油炸过的芋头条,芋头条也必须先用油炸挺了。做父亲的去问武国权的女人了,问:"要不要把骨头去了镶芋头?"武国权的女人马上就问:"现在是不是都讲究这样做?既然讲究这样做就这样做,多用一点儿芋头有什么了不起?"骨头这时已经下了锅,腿骨和排骨是各下各的,是两个锅,是分开煮,要不是这样,就怕腿骨煮熟了而排骨已经稀烂了。这父子俩是规矩的手艺人,他们只在后边做,前边是一步不去。这也是谨慎,前边将来有了什么事,比如丢了什么东西或碰磕了什么,和他们就不会有任何关系。晚上呢,这父子俩就睡在灶台边临时支起来的棚里,也算是下夜。这会儿呢,父子俩已经把剔好的纯肉又一块一块分开,五花肉切成一方一方的要下锅煮过,要做扒肉条和乳腐肉方,其他部位的肉还要剁包子和炸丸子的馅子。六个猪肘子也都齐齐斩了下来,那做儿了的年轻人,已经在案了边把这六个肘了剖得平展展的,是一大块,在里边夹了桂皮和八角又卷起

> 大段大段的烹饪过程描写,是小说丰满的基石。

> 此种细节,于塑造人物最为有力。凸显父亲做事认真负责的性格。

来,用麻绳紧紧捆圆了,做父亲的还怕儿子捆不紧,不放心,又过来看了一下,用手死劲攥了攥。这肘子只有捆扎紧了才能煮出形来,切凉盘的时候才会一片一片站得住。这肘子和那五花肉块便也下了锅,却是和那一锅排骨一处煮。做好这些,这父子俩就在那里"砰砰砰砰"剁馅儿了,猪后屁股那块儿的瘦肉最多,便用来剁馅子。剁好的馅子,一是要炸丸子,二是要拌蒸包子的包子,乡下办事讲究的是包包子。

> 这种烹饪过程的专业描写,贯穿整篇,人物亦在此描写中被塑造成功。

大蒸笼已经从饭店那边借了来,一共是十二屉,都已经让人在河里"唰啦、唰啦"洗过,现在就立在武国权家后院的墙边。这就是气派,像个办事的人家。十二屉笼屉还要紧着倒腾着用,先打蒸锅,把要上笼蒸的肉条、肉丸、鸡和鱼都先蒸出来,用这村里的话就是"打蒸锅",先要用汽"打"出来。到第二天办事的时候再把包子蒸出来,这是一赶二、二赶三、三赶四的事,父子俩要一直忙得团团转。但再忙,这父子俩都只显得从容不迫、有条有理。骨头和肉都下了锅,八角的香气也渐渐漫开了,村里的狗已经在周围转来转去了,在互相咬,你咬我我咬

> 香气吸引狗来,亦通过狗写香气之浓。

你,咬出一片锐利的叫声,这亦是办事的气派。这父子俩呢,这时又开始收拾他们的鸡,这父子俩先把鸡一只一只杀了,鸡毛按规矩是归他父子俩的,这父子俩便用了一个蛇皮袋子拔鸡毛,在蛇皮袋里拔,外边一点点鸡

毛都没有,杀一只鸡就把一只鸡塞到蛇皮袋里去拔,鸡毛都在蛇皮袋里,既干净又利落,却不是用开水烫,把湿漉漉的鸡毛弄得到处都是。"一口袋鸡毛能卖多少钱呢?"有人在旁边问了一声,那父子俩也不回答,只管全神贯注地收拾鸡。鸡血却又都被小小心心地接在塑料盆里,二十多只鸡,共接了三盆,待会儿是要用鸡血灌小肠的。用鸡的小肠子灌了再上笼蒸,蒸熟晾凉切成小段是要与韭菜一道炒,这道菜红红绿绿煞是好看,老年人又咬得动。只是现在人们的日子富裕了,再也瞧不起那点点鸡血,这道菜现在许多厨子都不再做了。这父子俩在那里接鸡血的时候,武国权的女人还过来看了一下,说:"那血不要了也算,办这么大的事不在乎那一个菜!"口气是阔气的。但这父子俩还是把血接了,又马上灌起肠来,武国权女人嘴里不再说什么,心里却是高兴,因为这父子俩为他们着想。二十只鸡的鸡胗,也被这父子俩细细地剥洗了出来,颜色一下子灿烂了起来。<u>黄黄的鸡胗上有很好看的紫蓝色条纹</u>,一个一个地排放在案子上像是要放出光来。过一会儿就要用椒盐细细搓软了晾在那里,这又是一道菜,要与红色的小尖椒一道炒,是道下酒的好菜。主家自然更是高兴,这道菜,一般厨子现在都不敢去做,一是费工,二是炒鸡胗怕掌握不好火候,到时候不是炒老了就是夹

> 作者的烹饪知识加文字功夫支撑全篇。

> 黄色、紫蓝色,一下抓住鸡胗形象。文字功夫。

婚宴 / 005

> 写武家之阔绰、婚宴之排场，都是为结尾"真相"做铺垫。

> 作者烹饪知识让人叹服。作家写到哪个领域，须成为哪个领域专家，作品方能服人。

生。这鸡胗用盐杀了便会紧起来，紧起来才会切成极薄的片儿。这又是一道看手艺的菜，既要看刀工又要看火候。收拾完了鸡，做儿子的细细把鸡皮上的细毛再用火燎了一回，<u>然后在案上"砰砰砰砰"切了块儿，然后也下了锅，也是要煮八成熟，然后再过油，再上笼蒸，是黄焖鸡。这武国权家真是阔气，阔气就表现在既舍得油又舍得工夫，一样一样都不肯偷工减料，比如这鸡，原本就可以煮一锅，到时候装盘上桌就是。但武国权的女人出来对这父子俩说了，要"足工足料"地做。</u>这时候，这父子俩又蹲在那里洗鱼了，是鲫鱼，这里的人却非要叫它"福鱼"不可，简直是岂有此理。但这里的人们喜欢这么叫，你又有什么办法？这里办事最最讲究的就是要吃福鱼，而这一带最有钱的人家吃福鱼讲究的就是吃"荷包福鱼"，也就是把肉馅儿镶在鱼肚子里做的一道菜。这父子俩又请示了主家："做什么鱼？是炖福鱼还是荷包福鱼？"武国权的女人马上应声说了："当然是荷包福鱼！"这才是办事的人家！这父子俩这时就在那里往福鱼的肚子里一点一点地填肉馅儿，这肉馅儿既要让鱼肚子鼓起来，又不能漏出来，所以收拾鱼就有讲究，鱼肚子上的口儿不能开得太大，只开两指大个口儿，把鱼的内脏掏出来就行。做父亲的这时已经被主家办事的阔绰感动了，也是受了刺激，一边往鱼肚子里填肉馅儿一边在心里想:自己儿子结婚的时候还不知道能不能请客人吃得起这道菜?是不是到时候往鱼肚子里填的是豆腐?又在心里想:这家人娶了什么样的媳妇?竟这样排场!这样福气!做儿子的呢,也在一边往鱼肚子里填肉馅儿,想的倒是这家的新郎长得什么样?岁数比自己大还是比自己小?父子俩各自想着心事,就又到了收拾羊的时候了。羊昨天已经杀了,羊肉在这地方只做两样菜,一道菜是"扒羊肉",先煮半烂,然后切一指宽的条儿,再整整齐齐码在盘子里上笼蒸。这羊肉不能煮太烂,煮得太烂就看不出刀工了。另一道菜就是羊汤,羊骨头和羊腿还有羊脖子上的肉都要放在锅里一起煮,到办事的这天早上,客人和亲戚们都会早早地赶来喝一碗羊汤,羊汤里到时候还会放些碧绿的芫荽沫儿和红辣子,羊汤要想煮得好喝就得用一两只整羊。煮羊汤是晚上的事,等到一切蒸锅都打好了,别的菜也都就绪了才开始煮羊汤,直煮一夜。人们出门吃喜宴,最最要紧的是这一碗羊汤,这羊汤可以尽着肚子喝,不够还可以再添。收拾羊的时候,武国权的女人对这父子俩就更满意了,她看到了那两只肥团团的羊尾已经给放在了案子上,那做儿子的,已经用刀把羊尾拉成了两指宽的条儿。武国权的女人,不知道这又该是一道什么菜。在这乡下,这羊

借人物之口设置悬念,吊起读者胃口,卖上一个关子。然后继续报菜名,写做菜。如此不厌其烦,小说反倒有一种特别结实饱满的艺术效果。

尾一般就不用了,谁愿吃谁拿去,因为它的肥腻和膻气。武国权的女人过去问了一声,那做儿子的便说是要做一道"杏梅汆羊尾",是要把羊尾切成薄片用开水汆,再上笼和泡好的杏干儿加白糖一道蒸,蒸好了再回锅。这是一道别的厨子都不肯做的菜。那做儿子的对武国权的女人说:"要不就浪费掉了。"只这一句,不肯再多说,又埋头切他的羊尾了,每一片都切得飞薄。武国权的女人原是嗓子里卡了一片茶叶,怎么都吐不出来,她到后边来找一口醋漱喉咙,这时候倒又不忙着用醋漱喉咙了,看那年轻人切飞薄的羊尾巴片。这时送酒的老三恰好"嘣嘣嘣、嘣嘣嘣"地开着小四轮来了。武国权的女人让老三索性把酒都放到这父子俩的后边来,在这乡下,人们是习惯喝热酒的,酒都要倒在一个一个小壶里热过,然后再上桌。整整二十箱子白酒就都给码到了父子俩的案子边,这亦是一种信任。武国权的女人当即取了一瓶酒,要这父子俩到了晚上喝一喝,挡挡风寒,虽然已经过了阳历的五一节,而阴历的四月初八还没到,晚上凉气还很重,而且这几天一到晚上就要起风。

这时候,村里来帮忙的女人们也来了,她们的任务是帮着武书记家蒸包子蒸馍蒸花卷蒸糖三角和蒸枣卷子,先要把面擀着起好,到了晚上再蒸,米饭却要第二

"飞"薄,薄之极也。看"正"字,羊尾薄而透明之感立出。

天再做。她们是在前院的厨房里做,但她们像是参观一样都先到后边来看了一看,因为这父子俩在这里一样一样地操作,每样都做得干净利索而且有模有样,盆是盆,碗是碗,厨房里的事,好像在这一刻对她们来说又忽然变新鲜了。灌好的鸡血肠已经挂在了那里,亮晶晶鲜红的一条又一条,不像是食品,倒像是漂亮的拉花儿,挺喜庆的,鸡血因为搅了些盐巴进去,这时已经红红地凝固在鸡肠子里,就等着上笼去蒸了。在这空当里,这父子俩可以抽一支烟了,他们便取了烟出来,烟是最便宜的"迎宾"牌子,就放在灶头上,这是主家给他们随时抽的,另外按规矩要给他们带走的要到最后一天才拿给他们。

"娶过媳妇没有?"不知是村里的哪个女人,随口问了那做父亲的一句。

父子俩竟然没有正面回答这个问题,做父亲的却说那鸡血肠要再晾它一晾才好上笼蒸,这话却又不知是对谁说,既不是对那问话的女人,又不是对他的儿子。就这样,做父亲的轻轻把那女人的话题挡了回去。

怎么说呢?由于是人家的婚宴,由于总是给人家做这婚宴的席面,这父子俩总是在喜庆和忙碌中度过,他们总是不说话或很少说话,但这并不说明他们的心里不装事,他们的心里也装事,经他们手的东西的丰裕和简薄都可以让他们掂量主家日子过得富足或不足。即使是日子过得再简薄,因为是办宴席,也多多少少显得油水光亮,油啦,肉啦,酒啦,烟啦,总是要钱来买,这父子俩是有心计的,他们可以一眼就掂量出主家是否有钱,办这个宴席是铺张了还是主家刻意在吝啬。但每一次给人们办婚宴席,这父子俩在内心都要受到一次刺激,那就是世上又一对新人终于要结婚了。晚上呢,必然是入洞房了,入洞房呢,必定是要做那事了,结婚的内容其实很简单,就是可以让一个男人放足了胆子和用足了力气在女方身体里进进出出。这父子俩,做父亲的总是在想自己的儿子什么时候也可以把婚事办了;那儿子呢,心里的想法就多一些,就更丰富一些,有时候想法多得都会让他自己的身体受不了,比如看到了那新娘或新郎官兴滋滋的脸庞,比如听到了一句什么人调笑新郎官的荤话,这儿子就总是无法不想到晚上的事情,有时候下边就会火棍样顶得老高。这时候他的脾气就会变得无比倔,比如他父亲这时要他做什么他会偏偏不去做。也就是说,做这种宴席,儿子最容易受刺激,几乎是每一次给人家做婚宴席面他都要受到刺激,身体的刺激过一阵子总会消退,精神上的刺激就不那么好消退。如果那些新郎官岁数比他大,这儿子所受的刺激就相对小一些,如果新郎官的岁数比

故设迷障之语,所谓"叙述圈套"是也。

他还要小,那刺激就会加倍。由于是人家的婚宴,这做厨事的父子俩总是能在一边冷静地旁观,总是把人家和自己做一回比,相比的结果几乎都很一致,那就是不论这家人富裕或不富裕,人家总是在那里办喜宴了,总是在那里入洞房了,结论是一个,人家都要比自己强,这父子俩心里便更加沮丧。

> "婚宴""喜宴"皆为障眼法,若照此理解,则有上当之嫌。

那么大的朱红色南瓜给搬来了,放在了油乎乎的案子上,你这时就可以看出那儿子内心的苦闷,他手里的刀一下子抡起多高,只一阵工夫就把偌大一个南瓜砍杀得落花流水,反正切瓜这活儿又不要看刀功,大块切小块,小块再切小块就是。只有在这时候,儿子才畅快一些,这亦是一种发泄。当父亲的明白儿子心里的苦闷,便到一边去抽烟了,望着那条河,河边黄黄的,老半天,做父亲的才明白那原来是菜花儿,他也走神了。这时候,他又听到儿子在灶那边用热油过那些明天炒菜要用的肉片儿了,"唰"的一声,一勺肉片儿下了油锅,一下子,腾起多高的火苗,这就说明火好,做儿子的,还没发泄尽,手里的铁铲把锅敲得多么响,那火苗子又一蹿,一下子起多高,旁边的乡下女人都看呆了,喝出一声"好"来!"哗啦、哗啦",这一勺肉片儿已经过好了,儿子把手中的炒勺"啪"地一敲,过好的肉片儿被放到另一个盆子里,又"唰"的一声,又一勺肉片儿开

> 象声词用得好。如能擅用象声词，小说定能增色不少。

始过油了，"嘭"的一声，火苗又蹿了起来。"哗啦、哗啦"，这一勺肉片又过好了，炒勺又给"啪"地一敲，过好的肉片又给放到了另一个盆子里。什么是手脚麻利？这就是手脚麻利。

"这才叫办事！"旁边不知是谁赞了一句，说武家办事真像个样子，说请人的帖子都怕是已经发到区上了，区上明天定会来不少人。旁边的人这么说话的时候，做父亲的又在心里想，要是自己儿子办事呢，能请到多少人？做父亲的甚至又想到了河下的那个姑娘，有那么粗的两条辫子，因为那两条辫子，做父亲的就无端端地也喜欢那姑娘，但那姑娘现在已嫁了人。那姑娘嫁人原是没什么好说的，好说的是居然是他们父子俩去做席，也是在后边临时搭的灶头上做，做了一天一夜，又一个白天。到后来人们闹洞房，闹得特别厉害，那新娘答应给每人十块糖果才被允许去解手，那新娘到后边来，因为厕所就在后边，父子俩才一下子都愣在了那里，连那姑娘也想不到做席的会是自己过去的对象。那一次，接下来，做儿子的忽然没了神，只是喝酒，只是不说话，但并不就收拾了家什走人，还惦着半夜里新娘新郎吃对面饭要用的汤汤水水。给新娘的汤碗里照例是两个肉丸子夹一截三寸大的肉肠。新郎的汤碗里却是一根小茄子上套一个油炸的黄黄的焦圈儿。这就是

> 民间饮食文化中的性元素。

闹房,这就是调戏,这亦是给新娘上课,教她明白一些男女之间的私情。

　　天黑了,做父亲的端了碗饭蹲在那里吃,心里想的却是要比一比,把这一年来做过的大大小小的席面都想了一个遍。还是这武家的席面大,不说别的,临到天黑,村里的老三又用小四轮送了一回水果,西瓜和香蕉,这就更显示了武家的气派与众不同,是城里人的作风,居然还要上水果盘!放水果的盘子也拿了来,长的,像鱼盘,武国权的女人对父子俩说西瓜要切成一指宽的一片一片,每片西瓜上还要扎牙签,香蕉亦要一切两段,为的是好剥皮,这是人们新近从城里餐馆里学来的招式,父子俩都一时弄不清这水果是要先上还是要等到吃完饭再上。武国权的女人是在城里见识过了,她告诉这父子俩水果盘是要在吃完饭的时候再上。那么,切几片呢?做父亲的又在一边问了。武国权的女人想了想说就切十片吧,恰好每人一片,香蕉呢?是要切五根,每人半根,武国权的女人又说。吃过饭,父子俩又合力倒了一下锅,把煮好的肉锅放在了一边,又在灶上架了另一口锅开始煮羊骨头和羊下水。端离灶的锅凉了一凉,做儿子的便把锅里的肉方都一一捞了出来,再晾一晾,便要过油了。一盆黄酒底子已经放在了那里,要过油的肉方都要先在黄酒底子里浸一下,肉过

> 虽是乡下,亦不可不讲究,水果盘不能少。

出来才好看。这一夜,父子俩干到很晚,过完油的肉方和鸡块儿要再放回到煮肉汤里去煨一宿,第二天便要上笼蒸。该过油的大肉方和小肉方还有鸡块儿和鱼,还有要做扒羊肉的肉条都过好了,父子俩又合力从灶上下了油锅,做父亲的要儿子去睡,床就在灶头那边,是两张门板对的,上边铺了草垫,还有就是武国权的女人叫人拿了四件破旧的军大衣来,父子俩每人正好两件一铺一盖,反正也不脱衣服。儿子躺下了,脸朝着灶头那边,眼睛睁得老大,眼球被灶火照得一闪一闪。忽然间,儿子的嘴里吐出一句话来,尿!人家也是个人!咱也是个人!做父亲的没说话,身子却一下子紧住,再也不放松,肩头便显得尖尖的。<u>那边,煮羊汤的锅里"扑哧"一声,又"扑哧"一声,又"扑哧"一声,是羊汤滚沸时把汤溅了出来</u>。前边院子里,来武家相帮做活的女人们正在彻夜把包子和花卷一笼一笼蒸出来,当院点了四个瓦数很大的灯泡,那光亮直亮到后边院子里来,倒好像前边的屋子此刻在放出光芒来。

然后,天就亮了。

天亮后,客人就陆续都来了,来得最早的都是武国权家的那些亲戚。羊汤锅在天明前又给加了火重新煮沸了,做厨事的父子俩也早早起来,切了一大海碗芫荽,又用滚油泼了一海碗辣子。前院早已经在炸油饼

> 又是象声词之妙用。三个"扑哧",写出边沸边溅的情景。生动。

了,炸好的油饼一盆一盆扣在那里,等前来的客人吃,这村里的规矩是谁来了谁就吃,羊汤、油饼,还有两个凉拌菜。菜都拌在大洗衣盆子里,油很厚,亮光光的,早上的这顿吃喝是流水样的,人人都要来,来了就坐下吃,吃完了可以离去,到中午再过来。那些来帮武家蒸包子蒸馍的女人也只能靠在那里歇一歇,也有不想睡的便镶在牌桌边一边打哈欠一边看牌,她们不能走,天亮后她们还有许多零碎事要做。后边的父子俩当然不知道前边有三桌人在打牌,而且还没有打完,他们在灶头一遍一遍地往盆子里舀羊汤,再让别人端到前边去。就这样,早晨一晃就过去了。早晨过去了,武国权的女人领那几个女人又过到后边来。这时是用到她们的正经时候了,一大盆子泡好的木耳,又是一大盆子泡好的金针菇,还有一大盆子蘑菇,还有海带盆子,还有银耳盆子,还有泡粉条的盆子,还有两桶豆腐,再就是各样的蔬菜:蒜薹、小油菜、茼蒿、茄子、西红柿、青椒、长山药、黄豆芽、绿豆芽都给一趟趟地搬到后边来。让父子俩忽然吃了一惊的是还有各种熟肉,这是他们不曾想到的,是武家从城里早早买来放在那里的,是香肠、是小肚儿、是千层脆的猪耳朵,还有皮蛋和熏驴板肠,这时也都给搬到了后边,一样一样放在案板上要切好装盘,这就更显得和别人家不同,后边便更加热闹了。那

> 婚宴流程,不厌其烦,无比耐心,细到极致。此篇应夺当代小说细节之冠,耐心之冠。

婚宴 / 015

些女人干着活,看上去只是乱,两手不停在那里又是择黄花,又是择木耳,又是择蘑菇,接下来又一样一样地洗菜。这时已经有人把一根粉红的塑料水管子从前院拉了过来,就在那边"哗哗哗哗、哗哗哗哗"长流水地洗,把蔬菜一样一样地洗过来,水已经流出去很远,在不远的地方白晃晃聚成了一大片水,那水忽然又一转,朝下边流去了,那边是河。洗好的菜都已经分别放在大盆子里,一盆又一盆让人简直是有些激动,只有在这时候那做厨事的父子俩才显出他们的尊贵来,好像是台上的主角终于有了龙套来给他们跑了起来,这时候父子俩几乎不再插手,打蒸锅的事已经安排好了,香气从蒸笼上渐渐弥漫开,到开席的时候只要看炒就行了。这时候父子俩倒有些激动,他们还从来没有看到过这样大的排场,这毕竟是在乡下,这父子俩,简直是有几分骄傲的意思在心里了。乡下的厨子,竟然做这么大场面的席!

<u>前边院子里呢,已经准备了鞭炮,那一班鼓匠来得要晚一些</u>,是乡里有名的"新时代福庆班"。人来了,先不吹,先去桌边坐了慢慢喝羊汤、吃油饼,人人的嘴上、额上马上都变得油光光的。那两个女的,是唱现代歌曲的,衣服穿得真是顶顶特殊而性感,上衣很短,短到快要露出肚脐眼儿,下边是裙子,也短,短裙子下是两

吃、喝、响器音乐,几乎无一遗漏,密不透风。小说写实到此种地步亦是叹为观止。

条腿,当然会是两条腿,但这两条腿和别人的腿不一样,是穿了紧身裤,是线条毕露,一走一动,不但会露出后边那圆圆的两片屁股,前边亦是春光外露鼓鼓的一团。这班鼓匠还带着他们走四乡都要带的电喇叭,这时有人在那里开始安装了,站在一把凳子上,在院子门外一左一右各装一个高音喇叭,喇叭上又各吊下一个红绣球。

婚礼是快到中午时开始的,先是鼓匠们迎了出去,各举着自己的乐器,吹着那支极热闹的《走进新时代》的曲子,走到一半又改吹一曲《纤夫的爱》,再走一段又吹一曲《老鼠爱大米》,<u>一直迎到了村外,那边的人马也已经过来了,是八个年轻人,都衣着鲜明,护着一个彩棚,</u>彩棚上绣了大朵的牡丹和小小的凤凰鸟,还有黄黄的流苏,真是好看,好像让人一下子回到了古代的日子,古代的日子只是让人觉得有没完没了的温馨。而彩棚下边却又不是轿,<u>是一个遮了彩绣的小小棚子,棚里边的东西被遮着,这就显得有些神秘</u>,就一直这么吹打着又走回来。这彩棚呢,被吹吹打打接进武家前边的院子时,人们就又都看到了武家亦在吹吹打打的音乐里抬出一个彩棚。两个彩棚同时被掀开,里边是两个小小的牌位,牌位便被人放在了前院南房的正面桌子上,便马上被人用红线绾在了一起,桌子后边的墙上

至此谜底就要揭晓。

最后的神秘。

挂着两面红旗,贴着红纸的礼仪单子,上边的墨字个个黑得发绿,让人眼睛发花。这时有人开始放鞭炮,是二踢脚,"砰——啪"一下飞起老高,再一头栽下来,不知掉到哪里,院子里的人流便又涌动一下,像潮水。

没人注意那父子俩也来了前院,他们忽然动心要看看新人,因为这是他们迄今为止做过的最好的席面,所以他们想看看那一对新人究竟如何?更没人注意到这父子俩忽然又面无人色地回到了后边,他们开始慌慌张张收拾他们带来的炒菜家伙时也没引起什么人的注意,即至父子俩匆匆消失了也还没人注意到。人们都拥到了前边,看前边的两个牌位被人们捧了在那里拜天地拜爹娘。<u>当然这村里的人们都知道武国权是为他十四岁上得病死去的儿子办阴婚</u>,武国权的儿子死了四年了,十四岁、十五岁、十六岁、十七岁、十八岁,到今年恰好是十八岁,是可以结婚的法定年龄。恰好呢,邻村有一个姑娘最近得白血病死了,这正好,两家便结这一门亲了。亲事办得真是既有声有色又有排场,只是到了中午大家该坐席的时候,武国权的女人才发现那做厨事的父子俩不见了踪影。各种的菜,各种的肉,粉条啦,木耳啦,金针菇啦,蘑菇啦一样不少,各种的吃吃喝喝也都一样不少,一盆一盆,又一盆一盆地放在那里,只是那父子俩不见了。那父子俩不见了,婚宴还得

> 这篇小说妙在把真相留在最后,始终不揭谜底,但伏脉千里,终到终点。所有铺排,意又瞬间瓦解,小说的叙述却因此辉煌起来。这个结尾,如高峰坠石,如长河落瀑,如万箭穿心。

继续下去,便有人上了灶,是两个女的,在灶前毕竟显得吃力,目光闪闪,且一脸的汗。但客人们还是在前边开始吃喝了,并且纷纷给武国权敬酒,武国权也给人们回敬。鼓匠们又把那支《老鼠爱大米》细细吹了一遍。

  世界还是这个世界,村子后边那条河"哗哗哗哗"地流着,绕一个弯儿,朝东,又绕一个弯儿,朝南,然后流到远处去了。

浜　　下

　　<u>怎么说呢？</u>婆婆过了年就八十三了，但身体还很好，还能自己给自己做饭吃，合子粥和米饭，她总是吃这两样。婆婆还能自己给自己洗衣裳，还养着十几只鸡。早上起来，婆婆会把窝里的鸡一只一只地摸一摸，看看哪只鸡的肚子里有蛋。婆婆做什么都一五一十，清清楚楚。春天暖和起来的时候，婆婆可以坐到外边去，在院门口的树下和村子里的老婆婆们坐在一起说说话，一边做做针线活儿。按照浜下这边的规矩，婆婆现在是要给自己做寿衣了。婆婆的儿女都和婆婆在一个村子里住，平时也不多过来，大家都很忙，<u>从春天开始一直要忙到遍地金黄的秋天，冬天里会闲上几天</u>，男人们会去打牌喝酒划拳，女人们就去太阳地里搓草绳或编草袋子，或者是守着那几口大缸澄山芋粉子。还有人会去捡粪，出去捡粪的都是些老汉，现在只有老汉们才肯做这些事。

　　婆婆的两个女儿和两个儿子都和婆婆住在浜下，既然已经都成了家，他们就各忙各的，他们要是不忙就

祥夫的小说，很多这样开头。"怎么说呢"，意味着怎么说都行，大大开拓了叙述的自由度，亦获得了一种叙述的自我腔调。

"春天"前面没有修饰词，"秋天"突然加上"遍地金黄"，"冬天"又没有。叙述与情绪的波动起伏之感。

坏事了,要想把日子过好就得忙。他们在坡地里劳作,比如薅红薯或起山芋,或是在村子里过来过去,好像是,只要能远远看到自己的母亲坐在门口他们就放心了,一个人只有得了病才会让人不放心,婆婆身体很好,所以他们就放心。放心的结果就是他们只顾各忙各的,忙得简直是疏忽了婆婆的存在。反正婆婆身体那么好,还能和村子里别的婆婆在一起有说有笑地做活计。

  婆婆八十三了,眼睛却还很好,居然还能绣花,婆婆要给自己最后穿的鞋子上绣两朵牡丹花,这是老规矩。青色的鞋面上绣两朵好看的牡丹花,牡丹花是红的,大红,配着两片碧绿的叶子,大红大绿,真是鲜亮。这鞋子呢,是九层底,五层面,穿着才结实,才能一路走到另一个世界里去。但婆婆毕竟是老了,五层布的鞋面上绣花原是很吃力的,一针下去,要把针从另一边抽出来就很吃力,婆婆就用牙咬住针,把针一下一下地抽出来。这样一来呢,就出事了。出什么事?是婆婆把那绣花针一下子咬断了,一半断在手里,是有针鼻儿的那一半,另一半还在鞋面上。婆婆就用牙去把鞋面上的那半根针一点一点抽出来,那半截针是抽出来了,旁边的老婆婆们却都大吃一惊,她们都看见婆婆还没来得及把那半截针从嘴里吐出来就咳嗽了一下,这时候

> 因身体好而被子女忽略。此篇开端写无事。然无事而被忽略正是问题所在。

> 由无事到有事。因"有事",婆婆得到一个节日。

浜下 / 021

能咳嗽吗？好家伙！但婆婆忍不住,咳嗽是能忍得住的吗？<u>连婆婆都明白,那半根针给自己一下子就咳嗽到肚子里去了,</u>周围的人都吓慌了。

婆婆的大闺女很快就跌跌撞撞地赶来了,已经有人把婆婆吃了针的事跑去告诉了她。婆婆的大闺女正在家里莳弄春菜秧,<u>把菜秧一块一块分开,每一根菜秧下边都要带着一块泥,菜秧是碧绿碧绿的,泥块儿是油黑油黑的,</u>这是一个多么好的春天,她下午就要种菜了。有人跑来给她报了信儿,她当下就慌了手脚,顾不上那些菜秧了,一路跑着到了母亲家,胸脯起伏着,起伏着,眼里早已蓄满了泪水,她忽然觉着,是自己的不对,怎么能让母亲自己做鞋？婆婆的大闺女一路跑一路后悔,自己在心里算一算,从过年到现在,她都有三四个月没好好去母亲家坐坐了,只是,做了什么好吃的,或者就是两个油煎蛋,她都是让自己的闺女给母亲送去,她觉着这就是孝心。但现在她觉得这不是孝心了,是不孝！都四个月了,她都没好好到母亲那里坐一坐,她总是忙,她的儿子要结婚,她天天总是想着怎么才能多给儿子挣点儿钱。她让这个念头给关了禁闭,禁闭得都没有一点点时间去看自己的母亲。她也是太累了,<u>时间都一分一秒紧挨着,每一分钟都有每一分钟的事。</u>喂鸡、喂鸭、喂猪、种菜、做豆豉、做酱、做梅干

小说就是写"有事","无事"不成小说。

农家场景,非常见写不出。

菜、做皮蛋，做了还要卖。早上六点多就要起来，先是把鸡圈打开，像她母亲一样把一只一只母鸡都捉住检查一下，也就是，把两个手指塞到温暖的鸡屁股里，看看里边有没有蛋，再看看那年轻的小母鸡的屁股门儿开了没，要是两个手指能松松快快地伸进去就说明这年轻的小母鸡也要下蛋做母亲了。她养的鸡比婆婆多，但她心里都记着，这天一共会有多少蛋，她都要一个不少地收回来。然后是喂鸡，然后是喂猪，喂猪喂鸭用的都是猪食。鸭子这东西很讨厌，吃完了还要喝点儿水，又不老老实实地喝，其实它们不是喝水，是在那里涮嘴，把个扁嘴放在水盆里涮来涮去，好像它们都爱干净爱得不得了，或者就干脆跳进盆去洗澡。婆婆的大闺女很讨厌这些鸭子，就用一大块铁板把那个给鸭子喂水的大木盆子盖住，只剩下两边窄窄的缝隙，那些鸭子就只能把头探进去喝点儿水，想涮嘴就不得要领。鸭子下蛋一点点规矩都没有，到处乱下，简直是四海为家，没心没肺！婆婆的大闺女也要把那些母鸭子一个一个检查过来，鸭子真是脏，要不就是浑身的毛湿漉漉的，要不就是浑身的毛都一撮一撮粘到一起。检查完，婆婆的大闺女就会把要下蛋的鸭子都圈起来，这样一来，它们就有意见了，不停地叫，不停地叫，团结在一起，把肥屁股摇过来摇过去地叫。"叫就叫吧。"婆婆的

> 大女儿的日常生活，忙忙碌碌，辛苦劳作。写大女儿一家即代表其他三家，无须一一写来。

浜下／023

大闺女对它们说,"我反正没时间跟着你们的肥屁股到处捡你们的蛋。"

婆婆的大闺女赶到了母亲家,满眼的泪。她看见母亲了,身子不由得一软,就靠在门口的树上。婆婆呢,没事一样,坐在门口的竹凳上,眯着眼,弯着腰,正在那里捡米,看样子要做中午饭了。米是盛在一个竹篾小笸箩里,给太阳照得白花花的。婆婆总是一做就是一大锅饭,她这样做惯了,这样一来呢,婆婆就总是吃剩饭,婆婆的大闺女对母亲说过不知有多少次了,要她每次少做一些,顿顿就可以吃新鲜饭了。"要是有客人来呢?到时候给客人都端不上来一碗饭。"婆婆总是这样说,还总是把锅底的焦锅巴存在那个瓷坛子里,到了年里还总是把锅巴炒炒给孩子们用红糖水冲冲吃。

婆婆的大闺女,气喘吁吁的,抢几步,一下子冲到母亲的身边,却不知道说什么了,却马上又知道自己要说什么了。说什么呢?说那半根针?"是不是真咽到肚子里了?怎么就咽到肚子里了?"婆婆大闺女的手在母亲身上这里摸摸,那里摸摸,其实就是乱摸,没一点点道理,没一点点主张,没一点点方向感。这里,那里,疼不疼?婆婆的大闺女又让母亲把嘴张得老大,她要看看母亲的嘴,是不是那半根针就卡在牙齿上?或在什么地方扎着,也许在胃里,也许在肠子里,也许已经

大闺女先回到家,其他三个子女陆续回家,就像过节时那样。这正是婆婆盼望之事。

都跑到脑子里了。就这样摸来摸去,婆婆的大闺女倒把自己摸出了一身汗,汗能摸出来吗?是急出的汗。婆婆的大闺女急也没有法子,她没主意,她没主意就只会把母亲的米笸箩接过来挑米,却左挑右挑挑不在心上,抬头朝屋里看看,屋里是暗黑的,外边的太阳白花花的,太阳从屋顶上的烟窗照下来,白白的一块,在地上,因为这白白的一块,屋子里就起了反光,渐渐让人能看清了,屋子里真是乱。这又让婆婆的大闺女心里难过,从过年起她就没再给母亲把家收拾一下。她想真是应该给母亲收拾收拾家了,但就是不知道还会不会有这个机会。她不挑米了,把米笸箩放在了一边,两眼看她母亲,好像能在母亲的脸上看出个答案。这时候,婆婆另外的两个儿子和二闺女也都急急地赶来了,他们也都得知了消息,也都吓坏了,扔了手里的活儿就跑来了。针可不是别的什么东西,怎么会把针吃到肚子里?婆婆的四个儿女是不约而同,是又急又怕。

<u>婆婆呢,也有点儿着慌,四个儿女同时出现在婆婆的面前,对婆婆而言简直是少有的事情,除了过年才会这样。这是过年吗?这又不是过年。这就让婆婆有些慌,说是慌不如说是激动,说是激动又不如说是高兴。</u>她是老了,好像根本就不知道把半根针吃到肚子里会有多么危险,倒要张罗着多加些米做饭了,又兴冲冲去

> 子女紧张担心的心情和婆婆高兴的心情形成小说叙述结构的内在张力。

屋后的地里多摘了些春菜。屋里烟窗上还吊着腊肉和腊鸡。在她,像是要过节了,这时候,倒是婆婆的两个儿子和两个闺女都待在了一边。婆婆的二闺女和婆婆的两个儿子都已经去问了一下。问谁?问那些和婆婆一道说话、做活计的婆婆,婆婆的儿子和闺女得到的回答是肯定的,母亲肯定是把那半根针吞到肚子里了。而且呢,他们看到了那另半根针,在母亲的针线笸箩里,针鼻儿上还拖着条绿线。

婆婆的儿子和闺女一时都没了主意,你看看我,我看看你,最后又都把目光停留在他们的母亲身上。多少个日子简直就像树上的树叶一样数不清,在这些数也数不清的日子里,因为忙,他们都忽略了母亲。这时候,他们是清清楚楚地明白母亲的存在了,而且是老了,走路和以前不一样了,他们的母亲,从屋里出来,再进去,把腊肉从天窗口上用绳子放下来,再把篮子吊上去,动作都迟慢了。由于两儿两女都突然来了,婆婆很激动,她的激动就是要做饭给孩子们吃,腊肉已经放在盆里泡着,还有腊鸡,是半只,已经不是鸡的模样,什么模样呢?谁也说不出来,也泡着。婆婆的儿女都看着母亲在那里忙,好像都有些不认识自己的母亲了,是这样,怎么会是这样?腰弯得这样厉害?那半根针,在母亲肚子里的什么地方?婆婆的两个儿子和两个闺女都

子女和婆婆两种不同的心情构成的张力在小说的叙述中一直贯穿始终。

盯着自己的母亲。忽然,没有交谈,没有说话,他们都跳起来拦住母亲不要母亲做这餐饭了。婆婆的大闺女说:"赶紧去医院吧,还吃什么饭?让医院照照透视,先看看针在什么地方。"

婆婆忽然生气了,拍拍手,大声说:"米在锅里,怎么就能去医院?"婆婆的兴奋和激动突然遭到了阻击,生气了,"嚓啦,嚓啦"去灶头炒菜了,碧绿的青菜和腊肉在锅里的热油里油汪汪的,忽然有了节日的气氛。婆婆来了拗脾气,偏不让两个闺女帮她,好像是,她还不老,她还是当年,她要让她的儿子和闺女吃一顿好饭。她这样做,只能让她的儿子和闺女更伤心,他们坐在那里面面相觑,<u>他们一点点办法都没有,他们只知道那半根针随时随地会把他们的母亲带到另一个世界里去。也许是明天,也许是后天,也许是马上。</u>

婆婆在四个儿女的搀扶下,从县医院出来的时候天落雨了。

婆婆的四个儿女都已经明白了,那半根针就在母亲的胃里边,先是透视了一下,后来,又拍了一个片子。<u>婆婆的四个儿女都把那片子看了又看,都明白片子上那一小截儿东西就是针。</u>婆婆的大闺女在家里是老大,她去问大夫:"那针会怎样?到底会怎样?"大夫说:

> 强调事态严重性。从"无事"到"有事"。"有事"的程度在一点点增强。

"会怎样？哪个知道会怎样？针是会行走的，谁也不知道它会行走到哪里。因为胃是活的，会一刻不停地动，它要动，谁也不能不让它动，它一动针就会跟上到处走。"婆婆的大闺女吓坏了："那肠子呢？肠子是不是也会动？""当然会动了，要是不会动吃下去的东西就像是进了仓库，会堆积起来，会把肠子堵起来。"大夫说唯一的办法就是把它开刀取出来，但婆婆这样大的岁数能动手术吗？大夫看着婆婆的大闺女。婆婆的大闺女在那一刻已经想好了，把家里的猪和鸡鸭都卖了，给婆婆动手术。"能不能动？"婆婆的大闺女又问大夫。"这样大岁数，你说呢？"大夫倒像是在考婆婆的大闺女。"你说呢？"大夫又说。婆婆的大闺女当然答不上来，看着大夫，那个大夫，表情顿时十分严厉了，问："怎么会让婆婆把针搞到肚子里了？怎么回事？这样大年纪，又不是两三岁的小孩儿。"

婆婆的大闺女简直是昏了头，怎么说呢？是跟跟跄跄跟在母亲和弟弟妹妹的后边，最后一个从医院里出来。她好像是一下子没了方向感，不知去什么地方了，在雨里，有一头没一头地领着母亲和弟弟妹妹乱走。她现在是在心里责备自己，责备自己的结果是想给母亲马上做些什么。做什么呢？这念头毫无目标。雨细细地下着，她忽然就领着母亲进了离县医院不远

大夫不拿主意，增加了事件的复杂性。情节走向也向着茫然不可预知的方向发展。

处的商店。她的两个弟弟和一个妹妹都在她后边跟着,心里也都慌慌的,也都已经没了主意。小商店的地上都是泥巴,红色的泥巴,因为下雨,地里无法做活,农民们就赶到商店里来买东西,把商店里踩得到处是泥巴。小商店不大,是狭长的,左边的柜台呢,是百货,暖水瓶、饭盒、奶瓶什么的都摆在货架上,右边是布匹,一板一板花花绿绿地立着,又一卷一卷奢华地在柜台上铺陈着,花色一律都鲜鲜亮亮的。婆婆的大闺女是昏了头,没头没脑地领着母亲先到小百货那边看了一下,其实她的心不在这上边,一直走到卖农具的那边了,看到涂了黑色防锈漆的犁铧时才停了脚,愣了愣,才明白这是农具。看农具做什么?自己家里又不准备买这些,就又领了母亲往回走。她带着母亲站到卖布匹的柜台前了,<u>念头是突然产生的,她忽然就想起要给母亲买块做被面的花布了</u>,她要母亲看,哪块花布好?一连看了几块,是那块大红大绿的花布,上边满是牡丹花和孔雀的真是好看,婆婆用手摸了又摸,还揣了揣厚薄,说是好布。婆婆的大闺女便让服务员打开米尺在那里量了,一共四米,从中裁开两幅便是六尺长四尺头的一个被面了。婆婆问:"是给伢子结婚用?"等听到是给自己扯来做被面时便一下子激动起来,婆婆的激动是不要,说:"我能盖几年?这是浪费钱!"婆婆这样一说,婆

> 给母亲买布,出自愧疚和补偿心理。

浜下 / 029

婆的大闺女就更伤心了,更觉得对不住自己的母亲,她背过脸,怕自己的眼泪掉出来。婆婆的那床被面早该换了,早洗糟了,还用两块旧毛巾补了被头。花被面已经让服务员卷了起来,婆婆的大闺女又扯了被里,要最软的那种,服务员在那里"刺啦"一声把被里扯开的时候,婆婆的大闺女就更伤心了。好像是,她从来都没有好好想过母亲的事,这回要想了,却也许是最后一回。

外边的雨还下着,婆婆在四个儿女的簇拥下从商店里出来时,小街上雨蒙蒙的,石板路亮亮的,上边像抹了清油。道边的玉兰要开了,毛毛的花骨朵已经裂开了,露出里边嫩白的花瓣;桃花也要开了,枝头上星星点点地红着。这就是春天的好,下着雨,花还要开。因为下着雨,婆婆的二闺女把自己的绣花围兜解下来给婆婆轻轻罩在头上。就这样,两个儿子,两个闺女都走在婆婆两边。石板路上到处是泥巴,红泥巴,又给雨水稀释着,倒有一种喜庆的意味。就这小街,婆婆年轻时也不知带着她的孩子们走了有多少次,但这次却好像格外新鲜,这样的日子倒好像要从无数过去的日子里一下子跳出来,<u>有格外不同的意义,格外地让人担心,格外地让人不安,格外地让人难过。</u>

婆婆的小儿子忽然站住了,看看道边的抄手小店,对他的大姐说:"咱们去饭店陪妈吃吃抄手好不好?"口

这是"无事"时不曾有的状态。

气虽是商量的,却是决定了的,不容任何人反对。"咱们陪妈吃一回吧。"婆婆的小儿子又说,眼睛红红的。婆婆的四个儿女里数这个小儿子惯得娇纵。他当过四年兵,在北京还参加过国庆阅兵式,人长得精精神神,黑黑瘦瘦的那种精精神神。他在村子里的小炼铁厂里上班,工作很苦,每天要出大量的汗,热得很。因为是给私人做活,所以总是没有休息的时间,总是累得要命,总是没有时间去看一看母亲,所以他更内疚。

  婆婆是第一次在饭店里吃东西,进去坐下来,在那里倒有些不自在起来,仿佛是有些害羞。婆婆用手轻轻拢拢筷子,再摸摸酱油壶,百般地不自在,看看这边,看看那边。抄手,这时给服务员用一个盘子端上来了,一共是四碗。婆婆的小儿子觉得这还不够,看看那边,又要了小笼包子,一共是五屉,每一屉里是五个荸荠大小的包子。红油抄手红汪汪的,无端端让人觉着富足和喜庆,但婆婆的四个儿女都不说话,肚子里满满的都是心事,都眼巴巴要看着他们的母亲吃。婆婆的饭量一向好,这时偏又变得不好了,偏要把自己碗里的抄手一个,一个,一个,一个地给四个儿女的碗里分了一回,这是老习惯,婆婆总是这样,从孩子们小的时候就是这样子,总是怕孩子们吃不饱,自己总说自己吃不了这许多。一碗抄手,夹来夹去,她自己的碗里,倒只剩下清汤了。四个儿女面面相觑,猛然回过神来,又争着你一个我一个往母亲碗里夹了一回,婆婆那边便是满满的一大碗了,都冒了尖儿了。

外边的雨下着,只是不大,好像是有,又好像是没有。饭店门口的那株玉兰树上,有一朵玉兰,开了,白白的像是要放出光来,<u>又一朵也跟着开了,好像还发出了轻微"叭"的一声。</u>

很快就到了晚上,村子里的"赤脚"头顶着一块红塑料布赶来了,"赤脚"现在在河头的纸厂做工,人辛苦得一天比一天瘦。就这个"赤脚",早年做过赤脚医生,认识不少坡地上的药材。他知道了婆婆的事,赶过来是要告诉婆婆一个偏方。他想不到婆婆的儿女都在,<u>说:"你们在就好了,你们几个马上都去找韭菜。""赤脚"说针这种东西就怕挂在肠子上,韭菜吃到肚子里就会把针给带下来,比如钉子、铁丝,只要是吃到肚子里,就都会给韭菜带下来。</u>那一年,村子里的那头独角花牯牛,吃了这样大,不,这样大一枚钉子,还不是给韭菜带了下来?

婆婆的两个儿子陪"赤脚"坐在堂屋里说话,抽烟和喝茶,堂屋里的灯黄黄的,有点儿暗。暗就暗吧,暗又不妨碍说话。婆婆的大闺女在另一间屋里,却已经

花开时发出"叭"的一声。一个象声词,使春天万物勃发的力量声音化、形象化了,传神。

赤脚医生、偏方上场,表明生活中的"老旧"部分依然有着生命力和写作层面的"文化魅力"。

开始给母亲做新棉被了,她说什么也要让母亲盖一回新棉被。婆婆的大闺女在心里这样想,两眼便红红的,好像是,婆婆马上就要离她们去了。婆婆的二闺女也没有回去,她的眼睛也红红的,两只眼简直是一刻不离地随着母亲转,好像是要把那半根针从母亲的身上盯出来。<u>婆婆呢,好像不知道针吃到肚子里会有什么后果,会有多么危险,她只是兴奋,不停地出来进去,不停地让茶倒水。两儿两女,多少年了,一下子都回到这间老屋里来,这真是少有的事,婆婆的兴奋是一浪一浪的,</u>又把过年时放起来的核桃和桂圆从老柜里取了出来,"哗啦啦"撒在桌子上,要儿女们吃,要"赤脚"吃。做完这些,婆婆又坐到那里去收拾那半只风鸡,一点点地拔毛,一点点地清洗。这风鸡,切了丁,放了辣子和豆豉一起炒最最下饭。婆婆又忽然想起了什么,对两个儿子说:"好不好,明天要媳妇她们和孩子们一齐都来?"

"您真以为是过节啦!"婆婆的小儿子原是娇纵大的,忍不住大声说了一句,他是心里急。说完这话,他马上就后悔了,便抢过母亲手里的风鸡收拾起来,他什么时候做过这种活计?

为了做那新棉被,另一间屋里已经换了大灯泡,这样一来呢,就更像是过节了,节日呢,也就是这种气氛。

> 婆婆高兴,仿佛过节。婆婆的心情始终和子女两个方向,推动着叙述往前走。

浜下 / 033

> 渲染紧张气氛，此时婆婆吉凶未定，读者的心亦被吊住。

要是没有事，谁家会点这样大的灯泡？和婆婆相邻的人家来人了，他们关心婆婆是不是出了事。那半根针，说不定什么时候就会把婆婆给带走了，也许一下子就会扎在心上，也许那针已经走到了脑子里。<u>人们看着婆婆，眼睛里，怎么说，都有些惜别的神色。来看婆婆的那些女人，甚至眼睛都湿湿的。</u>再加上，<u>婆婆的两个儿子，都坐在堂屋里，声音都放低了，有些神秘，有些要出事的那种气氛。</u>婆婆的两个儿子和"赤脚"在那里说话，在别人看来好像是在商量事。商量什么事？能商量什么事？这真是让人担心。邻居毕五家的，吃过晚饭已经多时了，却又专门做了一碗热腾腾的黄酒鸭肉和豆腐来，下着雨，她顶着雨，把那碗鸭肉和豆腐端来要婆婆吃。

婆婆的两个儿子很快都冒着雨打着赤脚出去了，他们听了"赤脚"的话去找韭菜，在他们的村子里，没有种韭菜的习惯，因为地气太湿。婆婆的村子在浜下，所以这村子就叫"浜下"。婆婆的两个儿子去了浜上，浜上的地气干一些。到半夜的时候，婆婆的两个儿子都浑身湿漉漉地回来了。韭菜呢，足足弄回了两大捆，是去地里现割的。"赤脚"已经吩咐过了，韭菜一拿回来就要让婆婆生着吃一些下去。婆婆便坐在那里，神色有几分庄重，开始吃韭菜，一根一根吃，婆婆的四个儿女都看着母亲吃。婆婆能吃多少韭菜呢？婆婆的四个儿女又都怕母亲吃坏，毕竟是生韭菜。看着母亲吃过韭菜，婆婆的大闺女要自己的两个弟弟赶快回家去休息，她让自己的妹子也回去，但婆婆的二闺女说什么也不回，要和她姐一起给母亲做那床新棉被。"那也好，你们回，有什么事就去喊你们。"婆婆的大闺女对自己的两个弟弟说。这时候已经夜深了，外边呢，却忽然又响起了"扑通扑通"的脚步声，是"赤脚"。"赤脚"忘了一件要紧事，睡下了，又穿了衣服，<u>顶了那块红塑料布急忙忙地赶了来。</u>他告诉婆婆的四个儿女，要仔细观察一下婆婆的大便："人老了，肠子滑，有什么马上就会拉下来，如果顺利的话，如果没有扎在肚子里的话，最好拉一次看一次，也许会拉下来。""赤脚"赶过来就为了吩咐这句话，吩咐完又匆匆回去了，<u>雨打在他头上的那片红塑料布上，"沙沙沙沙"响。</u>

　　婆婆的两个儿子，也索性不回了，从小睡惯的老棕床还在，兄弟俩双双洗了脚，就睡在那里了。婆婆呢，刚刚才平息下来的兴奋又一浪一浪地重新兴奋起来，又去老柜里取了被褥要给儿子盖，被褥放在老柜里都发了霉，或者那就是老柜子的味道。就是这味道，让婆婆的儿子觉着亲切，这亲切却又是伤感的，多少关于过去时日的回忆都一下子随着这味道来了。"你先睡，我

"顶"字用得好。不大一块塑料布，只能"顶"。风雨中乡间人形象出来了。

许多人写到"吩咐完又匆匆回去了"就止步，不再多写。其实好的语言就是多那么一两句。

听着。"婆婆的大儿子要弟弟先睡,母亲那边的动静由他来听,"人上了年纪,说不定什么时候就要解手。"但他不睡的原因还在于,他怕母亲说不定什么时候就给那半根针带走了。那半根针现在在母亲身上的什么地方?在肠子里,还是在胃里,也许都快走到心里了。这样的担心,让谁能睡得着?婆婆的二儿子呢,却非要让他哥先睡,说母亲那边的动静由他来听,他还年轻。结果呢,是两兄弟都不睡了,都趴在枕头上说话抽烟,耳朵呢,听着母亲那边。婆婆在那边屋子里咳嗽了一声,又咳嗽了一声,她一咳嗽,这边的两兄弟就静下来,听着,两个烟头在暗处红红地一闪一闪。

　　婆婆的两个闺女呢,现在也是给自己的行为激动着,她们什么时候这样连夜赶着做过被子?两个人,一个在这头,一个在那头,把被里被面和棉花套子一针一针先用红线引了,再用蓝线拦腰缝一遍,红线是避邪;蓝线呢?是拦住的意思,是要把母亲的性命拦住,不要她走。棉花套子是从婆婆大闺女家里取的,是婆婆的大闺女准备给儿子结婚用的,这时却先给婆婆用了。婆婆的大闺女不由分说,非要把儿子准备结婚的棉絮给母亲拿来用,其实她的儿子和丈夫没有一点点反对的意思,她的眼里却有眼泪了,<u>好像是,他们已经在那里反对了</u>,<u>好像是,他们已经惹了她了</u>,<u>好像是,他们已</u>

<small>三个"好像是"层层递进,准确写出大闺女此时的心理状态。内疚、委屈、感动、无助等。</small>

经对不起她了。婆婆的两个闺女,这时头对头缝着被子,却都不敢说母亲肚子里那半根针的事,她俩都说了些什么? 是有一搭没一搭,是鸡短鸭长,耳朵呢,却听着母亲那边。婆婆咳嗽了一声,又咳嗽了一声。她俩就不说话了,屏住气听着,婆婆那边没动静了,她俩就又有一搭没一搭鸡短鸭长地说起来。婆婆那边忽然又有动静了,"窸窸窣窣、窸窸窣窣",这一回,好像是下地了。婆婆的两个闺女就急忙停了手里的活儿,下床去了母亲那边,婆婆的两个儿子呢,也急忙下了地。婆婆那边,果真是摸摸索索下了地。

"是不是要解大手?"婆婆的四个儿女都忙忙地问。

婆婆却笑了,她起来做什么? 真是让人想笑,都什么时候了,婆婆忽然想起了那几个橘子,想起橘子是什么意思呢? 是要拿给儿子和闺女吃,那几个橘子都已经放干了。<u>这都是什么时候了? 是后半夜,婆婆的兴奋真是一浪一浪的。</u>

早晨终于又来了,这是一个多么好的早晨啊! 村子里一晚上绽开了那么多玉兰花,玉兰花让整个村子像是一下子变得明亮起来,好像是,分外多了一些阳光。乡村里的人都起得早,人们又看到婆婆了,又在那里把她养的鸡鸭放了出来。她好像什么事都没有,像

> 整个一夜,大家都没睡好,婆婆是兴奋得睡不着,子女是担心得睡不着,叙述中两个方向的力始终绷着。

往日一样,该做什么还做什么,这就更让人担心。接着呢,人们看到婆婆坐在那里择韭菜,好像真是节日降临了。婆婆的两个闺女这时已经睡下了,她们已经把被子做好了,被子做好的时候天都快亮了,这大红大绿的被子现在就盖在婆婆的两个儿子身上。

  早晨终于又来了,婆婆"当当当当、当当当当"在那里剁腊肉了,声音木钝钝的,但传得很远。也许是这木钝钝的剁腊肉声又惊醒了婆婆的小儿子,他忽然又醒来了,一下子坐起来,问他母亲:"解了大手没?"问完这话,婆婆的小儿子自己先就笑了起来,笑过又躺了下来,他是太紧张了。天快亮的时候,婆婆已经解了大手,就解在马桶里。婆婆的四个儿女简直是太紧张了,这紧张就是要他们看看母亲的排泄物里会不会有那半根针。婆婆的四个儿女在那里解剖和研究婆婆的排泄物了,在灯下,也不嫌那气味。他们在心里,也许都是这样想,小时候,婆婆就是这样一把屎一把尿把自己带大的,他们一点一点把婆婆的排泄物弄开,一点一点地看。后来呢,是婆婆的小儿子大声叫了起来,这叫声传得好远,几乎惊动了整个浜下,邻居们都听到了。毕五家的,忙忙披了衣服冒了雨过来,以为婆婆不行了。想不到,婆婆的小儿子在婆婆的排泄物里看到了,亮亮的。<u>是什么? 就是那半根针!</u>

叙述至此,小说由"无事"到"有事"再转为"无事"。

早晨又来了,慢慢升起来的太阳把村子里的玉兰花照得简直是晃人眼。婆婆真是福大命大,她又在那里坐着,"当当当当、当当当当"剁她的腊肉了,腊肉剁好,还要切韭菜,也细细切了,她要做肉饼给孩子们吃。婆婆的四个儿女呢,在这春夜里,简直是只合了一下眼,<u>现在都又出去了,各忙各的去了</u>。这毕竟是春天,春天的日子就是金子,谁能浪掷得起呢?他们都有许多许多的事情做,他们各有各的家,婆婆没事就好了,他们就放心了。<u>日子呢,又回到了往日的轨道上</u>。婆婆说好了要他们中午都过来吃肉饼,但婆婆的四个儿女实在是都太忙了,大闺女马上就表示中午实在是顾不上来了,针拉下来就好了,她要去种菜了,菜秧怕都要放蔫了。二闺女家里要起稻秧,还雇了外人帮忙,中午就更顾不过来。婆婆的大儿子,原来就说好的,要去县城拉一趟化肥。二儿子呢,要赶去上班,给私人做事,一天都误不得。

婆婆在那里又"当当当当、当当当当"地剁着她的腊肉,她觉得腊肉剁得还不够细。一边剁,婆婆一边想,她觉得自己昨天真像是做了一个梦,四个儿女忽然都回来睡在这间老屋里,多少年都没这样了,团团圆圆真像是又过了一个年,两个闺女还给她连夜赶做了一

"无事",所以放松,这是小说的节奏,也是真正结局之前对读者最后一次迷惑。

床新被子。婆婆还不糊涂,现在是,她后悔自己怎么就把那半根针解大手给解了出来?要是不解出来该有多好!婆婆的眼里忽然有了泪水,但她马上把这泪水擦了,她看见邻居毕五家的从那边过来了。婆婆站起来,笑着,招招手,非要毕五家的进屋看看那床新花被,看看花被子上那一大朵一大朵的牡丹花。毕五家的也笑着,随婆婆进了屋。婆婆把那床新花被打开,铺在床上了。花被上的牡丹花开得有多么好,一大朵又一大朵,一大朵又一大朵,一大朵又一大朵。<u>婆婆给邻居毕五家的不停地指着、数着、说着,身子却突然朝后边一下子倒了下去。</u>

倒下去的那一刹那,婆婆满眼都是红色的牡丹花,一朵又一朵,一朵又一朵,一朵又一朵,一朵又一朵……

> 本以为"无事",结果又是"有事"。至此,小说完成了从"无事"到"有事",再转为"无事",再转为"有事"的叙事结构,堪称完美。

六 户 底

怎么说呢？村子就是那么个村子，<u>远远望去就像是睡着了</u>，是那样的安静。村子实在是太小了，只有七户人家，村名却叫了"六户底"，可见现在比以前还多出了一户。秋天来了，庄稼都收了，地里什么也没了，紫皮的和黄皮的山药早就起了，也下了窖了。它们要在窖里好好睡一冬，豆子连棵子一捆一捆地都给人们收走了，还有高粱，都齐根给割走；玉米也一样，先掰棒子，然后把玉米秸再收回去。<u>但山坡上，还有一大片玉米秸孤零零地在那里立着，那是四如家的玉米地</u>，虽然玉米早已经被四如收走了，但那一大片玉米秸，也得像往年一样收回去呀，它们可有用啦，喂牛喂羊或者可以当柴火烧。是谁说的或者可以当火烧？看这话说得，难道玉米秸就不是柴火吗？玉米秸是天底下最好的柴火啦，用它们烧火可旺啦。远远的秋风啊，真是从远远的地方吹过来，<u>但四如家的那片玉米地发出的"哗哗啦啦"的声音让人听了真是难过</u>。它们像是在对人们说话。对谁说？当然是在对四如说。四如把它们种下

"睡着了"一句话，既写其小又写其静，还写其孤。

山坡上玉米地之孤零零，暗示人之零落。

风冷叶硬，故声音"哗哗啦啦"，悲凉之声。

六户底 / 041

地，从春天忙到现在，那些玉米几乎隔不了几天就会看到一次四如，当然有时候还会有四如的媳妇。四如来了，来上肥了；四如来了，来把它们又锄了一遍；四如来了，把每棵玉米都轻轻摇了摇，让它们花穗上的花粉往下落。天是那么的热，<u>四如把衣服脱了，在地里，光着个膀子走来走去，还和玉米们说话</u>。说什么话？说你们都给我听着，你们都得努把劲儿，你们都得给我好好长，别给我丢人。还说，你们都给我听着，都往大了长，长一尺多长才算是玉米，别给六户底丢人。快到秋天的时候，四如还上来掰了一回玉米，每一根青玉米被掰下来的时候都会发出"咕吱咕吱"的声音，那是它们不满意，它们还没长成呢，还没变成金黄金黄的棒子呢，怎么就给掰了呢？是因为有人要吃嫩玉米，所以四如就来掰它们来了，玉米们也看得出四如好心疼那些被掰下来的青玉米，四如还不停地说，还没长成呢，还没长成呢，对不起，对不起。四如用手量量掰下来的玉米，好像还大吃了一惊，说了句，好家伙！后来四如就在玉米地里撒了一泡尿，<u>四如这泡尿撒得真是公平，四如把身子往这边扭扭，再往那边扭扭，往那边扭扭，再往这边扭扭，他是想给每棵玉米都撒点儿</u>。四如一边撒尿一边还说，我可不偏心眼儿，你们都是我亲爱的玉米。紧接着，四如做了一件真是让玉米们都感羞愧的

> 农民和土地的关系，农民和农作物的关系。这两个关系写好了，人物就活了。

> 欲写其悲先写其喜。

事。撒完尿,四如低下头做什么?他是在看自己的家伙呢,看还不说,还用手比了一下,又比了一下旁边的玉米穗子,四如一笑牙有多么的白,四如好像是害羞了,自己对自己说,又像是在对玉米说,好家伙,可真是比我的大多了!看这话说得,多亏周围也没别人,多亏四如的媳妇也不在,要是四如的媳妇在,四如还不得挨骂。但话又说回来,四如的媳妇就是在也不会骂四如,就像那一次,四如刚刚和媳妇结过婚,他们在地里锄玉米,天真是热,四如把衣服脱了,光个大膀子,那时候玉米还没高过四如。锄着锄着,四如忽然就回过身把媳妇一把抱住了,四如媳妇说:"这可是在地里。"四如说:"我就要在地里。"四如媳妇说:"这可是咱们的玉米。"四如说:"我咋不知道这就是咱们的玉米。"四如媳妇说:"你小心,你要碰倒那棵玉米啦。"四如说:"好家伙,一使劲,可不是差点儿碰倒一棵。"后来四如的动作大了,四如的媳妇:"小心咱们的玉米,"四如就马上把动作收小了。四如媳妇后来一边整衣服一边说:"你回家不行吗?非要在地里做这么一回。"四如说:"我的地就是我的床。"四如媳妇说:"下回可不行了。"四如说:"那可说不定,这地就是我的床,我在我床上睡觉又不是睡到别处。"后来四如的媳妇就生下了他们的第一个孩子,这事连地里的玉米们都知道,四如的大小子就叫

"大玉",但第二个还没生出来呢,四如说,第二个生下来就叫"二玉"。关于这些事,地里的玉米们也都知道。四如和媳妇在玉米地里做过几回那事呢?一回、两回、三回、四回,谁知道到底有几回呢!既然玉米地就是四如的床,他爱做几回就做几回吧。现在呢,<u>秋天是来了</u>,山坡上的地都给人们收拾得干干净净,而唯有四如的玉米地还没收拾。那天四如来拉玉米时还说,当然是对他媳妇说,过两天咱们再来一趟地里也就干净了。四如的话玉米们都懂,四如是要把它们都收回去,<u>但四如呢,怎么还不来?别人家地里的玉米秸可都给收走了,四如呢,啊,四如呢?</u>四如家玉米地里的玉米们"哗啦哗啦"响个不停,它们好像对四如有了意见,而且这意见可大啦,风从远远的地方吹过来,天瓦蓝瓦蓝的,四如家地里的玉米秸"哗啦哗啦"地响着,它们像是在说,在喊,四如,四如,你快点来吧,再来看看我们吧,再来看看我们吧,快把我们也都收回去吧。但四如好像已经忘记了它们,不管它们了,不要它们了。这真是一件让玉米们普遍感到不高兴的事,它们不高兴又能怎样呢?它们不高兴也只能在秋风里"哗啦哗啦"地响。这声音能传到六户底村子里去吗?能传到四如的耳朵里去吗?玉米秸们好像都已经商量好了,管他四如听到听不到,他听不到它们也要喊。秋天的风啊,也不知

> 第二次写"四如的玉米地还没收拾",既是暗示,又是明示。

道从什么地方吹来的,可能是从村子那边吹来的吧,怎么把吹喇叭的声音吹过来了?六户底有什么热闹?是谁家娶媳妇办事,或者是在办别的什么事?关于这一点,山坡上的玉米们当然不会知道,但这天早上有人出现了,是三个人,他们的手里拿着镐和锹,他们进了四如的玉米地。四如的玉米地的北边有两个土包,那土包下边埋着四如的父亲和母亲。那三个人一来就忙乎开了,他们在四如父母亲的坟旁边挖出个长方形的土坑来。他们挖挖停停,抽根烟再接着挖,又挖挖停停,他们看样子都很伤心,他们都不说话。挖完这个坑,他们就走了。一天、两天、三天、四天、五天、六天、七天,<u>这七天之间六户底村子里的唢呐声和喇叭声就一直没停下来过</u>。到了第七天的头上,山坡上四如家的玉米地里的玉米们都吃了一惊,一大早那唢呐声和喇叭声直接朝村外响过来了,朝山坡这边响过来了,朝玉米地这边响过来了。四如的媳妇也出现了,她被人从坡下扶了上来,穿着白色的衣服,头上是白色的布条子,眼睛红肿得就像个桃子。四如呢?玉米秸子们当然不知道四如是躺在那个大木匣子里被人们抬到山坡上来,而这会儿,四如躺在那个长方形的土坑里了,那土坑又被土填上了,不但填上,还鼓起一个大土包。四如的那个小子大玉还不到三岁,被大人按在四如的坟前磕头

> 七天的唢呐声。"头七"出殡。唢呐,婚礼也唢呐,丧礼也唢呐。

再磕头,大玉不愿意,"哇哇"地哭开了,旁边的人说这大玉真是个有孝心的孩子,他是舍不得他的亲爹。又有人说才三岁的孩子就懂事了,看把这孩子伤心的。大玉哭得更是厉害了,他被大人按着磕完该磕的头,然后再给那些帮着办事的人一个一个再磕过,大玉就哭得更厉害了。看看这孩子多懂事,往后大家都要好好看待他,就像看待自家的孩子一样,咱们六户底的孩子个个都是好样的,你看大玉这孩子从小就懂孝道。村里的村长老了,一说话就喘,他对帮忙下葬的人们说了一遍,又说了一遍。

真想不到,今年的玉米都卖了,四如却长睡了。有人说,鼻子像是被堵了。

有人劝四如的媳妇,说人的岁数都是天定的,也不能光说他是喝酒喝多了。

我不让他一个人喝那么多,四如说他高兴,玉米都卖了好价钱。四如媳妇说,悔不该让他去村长的小卖铺一下子就买那么大一卡子烧酒回来。四如媳妇说,一卡子十多斤呢,四如说能喝到天上飘雪花。四如媳妇跺着脚哭了起来。四如看不到雪花啦,地里的玉米秸还没收回去呢,四如媳妇说。村长在一边说,回头叫几个人帮你收了,我放话出去招呼人,你这个别发愁。人的命天注定,岁数也一样。又有人在旁边把这话说了一遍,说话的人说这片玉米秸大概能拉四五车,另一个人说了,五六车怕也拉不完。村长说,都先回吧,我回头叫几个人来帮忙拉,咱六户底还不差这个人手,我到时也会来的。四如的媳妇又扑到那土包前哭了一回,她哭的时候别人就都在一边等她,男人们的嘴里都冒着烟,烟的味道在玉米地里一点一点弥散开,像是很好闻,又像是很难闻,忽然一下子又没了。秋天的风啊,忽然又从很远很远的地方刮了过来,玉米地顷刻间又"哗啦哗啦"响成了一片,它们好像也知道四如不在了,四如再也不会光着膀子在地里跑来跑去了,再也不会一泡尿这边撒撒那边撒撒,那边撒撒这边撒撒。走吧,天不早了,村长又催促说。四如的媳妇这时本已停了哭,忽然就又哭了起来。两个女人过去挽定了她,四如媳妇的身子软得一点点力量都没了,那力量都随四如去了不知什么地方。人们都出了玉米地,都往山坡下走,人们离玉米地越来越远了,有人回头看看,擤擤鼻子,眼泪出来了,鼻子像是给堵了。咱六户底村子现在是七户人家,应该叫七户底了,不知谁又说了话。四如的媳妇就又哭起来。山坡上的秋草也是黄的,它们给正午的太阳一照就更黄。这真是个好看的秋天,秋蚂蚱飞起来了,也就是在中午,它们还能"哑哑哑哑、哑哑哑哑"飞一阵,这可就显得热闹了。人们回头再看

秋声悲凉。"哑哑哑哑",蚂蚱的飞动声,秋声。秋天发生的事。若是春天,则少了点悲凉色彩。

六户底 / 047

看,看看四如家的那片玉米地,但他们看不到那个新起的坟包,看不到此刻正在里边睡觉的四如。

天真是蓝,怎么就没有一朵云呢?

怎么说呢? 村子就是那么个村子,因为四如的事热闹了几天,现在又静下来了。这真是少有的热闹,响器班子一年来不了几回,有时候两三年都来不了一回,因为这个村子可真是太小了,小到没有理由能够让响器班子过来,但因为四如的事,响器班子不年不节地来了,这都是托四如的福,可现在六户底又寂静了。响器班子吃完了中午饭就要走,他们可忙呢,所以他们也不再吹了,把响器都各自款款地收了起来,那些帮忙的人照例也都要吃完这顿饭。在这个小小的六户底,家家户户的男人们都来了,家家户户的女人们也都来了,家家户户的孩子们也都来了,还有家家户户的狗们和鸡们,它们也都来了,四如媳妇的两个兄弟也过来了,领牲时候杀的那只羊今天照例要吃掉。现在,不年不节的,炖羊肉的香气在空气中已经弥漫开来了,狗们的兴奋远远要大于六户底的那些男人。<u>四如媳妇的兄弟把那一大卡子四如来不及喝完的酒取了出来</u>,即使四如活着,要喝完这一大卡子酒也不是一天两天的事,也许要喝半年,也许要喝上一年。酒是从村长家里开的小

延续四如的命运。

卖铺里打的,度数可真是高,<u>闻一闻眼睛珠子就给杀得够呛</u>。六户底也就村长家开那么一个小卖铺,那小卖铺里有酒也有烟,还有酱油和醋,还有咸盐和红糖,还有线香和黄表纸,还有纽扣和各种颜色的线团,还有电池和手电筒,还有止疼药片和铁打的铧犁片,如果翻一翻,还会有磨刀石。还有别的什么东西?一下子谁也说不清楚。但村长都在心里记着。村长虽然已经老了,但他还有那么一个纸本本,谁拿走什么都记在上面。按六户底的规矩,端午节时要结一回账,中秋节时要结一回账,过大年时要结一回账,也没见过有人赖账。

　　能喝就喝,能吃就吃。村长说话了,菜已经端到桌上。炖羊肉的香气把聚来的<u>狗们惹得火火的,它们发火是互相咬</u>,好像是别的狗已经纷纷吃到了好东西,便<u>这个闻闻那个的嘴,那个闻闻这个的嘴,忽然就都生起气来,乱咬开来</u>。咬一阵,又静下来,都看着坐在院里的人们,等待着施舍。鸡们的胆子也真是大,都飞到了墙头上,列排地蹲在上边,像小学生们在听课,但只要其中一只忽然走动开,其他的就都跟着"咕咕嗒、咕咕嗒"地乱叫。人们在院子里吃开喝开,响器班的人都没动杯,他们吃了饭,算了钱,马上就走了。他们还要赶路去另外一个地方吹他们的响器,他们很少这么忙,但

> 　　不是鼻子杀得够呛,"眼睛珠子"都杀得够呛,可见其烈。

> 　　狗性写得好。

六户底 / 049

事情都凑在了一起。坐在那里继续喝的是六户底的那些男人,数一数,也没几个。不年不节的,为了四如的事凑在了一起,那就喝吧,四个精壮的男子汉把卡子里的酒已经喝下一大截儿,但他们还要喝。村长有了岁数,只喝了一两口,他站起来,出去送响器班子的人,把他们一直送到路边,又送到地边,再送到树下,再送到另一条路边。蚂蚱们叫着,像是也要来送,其实它们是想一个劲儿地往高飞。好,村长说,没下雨。好,村长说,路好走。好,村长说,你们再来。响器班子的老于,麻子脸,双眼皮,人很风流,岁数还不算老,回过头来,说,还说不定是啥时候呢,过年吧,过年你们到县里去听。村长知道,响器班子年年都要在办社火的时候在县上吹那么几天。村长手里拎着个小布袋,一时忘了自己要做什么,袋子里是山里的那种小栗子,比砂糖都甜。村长站在那里,看响器班子一点一点往远了走,村长忽然又喊起来,他忘了把那袋子栗子给老于了,老于又回来一趟,接了袋子,掂掂,离开了。

怎么说呢? 村子就是那么个村子,远远望去就像是睡着了,是那样的安静,村子实在是太小了,只有七户人家,村名却叫了"六户底",秋天来了,庄稼都收了,地里什么也没了,紫皮的和黄皮的山药早就起了,也下

> 送了又送,透出死亡带来的落寞和忧伤。特别是,"一直送到路边……再送到另一条路边。"重复得真好。
>
> "麻子脸,人很风流",也是怪了,麻子脸往往很风流,这里边有一种反差的俏皮味道。
>
> "忘了",妙。写出心事重重。

了窖了,它们要在窖里好好睡一冬,豆子连棵子一捆一捆地都给人们收走了,还有高粱,都齐根给割走;玉米也一样,先掰棒子,然后把玉米秸再收回去。这样一来呢,大地都会静下来,一世界的树哇、石头哇、房子呀、水井啊、碾子呀都像是睡着了。但四如下葬后没几天,六户底又再次热闹起来,但这热闹也只是响器的热闹,人们却不再觉得热闹。有人从坡下上来了,<u>抬着四个大木匣子,他们一开始是走在一条路上,上了山坡后就各自闷闷地分开了,他们各自去了自家的地里</u>,各自把大木匣子埋在了自己的地里。六户底的人们都说可不敢再死人了,再死人,明年的地还让谁来种。但没人说喝酒的事,喝酒能把人喝死吗?这种事谁都没听说过。

> 重复四如的命运。

六户底的村长真是老了,他那个小卖铺忽然关门了,人们忽然到处都找不到村长了,这时天已经很冷了,雪是下了一场又一场。人们早上起来推不开门,雪把门都堵死了,人们只好从窗子里跳出去。鸡和狗都给雪封在了窝里,它们可着急呢,都闷声闷气地叫,急等着出去。雪再次融化的时候已经是春天了,人们终于看到了六户底的村长。他在山坡的玉米地里坐着,他坐在那里,一动不动,身边是那个放酒的卡子,大雪把他埋了整整一冬天,他是永远也醒不过来了。<u>春天既然来了,人们又要下地种玉米、种山药、种豆子了</u>,六春天,夏天,秋天,冬天,循环往复。户底的玉米长起来的时候,夏天便到了。夏天之后是秋天,秋天之后是冬天。怎么说呢? 一到了冬天,村子还是那么个村子,远远望去却像是睡着了,是那样的安详,如果再下几场雪,人们都要看不到这个小小的村子了。

比　　邻

　　<u>怎么说呢？我去乡下过年,并不是想在那地方写什么东西</u>,只是想住几天,感受一下乡下过年的气氛,还想听听鸡叫和鸟叫,还有,再看看羊,看看牛,看看水井,还有草垛。我自己也无法确定我想做什么,心思原是散漫的。但村子对我总是有无限的魅力——或者就什么也不看,只看看那一张张陌生的脸,男人的,女人的,大人的,小孩儿的。或者是,再看看老房子,我每到一个地方都想看看老房子,老房子特别能让人联想,那破烂的、东倒西歪的老房子,曾经住过一代一代的人,现在虽然没人住了,在那里静静地歪斜着,但以前谁知道它有过多少热闹,想想都让人心里惆怅。不但是在乡村,在大上海,我也喜欢住到老得不能再老的老房子里。<u>那一年,我和朋友金宇澄地下党似的住在一个要从下边钻上去的阁楼里</u>,人从窄窄的楼梯上去,从一个一米见方的入口上去,上边就是一个小小的阁楼间,如果把那个方方的小口子盖住,任是谁都无法上来,这样的房子给我以喜悦,那喜悦多少有些另类。在乡村,我

开头松弛,自然,淡而有味。

金宇澄,《繁花》作者,茅盾文学奖得主。把生活中真实人物写进小说,越发真实、自然、有味。

老房子。老戏台,都是有故事的,愈静幽思愈深。

除了喜欢看老房子,还喜欢看那静静的老戏台,当然是村子里的老戏台,总是静静的,没一点点声音,音乐和笙歌都是想象中的事,而现实中的戏台上总是堆满了杂乱的柴草和秫秸,演出者就是那些鸡,公鸡和母鸡,一律翎羽辉煌!母鸡们总是在那里认真地寻觅什么,踱着细碎而娇气的小步子;公鸡们总是精神抖擞、器宇轩昂,而且还精力充沛!它们怎么会那样精力充沛?"咯咯咯咯、咯咯咯咯"叫着,一只腿向后蹬,同时一个翅膀也朝后伸,以这种姿态转着圈子,不停地绕着母鸡表演。我看着那些鸡,忽然忍不住笑了,那一次李三问:"你笑什么?"我说:"下辈子转个公鸡也不错,起码是妻妾成群!"李三现在早就不在村子里了,他在外边买了房子,老婆孩子都去了那边,地也不种了,像许多村子里的人一样,他们现在都是买粮食吃。李三的变化很大,但那个我曾经去过多次的村子变化更大,这么说吧,它简直就不像是一个村子了,是特别的新,再加上特别的旧。但我还是想在这地方过一个年,计划从腊月二十九住到正月初五,我是这么想,腊月二十九到大年三十是村里最忙的时候,我就是要在最忙的时候感受一下乡村的年事。村长李卫东给我找了一处老房子,他说:"现在住老房子的人家很少了,给你找来找去还是李成贵的那几间空房子好。"村长李卫东说:"你既然不想在我的家里住,那么吃饭的时候你一定要过来。"我说:"我带着电脑,李成贵的屋里有没有电?"李卫东说:"那还能没有电,如果没电让电工马上给你拉根线。"李卫东说李成贵旁边那院子现在还住着人:"他妈还住着。"我说:"我吃饭也不过去,我想一个人好好待待,人一多我的许多想法就乱了。"我要李卫东到吃饭的时候把饭给我送过来。李卫东说:"行!"没过一会儿,李卫东就让他小子飞宇送来一些花生、黑枣还有柿饼子,屋子里的炕烧得很热,还生着炉子。我忽然想吃两个烤山药,我问李卫东的小子有没有山药。他又跑着去取了,不一会儿笑嘻嘻送来了小半盆子,个儿都很大,还是紫皮的。

  乡下的房子,正屋呢,格局总是三间,正中一间是堂屋,东边那间是东房,西边那间是西房。院子里照例东边还有房子,西边呢也有,放柴草,放粮食,放农具,放各种杂七杂八的东西。南边的房子一般用来圈牲口,牛、驴、羊,要是猪,就会再扩出个猪栏。紧靠着南房是茅房,茅房有时候就是猪的餐厅。李成贵的这个院子比较大,我住的这边是他院子的东边又接出来的,土院墙上还有一个门,但现在这个门让沙棘给封住了。我踩着院里靠着西墙的一个小土灶台朝旁边院子望,旁边的院子里已经有了节日的气象。当院的灰堆上用

此篇中的主角隐藏在这。神龙见首不见尾。

交代故事发生的环境、地位。

叙述者的空间位置、叙述的空间视角。

比邻 / 055

砖头压了一张二指宽的红纸条,上边肯定写着"五谷丰登"或"旺气冲天"之类的字。旁边的房子和这边的房子一样都已破败了,但旁边院子的上房西房和南房的门上都贴了红红的窄窄的小对联。院子里的那个灰堆上还露出一个圆圆的瓮盖子,我想那灰堆里肯定是煨着什么好吃的东西。我朝旁边的院子看的时候,李成贵的母亲这时候从北屋出来了,一股子热气马上跟着从屋里腾了出来。天太冷了,李成贵的母亲把两只手放在衣襟下哆哆嗦嗦去了南房,<u>取了什么,红红的,是几根胡萝卜</u>,又急匆匆地回了北屋。天太冷了,开门关门都是白腾腾的热气。

> 匆匆一瞥,后看清,形容行动之快,天之寒。

在乡下,过年是最最重要的一件事,首先是要吃糕,先要把糕面磨好,上好的糕面要用碾子推,一个人是推不动碾子的,要两个人推,一边推还要一边扫,其实青年男女搞对象最好去推一下碾子,一边推一边说悄悄话,也许连别的事都能捎带着办了。过年除了吃糕,还要吃饺子,也要把各种的馅儿先弄好,胡萝卜,用擦床子擦了,再剁剁,然后一团子一团子冻在外边,那一团子一团子胡萝卜就放在席箔上。圆白菜,也要切好剁好用水汆了,一团一团冻在外边。胡萝卜用来配羊肉,圆白菜则用来配猪肉,还有一种干菜,是苤蓝的干菜叶子,早在夏天的时候就晒好了,这会儿也泡了剁碎,用开水氽了,再团成团子冻好。这种干菜叶子是要配鸡蛋和豆腐干吃的。然后是压粉条子,这地方把做粉条子说成是压粉条子,把粉床架在灶上,锅开着,热气腾腾,这时候也许就需要一个人站到灶上去,或者是一屁股坐到床上,另一个人在盆子里弄剂子,把和好的山药粉子弄成一根一根又粗又长的剂子,一边开玩笑一边往粉床子的窟窿眼儿里塞,另一个人使劲压,粉条子就得了。粉条子照例也要放在外边去冻,一团一团冻成个硬团儿,一是好放,二是粉条子冻去一部分水分吃起来更好。再就是,做小米子佘饭,先把小米子饭做好,是捞饭,要煮得不太软,捞出来,好大一盆小米子饭都攥成团子放在外边冻了,黄黄的一团一团。做小米子佘饭还得放各种的菜,比如黄花菜,要事先发好也冻在那里;比如苤蓝叶,也要发好、切碎,一团一团冻在那里;比如油炸豆腐也要切丝,也要一团一团冻在那里。还有绿豆芽,也要事先用水氽了,一团一团冻在那里。这许多的菜其实现吃现做也不费事,但就是要一样一样在过年前都做好。这地方讲究,一过年就什么也不做了,什么都要吃现成的,吃的时候把准备好的东西一下锅就可以,小米子佘饭真的很好吃,到时候还要炝一些胡麻油在里边,这就是过年。小米子佘饭的菜料也可以用来吃素饺子。这地方讲究大年初一要吃一天

> 乡间年夜饭,一一道来,亦是风俗史。

素。素饺子就要吃个素淡。这村子里还出好醋,好醋要经过冬天的冰冻,冻一回,把冰去一回;再冻一回,再把冰弄出来,醋就越来越醇。

  我想出去走走,到处走走。从矿区回来我直接就到了村子里,我的头发已经很长了,我还没来得及收拾自己,我想理个发,再洗个澡。进村的时候我就看到村西边有个新修的澡堂,看样子很大,我问李卫东:"澡堂怎么样?干净不干净?"李卫东说连药厂那边的人都过来洗,然后又笑嘻嘻地小声对我说:"那还不干净,肯定没小姐!"想不到澡堂里的人很多,都赤裸着,在热气里又是搓又是洗,都热气腾腾的像是刚出笼!人们习惯在年三十之前好好把自己洗一洗,然后再理个发。除了本村的,果然离村子不远的药厂那边的人也过来洗,这些人都穿着中外合资药厂的工作服。因为人多,我就不想洗了,想先理一下发再说。但想不到理发那边人更多,我坐了一会儿,几个村子里的女人在那里"叽叽喳喳"商量怎么烫、怎么染、染点儿什么颜色在头上,今年又最时兴什么颜色。我坐着理发的时候,从外边又兴冲冲进来三个小伙子和一个姑娘,其中一个像是新郎,瘦瘦的,但很精神,穿着挺阔的西服,里边打着一条鲜红的领带。跟这个新郎一起进来的是他的同学,新郎说要把头发定一下型,另外几个也要把头发收拾一下。他们说话,我在旁边听,明白那几个同学是新郎的同学,他们从远处赶来参加新郎的婚礼,好像是昨天晚上就到了,还打了一夜的扑克。新郎是本村的,听他们说话,他们好像是一起在外边学过什么,又好像不是什么学校,而是培训班什么的。

<u>我从理发馆出来,头猛地一冷</u>,头发毕竟是理短了,我想起那句话:有钱没钱,剃头过年。我觉得我是不是应该找个人说说话?我往李卫东那边走,走到半道,又"咯吱咯吱"折了回来。

<u>天快黑的时候,我听到了隔壁的动静,李成贵的母亲在和什么人说话</u>。农村的房子,因为房盖儿都是通着的,她说什么我都能听得很清楚。"又一年了,你看看你,什么样子,脸脏成个什么样子,好赖给你洗一洗,你还不乐意,动,动,你还动,别动好不好,看看这地方,脏成个啥?"我听到了水声和拧手巾的声音,水盆里"哗啦哗啦"的声音。然后门开了,李成贵的母亲把水泼了出去。我躺在热乎乎的炕上,有点儿迷糊,热炕就是让人想迷糊,但我的耳朵却听着周围的一切声音,我想知道村子里的年是怎么过的,远远近近都有些什么动静,有人在远处"噼噼啪啪"放了一挂鞭炮。还有汽车开过来的声音,还有一种声音:"刮它、刮它、刮它、刮它。"我

该篇到此切入正题,进入叙事核心部分。要学习这种耐心。

比邻 / 059

弄不明白这是什么声音,直到这声音响了好长时间,我才忽然明白是旁边屋里在拉风箱。现在使用木制风箱的人家已经很少了,想不到李成贵的母亲还在使用风箱。说实话我比较喜欢风箱,觉得它还具有某种情调,我小时候就总是给母亲拉风箱,而且总是盼望着有只老鼠能够钻到风箱里,看它怎么出来。我拉风箱,母亲弯着腰在炒菜,母亲往锅里烹了点儿白酒,又烹了点儿醋,家里顿时芬芳四逸。母亲那会儿还留着两条大辫子,母亲说:"拉快点儿,拉快点儿,别总是看书。"我就拉快点儿。有时候我会把风箱拉得飞快,母亲又说:"不想拉就出去,饼子都要糊了!"李成贵的母亲拉完了风箱,也可能是另外一个人在拉,这时停了,李成贵的母亲说:"这是接年饭,稀稀稠稠的挺好吃,那几年想吃这还办不到呢!山药挺好,胡萝卜也挺好,明天晚上有饺子吃。"李成贵的母亲把锅里的饭舀在了盆子里,<u>可以听见勺子刮锅的声音,刮干净了,还把勺子在盆子上连连磕了几下,就这几下,你就会觉得这真是个过日子的女人</u>。我想她做的饭一定很香,要不隔壁的吃饭声怎么会这么大,"呼噜,呼噜,呼噜,呼噜"。隔壁吃了一阵子,李成贵的母亲又在说话了,她说:"把嘴擦擦,越老越难看了,看看你这个吃相。还剩一点儿就不吃了?吃了它,这么香的东西你还剩下它干什么?吃了它。"

只闻其声不见其人。只凭声音推动叙事,新颖。也塑造人物,留下悬念。

李成贵的母亲是和谁说话,她在侍候谁?是她母亲还是另外一个什么样的老人?这老人喘得可真够厉害。李成贵的母亲又说话了:"你看看,你要是在别人家早就到那地方去了,你还不知足!还总这么躺着,起来起来,别总躺着。"

> 误导,但真实,符合逻辑。

这时候,我听见有人从院子外边走了进来,玻璃上都是水气,根本就看不到是谁。我想应该是李卫东,果然是李卫东。

李卫东说他怎么都觉着把我一个人放在这儿有些不对劲,所以来了。

"怎么不对劲?"我说,"什么地方不对劲了?"

李卫东就笑了起来,说他女人刚才说了:"把王老师放在一边,吃饭都不请家里来。"

"我自己愿意。"我说,"这样我自在,我喜欢自在。"

"要不住我家吧。"李卫东说,"你想说话我就陪你说说话,你不想说话就把门关上。"

我说:"不,我希望屋里就我一个人,我就可以认真想想,或者写点儿什么。"

"也是。"李卫东说,"我要是总想说话怎么办?我喝了酒就特别能说话。"

"年三十村里都有些什么好看的?"我说。

比邻 / 061

"吃。"李卫东说。

"我还不知道个吃。"

"喝。"李卫东笑着说。

"我还不知道个喝。"

"熬夜。"

"还接不接财神?"

"当然接。"李卫东说还要接喜神。

我问今年喜神在什么方位?

"月份牌上都有。"李卫东说以前不许做的现在都允许做了,月份牌挺好看,李卫东说他没事就喜欢翻着看月份牌,越看越有意思,能知道许多的事。

"还踩不踩秋秸?"

李卫东不知道踩秋秸的事,说这地方没这个风俗。

"那么也不挂门松?"我说东北可有这个风俗。

李卫东也不知道什么叫门松,直摇头。

我告诉他把折来的松树枝挂在门头上就是"门松"。

"什么意思?"李卫东说。

我想了想,也说不出是什么意思,但我告诉他用松枝铺在笼屉里蒸包子很好吃,一股子清香味儿。因为是腊月二十九的晚上,我不愿让李卫东在我这里多待,再说我也想静静地给朋友在电脑上发个帖子。

李卫东临走时说小心炉子里的煤火:"别蒙得太死,小心煤气。"

李卫东一走,我就开始给陈应松发帖子,我想,<u>陈应松</u>这时候在武汉做什么呢?武汉的蜡梅开了吗?我还想起武汉的方方,不知道她在做什么。是不是在厨房里做过年吃的东西?我觉得她是一个很会做家务的女人。我为什么想到武汉,因为我的姑娘在武汉读书。

我在笔记本上敲敲打打的时候,旁边的屋里李成贵的母亲又在说话了。

"人家都不回来了,都在城里过年,要不我也去城里了。"李成贵的母亲说,"<u>就是因为你这个老东西,因为你我才不去城里,要不是你我早就去城里过了,成贵要等到初一才会回来,成花是初二,初一初二,他们也不知道在家里住不住。炕也不知道该不该烧。</u>"李成贵的母亲说,说成花这闺女一点儿都没孝心,就五月回来过一次,一年回来看她妈一次!"城里开理发馆可忙呢,今天、明天听说一晚上都不关门,一晚上都有人理发、洗澡,要过年了,我给你也铰铰,你看这地方,看看,看看,别动,这地方把眼睛都遮住了,要是成花回来就让她给你铰,可成花就是不回来。"

李成贵的母亲一说话我就写不到心上了,我靠在被子上听她说话,她又不说了。

方方、陈应松亦是真实人物,湖北作家,鲁迅文学奖获得者。

是人物对话,也是独白,塑造人物,继续悬念。

比邻 / 063

> 初露端倪，复又宕开。一般人不会留意。这正是作者高明处。

忽然，我听到了一声牛哞，很低沉的一声。现在乡下养牛的人家很少了，因为这个村子几乎是城市的一部分了。这是谁家的牛呢？好像就在旁边。乡村的夜晚其实并不那么安静，比如鸡叫，晚上的鸡其实一直都在叫，隔不一会儿就会"喈喈喈喈、喈喈喈喈"叫几声。现在是腊月，听不到夜鸟叫，要是春天和夏天，整晚上还会有鸟叫，晚上的鸟叫都是一只或两只，没有成群结队地就乱叫起来的事。而那一只或两只夜鸟的叫声会特别打动人，让人睡不着，让人莫名地伤感。

这时，李成贵的母亲又在她屋里开始说话，这回是骂，好像是她侍候的那个人拉在地上了。所以李成贵的母亲很生气，说："你还不如死了好，你看看你怎么就拉地上了！你什么东西！你再这样你就住到院里，冻死你个老东西！要是在别人家，早就让你去那地方了！你就会折磨我，你拉，你拉，你吃了就拉，也不看看地方！也不怕人笑话，要是成贵和成花回来你也这么拉，看看不把你赶到院子里，冻死你！"我听见门响，李成贵母亲出到了院子里，什么东西"哗"地一响，李成贵的母亲又从外边进到了屋里，接着的一声响，我知道她是把一把锹从外边拿了进来，肯定是在收拾地上的屎。另外那个人是一声不吭。

"你都多大了，你知道不知道，你还到处拉？你呀你,你死了吧!"李成贵的母亲又说话了,但她的口气又马上软了,"唉,谁叫你老了呢?谁叫我舍不得你呢?谁叫你受了一辈子罪呢?我舍不得让你去那地方就是给自己找罪受。"

<u>我不知道李成贵的母亲是在和谁说话,可那个人怎么不说话呢?可能是个哑巴。这个哑巴是谁?我当然不可能知道,但我想知道这个哑巴是男是女,上没上过学。</u>我知道这一带根本就没有聋哑学校,市里倒是有一家,在靠近宋庄的那一带,那地方原来还真有个村子,还真叫宋庄,但现在那个村子早就不见了,原来的聋哑学校那里已成市里最大的一家饭店。

李成贵的母亲又说话了,她说:"我再给你擦擦吧,你看你脏不脏,拉满屁股都是,你知道不知道明天就要过年了。"李成贵的母亲的话音里这时充满了温情,她说,"要是像以前那样多好,多干净,多能干,你看看你现在,明年你又老一岁了,明年你再老一岁你咋办?你站不起来你咋办?你越不站就越站不起来。"

李成贵的母亲说着,不停地说着,叨叨着,<u>我在她的叨叨声中睡去,热炕特别容易让人昏昏然睡去。迷迷糊糊地,我听到了一声低沉的牛叫,还听到了谁在外边走,把地上的积雪踩得"咯吱咯吱"响。</u>

半夜,我又听到了李成贵的母亲说话,她对<u>那个人</u>

> 虽是在设置叙述迷雾,但合情合理。

> 屡次来到真相旁边,但"热炕让人昏昏然",模糊状态。

比邻 / 065

说:"你冷不冷?"

过了一会儿,李成贵的母亲又说:"不知道成贵和成花还回不回来。"

> 不仅声音参与叙事,味道也参与进来了。

我是闻到炝花椒和葱花油的香味儿才醒过来的,天亮了。

屋子里,一到早晨就冷了,我下地把炉子捅开,又加了点儿煤。

各种的食用油里边,胡麻油是最最特殊的一种,南方人所说的麻油是芝麻油,晋北这一带一直远到内蒙古,所说的麻油就是这种胡麻油。胡麻籽儿颗粒很小,大小像跳蚤,油亮亮的,榨胡麻油之前要炒,炒胡麻味道很香,胡麻炒过才能榨,生榨的不香,榨就是压,初榨一回之后的油糁拿回来拌豆腐那个香,或者是放点儿盐在里边蘸糕吃,蘸馒头也行,真是香。晋北一带都喜欢吃胡麻油,不习惯的人闻着它有股子怪味,喜欢它的人炒菜、拌凉菜根本就离不开它。我闻到了炸葱花和花椒油的味道,我是让这味道给香醒的,胡麻油里边肯定是炸了些花椒和葱花,这味道可真是香。我想李成贵的母亲可能是要拌馅子了,而且肯定是素馅子,但大年三十,一般是不吃素馅儿的。这时候,李成贵的母亲又在旁边屋里说话了,她说:"你闻闻香不香。你闻闻香不香。"她又说,"他们不回来,我就给你包,包四十个素的,胡萝卜、豆腐,还有粉条子,你就好好吃吧。"她又说,"你站起来闻闻,你给我站起来闻闻,你站起来。"

李成贵的母亲不知为什么忽然又生气了,她说:"要是在别人家,早就让你去那地方了!你还不听话。"

<u>什么地方呢?我一边擦脸一边想,是不是福利院?问题是我不知道旁边和李成贵母亲住在一起的那个人的情况。</u>我洗了脸,把头发也顺便擦了擦,然后泡了包方便面,自从我和宁夏作家李进祥在一起住过几天,一旦非要吃方便面的话我就坚持吃清真方便面,味道其实差不多,但我就是觉得清真方便面干净。吃完这顿早饭,我把两个山药蛋埋在了炉子下边的热灰里,我想出去走走,看看人们都在年三十的白天忙些什么。我对这些最感兴趣。我知道年三十这天早上,第一件事就是家家户户都要争抢着把红红的对联贴出去。看对联也是件好玩儿的事,看看上边都写着些什么。我从我住的这边往南走,"咯吱咯吱"踩着雪,一边走一边看,走过村中间那口井再往南就是一片楼房,村子里的楼房都是二层,前边一个院子后边再一个院子,房顶都是平的。人们现在很少种庄稼了,都买粮食吃,要是种庄稼,到了秋天打场就在楼房顶上。因为不是秋天,当然看不到打场的场面,但还是能够看到有些人家的楼

一壁之隔、一层纸之隔,妙就妙在始终不捅破这层窗户纸,保持叙述的张力。

村民不懂外语。

顶上堆着秋秸。还有鸽子,村子里就是鸽子多,当然还有鸡,鸡就站在房顶把屎直接拉下来,把墙拉得白花花的。越往南走,南边的二层楼就越多,楼顶上还有"锅底",在城里,谁家房顶上安"锅底"谁家就要受罚款。可村子里没这事,<u>村子里的人可以看到许多外国台,但也只是看看画面,至于那些外国人在说什么,谁也不知道。</u>年三十的白天其实很冷清,人们都在家里忙,放鞭炮也得等到夜里吃过年饭,没听过谁在年三十白天一起来就放起鞭炮的。人们贴完对联就要开始忙晚上的饭,这道菜,那道菜,该蒸的蒸,该煮的煮,该煎的煎,该炸的炸。还有花馍,还有枣糕,糕上要点满鲜艳的红点儿,饺子到了天快黑才包,还要洗几个小硬币,把它包在饺子里看谁能一口吃到。这一顿饭一直要做到晚上。我从村南又转向了村东,然后再从村东那片树林子边上往回走,一直走到村北那片高地上,高地往北就更高,在最高的地方就是那一带土城墙。古时候,匈奴人就是从那边骑着马打到中原来。我往那边看看,那边的高地上都是白花花的积雪,白花花的很是冷清,冬天的乡野是冷清的,树都是枯枝,田地都是一派赭黄,地里还有秋秸,都给北风刮得朝一边倒。那边的土城墙下原来有个很大的牛圈,现在没有了,空空荡荡。那些牛呢,现在村子里人们都不养牛了,牛都给送到宰牛的地方去了。别说牛,骡子、马和驴现在都很少见了,这地方再过几年会变成城市的一部分,这让人多多少少有些伤感。

我看看表,忽然想去李卫东家看看他这时候正在做什么。

狗叫了一阵,李卫东的媳妇开了门,脸红扑扑的。

"打了一黑夜麻将,睡觉呢。"

我说:"那我就不进去了。"

李卫东的媳妇笑着说:"晚上过来吃饭吧,我们不讲究。"

"不了。"我说,"我只想自己一个人待着看看书,每年都这么过来了。"

"要不就叫飞宇把饭菜给王老师送过去?"李卫东的媳妇说。

我说不用,我告诉她我带了些吃的,比如罐头什么的,还有豆豉凤尾鱼,还有牛肉什么的,"其实比你们都丰富,来之前我就想好了,也准备好了。"我还有酒。

李卫东既然在睡觉,我就又返身回来。<u>因为天气冷,许多刚刚贴上墙的对联已经被冻掉了,在村巷里被风吹得到处乱飞。</u>我想这些人家是不是还得重新贴。我想这天气也实在是冷得有些不像话,冷得让人连对联都贴不到墙上。

> 实情实景,热闹中也有破败。乡村之实况。

比邻 / 069

往北边走的时候得捂着嘴。

有什么在响,抬起头,是人们自己安装的小发电机,转得飞快。

我回到了我的屋里,屋里很暖和,已经有好多年没在热炕上睡觉了。我马上上了炕,我把脚伸到铺在炕上的褥子下去,李卫东怕我着凉,给了我两条褥子,一条狗皮褥子,一条布褥子,褥子下边可真热。我忽然想起了埋在炉灰里的山药蛋,山药蛋可能已经熟了,我跳下炕,又再上炕,又把脚伸到了褥子下边,然后开始剥我的烤山药。其实,从我一进屋子的时候就听到了李成贵的母亲的说话声。我一边吃烤山药一边听她在说什么。<u>她这时在说皮鞋,她可能把皮鞋从什么地方翻了出来,她说什么,说别人有一双皮鞋,你倒有两双,"过年哪,我给你把皮鞋也擦擦,来人看着也好看。"李成贵的母亲又说,"你这皮鞋都碰破了,都裂了,下辈子你再穿好鞋吧。"</u>李成贵的母亲这么一说,我忍不住看了看我脱在炕沿下的鞋,我的鞋有些脏,我想到了晚上我得用湿布子把它擦拭擦拭。

"看看,擦擦就好看了。"李成贵的母亲又在旁边屋里说。

那个人却死气不吭,一声也不吭。

吃完烤山药,我想听听李成贵的母亲还要说些什

> 既是农村妇女的幽默,也是作者施放的烟雾弹。

么,但她开开门出去了。在李卫东的儿子李飞宇把晚上的饭送过来之前,旁边的屋子一点点动静都没有。我不知道李成贵的母亲去了什么地方。<u>其实她去什么地方和我有什么关系?</u> 我开始想我晚上该怎么过。我准备守岁,从小我就喜欢守岁,但我总是守不到天明,这回我想我应该守到天明,这个年三十毕竟和以往的年三十都不一样,因为是在村子里。我准备把鲁迅的那篇《祭书神文》再读一遍。我还带了一本诗集,还带了庆邦的一本小说集,在年三十的晚上,我想让自己读些轻松的东西。我想,我除了读书还要到处走走,在年三十的晚上在村庄里到处走走,看看这家那家的灯火,看看人们在子夜时分接财神,还要看人们绕旺火,三十的晚上,这里讲究要在院子当中点一堆火,一家人要绕着旺火这么绕三圈,那么绕三圈,我还想我该不该也跟着人们绕一绕旺火,到来年我也旺一旺。这么一想,我就忍不住自己跟自己笑了。我还旺什么? 我怎么旺? 热炕真是热,灶火发着"哄哄哄哄、哄哄哄哄"的声音,这种声音让人听起来真是亲切,你在城里能听到这种火的声音吗? 坐在灶上的那壶水快要开了,开始"吱吱吱吱、吱吱吱吱"地发出响声,这"吱吱吱吱、吱吱吱吱"的响声很快变成了"呜呜呜呜、呜呜呜呜",这声音有某种催眠作用。我把脚伸在暖暖的褥子下边,头枕

又宕开去,写"我"。该篇就是在"我""李成贵母亲"及"村庄所见"之间转换。当然,最终目的地还是"李成贵母亲"。

比邻 / 071

着被子,我觉着这么躺着很舒服。不知过了多长时间,院子里忽然有了动静,是李卫东和他的儿子飞宇送年夜饭来了。

"炕是不是太热?"李卫东说。

"太舒服了。"我对李卫东说,"在城里根本就找不到这么一盘热炕。"

"那就好。"李卫东说,就是看我一个人这么待着让他心里有那么点儿过不去。

"我就想一个人好好待待。"我对李卫东说,这也是一种享受。

"你还说享受!"李卫东的意思还是想让我和他们一起去吃,一起去热闹。我说,我这次来之前已经想好了,就是想一个人享受享受一个人待着的滋味,一个人待着可以让自己的思想更自由。李卫东不再坚持他的意见,他说饭盒里是各种菜,还有猪头肉,还有羊头肉,还有鱼,还有炖牛肉。我告诉他,到了后半夜我也许会去他那里看看,我对他说,我要看看三十晚上的农村都在做些什么。李卫东笑了,说:"那还用看?到了后半夜,打牌的打牌,打麻将的打麻将,什么也不做的就睡觉,睡足了好明天四处去拜年。"

我对李卫东说我明天也要过去给他拜年。

"咱们拜的什么年?"李卫东笑着说。

我说:"这也是千载难逢,在你们的村子里给你拜年。"

"要不跟我去我家吧,一起吃。"李卫东又说。

"你回吧。"我对他说,"我马上就把酒热一热,这炉子可真旺。"

"那我就回去啦。"李卫东说。

"也许我后半夜过去跟你一起绕绕旺火。"我说。

李卫东说:"你还知道这种事?你这种人还绕旺火?"

"我还要看看接财神呢。"我说,"我也接一个。"

"接财神就是放炮,没别的。"李卫东笑着说,"你接了往哪儿搁?你喝你的酒吧,这是老酒,别看是塑料卡子装的,比五粮液都好。"

真正的年是晚上降临的。我把李卫东送来的饭菜都放在了炉子的边圈儿上,我开始了我的年夜饭。我把酒热了又热,酒一热就发出了好闻的酒味儿,弥漫得满屋子都是。各种的酒里边我喜欢的就是烧酒,因为小时候我父亲就喜欢喝这种酒,我从小就闻惯了这种酒的味道。我认为只有烧酒才是真正的酒,我不怎么喜欢五粮液和茅台,就是因为它们是另一种味儿。李卫东送来的猪头肉很香,他这猪头肉压得真紧,切得真薄；那羊头肉也真好，也压得真紧，切得真薄。鱼也不错，还有拌的凉菜，麻油的味道特别香。我吃着、喝着，耳朵听着周围的各种的声音，远远的一声炮仗声，旁边屋里李成贵母亲的说话声，因为喝了酒，一切一切都变得亲切起来，让人也忽然想和别人亲近亲近。这时候，旁边屋子李成贵的母亲又说话了，她说："吃吧，素饺子，年年都是你先吃。胡萝卜、粉条子、油豆腐的馅子，你就吃吧。你吃了我再吃，这是规矩。"

素饺子？光吃饺子？

"吃吧，吃吧。"旁边的屋里，李成贵的母亲又说。

我忽然在心里想，李成贵的母亲还认不认识我？我这么想着的时候就已经开始行动了。不知怎么，我忽然觉得有些伤感，旁边屋，他们的儿子、女儿都没回来，就两个老人在旁边。<u>我觉得我应该过去给他们敬点儿酒</u>。我喝酒的毛病现在好多了，我以前喝酒，喝到一定时候就会站起来把全桌的人都亲一下，不分男女老少，一个挨着一个亲。那一次，我的朋友评论家贺绍俊还在旁边，我喝多了，站起来就亲一个女作家，老孟<u>孟繁华</u>在一旁就大笑，孟繁华是我见到的朋友里喝酒最好、最可爱的人，只要他一在，好家伙，就好像给火里猛浇了一杯酒，气氛一下子就烈焰腾腾。我想，旁边屋，他们在吃素饺子，他们有没有酒？我行动开了，我

过去敬酒，就是揭晓谜底。谜底如何揭开？敬酒最合适不过。

又是现实中真实人物。孟繁华，当代著名评论家。这篇小说妙在真实人物进来容串。

的行动就是端了酒离开了我的屋子,我出了院子,我的脚踩着雪了,"咯吱咯吱",因为是年三十,家家户户的院门都不会关,我进了旁边的院子,院子当中已经垒了一个小小的旺火,只不过还没有点,到了接财神的时候人们才会点旺火。<u>我端着酒,推了推那个门,我端着酒,进去了,我要敬一杯酒。</u>

我把门大推开了,白腾腾的热气从屋里一下子腾了出来。

我为什么一下子愣在了那里?我看到了李成贵的母亲,她正在端着一碗饺子坐在炕沿边,炕上的小桌上当然还有几样菜,还有一个很大很大的花糕,上边点满了红色的点子,那大花糕就像是一朵奇大无比的花儿!但我没看到另外那个人。<u>我看到了什么?我看到了一头老牛</u>,这牛太老了也太瘦了,<u>这头牛卧在地上,正在探着头吃盆子里的饺子,屋里的"那个人"原来是头牛!</u>从昨天到今天,李成贵的母亲原来是和一头牛在说话!她和牛说话,她亲昵地骂它,她给它洗脸,她给它剪额头上的毛,她给它吃素饺子,她给它擦蹄子,她和它唠唠叨叨。我站在那里,看着这头老牛,这头老牛实在是太老了,分明已经断了一条腿,断腿上绑着一块木板子,所以它站不起来了。也许它还能站起来,但还得养多少时日?它的毛也已经秃了,肩胛那里,屁股那

> 第二个"我端着酒"似乎是重复,其实不然,一是喝了酒有些晕乎,二是一种情绪。

> 谜底揭晓。

比邻 / 075

地方,还有膝盖那里。

我愣在了那里。

我还看到了两张五十元钱的票子,叠成了花朵的形状,一边一张绑在那秃秃的牛角上,我知道这是李成贵的母亲给牛的压岁钱,我以前见过,见过人们这么做。我愣在了那里,我想不到我想象中的那个人会是一头牛,会是这样的一头老牛,它已经老得站不起来了,此刻,它正在吃着它的素饺子,吃着它的主人给它做的年夜饭。

我的眼泪突然涌上来的时候我听到李成贵的母亲在那里连声说:

"快坐!快坐!"

"快坐!快坐!"

"快坐!快坐!"

"快坐!快坐!"

> 最后这几句是对人说的,习惯了对牛说话的李成贵母亲见到人自有一种惊喜。

三　　坊

怎么说呢？三坊以前离县城还算远，有二十多里地。过年的时候，县城里的货栈都要套上车去三坊，去三坊做什么？拉油，拉干粉，拉红糖。人们<u>都知道三坊这名字就是从油坊、粉坊和糖坊来的。</u>虽说三坊离县城二十多里，但比起别的地方，三坊离县城就要近得多，所以当年三坊的生意相当地火，套车从县城出发过一座大石桥到把货拉回来用不了一天时间，人和车都不用在外边过夜，这就省了许多时间和燃嚼。到了后来，三坊的名气越来越大，比如，三坊的麻糖，人们看朋友、走亲戚都要称那么两三斤，草纸一包，包上再压一张梅红纸，也真是好看，那好看是民间的好看。当年我在那里插队，回家没什么可拿，差不多每次都要带些三坊的麻糖回去给亲戚朋友。过小年，送灶神也要吃三坊的糖瓜，糖瓜的样子其实更像是大个儿的象棋棋子！这地方过端午节，吃粽子也离不开三坊的糖稀，这地方管饴糖叫糖稀，也许是叫糖饴，但发音却是"糖稀"。三坊的麻糖和饴糖好，好在是用甜菜头熬，这地方的甜菜

> "三坊"为油坊、粉坊、糖坊，但重点写糖坊。人物乃糖坊之人物。

好像也长得要比别的地方好，个儿特别大。甜菜的叶子黑绿黑绿的，可以用来做最好的干菜，所以有车去三坊拉货，往往还会带些干菜回来。这地方，吃素馅儿离不开这样的干菜叶子。三坊在全盛的时候据说一共有十八家糖坊，到我插队的时候还有两家，种甜菜的地有几百亩，<u>甜菜的叶子很大很亮,是泼泼洒洒</u>,特别地泼泼洒洒，泼泼洒洒其实就是旺。<u>三坊煮甜菜熬糖的那股子味道离老远老远都能让人闻到,是甜滋滋的</u>,好像是，日子因此也就远离了清苦，好像是，三坊那时候的日子过得就特别地兴头。<u>你站在那里看糖坊的师傅们拉麻糖,浑身在使劲,胳膊、腰、大腿,都在同时使劲,是热气腾腾,是手脚不停,亦是一种好看的旺气!</u>民间的那种实实在在的旺气。拉麻糖是需要力气的，上岁数的人做不了这活儿，做这活儿的大多是年轻人和中年人，既要有经验又要有力气，而且还要手脚干净！拉麻糖的木桩子上有个杈，一大团又热又软的糖团给拉麻糖的人一下子搭上去，手脚就不能再停下来。刚开始那糖团的颜色还是<u>暗红</u>一片，一拉两拉反复不断地拉，那糖团的颜色就慢慢慢慢<u>变浅了</u>、<u>变灰了</u>、<u>变白了</u>，<u>变得像是要放出光来了!</u> 拉麻糖有点儿像是在那里拉面，拉细了，拉长了，快拉断了，再一下子用双手搭上去，再继续往细了往长了拉，到快要拉断的时候再搭上

> 从外形、味道到动作姿势三个角度写糖坊之"旺"。

> 捉住颜色变化，拉糖场面便宛在眼前。

去然后再拉。麻糖拉得次数越多越出货,用他们的话说就是要把气拉进去。因为那糖团是热的,所以更需要拉麻糖的人手脚不停。糖五告诉我,看麻糖拉得好不好,从颜色都能看得出来,掰一块,看看麻糖的断口,像杭州丝绸一样又亮又细,这样的麻糖搁嘴里一咬就碎。三坊的麻糖就是这样,三坊的麻糖一掉地就碎,这样的麻糖能不好吃吗?糖五是谁,糖五是三坊拉麻糖的好手,他拉出来的一斤麻糖可以切八十九个角,别人呢,一斤也就切那么七十多个角,角跟角却是一般大。麻糖这东西好像正经的糖果厂都不见生产,生产它的只有像三坊这样的村子,是农民的手艺,而且麻糖这东西是季节性的,很少见人们一年四季在那里做,不像油坊和粉坊,四季不停。这种甜菜是要从春天做起,让它们的球茎从拇指大小长到鸡蛋大小,再从鸡蛋大小长到萝卜头那么大。种甜菜要不停地打叶子,把叶子一层一层地打掉,为的是让它们的球茎往大了长,再往大了长,越大越好。叶子打下来又会一把一把地被晾在那里,要是不晾呢,可以用水焯一焯,切碎了拌蒜泥吃,味道是十分独特。怎么个独特?又让人说不上来。那年,我在菜市场看到有人在卖甜菜的叶子,我一下子就想到了三坊。

我问:"是三坊的吗?"

由拉麻糖引出糖五,极顺极自然。

写完一圈儿麻糖又回到作为地名的"三坊"。

时间不久，却已如隔世。

"什么？"这人说。

"三坊还有糖坊吗？"

"什么？"这人又说。

"三坊还做糖吗？"我又问。

"这不是吗？"这人又说。

这人好像是在和谁怄气，我想和他说我在三坊待过，但我只买了两大把甜菜叶子，我想应该回家把这两大把甜菜叶子晒巴晒巴，也许过年就用它来吃一回素菜馅儿饺子。

"三坊"已变成一个站牌。城市化进程之结果，此为普遍现象。

三坊现在早就不存在了，县城在不断扩大，不是三坊自己情愿走过来，而是县城把三坊一下子拉到了自己身边。那二十多里地的距离一下子没了，当然那些拉货的老车也没了，那些老人也没了。三坊现在叫三坊区，是个新区，人们在三坊的土地上种下了大量的水泥和钢筋，让高高低低的建筑在上边日以继夜地长出来。不管你喜欢不喜欢它们，它们总是在破土而出，吓你一跳！这些个高高低低的建筑不停地长出来，长出来，长啊长啊，直长得遮天蔽日。现在去三坊不用套车，十五路公共汽车就直通三坊区，那个站牌上最后一站就是"三坊"。我每看到这个站牌，心里就想，那里不知道现在还有没有甜菜地，还有没有糖坊。住在这个城市的人好像都很懒，没事不会到处乱走，我和别人也一样，没什么事，去三坊干什么？

> 这么说，正是要去三坊。

我们去开一个会，会议主办方把这次会议叫作"民俗之旅"。这样的会议，大家一般都会喜欢，可以弄到一些土特产。开这种会，会方总是要给人们发些纪念品，这纪念品往往就是土产。说是去开会，其实不过就是玩几天，民俗的东西过去都叫"玩意儿"，所以我很期待着这次去能看到一些玩意儿。三天的会议，想不到都安排在三坊。一路上我已经很兴奋了，我对一块儿去的人说我在那地方插过三年队，那地方的甜菜长得就像是一片海洋，我又对他们说到粉条子，说三坊那地方的粉条子才是粉条子，比如做猪肉炖粉条子，要在别处，还没等粉条子炖进味儿，粉条子就没了，什么都没了，是泥牛入海！但三坊的粉条子是雪白雪白的，下锅和猪肉一起炖，雪白的粉条子炖成通红通红，那味道就全进到粉条子里边了，而这时候的粉条子还能用筷子挑得起。只有三坊的粉条子才能这么经炖。我们在车上说，在车上笑，车不知道走了有多长时间，最后车猛地停了下来，司机说："到了。"我说："怎么会到了？田野呢？还有村子？"司机就笑了，说："这就是三坊。"我说："别开玩笑了，起码还得有一点点田野吧。我在三

> 正可以写三坊之现状。

坊苦了三年还会不知道什么地方是三坊?"及至下了车,我才愣在了那里,东边,那个石头砌的高灌桥让我清醒过来,明白这里可真是三坊!这天晚上,是新区区主任请我们吃饭,这个主任可真能喝酒,一上来先是说不能喝,说是有糖尿病,到后来他自己疯起来,一杯一杯地向别人一浪更比一浪高地进攻。这么一来我也喝多了,回去的时候不知道怎么就睡着了,中间有小姐打过电话来,我对电话里的小姐说不行,我要睡觉,她又打,我又说不行,过一会儿又打过来,这一次我对电话里的小姐说我刚刚做完那事,没那个劲儿了,电话这才不再打。天快亮的时候,我又给布谷叫醒,那布谷鸟像是在很远的地方叫,又好像是在很近的地方。我知道,我还没有彻底醒过来,我让自己彻底醒过来的办法是,把窗子全部打开,让早晨的凉气从外边一下子进来,外边弥漫着雾气,远处的树成了两截儿,中间给雾遮去了,昨天晚上像是下过了雨,到处湿漉漉的。要是不看地上的那一堆给扫起来的落叶,光听那布谷叫,我还会以为是春天又重新来了一次,其实这时候已经是秋天了。我站在窗口往下看的时候就看到了那个老头,昨天我已经看到过这个老头,提了暖瓶到处去给人们送,这会儿他正在扫院。

写"三坊"实为写"糖五",写"糖五",先写此"老头","老头"为"糖五"讲述人。

我站在院子里，院子里的空气真好，我从招待所后边往南转了一圈儿，又从北边往南边再转一圈儿，我转的时候那只布谷鸟还在叫。我站在树下，那只布谷鸟的叫声又去了别处。后来我就站在了那老头儿的旁边，我问他这地方现在还有没有种甜菜的。他就用扫帚把子顿顿地，我不知道他是什么意思，老头儿说："这地方原来就是一大片甜菜地。"我说："不可能吧？我在这地方待过三年，这地方是甜菜地？"老头儿打量起我来，说："你在三坊待过？"我说："待过三年。"老头儿说："你说的是以前的事，现在三坊什么都没有了。"我说："你是不是三坊的人？"老头儿说他当然是三坊的人。<u>我问他认识不认识糖五。老头儿的脸一下子亮了，说："你看我是谁？"他这么一说，我就马上意识到他就是糖五，我说："不可能吧？你是糖五？你不会这么老。"老头儿说："谁说我是糖五？我给你讲讲糖五的事吧。"</u>

> 讲述糖五之前卖个小关子，有提神之效。

糖五不怎么爱说话。人们跟糖五说话，说好几句他也许才会回答一句。糖五其实没当过什么厨子，只不过后来他比别人胖一些，谁都知道胖一般都是吃出来的。糖五特别能吃，一见到吃的他就会把别的事暂时全部忘掉，他的个头也好像要比别人大得多，又宽又高,好像是,他那样子就顶适合站在那里拉麻糖。实际上,工地上的人们都知道是老邵叫他去的,老邵和糖五女人是一个村儿的,要是没这层关系,人人都明白老邵不会去叫他做厨子。做厨子不赖,一个月说好了五百块钱,但这每月的五百块钱要到年底才能发给糖五。<u>工地食堂的饭比较好做,一是没肉,二是没其他什么菜,就是个白菜,还有山药,还有豆腐和粉条子</u>,豆腐和粉条子不是天天都可以吃到,一个星期也只能吃到一两次,所以说等于是改善生活。工地的饭菜一般,但糖五的工作却不见轻闲,早上是早上的饭,稀饭馒头大咸菜;中午是中午的饭,烩菜和馒头,中午一般没有稀饭,到了晚上还是烩菜和馒头,也许还会有一大盘子咸菜。因为饭菜总是没什么变化,糖五的工作也就相当单调,不但他自己觉得单调,就是别人看了也觉得单调。他几乎是天天在那里切菜,一块菜板子,一个大盆子,大白菜放在菜板子上,"嚓嚓嚓嚓",一切就是一盆子,然后是山药蛋,皮都不削,也一切就是一盆子。和面是那么个大铝盆子,昨晚起好的,面都鼓了起来,气鼓鼓地顶起老高,好像在那里跟谁生气。看糖五和面很好玩,因为用下力气去,撒在面团上的面粉有时候会一下子扑糖五满脸。糖五每天的工作就是烩菜蒸馒头、蒸馒头烩菜,吃米饭的时候很少,主要是麻烦,乡下习惯是

一击两鸣。既写出糖五工作较为"轻闲",又交代工人伙食状况。

吃捞饭,先煮,再捞,再蒸,这么一来,干的、稀的两样就都有了。工地很少吃米饭,几乎是不吃,就像工地上从不吃肉一样。工地上从来都不吃肉,糖五都见不到肉。偏偏糖五又最爱吃肉,如果见到肉,他就总是管不住自己的口水,口水是滔滔而来,他还爱喝那么几口。只有在喝酒的时候,糖五才会话变得多一点儿,眼睛也会活泛起来,才像个年轻人,要是没酒,糖五就像是一下子老了许多。酒呀肉哇是糖五最喜欢的东西,不过呢,这两种东西谁又不喜欢?在这个世界上,可能没人太讨厌酒和肉,更多的时候,是人们想吃它却偏偏就是吃不到也喝不到。老邵对工地上的人说这他妈就不赖了,天天有白面馒头吃,天天菜里还有数也数不清的猪油花,动不动还会改善一下子,老邵说的改善就是过不了几天吃那么一回豆腐和粉条子。有人说:"这叫改善吗?""这不叫改善又叫什么?这就是改善。"老邵说,"我×你们的妈!不比你们以前种甜菜好?不比你们以前天天站在那儿拉麻糖好?"

糖五的话不多,那么大的块头,那么胖的腰,那么圆的膀子,却整天闷头闷脑的,最近更是闷头闷脑。别人不知道糖五为什么闷头闷脑,可糖五自己知道自己为什么闷头闷脑。糖五的闷头闷脑全是因为那个老邵。那个老邵总是去他家,好几次了,糖五突然在锅里

两句话交代"老邵"为人面目。文字效率太高。

"闷头闷脑"既是性格,又是事情。背后有隐情。

蒸着馒头的空儿就想起回家,工地就在他们村子东,回家也就是五六分钟的事,好几次了,他总是碰见老邵在他家。老邵在他家做什么呢?好像是也不做什么,但只要是老邵一在,糖五家的院门就会从里边给闩起来,敲一会儿,门当然是能敲开的。

门敲开了,老邵在炕上端端靠墙坐着,笑着。

"锅里没事吧?"老邵笑着对糖五说。

"锅里没事吧?"糖五的媳妇也马上会跟着说一句。

"锅里能有什么事!"糖五气鼓鼓地说。

糖五住了两间房,房子是他租的,糖五办事的时候老邵还来送亲,说是舅舅,后来又说是表哥,这让糖五多少有那么点儿犯糊涂,他问自己媳妇到底是舅还是哥。自己媳妇这么那么一说他就更糊涂,他媳妇说从她妈这边排辈分是怎么回事,从她父亲那边排辈分又是怎么回事,这么个排,那么个排,最终糖五还是给排糊涂了,发傻了。糖五现在不问了,糖五现在好像是知道怎么回事了,但又好像不知道。关于这一点,村子里的人们好像比他明确,都知道工地老邵有时候可以是糖五媳妇的舅舅,有时候可以是他媳妇的表哥,看情况定。

"老邵干啥来了?"糖五问自己媳妇。

"他来拔个火罐儿。"糖五媳妇说老邵来拔火罐儿。

> 三人对话版精妙,皆王顾左右而言他。有一种莫名的苦涩中的美感。

> 大有深意。

糖五说:"他为啥来咱家拔?"

"你看你这个人。"糖五的媳妇说,"工地上怎么拔? 光个大膀子?"

糖五十分不高兴,说:"在家就不怕光个大膀子? 怎么还把大门关上?"

糖五的媳妇就更不高兴了,说:"他拔火罐儿不得脱衣服,进来个人怎么办?"

"往哪儿拔?"糖五说。

"×上,往×上!"糖五的媳妇什么话都敢说,她这么一说,糖五就不敢再说什么了,看看糖五那个样儿。糖五的媳妇倒笑得弯了腰。糖五的媳妇不但嘴上能说,还有主意,弄得糖五总是生闷气。

> 只一句话,糖五媳妇泼、浑、赖、俏的形象跃然纸上。

有时候糖五气急了,会吼吼地来这么一句:"刀呢——"

邻居们都听到了,糖五在家里大声吼:"刀呢——"

糖五的声音更高了:"刀呢——"

糖五的媳妇看着糖五,捂了一下嘴,忽然笑了,说:"还刀呢。你见过刀没?"

"刀——"糖五的嗓子里又蹦出一个字。

"我看你就没见过个刀。"糖五媳妇说。

"总有一天刀那个刀!"糖五说。

"那不是,刀在灶上呢,去!"糖五媳妇说。

> 浑。

> 悠。与前面提到的"闷头闷脑"相接。

> 怒气转移。

<u>糖五媳妇一说"去",糖五就不敢再说什么了。</u>

糖五说:"去给我炒个菜,我要喝酒!"

"都快半夜了。"糖五的媳妇说,"要喝你自己炒去!"

"半夜怎么了?"糖五说。

"你爱怎么就怎么,我睡觉了。"糖五女人上了床,铺了被子,脱了衣服。

怎么说呢?糖五只好也跟上,上床脱衣服。糖五睡了一会儿,睡不着,越想越气,觉得自己不能说话不算话!他又穿起了衣服,又下了地,重新生了火,故意弄出很大的动静。<u>糖五给自己炒了个菜,铲子把锅弄得"哗啦哗啦"响,这已经是半夜,糖五炒菜的声音传得很远。</u>糖五是故意的,这么晚炒菜,也就是个炒山药片儿,酱油放多了,黑乎乎的,然后自己跟自己喝起酒来。他觉得这关系到他这个男子汉的尊严。

"妈的,刀!"喝着喝着,糖五忽然又憋闷出这么一句。

"刀——"喝着喝着,糖五又大声说。

他女人说:"刀就在灶台上!"

有几次,都是白天,院门插着,糖五敲门,自己女人不在,开门的倒是老邵。糖五脸红红的,问:"我媳妇呢?"老邵说:"我睡着了。谁知道你媳妇在什么地方?刚才还在呢!你怎么又回来了?食堂里有没有人?如果让谁抓把耗子药放锅里,我看你怎么办。"老邵这么一说糖五就怕了,生气归生气,他又飞也似的往回赶。其实他心里有数,馒头蒸多长时间干不了锅,稀粥煮多长时间就可以歇火。糖五现在真是有心病了,揉馒头的时候气鼓鼓的,一边揉一边想心事,总觉得自己要干一件事,而且一定会成功,但他又怕自己成功。馒头揉好上了笼,<u>人就马上往村子里走,手上,额头上都是白面</u>。村里人说:"还是糖五好,有忙有闲的,头顶上白面就出来了,就不怕笼里的馒头长腿跑了?"糖五说:"馒头还会长腿?你让它给我长条腿!"村里有人说:"这是这几年了,那几年馒头个个都有数不清的腿,你看不住它,它就跑了,保准一个也不会剩!""谁想吃谁吃去,反正馒头就是让人吃的!"糖五气鼓鼓地说。村里人说:"看你急忙忙的,你回家干什么?你是不是想干一下你媳妇的×,时间也不够哇!脱衣服也得脱一阵。干完了,穿衣服又得一阵,到时候你那边的锅也要干了。"人们跟糖五嘻嘻哈哈。人们虽然嘻嘻哈哈,但糖五觉着自己不能再这么嘻嘻哈哈下去,他觉得自己应该把老邵抓住。一定要瞅准了老邵和自己媳妇在一起的时候把老邵抓住。糖五想好了,再回去的时候就不敲门,从

"手上,额头都是白面",写出糖五心里又急又气,传神。

墙头上悄悄跳进去,然后再想办法一下子进到屋里把老邵和自己媳妇抓个正着。抓住又能怎样呢?糖五又没主意了。

"刀——"有时候在那里躺着,糖五会猛不丁地憋闷出这么一句。

"一口一个刀,你到底想干啥?"糖五女人说。

"<u>啥也没有拉麻糖好!</u>"糖五长叹了口气,说,"我就是想拉麻糖!"他坐起来,说:"你远近问问,<u>说起麻糖就没人不知道三坊我糖五。</u>"

> 拉麻糖的辉煌岁月中,没有屈辱。

我对老头儿说:"你说说糖五现在的事。"其实我说这话的时候已经有些不耐烦听他再往下说了,再往下说也没什么新鲜事,不过是糖五也许杀了人,杀了那个有时是他媳妇舅舅有时是他媳妇表哥的老邵,或者,也许糖五会把自己媳妇给杀了,但这种事一般不会发生。我说:"糖五现在做什么呢?"那老头儿说:"你们开会,还能不出去参观?糖五现在拉麻糖呢。"我说:"在什么地方?"老头儿说:"那边,就在这条街上。"老头儿又往那边指指,说,"就这条路,走到头往右边拐一点儿就是,他天天在那地方拉麻糖。"我说:"三坊的麻糖最好。"老头儿的眼睛就一下子亮了起来,说:"那是!你还忘了说两样,还有粉条呢,还有红糖呢。"不过老头儿马上又说,"现在可差得太多了,要在以前,拉货的车一停一大片。"我说:"这我知道,我经见过,我在这地方插了三年队!这时候那只鸟又在叫了,我说树上这只鸟叫了我一夜。"老头儿往树上望了一下,说:"布谷吧?现在布谷鸟都是乱叫,以前是春天叫,现在秋天冬天都叫,也不知是怎么了。"我仰起脸想看看那只布谷,我转着树找它,听它飞起,又落下,落下,又飞起。直到吃早饭的时候我也没看到它。

　　三坊的早餐说不上好,但有特点,居然有酸饭。服务员一端上来我就坐不住了,一盆蒸好的小米子饭,一盆小米酸汤,还有一盘老咸菜丝儿。我吃得很香,别人看了也学着吃,把小米饭先盛在碗里,然后再浇酸汤,然后再放些老咸菜在里边,马上就有人说:"这有什么好吃?简直是难吃!太酸太酸!"连着喊服务员拿糖。我说:"放糖还算是什么酸饭,酸饭就要吃那个酸劲儿。"我对他们说:<u>"到了三坊要吃糖就吃三坊的麻糖,走遍天下,三坊的麻糖最好。"</u>我对他们说:"怎么拉麻糖?这么拉,再这么拉,要把空气都拉进去。"他们说:"空气这东西怎么能拉进去?"我说:"看麻糖的颜色,颜色越白,里边拉进去的空气就越多。""那还不吃一肚子空气?"他们说。我说:"参观的时候买一些回去吃吃,你们就知道了。"我告诉他们,"当年我每次回家都

又提起麻糖,因结尾要结在糖五的麻糖。

要带好多三坊的麻糖,这一回来了也要多买一些回去送当年的朋友,尤其是当年一块儿在三坊插队的那些插友。"我忽然想起刘心平来了,在三坊插队的插友他最惨,已经半瘫了。我想好了,一定给刘心平带些三坊的麻糖。

参观三坊是下午的事,但我突然没了一点点兴趣再去买糖五的麻糖,我看见他了,人更胖了,赤着两个大膀子,正在那里出力地拉麻糖给参观的人看。他那个麻糖铺子像是有两三间房大,拉麻糖的桩子就立在门前,旁边还有案子,案子上堆了一堆切好的麻糖,有人正在那里装包。我没过去,因为我一眼就看到了那个招牌,招牌上写着:邵记老三坊麻糖。我心里忽然很不是味儿,我知道这个姓邵的是谁,这不难想象,但我就是不知道糖五现在应该叫他舅还是叫他表哥。

我到路边去看树,看看树上有没有鸟窝。

和我一起去开会的人在那边喊了一声我,要我过去吃麻糖。我听得见自己的心跳,但我没有过去。有树叶从树上打着旋儿掉了下来。

> 招牌上的七个字,多少人心曲折变化,酸甜苦辣,隐含其中,不言自明。

猪　　王

　　怎么说呢？一开始，人们都不在意刘红桥养了那么一头猪。

　　在村子里，你养一头猪，他养一头羊，或者是，只要你喜欢，忽然养了几百只鸡或鸭，人们都不会觉得奇怪，人们谁都不会把这种事放在心上，放在心上的也许只有养猪、养鸡、养鸭的这家主人，只有他们关心他们的猪长不长，关心他们的鸡是不是已经快到下蛋的时候了。所以，在一开始，谁也没在意刘红桥养了一只猪。那只猪在小的时候也就是一只普普通通的小白猪，没什么特别，身形细挑且贪吃，总是这里拱拱，那里拱拱，一副永远吃不够的样子。猪呢，可能普天下都那个样子，英国、法国，或者是意大利的猪，大概也都概莫能外。人们不怎么注意刘红桥的猪，可能还和刘红桥这个人有关系。刘红桥的岁数呢，都已经七十多了，一辈子这么过下来却还是光棍儿一个。到了他这岁数，人们也不舍得叫他光棍儿了，一村的人都叫他红叔，大人、小孩儿都这么叫。其实以他的岁数，早应该是人们

> 诸多事开始都是寻常事，后来才变不寻常。

> 普通猪，故无人在意。
>
> 老光棍亦无人注意。养猪有慰孤鳏之意。

的爷爷了。刘红桥的兄弟已经过世,和他同辈的人在村子里也不多了,现在和他住在一个村子里的还有他的一个侄子,他的这个侄子对他特别上心,特别关心他。刘红桥和这个侄子都是出过远门的人,在村子里,人们对出过远门的人像是特别尊敬。刘红桥和他的侄子刘俊出远门,也就是到塘沽那一带打工,这打工可不是一般的打工,是搂盐,一去就是二十年,搂出的盐恐怕都有好几车皮。要在一般人,外出打工的雄心壮志就是娶媳妇、盖房子。现在在村子里都时兴盖二层小楼,许多人都做到了,但刘红桥什么都没做到,一没把媳妇娶回来,二没把房子盖起来。人们都说,刘红桥这个人是怎么啦?在外边浪了二十多年难道什么都没挣下?这就让刘红桥在村子里话一天比一天少,人也一天比一天孤独,他很少去别人那里,别人也很少去他那里,其实村子里的人们未必就会因此小瞧他。再说呢,他的岁数已经是村子里的爷爷辈!刘红桥是自己跟自己闹别扭,到后来,他连侄子的家都很少去,倒是侄子刘俊经常来看他。来了,互相递根烟,也没什么话,看看屋,看看场院,看看晒在那里的玉米,看看晾在那里的白菜,看看刘红桥的鞋子,看看刘红桥的衣服,有什么地方破了就拿回去让自己女人给补补。日子就这样不知不觉过下来,直到刘红桥养的那头猪出了名。

不同于一般村民。

所以无人在意。

嘴里无话,但眼睛有内容。故写侄子之眼,实写刘红桥之状态。

猪能出名吗？猪怎么就不能出名？刘红桥的猪是越长越大，先是，比一般猪大了些，接着是，比一般猪大得多，然后是，这头猪简直要长成一头大象了，大得自己都站不起来，要人帮着，它才能往起站。怎么帮？也就是让人推着它，它才能站起来，这样大的猪真是远近少见，<u>因为这头猪，刘红桥家里慢慢热闹了起来</u>，远近的人们都赶来看猪，刘红桥叫他的猪"小白"，现在还这么叫。但外边的人却不这么叫刘红桥的猪，人们叫刘红桥的猪"猪王"。自从报社记者来过一次，<u>远远的人现在都知道刘家楼出了猪王</u>。现在乡里开个什么会，来个什么客人，乡长刘庭玉和书记李峰还会常常亲自陪着客人下来看猪王，好像刘红桥的猪王已经成了乡里的旅游节目。再说呢，刘家楼乡也没个什么可以拿出来夸耀的，现在有了，就是刘红桥的这头猪。

猪和人开始进入众人视野。

村里大人、小孩儿都知道，刘红桥特别宠爱他的猪，对猪，原是可以用"宠爱"这两个字吗？怎么就不能？<u>刘红桥对猪就是宠爱，什么东西都舍得给它吃，晚辈送他的点心和水果他都舍得给猪吃</u>。别人养猪是为了杀了吃，是为了养肥了卖钱，而刘红桥养猪却好像不是为了这些。没事的时候，刘红桥还总在那里和猪说话。"过来。""过去。""吃吧。""喝吧。"刘红桥的话，那猪王居然像是句句都懂，猪王在刘红桥的家里其实就

故能成乡村奇事。

猪王／095

像是一口人,它在刘红桥家里一待就是十年,刘红桥的这头猪还真是聪明,聪明得有时候简直就和狗差不多,这家伙耳朵又好得出奇,刘红桥还没走到院子,刚刚走到下边那块田里,轻轻咳嗽一声,刘红桥的猪就会听到,而且马上就会在那里"吱吱吱吱"叫起来,这"吱吱吱吱、吱吱吱吱"像是撒娇,且细声细气,<u>让刘红桥听了特别动心、特别亲切,这叫声让刘红桥觉着自己在这个世界上其实并不孤单。</u>因为这头猪,刘红桥后来对猪的叫声就特别敏感,<u>猪这东西,要是你要杀它,它的叫声是从喉咙里直冲出来,</u>一条线似的从喉咙里叫出来,而刘红桥的猪"吱吱吱吱"地叫,是从鼻子里哼出来的,细声细气,又像是打招呼,或者简直就是问候。问候谁呢?当然是在问候刘红桥。刘红桥每天一起来,嘴里先要"嘟嘟嘟嘟、嘟嘟嘟嘟"一阵子,算是和猪互致问候,刘红桥在那里"嘟嘟嘟嘟、嘟嘟嘟嘟",猪在那里"吱吱吱吱、吱吱吱吱"一唱一和。村里人就会说,听听听,听听听,刘红桥又在和他的猪说话呢。只是,人们不知道他们在说什么。刘红桥的猪,在小的时候,还会一下子立起来,只要刘红桥拍拍自己的腿,猪就会一下子立起来,把两只前腿搭在刘红桥的腿上,用嘴去拱刘红桥的手,拱啊拱啊,刘红桥手里果然有一个小萝卜头,或者是从道边捡的一个从树上掉下来的干巴了的

养成宠物,乃有陪伴之意。

没使用象声词,但描写准确至极。

果子,刘家楼这一带苹果树很多,没人稀罕从树上自己掉下来的落果,这就可以让猪开怀大嚼。刘红桥的猪,再大一些的时候,还会跟着刘红桥出去,在刘红桥屁股后边晃晃晃晃,晃晃晃晃,猪走路可不就是晃,狗是上下颠,猪是左右晃。刘红桥在地里干活,猪就在地头拱啊拱。刘红桥从地里回来,猪就又跟在他后边晃回来。<u>从小到大,刘红桥吃什么,这头猪就跟着吃什么</u>,刘红桥把饭做好,先给猪拨一半,然后自己再吃另一半。到了后来,猪比刘红桥都吃得多,每顿饭都是猪吃多一半,刘红桥吃少一半。有句话是"同吃一锅饭",刘红桥和他的猪就是同吃一锅饭!这还是猪王小的时候,到后来,猪王一天比一天大,食量也一天比一天大,刘红桥种了三亩地,红薯、玉米再加上几趟子小麦,这三亩地打的粮食到后来都不够猪王吃。刘红桥总是向邻居们借粮食,这让他侄子刘俊很生气,都什么年月了,还到处借粮食?他侄子刘俊是怕不知情的人说自己,就那么一个叔,是不是吃不饱?怎么总是东借西借?刘红桥呢,是先要保证猪王有吃的,然后才是他自己,一晃十年过去了,刘红桥什么也没挣下,好像就挣下这么头猪王!刘红桥十年做了些什么事?好像就只做了这么一件事,把一头猪养得奇大无比!猪王让刘红桥在心里骄傲得了不得!除了他,谁还能把猪养得这样奇

　　已成家里一口人,陪伴至深。

猪王 / 097

大无比,把猪都养成了猪王。但养这么头奇大无比的猪却真是给刘红桥带来很大的麻烦,天已经很冷了,一入冬,刘红桥的麻烦就更大,刘红桥的侄子刘俊打定了主意,说什么也要让他叔把猪给卖了。

刘红桥的侄子对刘红桥说:"人家的猪在猪圈里,您的猪就在屋里。"

刘红桥笑笑,看着前边。

刘红桥的侄子说:"人家的猪吃猪食,您的猪和您吃一锅。"

刘红桥还是笑笑,他本来就话少。

"您可好,"刘红桥的侄子说,"人家种地是为了填饱自己的肚子,您是为了给猪吃。"

刘红桥还是笑笑,好像是有些不好意思了,搔了搔头顶。

刘红桥的侄子把话说到节骨眼儿上了:"人家养猪是为了卖钱,您呢?为了啥?是为了贴钱,乡里来了人您还得贴茶、贴烟、贴招呼。"

刘红桥说话了:"我养猪就是和别人不一样,一不是为了卖钱,二不是为了杀了吃。"

"那您为什么?"刘红桥的侄子把一支烟递给刘红桥。

刘红桥答不上来了,想了一阵子,搔搔头顶,笑着

> 猪的陪伴作用刘红桥本人并无明确意识,说明并非功利心在起作用。

说:"反正我就是不杀也不卖!"

"那您为什么?"

刘红桥答不上来了。

"为啥?"刘红桥的侄子觉着又好气又好笑。

"小白都跟我十年了!"刘红桥说。

"十年又怎么啦?"

"小白跟了我十年了!"刘红桥立起身,去了西边那间屋,他侄子跟在后边。

"我给您找条狗吧。"刘俊说,"这世界上还有拿猪做伴的? 狗比猪好。"

<u>"狗黑夜乱叫!"刘红桥已经站在了西屋里,他反对侄子这么说。</u>

刘红桥的三间屋都很老了,他住东边那间,猪王就在西边那间,中间这间放粮食和杂七杂八的东西。刘红桥怕猪王给冻着,地下铺着很厚的秫秸,猪王就侧躺在秫秸上,躺在那里也闲不住,总是不停地用嘴叼秫秸,把秫秸叼过来叼过去。人们都说,它又不是头要下崽儿的母猪,它那么做是在做什么? 但刘红桥就是喜欢看猪王这么把草叼来叼去,猪王这么做的时候让人觉得它就是一条大蚕,一条奇大无比的大蚕,一只马上就要做茧的蚕,猪王在那里动,嘴一动,全身也都跟着在动,用这村子里的话就是"鼓拥",浑身肉一鼓拥一鼓

> 狗是陪伴,猪不是,猪弄成了陪伴于是才有故事。设若一开始弄的是狗,则无此故事了。

拥的。猪王实在是太大了,太肥了,这么大的猪,不少人说去马戏团肯定不行,它表演不来,但它应该去动物园,让人们买了票来参观它,看看猪肥到猪王这个地步是什么样。肥得连眼睛都没了!其实不是没了,是那两只眼睛都缩到脑门儿那地方的肉褶子里去了,肥得连下巴都没了,猪嘴直接和猪肚子连在一起,白晃晃的一大片。猪王现在总是在那里躺着,气派十足,想起来就得刘红桥帮它一下,吃食的时候得刘红桥蹲在它旁边喂它,把手里的面条子一把一把搁到它嘴里,刘红桥给猪喂食别人看了都觉着害怕,怕猪一不小心咬了他,人们都知道猪这种东西是会咬不会放!刘红桥的得意也在这里,刘红桥把手塞到猪嘴里去,不但是手,好家伙!半个胳膊都进去了,"啊呀,啊呀。"旁边的人都叫起来了,这么老大一口猪,咬断他一根胳膊还不是像吃一根豆芽!人们担心,可刘红桥不担心,刘红桥知道小白不会咬它,从小,他就这么喂它喂惯了。连刘红桥自己都不相信,十年的工夫,小白怎么会长这么大?那天,一个杀猪的来了,给吓了一跳,说:"杀这只猪恐怕得用一把东洋刀!光有东洋刀还不行,还得使多大的劲儿?恐怕得使吃奶的劲儿!"做鼓的那天也来看猪王,他围着猪王转圈走了走,发出一声长叹,说:"这张皮可以绷一个全世界最大的鼓,比所有的鼓都要大。"

喂法确实前所未闻,前所未见。

又有一个厨子,根本就不相信刘红桥的猪王有人们说的那么大,也赶来看,给吓了一大跳,厨子也不看刘红桥的脸色,说:"这头猪,杀了连头蹄、下水算在一起够办他妈一百张席!光那个猪头,腔子那里下得大一点儿,一颗猪头就够两桌人吃!"

杀猪的和绷鼓的鼓匠还有那个油光光的厨子让刘红桥很不高兴了一阵子,他把门一锁,不让人们看他的猪王了。他坐在那里生闷气,眼里都有泪花了。

怎么说呢？<u>刘红桥现在不得不打主意要把猪王卖了,因为他病了</u>。刘红桥的侄子刘俊说他叔刘红桥是给猪王累病的,刘红桥的病是头晕,站都站不稳,站在那里看他的猪王,猪王现在是一大片而不是一个,这说明他眼睛有了毛病。他侄子刘俊对他说:"您这下子好了,不但把自己的东西都给猪王吃光喝尽,而且还把自己都给累病了。您病了,猪能不能带您去看病？还不得我带您去！"刘俊带刘红桥去了县医院,在那里挂了号,做了各种检查,大夫说刘红桥是脑血栓,不过还不算太严重,但要注意休息,不要累着,这病越累越厉害。刘红桥的侄子刘俊当然知道脑血栓不是什么好病,这病动不动就能让人瘫掉,动不动就能让人嘴歪眼斜。但最最可怕的是让人动不了,拉屎撒尿都得在床上进

> 没有不散的宴席。人与人是,人与猪也是。

行。刘俊对他叔刘红桥说:"这回您知道了吧?您这病都是给您那宝贝猪累的!再累也许就赶上刘旺弟了!"刘红桥当然也知道脑血栓是个什么病,村子里的刘旺弟就是脑血栓,现在连走路都走不好,一走三晃,嘴眼都跟上乱动,谁看了谁想笑,说刘旺弟要是上了剧团,那个王耍丑保证就没饭吃!

阳历十二月,天还不算太冷,但寒流一来就要猛地冷那么一下子。很不巧的是,刘红桥这几天又感冒了,刘红桥平时最怕自己生病,自己生病少吃一顿没什么,少喝一口水没什么,刘红桥最怕没人给他喂小白。刘红桥又没别的亲戚,他一病就是刘俊的事。刘俊天天都得把饭做好了送过来。刘俊对他叔说:"叔,我侍候您能行,因为您是我亲叔,因为您和我爸是亲兄弟!但我就是不能侍候您的小白,一是做不来猪食,二是我也推不动它。"刘俊这么一说,刘红桥也没说的,他对侄子说:"饿它两顿也饿不死,就饿它两顿吧。"等刘俊前脚一走,刘红桥就把侄子给自己的饭哆哆嗦嗦都倒给了猪,侄子送给刘红桥的饭能有多少?够一个人吃,这点儿饭给猪王吃可不够。猪王饿得在西屋里"咕咕咕咕、咕咕咕咕"直叫。刘红桥忍不住了,颤颤抖抖找了两根红薯给猪王吃,猪王躺在那里,刘红桥坐在它旁边的木槽上,把红薯用刀一块一块削开了,再一块一块放到猪王的嘴里。刘红桥一边喂他的猪王,一边流清鼻涕对猪说,天马上就要下雪了。说这话什么意思呢?没什么意思,刘红桥总是想起什么话就没头没脑对猪王说什么话。

"小白你看看你,你知道不知道,我病了。"

刘红桥又把一块红薯喂给猪王,刘红桥又说:"要是在别人家早把你卖了,别家的猪最多也就活个两三年,可你呢,啊,你呢,你都十岁了,你知道不知道,你们猪是六个月就顶一岁,十年就是二十岁,你都二十岁了,你二十岁了你能做什么?你把自己吃这么肥你能做什么?你就不能少吃一顿?你整天躺着,你像条大蚕,可你又不会吐丝,你吐根丝给我看看,你要是会吐丝就好了,上边就有人把你收走了,也许国家都会让你去给他们吐丝,也许都会让你去美国表演吐丝!"喂完红薯,刘红桥又颤颤抖抖站起身,去把那根老粗的木棍取了过来,他想让猪王站起来走走,现在天冷了,要是天气好,刘红桥也许就会给猪王洗个澡,用桶提来水,给它冲,用竹扫帚给它把身上打扫打扫。刘红桥一拿来棍子,猪王就知道它的主人的意思了,它把身子一欠又一欠,一欠又一欠,终于顺着棍子的劲儿就站了起来,它站起来了,但它不知道为了帮它站起来,刘红桥累得一下子靠在了墙上。猪王实在是太大了也太沉

人与猪言,总是凄凉。

猪王 / 103

了,为了帮助它站起来,刘红桥得使多大的劲儿!猪王一站起来就显得更大,简直就是一堵奇大无比的白花花的墙,是一堵肉墙!白花花的肉墙!刘红桥都怀疑,猪王要是再长下去还能不能从西屋那个门走出来,到时候恐怕那个门太窄了。刘红桥在猪王小的时候就没考虑过给猪王弄个猪圈,猪王还是条小猪的时候就给放在了西屋,在西屋一待就是十年!有时候,刘红桥打它一下子,它会"吱吱吱吱"叫着直往西屋里钻,它认定了西屋就是它的老家。

猪王摇摇晃晃站了起来,它站起来第一件事就是抖,"呼噜呼噜"抖一阵子,把全身的肥肉都要"呼噜呼噜"抖到,好像不这样它就不舒服,好像不这样它那浑身白晃晃的肉就不会醒来。肉会睡着吗?怎么就不会?肉睡着了就不会动,要想让它动就得好好晃一阵子,要是在小时候,猪王还会把后蹄子朝前翘起来弹弹脖子,那样子还真好看,抬一下左边的小蹄子,再抬一下右边的小蹄子,但现在它太肥了,蹄子抬不起来了,它现在只能抖,它把身子一抖,浑身白晃晃的肉便一下子都活了起来,从上到下的肉都在晃。抖完,猪王就要到墙边去蹭蹭墙,蹭蹭这边,再蹭蹭那边。蹭墙的时候,刘红桥就抬了头看房顶,他很担心那墙会给猪王一下子蹭倒了。猪王蹭墙的样子不像是在蹭痒,倒像是在用了全身的力气在推那堵墙,把身子斜了,靠在了墙上,"吭哧、吭哧"一前一后地蹭,"吭哧、吭哧"一前一后地蹭。"轻点儿轻点儿。"刘红桥在旁边说话了,他还用棍子轻轻碰碰猪王,说,"你用这么大劲儿把房子蹭倒了怎么办?我这房子还要留给我侄孙呢。"刘红桥的侄孙是谁?就是刘俊的儿子,马上就要高考了,忙得没时间过来看他。刘红桥这么一说,猪王居然像是听懂了他在说什么,不蹭墙了,但它不蹭墙也得靠墙站着,只要是不走动,只要是不躺在地上,猪王就必须靠墙站着。刘红桥身体好的时候还会把猪王带出去转转,手里拿根萝卜什么的,慢慢慢慢,慢慢慢慢把猪王引出去,慢慢慢慢,慢慢慢慢到处走走,可现在刘红桥病了,不能再带它到处走了。

　　刘红桥放下了手里的棍子,也慢慢坐了下去,坐在那个猪食槽子上,他对着猪王,把手抬了起来,他一抬手,猪王就像是明白了,又晃晃晃晃地过来了,刘红桥就把手放在猪王的脑门儿上了。刘红桥对猪王说:"小白你知道不知道我病了,是脑血栓,你知道不知道?我又感冒了,脑血栓加上感冒,我流清鼻涕,我头痛,我感冒了你怎么不感冒?怎么就让我一个人感冒?你比我年轻,你比我经冻,你看看你这身膘,三九天也冻不进去。我呢,我现在到处都疼,我拉屎也拉不下来。"刘红

虽是人与猪,但分别亦有缠绵。交代分别之无奈。

猪王 / 105

桥说话的时候,猪王就开始用它的嘴蹭刘红桥的手,"噗、噗、噗、噗"把热气和涎水都喷到刘红桥的手上。刘红桥把一只手伸到猪王的嘴里了,伸进去,说:"还是你这地方暖和,你就给我暖和暖和吧。"伸过这只手,又把另一只手再伸进去,又说,"还是你这地方暖和,你就好好给我暖和暖和吧。"猪王的嘴里可不是暖和,猪王的嘴轻轻张着,任刘红桥把一只手在里边转来转去。猪王仰着脸,只有在它仰着脸的时候,刘红桥才可以看到它那长在肉褶子里的眼睛,那两只眼亮亮的,就像是镶在肉褶子里的两颗宝石。猪王就用它这两颗宝石看着刘红桥,猪王的这两颗宝石亮晶晶的、湿漉漉的。刘红桥总是想把猪王脸上的肉褶子给它洗洗,白猪是越胖颜色越粉,颜色是粉白粉白,猪王要是洗干净了还挺好看,但猪王脸上的肉褶子怎么也洗不干净。有一次刘红桥用牙刷子给猪王刷,猪王给弄得大声尖叫,把头摇来摇去,意见大得了不得。

刘红桥很伤心,伤心自己终于打定了主意。他站了起来,领着猪王从西屋去了一趟堂屋,堂屋的桌上放着几个皱皱巴巴的苹果,还是刘俊的儿子他的侄孙上次拿过来的。刘红桥手拿着两个苹果再把猪王从堂屋领回到西屋,出门和进门的时候,猪王都是用了很大的力气才把自己从门里挤出去或挤进去。这还是没有吃食,如果吃饱了食,刘红桥就得在猪王屁股后边使劲推,猪王在前边用劲,刘红桥在后边也用劲,猪王才能进那个门。刘红桥忍不住笑了,他想起猪王总是进不了他东屋的那副急样子,它只能把头探进东屋的门,身子却进不去,急得"吱吱吱吱"叫。别看猪王个头现在长这么大,叫起来还是细声细气的。

刘红桥坐下来,突然伤感起来,他用手拍拍猪王的脑门儿。

"小白你要是会把戏就好了,你就可以到马戏团去了。"

猪王"吱吱吱吱、吱吱吱吱",不知道在说什么猪语。

"我要是不病就好了。"刘红桥又说,"我又不是神仙,大夫说我这是吃盐吃多了。"

猪王"吱吱吱吱、吱吱吱吱",它有点儿急了,仰起头,想用嘴够刘红桥手里的苹果。

"没别的法子啦,看样儿咱们得分手。"刘红桥说,"千里搭长棚,自古就没有不散的宴席！我在塘沽干那么多年还不是照样回来了。"

猪王够着了,不是它够着了,是刘红桥把手里的苹果搁到了它的嘴里。

这时候外边门响,是刘红桥的侄子刘俊来送饭了,

> 有心情灰冷之感。

是面条儿合子饭,饭菜都在里边了。乡下天冷的时候,人们就爱吃这种饭。刘俊顺便还"呼哧、呼哧"提来了一桶潲水,潲水里搅了些玉米面,还有烂菜叶子,是猪王的晚餐。刘俊把给他叔叔的饭先放在了东屋,然后才过来把那桶潲水给猪王倒在了槽里。"<u>不杀就行。</u>"刘红桥的侄子刘俊突然听到叔叔刘红桥在自己背后说了话。"什么不杀就行?"刘俊愣了一下,把身子转了过来,刘红桥忽然又不说话了,看着侄子。"您是不是烧得厉害了?"刘俊抬手摸摸他叔的脑门儿。"只要不杀就行。"刘红桥又把刚才的话重复了一遍。刘俊这回听明白了,兴奋了起来,叔这是同意卖猪了。"我看他们买回去也是个杀。"刘红桥又说。"猪哪能总在家里养着?"刘俊蹲了下来,说,"您想开就好,都十年了,谁家有过把猪养在家里十年的事?"刘红桥长叹一声,说:"他们杀不杀我看不见就行,但拉走小白之前我要给它好好洗洗,到时候我躲出去你们再拉走,别让我听见动静就行。""我帮您洗。"刘俊跳起来说。

来拉猪王的人还是把车又开了回去,他们实在没办法把猪王往车上弄,他们只好赶着猪王走,他们用两根绳子把猪王的前腿拴好了,他们想这样把猪王牵了走,但猪王突然尖叫了起来,它感觉到了什么。它已经出了门,但它不再走,回过头尖声尖气地扯着嗓子叫了起来,还猛地把浑身的肉"呼噜呼噜"抖了几下。猪王太大了,这样的猪得用个起重机往车上吊,不知谁在一旁说了一句,说没有起重机就没法子弄它上车。因为人们要往外拉猪,刘红桥一早就躲了出去,躲在屋子后边的葵花地里,葵花地里现在只有葵花秆子和"哗啦哗啦"直响的干葵花叶子。但猪王的叫声还是让他又出现了,刘红桥哆哆嗦嗦出现了,他把手里的一个筐子猛地递给侄子刘俊,说用筐里的萝卜慢慢引着小白走,小白昨天饿了一天了,不这样你们谁也别想把小白拉走。"用萝卜引着小白走,别打它!"刘红桥又对侄子刘俊说。这个方法还真管用,那四五个来拉猪的人果真用筐里的萝卜慢慢慢慢把猪王引出了刘红桥的院子,又从刘红桥院子前边那块菜地引到了路上。猪王慢慢慢慢、慢慢慢慢嚼着萝卜往路上走的时候,人们忽然听到了什么,人们这才发现刘红桥跟在了后边,<u>刘红桥颤抖着叫了声"小白——"然后就一屁股蹲在了那里</u>。猪王停了一下,迟疑了一下,像是要转过身来,但它"呼噜呼噜"抖了几下,然后又跟着萝卜走了起来,一边走,一边用嘴够那萝卜,它是给饿狠了,筐里的萝卜对它是最大的诱惑,四个人就那么围着猪王,慢慢慢慢走到路那头去了,慢慢慢慢朝西去了。这时,人们又听到了刘红桥

> 连叫三声,大难分离,非常人所能理解。

的声音,刘红桥又颤抖着叫了一声"小白——"猪王又停了一下,又迟疑了一下,又像是要转过身子来,但它又"呼噜呼噜"抖了几下,然后又跟着萝卜往前走,就这样,慢慢慢慢走远了。刘红桥的侄子刘俊也跟在猪王后头。猪王走远了,往西走,再往西,马上要消失到那排杨树后的时候,刘红桥忽然又大声叫了一声"小白——"然后就靠在一棵树旁不动了,刘红桥希望小白停下来往回走,要是那样,自己再怎么困难也不会让人往外赶它,但猪王没有停下来,嘴里嚼着萝卜。刘俊还是听到了身后他叔刘红桥的叫声,心里很不是滋味。他想让猪王走得快些,赶快走到他叔再也看不到的地方。

刘红桥很少生病,在塘沽搂盐那会儿,天那么冷,一天要搂四五百斤盐,整天站在水里也没感冒过,在冬天真正到来之前,天又暖和了一阵,刘红桥的病却像是更重了,走路都像是不行了,但人们这会儿见到刘红桥的时候倒要比以前还多,但刘红桥好像更不愿和人们说话了,他慢慢慢慢走动的时候手里总是拿着根干巴萝卜。后来,人们发现刘红桥总是坐在菜地过去的那个路口,在那地方一坐就是老半天,两只眼睛好像已经定在了路那边的杨树那里。没人知道刘红桥为什么在那地方一坐就是老半天,也没人知道刘红桥在想什么或在等待什么。只有他侄子刘俊知道他叔为什么坐在那里,为什么总是一坐就是老半天。直到这一天,刘红桥忽然开口说了话,只说了一句,然后马上就跟着哭了起来。这天是刘红桥的侄子从镇里回来,用车驮回一只粉白色的小猪崽儿,他对他叔刘红桥说:"叔您看我给您带回什么了。这一下您可不用老在这儿坐着了!"这么说着,刘红桥的侄子用手猛地拍了一下那个蛇皮袋子,蛇皮袋里的小猪崽儿被拍得受了惊,"吱吱吱吱"尖叫了起来。

刘红桥抱着小猪崽儿从北边绕道回的家,他不要他侄子跟着他,他怕别人听见自己的哭声,又怕别人听见自己怀里抱着的那个小猪崽儿的叫声,他慢慢探着腿下了村北边那个坑,坑里的积水已经冻得很硬了,刘红桥的侄子在坑的另一边小声说:"叔、叔、叔、叔,您小心点儿——"

<u>刘红桥慢慢慢慢抱着小猪崽儿从坑的另一边往上爬的时候,一边爬一边小声说:"小白、小白、小白、小白——"</u>

刘红桥的侄子又在坑的另一边说:"叔、叔、叔、叔、您小心点儿,慢着点儿——"

刘红桥没回答他侄子,嘴里却一直在小声说:"小白、小白、小白、小白——"

人猪情未了。

猪王 / 111

归　来

> 杏花、雪、雾，构成了故事的浓重氛围。作者一起笔就营造出了一种叙事气氛，同时也交待了时间。

怎么说呢？今年的杏花开过后，忽然又下了一场雪，雪下得很大，但化得也很快，才半天，地上的雪就全没了，村里村外，一片泥泞，又起了雾，远远近近一片模糊，走近了，要喊，才会知道对方是谁。人们这几天都很忙，忙着种葱的事。吴婆婆家的人是该回来的都从外边匆匆忙忙赶回来了，吴婆婆再也下不了地了。谁让地那么滑？吴婆婆滑了一跤就去了。这种事情，家里人即使离得再远也是要往回赶的。在乡下，娶媳妇和死人是最大的事，还能有什么事比这个大？吴婆婆的小儿子，也终于带着他在外边娶的四川媳妇赶回来了，都已经三年了，婆婆的小儿子总说等过年的时候一定回来把媳妇带给婆婆看，但他总是忙，孩子不觉已经三岁了，婆婆忽然一下子就不在了。现在好了，婆婆的小儿子三小带着媳妇和已经三岁了的孩子从外边赶回来了。他一回来，先是去了村南那个家，路上都是泥，很滑，他是跌跌撞撞，他的媳妇因为抱着孩子，就更加跌跌撞撞。村南那个家没人，三小和他媳妇抱着孩子

> 婆婆终未能见到儿媳和孙子，是死亡之外的又一重悲哀。

又去了村西那个老屋,老屋顶上堆的那几垛草都黑了,像一顶烂帽壳子。一见老屋,三小的眼泪一下子就下来了。三小的媳妇从来都没见三小这样过,在外边再难再苦也没见他这样过。她连声说:"三小,三小,三小。"三小是连走带跑,几步就抢进了院子,那口棺材已经彩画过了,上边是既有荷花也有牡丹,就停在院子正当中的棚子下,棺材前边的供桌上也是花花绿绿,一盘子馒头、一盘子梨,还有一盘香烟。婆婆抽烟吗?婆婆哪会抽烟。但人客来了是要抽的,点支烟,上支香,磕个头,就算是和吴婆婆道别了,是永远的道别。三小从外边进来了,一只胳膊朝前伸着,往前抢着跑,像是要够什么东西,但那东西他是永远也够不着了,他跪下,往棺材那边爬。屋里忙事的人猛地听到有人从外边闯了进来喊了一声"妈——"接着就是"呜——"的一声。是三小?屋里的人马上都白花花地跑了出来,可不是三小。还有,那个是谁?能不是三小的四川媳妇?三小的四川媳妇,瘦瘦的,而且黑,抱着儿子,跟在三小后边,人们便都明白她是谁了。"三小,三小。"有人在喊三小,是三小的大嫂,这几年老了也胖了。她这时把早已经给三小准备好的孝服孝帽拿了出来,三小和三小媳妇还有三小的儿子马上穿戴了起来。穿戴好孝服孝帽,夫妻俩又都齐齐跪下,地下铺的是草秸,院里又马

> "草都黑了",可见老屋之"老",也见荒凉。

> 棺材上浓艳重彩、花花绿绿,中国的哀事总含着热闹和喜庆。

归来 / 113

上腾起一片哭声。三小的儿子呢,也就是婆婆最小的孙子,却不哭,也不跪,东望望,西望望,把一个手指含在嘴里。这时婆婆的大儿子出现了,把小弟从地上拉起来。怎么说呢?这么一拉,三小就又大哭了起来,顿着脚。棺材刚刚油漆过,还有些黏手。三小的大哥又拉三小,要三小进屋,却忍不住"呀"了一声。三小回转身来,用另一条胳膊紧紧攀住了他哥。三小的大哥脸色一下子就变了,"啊呀,三小!"停停,声音颤得更加厉害,"你这条胳膊呢?啊,这条胳膊呢?啊,三小?"

> 一个"拉"的动作,交待出三小的失去胳膊之事,突兀、惊心。

因为有雾,天很快就黑了下来。灯在雾里一点一点黄了起来,有人从外边进来了,又有人从外边进来了。有人从屋里出去了,又有人从屋里出去了。有人又来商量唱戏的事,但这事早就定下来了,这人喝过茶,便客客气气告辞了。最忙的是厨房那边,几个临时过来帮忙的亲戚和邻居都在那里洗的洗涮的涮。厨房和紧贴厨房那间屋的地上都是大盆子小盆子,有的盆子里是潲水,有的盆子里是要洗的菜。乡下人过日子,是,这一天和那一天一样。是,这一个月和那个月也一样。是,这一年和任何哪一年也没什么两样。但是现在不一样了,吴婆婆没了,像吴婆婆这样的老婆婆,只有在她没了的时候,人们才会想到她曾经的存在,想到她平时怎么说话,想到她上次还拿出几个干桂圆给人们吃,说是三小从外边捎回来的。吴婆婆的侄子也来了,这几年是更加的少言寡语,人长得虽很俊,但就是没什么话,因为长年做木匠活儿,手粗不说,背也有些驼,不是驼,是总朝前弯着那么一点儿。他是上午来的,来送祭馍,现在不时兴送馍了,送来的是十二个很大的面包。面包红彤彤的,已经摆在了那里,还有五碗菜,都是素菜。这地方的讲究,人一死,就只能吃素了。吴婆婆的侄子来了,代表娘家人,礼数到了,这也是最后一送。这个侄子是吴婆婆一手拉扯大的,他放下送来的馍就蹲到棺材后边去了,点了一支烟,没人能看到他的脸上都是泪。按规矩他要在姑姑这里住到姑姑出殡,但他心里还惦着明天往地里送葱苗的事。他蹲在那里抽烟,他看到了院墙下边的那头羊,是准备"领牲"用的,被人用绳子绊了腿,此刻正在那里吃地上的草秸,不是吃草秸,是嘴头子一动一动在找散落在草秸里的豆子。吴婆婆的侄子这时想的倒是他的父亲,死了许多年了,在地里打烟叶,一下子就倒下了,直到吴婆婆去世,人们都不敢把这消息告诉吴婆婆。这下好了,吴婆婆的侄子在心里说,就让姑姑和父亲在地下相见吧,说不定,他们此刻已经见了面,正拉着手,说着多年不见、互相想念的话。吴婆婆的侄子要哭出声了,鼻子

> 娘家人是丧事的重要视角。

> 动物不知死之将至,临死仍在不停地吃,亦一悲也。

酸,但他怕自己哭出声,他用拇指和食指一下一下抹眼角的泪。这时有人在喊:"连成,连成。"他应了一声,眼泪就更多了。他把一只手捂在脸上,在心里埋怨自己,上次来送红薯,怎么就没和姑姑多待一会儿,多说一会儿话?为什么自己总是忙?他朝棺材那边看了一眼,这时<u>有人一迈一迈</u>,过来了,"咯吱咯吱",踩着地上的草秸,这地方的规矩,孝子到了晚上都要睡在棺材四周的草秸上。

"连成,就等你了。"是大小、三小的大哥。

三小的二哥呢,是个哑子。"呀呀呀、呀呀呀。"他只会"呀呀呀"。所以背后人们都叫他鸭子。

"鸭子哪儿去了?"有时候家里人也这么说。

"鸭子鸭子!"有时候吴婆婆也会这么叫,但鸭子听不到,小时候生病发烧把耳朵给烧坏了。

堂屋里的晚饭已经摆上了,热菜热饭腾起的气团团都在灯泡周围,因为办事,屋里特意换了大灯泡,白刺刺地悬在头上。无论出什么事,人们总是要吃饭。因为三小,这顿饭特意多加了一个肉菜,照例是炖肉。乡下办事,自家的三顿,不过是豆腐、粉条、白菜,如果来了人客,或再加一点点肉,肉都是早就炖好的,无论做什么菜,舀一勺子搅到菜里就是。连成比三小大一

旁注:"一迈一迈",路不好走的样子。简单一笔见生动。

岁,小时候一起玩大。他们都坐下来,挨着,这样的晚饭,多说也不是,笑也不是,哭也不是,但因为有酒,人们的话才慢慢多起来。端碗拿筷子前,先是,三小站起来,把放在自己面前的那碗炖肉用一只手端起来放在大小的跟前,紧接着是大小亦站起来,把那碗肉又端起来往弟弟三小这边放过去,这便是乡下的礼,然后一家人才开始动筷子吃饭。虽是一家人,也是先连喝三杯,然后是三小敬大哥大嫂,然后是,大哥大嫂再敬过三小。三小是用一只手拿起瓶子倒酒,然后放下酒瓶再用这只手端起酒杯敬酒,<u>一只手来一只手去,让人看着很难过</u>。三小把能喝酒的家人一一敬过,也敬过哑子二小,然后坐下吃菜。哑子二小只盯着三小看,忽然"呀呀呀"地叫起来,被大小用手势打住。但哑子二小还是用手指着自己的胳膊"呀呀呀"地喊,一桌的人都明白,哑子是在说三小的胳膊,大小又把他喊住,用手势告诉他别喊:"吃饭!"连成也是喝了酒,忽然,在旁边,抬起手,摸了一下三小的空袖筒:"三小,三小,三小。"想说什么,却又不说话了。"你那一份妈还给你留着呢。"三小的大哥忙又在一旁说,是接着刚才的话说。吴婆婆自己养的猪,去年杀了,给儿子闺女每人一份。三小的那份吴婆婆都用盐和八角揉好吊在那里,现在还挂在灶头上,红彤彤的。三小的大哥说完这话就不

　　三小的遭遇是个悬念。但不急于点破,或者亦无须点破。

> 一句写出心情惆怅。

知再说什么,筷子在盘里夹了一下,却什么也没夹,收回来,却又去端酒杯。一家人,忽然团团坐在一起,有说不完的话,但忽然,又会找不出一句话要说。三小只是话少,人们都小心翼翼着三小胳膊的事。一条胳膊,怎么会忽然就不见了?发生了什么事?三小受了多大的苦?怎么回事?谁都想知道,但谁都不敢问。忽然又说起种葱的事,今年春天的大葱贵得不得了。村里许多人家都准备多种些,但又怕到了秋天没人下来收。这几天城里五块钱也只买三根大葱。三小的大哥又有话了,他拿烟来比葱:"葱比烟都贵!"三小的大嫂把话接过来,说:"这几天村里人都去我娘家那边接小葱去了。"三小的大嫂是山东那边的人,"种葱其实是个苦事,要不停地拢,不停地拢,拢到后来地里的葱要比人还高,不这样哪有好葱白?"三小的大嫂接着说,说到后来不用再拢的时候还可以在葱垄里再种一茬小白菜,到时候,葱和小白菜一起出地头,因为有葱,小白菜又不会长虫子。这话,其实人人都知道,三小的大嫂这是没话找话。

"去,看看香完了没有。"三小的大哥对三小大嫂说。

三小已经站起身,一迈腿,跨过凳子,抢先出去。

人们都略静一静,外边草秸"咯吱咯吱"响。

三小的大哥忽然放低了声音,趁三小出去,他想问问三小胳膊的事。

"三小怎么这么大的事也不告诉家里?"

三小的媳妇忽然低了头,用指甲抠桌上的饭粒儿,饭粒儿抠了放嘴里。"温州人。"三小媳妇说那个厂是温州人开的,做胶鞋的,刚刚开起,他也没多少钱,三小出事只给了八千块钱。三小媳妇又停停,说:"三小他咋能回来?咋也不能回来。"三小媳妇的声音很低,厨房里的人都过来围拢了听,三小媳妇又不说了,停片刻,又说:"三小他咋能回来?钱也没了,胳膊也没了,什么都没了。"又说,"那温州小张人其实挺好,他也没办法,他也没钱。"三小的媳妇忽然笑了一下,笑得很苦,嚼了一口菜,把菜再喂到孩子嘴里,说:"三小现在还在那厂里,给人家看门,还养了一只羊,是奶羊,给孩子挤奶吃。"又说,"还在房后开了一小片地,种菜,给自己吃,现在,有菜吃了。"三小媳妇不再说话,旁边的人,不知谁轻轻"唉"了一声,白刺刺的灯下,一张张脸都很白很紧。三小的大哥把自己筷子伸过去,有些抖,他夹菜,夹准了,筷子没收回来,却送到三小媳妇的碗里。三小大嫂也跟着夹菜了,夹一块肉,也没收回来,也送在三小媳妇的碗里,又夹一筷子,想想,放在三小的碗里,然后放下筷子出去了:"三小,三小,进来吃饭。"三

<blockquote>此事不用细说,读者都明白了,细说反而无趣。</blockquote>

归来 / 119

长嫂如母。

　　小大嫂的声音从外边传了进来,声音只是颤,只隔片刻,三小大嫂的声音忽然变成了哭声。这时候哭,没人会有什么意见,但人们知道她此刻在哭什么,她进这屋的时候,三小才三岁。有时候下地,她后边背着三小,前边抱着自己的儿子,也就是三小的侄子。三小的侄子也大了,长得英挺漂亮,去年秋天刚刚办过事,媳妇肚子里已经有了。因为怀孕,又属蛇,所以她不能过来,三小的侄子现在在厨下,这几天饭菜全靠他,他学厨子已经有一年多了。师傅说他那么高的个子学厨子是活受罪,整天哈着个腰,上灶的活儿个儿不能太高。"活在这个世上就没有不受罪的。"三小的这个侄子说。三小的侄子从小和三小一起玩大,三年不见,见了却没话,叫一声"小叔",把一盒留着总舍不得抽的好烟递过来。

　　外边,三小的大嫂住了哭,对三小说:"进屋吧,香还得一阵子。"她要三小进家,自己却忽然又哭起来,想说什么,却再也说不出来。在她心里,三小简直就和自己儿子一样。三小虽叫三小,但要是吴婆婆生在三小前边的那几个孩子没死,三小应该是七小或八小。三小的大哥比三小整整大出十六岁。

　　哑子二小,这时候从屋里"呀呀呀"地出来了,他过来,一手把住三小的那只空袖筒,急切地叫起来。从记事起,三小就没见哑子二小哭过,急了就是叫,再急了就是一头一脸的汗。哑子二小现在是一头一脸的汗,"呀呀呀呀、呀呀呀呀"。

> 大小、二小、嫂子三人对三小失去胳膊一事的不同反应。见出作者写事写人的好手段。

吴婆婆七十二了,生日是端午节那天,现在呢,却是清明还没到,端午节还远,但按阳历算,说七十二也对。七十二在村里是个好岁数,算得上是喜丧。所以要唱戏,现在村里的日子也好了,死人的排场也就是活人的排场。坟地那边该做的已经都做了,好在政府现在管得不是那么严了。地里,油菜花已经开得黄黄的一片,下过那一场雪,油菜花像是开得更满了,春天的花开得满,秋天的菜籽就结得好。出殡的日子也都看好了。二宅原先定的日子是要在家里停十四天。村长王宝地不高兴了,取出一支烟递给二宅:"你怎么连这都不明白了?谁现在不是地里家里一大堆事!"二宅是本村的,明白村长王宝地的意思,便再看,这回看好了,吴婆婆在家里停七天即可,第八天出殡,二宅说"八"就是"发"。

> 下面的文字是写出殡。

"吴婆婆出殡占个八字,后人一定好发。"

"妈的!"村长王宝地说,"你这张嘴,对不对吧,你这样说也好听!"

王宝地这几天有事没事总要过来一下,村长王宝

归来 / 121

地是大小的同学,现在村里办什么事都要他说话。三小的大哥大小对村长说:"领牲你来吧。"村长王宝地马上说:"天光日月星,我算哪一颗?"王宝地的意思是,主持"领牲"这种事还是要村里岁数最大的来做,"也不走样"。村长说现在做什么事别说做好做赖,不走样就是好。这地方的乡俗,出殡的前一天要"领牲",领过牲,那头羊宰割了,白事也就到了高潮,也就要结束了,是个交代。

"那就麻烦王伯。"大小说。

王伯是村长王宝地的父亲,事情就这样定下。虽然王宝地的父亲不是村里辈分最大的,但也说得过去。村长说:"我父亲在村里辈分不低,也不是为你那一份头蹄。"大小说:"咱弟兄一场你说什么?"大小和王宝地说话的时候,那只羊,还在那里吃,它是不停地吃,只要地上有,它就吃。羊和猪,来到这世上,像是只知道吃,把自己吃肥,吃得浑身都是肉,像是在那里说,来呀,来呀,来把我杀了吃我的肉。王宝地忽然笑了一下,对大小说:"世事难得公平,挨这一刀的都是公货,还不知道配过没配过。"大小低声说:"瞎说,哪头公羊不是早早给阉过,还不都是不公不母。"大小说话的时候,那只羊歪了头朝这边看,猛然打了个喷嚏,又打了一个,声音很响。王宝地憋住,看定了大小,这不是笑

> "领牲"一事羊是主角,写羊亦是为衬托人。

的时候。大小却笑了一下,也看着那只羊,它又开始吃,找地上的豆子。大小在心里想,这两天两夜,吃了那么多豆子也不知能长几两肉。

"唉,三小。"村长王宝地说,"要不是办这事,谁能知道三小胳膊的事?"

"三小可怜,都不知他现在拉过屎怎么系裤子。"大小说。

"四川媳妇不赖,就是黑。"村长王宝地说。

三小的媳妇这时候正在厨房帮着择菜,三小的大嫂抱着三小的儿子在叠元宝,叠好,再"噗噗噗噗"吹鼓。

"黑了我让我爸过来。"村长王宝地站起来,往外走,说,"什么事都是高了就要低,都这么种葱不对头,到秋天出不去还不抓瞎?"王宝地这么说,但他也没办法,"到秋天麻烦更多。"院门口的香椿树上,那只鸟还在跳来跳去,可能是想做窝了。香椿芽已经顶出来了,笔头大,紫红娇艳,再过一夜,那香椿芽就会变成两笔头,到长到三笔头,人们就会把它们摘下来。<u>春天里的万物是一天一个样儿,一夜一个样儿。</u>

"这场雪,下得好。"村长王宝地说。

"没这场雪,我妈也去不了。"大小说。

"都是命,怨不得雪。"村长王宝地说雪是好东西,

> 春天,万物生机勃勃,人却不在了。

归来 / 123

> 对"领牲"的细致描写,体现着小说是一种风俗史。

> 当地风俗。

又说刘国跨媳妇要生了,这一胎是小子。

天黑后,王伯打着手电过来了,<u>按规矩,先坐下吃过饭,也不喝酒,然后厨房那边收拾了,便开始领牲。</u>

吴婆婆的子女和该来的亲戚也都准备好了。大小去让儿子把院门关了,那只羊也给牵了进来,吴婆婆的晚辈子女都在堂屋地上跪下,白花花的一地。羊现在没什么可吃了,站在白刺刺的灯下,猛然又打了个嚏喷,脖子上的那两个垂下来的肉铃铛这时候看去可真像是铃铛了。水壶和酒碗都拿过来放在了王伯身边,王伯坐下来,面对着羊,羊眼睛又大又亮,仔细看呢,却又让人想笑,羊的眼睛仁儿却是一条竖着的缝。王伯他要和羊说话,<u>这时候和羊说话并不是和羊在说话,而是在和吴婆婆说话。</u>所以一屋子的人心都收紧了,都只觉得吴婆婆已经站在那里了,白刺刺的灯下,一屋子的人都看着羊。王伯做这事也不是第一次,知道该从什么地方说起,知道该怎么做。羊却是从来都没见过这种场面,一下子给拉到屋子里,羊的脾性就是稳重,要是猪,便会不安,便会"吱吱"乱叫,便会乱拱,而它是羊,就站在那里,看着满屋子白花花跪在那里的人,头顶上的灯从上边照下来。羊的两只眼睛里,那两条竖着的缝,真是有那么点儿好笑,但没人笑。王伯开始问了。问之前,吴婆婆的亲人对着这只羊磕过头,人人都明白,此刻,这羊便是吴婆婆。

"<u>坟地呢,</u>"王伯对羊说,"<u>你也看过了,你满意不?</u>"

王伯这一问,人们就都看羊的反应,羊没动,没人把王伯的话翻译成羊们的话,羊当然不懂。

"<u>棺材呢,厚度也够,画得也好。</u>"王伯又说,"牡丹西番莲,好着呢。"

羊站在那里不动。吴婆婆的家人都定定地看着羊。

"家里的事你就放心,戏也请下了,人们都来看了,都说好呢。"王伯说,"请的都是名角。"

羊这回动了,动了动后蹄子,像是要往后退,却朝前迈了一下。

"知道你爱看戏。"王伯说,"你是咱这村里最会看戏的人。"

羊又动了一下,这回是把头掉到了一边,正对着三小。

"你是在看三小呢?"王伯说,"三小远天远地地赶回来了,三小的媳妇也赶回来了,你是个福气人,你小孙子你也看到了,你高兴不?"王伯看定了羊,羊却又不动了。

> 对应前边棺材的描写。浓艳重彩,非为活人,实为亡人。

归来 / 125

"你娘家人也都来了,你也看到了,他们也都好,你就放心吧。"

羊呢,却又把头掉过去了,又朝着三小那边,三小嘴张大了,头往后仰,却又忍住,把嘴紧紧抿了。

"你又看三小呢？三小可好呢,好着呢,钱也能挣下,日子也过得好,你就放心,三小媳妇也好。"

<u>羊呢,忽然朝前走了一步,正对着三小,就差喊出"三小"这两个字来。</u>

三小忽然又张大了嘴,这一下怕是三小要忍不住了,三小把脸伏在了地上。

"你想三小了吧,知道你想他呢,他是你最小的儿子,你能不想？三小都好,你也看到了。"王伯继续说。

羊却又不动了,正对着伏在地上的三小。

"唉,"王伯唉了一声,"你就放心吧。"

羊这时猛然把头一甩打了个嚏喷,这个嚏喷一打,羊身子就跟上抖了一抖。

"好好好,你满意就好。"王伯说。

<u>这时的三小,已经哭出了声。</u>

<u>王伯说:"你看看三小,三小也想你呢。"</u>

<u>三小的四川媳妇也是泪流满面。</u>

"你看看三小媳妇,多好的媳妇,你满意了吧？"王伯说。

三小最值得挂念。是羊通人性还是人的心理感觉,并不重要。

残而失母,痛彻心扉。写作者不能洞察、体会人物之心之情,则写不到位。

这时候,羊却开始了走动,好像是,又要找吃的东西了,地上跪的都是人,它也没多大可以走动的地方,它又走到三小的身边,又站住了。这就让人们又重新紧张起来,它开始在三小的身上闻,屋子里的人开始流泪。三小大嫂哭出了声。二小"呀呀"了两声。领牲的事,他不明白,别人也很难用手势告诉他。

"放心吧你就。"王伯说,"你放心吧你就。"王伯停停,又把刚才的话重复了一遍,"三小在外边好着呢,钱也能挣,身体也好,他媳妇也好,你孙子也好,房也买下了,电视、冰箱都有,啥都不缺。到了秋里,三小还要在外边买房呢,你就放心吧。"王伯想想,又说,"你也都看到了,电冰箱、电视机、小汽车,样样儿都给你准备下了,你要什么都有什么,你就放心吧。"王伯转转身子,把身边的水碗端起来,端平了,平到了羊头的上边,一屋子的人,此时声息全无,都定定地看着王伯手里的水碗,水从碗里浇了下来,羊惊了一下,猛然摇起头来。

"好啦,好啦,你满意高兴放心就好。"王伯说。

水浇到了羊的头上,羊把身子猛地抖过,领牲也就算完了。<u>羊被牵了出去,屋子里的人才纷纷从地上起来,才开始小声说话,像是才一起又回到这个世界。</u>"这种事准得很。"王伯对屋里人说。既然那羊已经被从屋里牵了出去,既然吴婆已经随着羊离开了,王伯

> 婆婆与亲人的最后一次交流,虽然带着虚似的色彩,但能抚慰生者的心灵。风俗的意义正在于此。

归来 / 127

说:"刚才你们也看到了,吴婆最不放心的就是三小,这回好了,她知道三小回来了。你们看羊看三小的样子。"王伯说:"这种事准得很,刚才领牲,看那羊走的那几步,走一圈儿,把你们都看到,最舍不得的就是你们。"

大小陪着王伯说话,把茶又换了一回,说趁王伯在,让好梅她们妯娌把我妈的箱底收拾了。

大小的媳妇叫好梅,按这地方的规矩,妯娌齐了,要看看箱里留下没留下值钱东西,当着老者,当着全家,把东西都收拾过,谁也没有闲话。

> 遗物。写遗物仍是缅怀,仍是刻画人物。

吴婆婆的那屋里,一进屋靠左手是两个黄漆漆的衣箱,衣箱很老了,都裂了,糊着纸条。衣箱上放着梳妆用的镜子,是吴婆婆当年的陪嫁,梳妆镜旁边是一个毛主席的瓷像,瓷像裂了,用纸又糊好,擦来擦去,瓷是白的,纸是黑的,是黑白分明,瓷像旁边又是一个佛像。是什么佛呢?谁也说不清,吴婆婆嫌烧香供佛浪费钱也从不供它,靠近门北边的地上是一架缝纫机,"蝴蝶"牌的,早就不能用了,蒙着一块花布,上边是一个盆子,盆子里是豆子,缝纫机虽早就不能用了,但吴婆婆一直把它放在那里。正对着门的那地方呢,是个黄油漆的立柜,是大小他们的舅舅也就是连成的父亲的手艺。

是乡下木匠的手艺,样子虽笨却厚气,厚墩墩的,柜上的镜子早就什么也看不清了,但还是擦拭得干干净净,立柜上是两个柳条笸箩。靠着立柜,便是吴婆婆的那张床,床靠着窗子,原来这地方是没床的,是一条炕。炕什么时候拆的呢?是大小娶媳妇的时候拆的,那时候时兴床,大小就非要把炕拆了睡床,那床亦是大小他们舅舅的手艺,两个人睡在床上,一点点声响都不会有。吴婆婆本来不喜欢床,但既是弟弟做的,大小他们后来盖了新房搬走,吴婆婆便又睡了这张床。大小的儿子有一阵子和奶奶睡在这张床,大小的儿子睡床头,电灯绳扯过来拴在床头上,他那时看《瓦岗寨》《说岳全传》入迷,一看就看到半夜,婆婆会说"再不睡,小心把脑子看坏了"。有时候看书看得睡着了,又要吴婆婆去把灯关掉,吴婆婆又会把被子给孙子从上到下掖一遍。被子小人大,吴婆婆会在孙子的脚下再加张旧褥子。孙子朦朦胧胧中说不要,两只脚,蹬蹬蹬,蹬蹬蹬。吴婆婆说:"小时你脚这么小,我一把握得住,你现在大了。"大小的儿子,也就是吴婆婆的孙子,闭着眼,人却已醒了,这话让他的眼睛一热。

　　人去了,屋里便静了,世界都像是静了。大小的媳妇领着二小和三小的媳妇把吴婆婆的屋子收拾了一遍,把箱子开了。箱子里塞得满满的,旧衣服、纸盒子、一本书,书里夹着照片。再一个盒子,盒子里是衣服扣子或是一纸片暗扣。一个包儿,又一个包儿,小孩子的衣服,大小穿过二小再穿,三小又穿的旧衣服,吴婆婆的媳妇们不知道吴婆婆留着这些旧衣服做什么。再有,旧鞋子,大小他们父亲的旧鞋子,家做的,穿旧的,而又洗干净的,压在箱子底。另一个箱子里有许多个纸包,打开包儿,一阵霉气冲起来,是种子,烟叶的种子,还有别的什么的种子。这个豆种,那个豆种,不知什么时候放在箱里,有了虫了,连包种子的纸包都给虫子咬了洞,再一个盒子,里边都是线,红线绿线黑线蓝线,一轴一轴,一团一团,还有针,插在线团上,这些东西吴婆婆多年不用了。还有那个顶针,还有那个铜把子锥子,都在这里了。再翻,居然还有鞋样子,纸的,鞋面和鞋底子,夹在一本书里,不是一个,是许多鞋样子,有大小的,也有二小的,还有三小的,当然,谁也分不清了,只有吴婆婆自己能分清。大小的媳妇眼红了,想哭一声,却突然叫了起来,一个包儿,被翻了出来,用吴婆婆的旧头巾包着,那头巾是烟色的,大小的媳妇还记着当年吴婆婆包着这个头巾的样子,<u>这个头巾包被打开了,妯娌三个同时都"呀"了一声,包里是钱。</u>妯娌三个, 时眼睛都是亮的。三小的大嫂是有主意的,她们待在里边不动,马上请王伯进来,还有大小二小三小,

除了有旧衣服、旧鞋子、旧种子、旧针线等,遗物里竟然还有钱,小说有时需要这种意想不到。

要他们都进来。因为收拾吴婆婆的箱底,屋里的灯也换过了,白刺刺的,角角落落都亮。

王伯和吴婆婆的儿子们都进到里屋来,其他人不许进来。

"王伯来数。"大小说,声音有些抖。

王伯亦有些激动,屏着声气,把钱在白刺刺的灯下数过。

<u>屋里的人就更激动,你看我,我看你,谁也想不到,吴婆婆省吃俭用,会攒下一万五千八百块的钱在这里。</u>大小的媳妇先哭出来。想起吴婆婆常年就饭的那碟子盐豆,吴婆婆只说是吃斋,从不吃肉,但儿子、孙子们的碗里剩饭,即使是荤菜,吴婆婆也会打扫得干干净净。她原是吃荤的,为了生活,吴婆婆原是入过一个乡里的民间教门,这个教门只教人吃素。当年日子过得艰苦的人,差不多都入了这个教,只为了不吃荤,吃素毕竟省钱。现在日子好了,信这个教门的人也就少了。吴婆婆信这个教,吴婆婆的弟弟也就是三小他们的舅舅也信这个教,他们吃饭,最好的菜也就是菜里加个豆腐或鸡蛋。这个教门在乡下就叫"不吃肉教"。白刺刺的灯下,算王伯在里边,心里都难受。乡下的人都明白,吴婆婆这些钱都是从嘴里抠出来的。

三小的大嫂先哭了出来。

> 在农村这真是不小的数目。如何处置这笔钱,是这篇小说结尾出彩的地方。

"看你。"大小说。

三小的大嫂便止了哭。

三小的大哥大小说:"趁王伯在,给咱们做个主,这钱咋办?"

这便是吴婆婆最后这场事的最后一件事,外边的戏还在唱着,但声音一下子像是变远了,远在了天边。

办完吴婆婆的事,院子门口那株香椿树上的叶子都张开了,因为今年没人去摘它,那只鸟的窝也有样子了。三小说什么都要走,也终于带着他的四川媳妇和儿子走了,三小和媳妇惦着那边的羊和菜地。家里人虽不愿三小走,但心里也好受了一些。吴婆婆留下的那些钱,大小一家同意,二小一家也同意,全都给了三小。三小走了,坐了天天来一趟的那个永远是灰突突的中巴,泥里雾里,一点一点开远了。直到吴婆婆过了七七,这天中午,哑子二小突然在家里"呀呀呀呀、呀呀呀呀"叫了起来,连带着他那个哑子媳妇也在叫。隔壁大小以为发生了什么事,急忙忙地过来。哑子二小手里拿着那个包儿,是吴婆婆的那个头巾包,大小记起了那天晚上三小说的那句话:"可怜我二哥是个哑子,老来老去比我都可怜。"

大小没说什么,打着手势要哑子二小把钱赶快放

> 最后竟还有转折,是精彩处。相对于平庸作者的虎头蛇尾,高明的作家在结尾仍会有很多东西呈现出来。

132 / 五张犁

起来,放在谁也看不到的地方。

"放好放好!"大小打着手势,"放在谁也看不到的地方。"

然后,大小去打香椿了,香椿芽虽然长开了,城里人还是喜欢吃。三小的大嫂是个厚道人,什么也没说,把大小打下来的香椿,一小捆一小捆扎好。他们合计好了,明天要进趟城,再买些菜籽。

战　栗

开门见山。

怎么说呢？说到乱,再没有比火车上更乱的地方。

只要一上火车,各种各样陌生的脸、各种各样陌生的声音、各种各样陌生的姿态,再加上各种各样陌生的气味,都会一下子朝你扑过来,会搅在一起把你裹夹住,让你无所适从。在车上,你防不住会碰到一个什么样儿的人。但你又希望能碰到熟人,但周围的人都是陌生的,在这些陌生人之中,有爱说话的,有不爱说话的,有正经的,有不正经的,小偷流氓的脸上又没有刻字,所以人人都怀了戒备之心。该说什么,不该说什么,还有自己的行李是不是还在,行李当然就在上边,时不时要用眼角照顾一下,还不能老是盯着看。但这种种戒备终归要被困倦袭倒,火车上是各种睡姿集大全的地方,坐着睡,躺着睡,身子在小桌上,头却已经歪到了外边。有的人索性钻在他人的座位下,打着响亮的鼾,就像那座位下已经安了发动机,一阵一阵地发动着,还有的人在那里站着睡,因为是站着,所以隔一会儿身子会猛地往前一冲,有时会碰到谁的肩上,或碰到别的什么东西上。这下好了,在别人的埋怨声中他警醒了一下,但马上再一次的困倦又袭击了他,他再一次睡过去,再一次猛地往前一冲,脑子又亮了一下,但马上又睡着了。这种困倦来得像是特别凶猛,而这种短暂的睡往往又是特别的香甜,如让他好好躺到一个地方去睡,也许,他又一下子,怎么说,又睡不着了。火车上的困倦像是会传染,说睡,忽然一下子就都没了声息,是一睡一大片,但照样还有人在那里小声地嘻嘻哈哈打扑克、捉红三。出牌的声音是很响的,"啪"的一声,又"啪"的一声,这时候忽然有个小孩儿哭了起来,拉长了声音,尖锐的,刺耳的,一下子打破了车厢内暂时的安静。而这哭声忽然又没了,"呜呜呜呜"地一下子含糊了,原是被奶瓶的奶头一下子塞住,<u>这是一个中年妇女</u>,结实、干净、红黑的皮肤。她的神色几乎是有<u>些惊慌</u>,<u>左看右看</u>,<u>脸上还有几分愧疚</u>,因为她怀里的孩子把周围的人惊醒了,有人已经不满地朝这边看,一边打着哈欠。有人在前边的座位上还掉过脸来看了一下,嘴里不知嘟囔了句什么。

　　这中年妇女把奶瓶的屁股抬得很高,奶嘴几乎一下子全都塞到了小孩儿的嘴里,这样一来,那小孩儿便无法再哭,只好吮,随即安静下来。

　　这是一辆从里八庄开往风冈的车,里八庄叫庄,却

之前文字像电影中的长镜头,扫描完整个车厢后,定格在这位妇女身上。我们仿佛看到一个特写。

战栗 / 135

该页文字多是车厢、站台寻常所见，作者娓娓道来，如在眼前。如此详细描写环境，只因故事发生于此空间。

是一个县级市。车从里八庄开的时候天还没有黑，要开一夜，明天天亮后再开半个白天，然后就到了凤冈。凤冈是个大站，也是终点站。这是七月底，七月底八月初正是各种水果上市的时候，所以每到一个小站都会有卖水果的，水果都用塑料袋一袋一袋事先装好了，水灵灵的。小贩们的水果卖得要比列车上便宜，但人们还是不肯相信他们。小贩们站在车窗下边，把一袋一袋水果举起来，举过头顶。车上的人两眼盯着水果，心里却在想，要是给他们钱，谁有那么正好的，比如给他十元，一袋杨梅是八元，这就有两元的找头，但是，他在车下，这么找一下，那么找一下，拖着时间，也许车就开了，你又不能跳下车。这样一来呢，到手的一袋水果倒成了十元一袋，不知是谁，一上车就把这话在车上传开了，要车上的乘客格外小心，所以车上的乘客一般都不肯买这些小贩的东西。如果车到了比较大一点儿的站，停的时间长一些，人们就可以下去抽支烟或散散步，或买些东西，各个小站都配备着那种玻璃壳子车，是用手推车改装的，加了玻璃壳子，这种玻璃壳子车上几乎什么都有，水果饮料、面包糕点，还有方便面、榨菜和煮熟的鸡蛋，鸡蛋是一袋一袋用塑料袋装了，一袋子五颗，却小得不能再小。这种玻璃壳子车上虽然什么都有，但就是贵一点儿。贵就贵吧，谁叫你是出门在外。既出了门,无论是谁,都会被一种朦朦胧胧的新鲜感包围,也就不怎么计较了。能下车的,常常是把不能下车的同座的乘客要买的东西也捎带着给买了。既然出门在外,每个人都知道,大家一定要学会互相照顾,一定要和同座的把关系尽量搞好。你总不能死死地坐在那里不动,你总不能不去一下厕所,你总不能不去打杯开水。你离开座位的时候怎么办?你总不能把大包小包都带在身上,这车又不是短途车,所以都要互相关照,所以要尽量和同座的人拉近乎,问一下对方在什么地方工作,问一下对方是哪里的人,问一下对方那地方的商品房现在是多少钱一平方米,或再骂几句。也许还会问一下对方要去什么地方。在火车上,人们能靠什么把关系拉近呢? 也就只能靠说话,是语言在起作用。说到语言,就怪了,你要是想和某个人保持一定距离,几句话,中间就马上会筑起一道看不见的墙。而想和某个人拉近乎也容易。比如说,本来是说他的爸,对方却会马上说"咱爸",说的是他的妈,对方却会马上把话接过来说"咱妈身体很好。"到了这时候,哥是"咱哥",姐是"咱姐",孩子是"咱孩子",家是"咱家",只有老婆,没人会说"咱老婆",老公也没人说"咱老公",说话也原是有尺寸的,再拉近乎也不能吃了亏。

<u>那中年妇女</u>,一眼就可以让人看出是那种乡下进

镜头又回到中年妇女。

城做事的妇女,结实、干净、红黑的皮肤,也许是做保姆,也许是做钟点清洁,也许是卖烧烤,也许是卖豆腐,是比乡下人会穿而又不如城里人。她抱着孩子,差不多才一岁多的样子,为了方便,她用了一块绣花兜布,那种专门用来兜孩子的T字形黑色兜布,上边绣了醒目的大红大绿的花儿,牡丹、鸟,还有别的什么花儿。兜布中间几乎都绣满了,但四个边还是黑布,这就形成了鲜明的对比,好看而又有些乡土气。这种兜布现在只有在乡下才用,所以人们不难明白这妇女是从乡下来的。用这种兜布兜孩子有两种兜法,一种是把孩子兜在后边,大人照样可以干种种的活儿,锄地、喂猪、挑菜或采茶都可以,小孩儿要睡了,就让他睡吧。另一种方法是把孩子兜在前边,可以用手托着,方便喂奶。这中年妇女,就把孩子兜在前边上的火车。她上车的时候已经是后半夜,站台上很冷清,这时候上车的人不多,零星几个。她上了车,左右看看,车上虽还有座儿,但都给横躺竖卧的人占了,比如说一个人占了两个人的位子或三个人的位子,在那里酣睡着,两只脚还高高举着,根本不在乎别人有没有座儿。这个中年妇女,这边看看,那边看看,她是希望有人给她让个座儿,也有人注意到了,虚开了眼看了一下,但马上又睡了过去,或根本就在睡,不知道有人在找座儿。这中年妇女从

重要道具。镜头会在此特意专门扫一下,因此兜布以后还会发挥重要作用。

车门的这头走到另一个车门,没人给她让座,她也不好意思把哪个推一下。她不知所措了,不知把手里拎的那个提包放在什么地方,她想了想,又去了另外一个车厢。她在另一个车厢的遭遇和在这个车厢的遭遇一样,人们都在睡着,没人注意她。<u>这时候,有人喊了她一声,她把脸转了过去,喊她的人在朝她招手,要她过去,那边有位子。是个精瘦的老婆婆,短发头,皮肤特别黑,她旁边还有个孩子,那孩子有七八岁了,却没有睡,两只眼亮亮的,</u>在盯着她看,另外还有三四个人,也都没睡,也都看着这边。老婆婆和那七八岁的孩子,还有那几个人显然是一起的,他们也许是刚刚上车不久,还没有睡意,或者他们是白天上的车,已经睡过了,现在是睡意全无。只是那孩子奇怪,两只眼亮亮的,看不出一点点想睡的意思,这已是后半夜了。这个中年妇女怀着十分感激的心坐下来,随口对那孩子说了一句:"你不瞌睡吗?"她坐稳后,手已经在背包里掏了,<u>马上就掏出一个苹果,递给那孩子,</u>那孩子却先不接,用亮亮的眼睛先是看那老婆婆,然后是看另外那几个人。那老婆婆说:"既是姑姑给的,你就拿着吧。"

"叫姑姑。"老婆婆说。

这七八岁的孩子小声叫了一声。

"再叫,这孩子。"老婆婆说,推了一下。

剧中主要人物陆续出场。

善良能随时通过细微处表现出来。

战栗 / 139

"姑姑。"这小孩子就又叫了一声,比刚才亮了许多。

"这孩子。"老婆婆又推了一下,告诉中年妇女,是她孙子。

中年妇女说:"是该睡觉的时候了。"

"没坐过火车。"老婆婆说:"看什么都新鲜,忘了睡。"

中年妇女在心里,已经喜欢上了这个孩子,还有另外那几个人。听口音,他们一定是一起的人,他们的口音,既像是山东那边的,又像是河南这边的,也许他们那地方是两省的交界。比如徐州,还有菏泽,根本就说不清应该是山东还是河南。口音也就跟上杂,连生活习惯也跟上变得很杂。这地方的人,若碰上河南人,他们马上会觉得自己就是河南那边的,若是碰上山东人,他们又会认为自己原本就是山东人。有时候,连他们自己都要弄不清了。

中年妇女安顿了下来,但她并不就把孩子解下来,这样孩子会睡得安稳些。要是把孩子从怀里解下来,放在座位上,再次醒来或一不小心滚下来便是事儿,中年妇女又看了一下周围,用手,又摸了摸孩子的屁股。孩子刚才已经溺过尿,也拉过,这会儿又睡着了,小孩儿刚才就睡着的,只是上车的时候被火车的停靠声惊

不把孩子解下来,已成习惯,此处为伏线。是重要细节。

140 / 五张犁

扰了一下,这时又睡着了。因为是在车上,这中年妇女上车前就已经给小孩的屁股下边垫了一块尿不湿,这样一来她就不用怕他撒尿。<u>尿不湿是从她做事的那家人那里讨来的</u>,她说她要带孩子上火车,撒尿是不方便的,只要两片。这几年,她在城里什么不做?当过月嫂,也带过小孩儿,这次她是去风冈给一家人当保姆,风冈那边的人家是她丈夫的亲戚,说:"先过来试试,将就着把孩子奶到一岁就行。"中年妇女现在怀里这个,其实已经是她的第二个了,上边那一个已经四岁了,是个女孩儿,叫"香港",怀里这个呢,叫"澳门",是个男孩儿。这样的名字,简直就像是在开玩笑,这是孩子的爸爸给起的,说反正也是小名,大了就不叫了,这也是乡下人的浪漫。但说实在的,她和她丈夫严格说已不是乡下人了,他们的见识早已开阔了。她的丈夫说要是再生,下一个就叫他妈的"华盛顿"!她的丈夫有时候亦会和她开玩笑,来回摸着她的肚子说你这地方真是太了不起,既放得下香港又放得下澳门!不过话说回来功劳还在于他,他才是总设计师和建造者,把香港和澳门一下子就设计并建造在她的肚子里了。澳门现在也已经一岁半了。她既要出来做事,上边那一个香港就留给了婆婆,婆婆原来的想法是把这个小的留下,怎么说都是小子,在乡下,男孩儿和女孩儿就是不一

由尿不湿交代中年妇女身份。自然。

战栗 / 141

样。男孩儿是金,女孩儿最多只能是个银。为了这,婆婆在心里还很不高兴。

火车"轰轰"地开着,一夜就这样过去了。短发头的老婆婆和中年妇女说了一会儿话,声音很低但很清亮,说到后来都忽然静下来。朦胧中,车停了又开,开了又停。这一夜,是不停地有人上车下车,是,每到一站,那老婆婆必要朝下张望,一切好像对她都很新鲜,又像是有什么事在等着她。天亮后,老婆婆和中年妇女的这个车厢又都坐满了人,忽然从下面拥上来一大帮民工,背着扛着,许多的蛇皮袋,里面不用说是行李,被子或褥子,内衣或外衣,帽子或鞋,鼓鼓囊囊的,还有工具,电钻或电锯,也都塞在蛇皮袋子里。还有一种味道,也随之而来,是什么味道,说不清,一开始是浑浊的,并且一阵一阵地加强着,随后又是泥土的,清新的,一点一点浮起来。车上的人们这才明白,外边或许是下了雨。中年妇女问了一声:"大不大?"有一个民工停了那边的说话,掉过脸,对这边说:"不大,这还算雨?庄稼都快完了!"他们说着话,忽然有乘警出现了,居然是女乘警。她大声说:"车厢里不许抽烟,要抽就到过道上去抽!东西也不要乱放,要放就放到行李架上去!"民工们也都知道火车上的过道在什么地方,就都拥到那地方继续去抽他们的烟,还说着话,都毫无睡意,这时候,已经是凌晨四点多了,再有一小会儿,天就要大亮了。有两个面孔红扑扑的小民工坐在那里挤在一起,小声笑着说:"这地方难道就不是车厢吗?是不是就可以不买票?"这话被正往另一个车厢里走的女乘警听到了,她回过头来,对那两个小民工说:"再说,再说把你们赶到车下边去。"停顿一下,又说一声:"小心别夹了你那脚!"两个小民工忙站起来。下边的车轮"轰隆轰隆"一路响过去,车猛地颠簸了一下,又复归于平静,又颠了一下,又复归平静。

<u>那老婆婆和她的孙子,在女乘警出现的时候好像是睡了一下,女乘警一走,老婆婆和小孩儿就又醒了过来。</u>小孩儿要去厕所,老婆婆紧跟着,一起去了。老婆婆和她的孙子从那边回来,中年妇女也想去一下。

"把咱孩子给我,你去。"老婆婆对中年妇女说。

中年妇女顿了一下,还是决定带着澳门一起去。

"把<u>咱孩子</u>给我。"老婆婆又说。

中年妇女还是和她的澳门一起去了,她不好意思让小孩儿把尿撒在车厢的地上:"也许还要拉屎呢。"

老婆婆像是不放心,也跟了去,她在厕所外边等着,一边和旁边的人说话。厕所那边就是洗脸的地方,"哗哗哗哗"着,有人在洗,有人在漱嘴,"咕噜,咕噜,

躲避乘警,蹊跷。小说开始弥漫出一种不安的气氛。

"咱孩子"的叫法意味深长。

战栗 / 143

噗""咕噜,咕噜,噗——"还有几个人站在那里,拿着洗漱用具,等着。这时又过来一个戴眼镜的男的,推了推厕所门,等在了那里。

"咱媳妇真不容易。"老婆婆对旁边的人说。

戴眼镜的又推了推门。

"咱媳妇在里边呢。"老婆婆说。

戴眼镜的男人马上去了车厢的另一头,那边还有厕所。

老婆婆也跟上朝那边望,直到中年妇女从厕所里出来。至此,人们都觉得她们是一家子,婆婆和媳妇。除此,还会是什么?

天终于大亮了。

虽然火车是钢铁机器,一路生风,"轰隆轰隆"地跑,像是充满了生气,不可一世,勇往直前。其实火车上的生活是混沌的,是永远也睡不着,永远也醒不来的样子。其实是只有一个节奏,当然也有节奏陡然快起来的时候,那就是每到一站的上车和下车,尤其在起始站和终点站,人们都会紧张一下,好像不争先恐后就下不了车,好像不争先恐后就上不了车,上车下车,只顾自己不顾别人,好一阵忙乱。除此,一切都浑浑噩噩。这浑浑噩噩其实都是从列车服务员那里来的,再紧张

> 和"咱孩子"一样,"咱媳妇"的叫法也耐人寻味,小说一点点滋生出不安。

的事,他们也不紧张,再不紧张的事他们也还是那样铁板着一张面孔,<u>一如火车上的饭菜。馒头、米饭、面条儿,永远是那样,说热不热,说凉也不凉。</u>餐车上虽说有汤有菜,但汤菜和饭店的都不一样,小饭店的汤和菜都好看在油上,汤上面是一层油,喝起来烫嘴;菜也是油大,端上来是油光鉴人,唯如此,才像能让人满意,味道倒在其次,其实是一种欺骗。和小饭店的饭菜相比,车上的饭菜是浑浑噩噩,油没多少,芡却往往勾过了头。木耳炒肉,上了太多的芡粉,几乎要黏在一起,要等你吃到最后那淀粉也不会澥开,肉没几片,木耳也没几片,有的都是大葱,一段一段切得很大,倒不难吃。肉炒西红柿,居然也上芡,也照例黏在一处,也只有吃到最后才会澥开。肉炒腐竹,更别提,腐竹不是发到稀烂用筷子夹不起来就是没发好,死硬,用筷子都戳不动。这样的饭菜,你又没办法不吃,你既身在火车,又不能跳下去找地方解决一下。人们此刻的感受就四个字:忍气吞声。或有想发作的,也没什么好办法,提意见也白提,还得生一肚子气,便有把饭菜一股脑儿都扣在餐车的那张小桌上的,意思已经十分明了,但餐车上的服务员什么人没见过,看见就当没看见,也不会跟你生气,你爱怎么就怎么,反正你不会不让火车朝终点继续跑。首先是他们早都疲沓了,上边有人下来检查工

小说宕开正题,写火车上饮食,故事行进中的必然也。

作,根本就没有想在车上吃饭的,没办法了,到了吃饭时间,列车长会对餐车上的人说,今天上边有人下来检查工作,好好炒几个。但饭菜端上来,照样是那样,黏黏糊糊,不冷不热,要他们来几个好菜,他们早已经不会了,只会这样。一上车,他们的一切灵感都没有了,给看不到的什么东西束缚住了,味觉也像是给封闭了。但他们其实也很不容易,车上那么多乘客都等着吃,早上一顿,中午一顿,如果晚上不到终点站,还要有一顿。不但是餐车上开饭,送餐的小车上也要把餐盒一盒一盒码好,送出去。送餐车上的盒饭永远是那几样,主食是米饭,上边加一勺子荤菜,再加一勺子素菜。荤菜一个是红烧丸子,六七个,虽油光好看,但里边几乎全是粉面。还有一个荤菜是炒肉片,没几片肉,又都给嫩肉粉发过了头,嫩到没一点点吃头。素菜是炒油菜或炒山药丝儿,一律黑乎乎的,全是味精和老抽,倒不难吃,只是吃过后要不停地喝水,像是刚从沙漠回来。

> 又开始回到正题,聚焦中年妇女和老婆婆。这始终是主要人物关系。

<u>是吃饭的时候了,中年妇女先给孩子把奶热了,热水是刚才老婆婆抢着去打的</u>,这真是一个热心人,让中年妇女在心里又是感激又不知说什么好。一个人在路上,能碰到这样一个热心人真是万幸。老婆婆把热水打来,要中年妇女把孩子交给自己,中年妇女就更不好意思了,说:"这样好喂。"和老婆婆一起的那些人还有

老婆婆的孙子这时又都不见了,好像是,马上就要到下一个站了。"他们人呢?"中年妇女问老婆婆,"不是要到终点站才下车吗?"老婆婆说他们吃饭去了。"买个盒饭多方便。"中年妇女随口说,把奶瓶在脸上试了一下,又试一下,好了,她把奶嘴送了一下,奶嘴给澳门一下子含住了,小家伙还用了力,"咯吱咯吱"咬,已经长了牙了,上边两个下边两个。这时老婆婆又忽然不见了。老婆婆再出现的时候,手里多了两个盒饭。中年妇女像是已经明白了,但还是问了,说:"您怎么买了俩?""<u>咱媳妇你不吃?</u>"老婆婆说。中年妇女又是感动得了不得,已经把钱掏了出来,是两份的钱,说:"算我请您吃好不好?算我请您吃好不好。"老婆婆说:"咱都是一家人,说这话干什么。"中年妇女说:"您不收钱我就不吃。"推来推去,说来说去,老婆婆只好把钱收了,一个盒饭十元钱,中年妇女递给老婆婆二十元,又没找头,所以不再说话。

"我要是有您这样的婆婆就好了。"中年妇女说,把盒饭闻了一下。

老婆婆张了一下嘴,笑了一下,说:"我这个人就是不会当婆婆。"

中年妇女其实是没话找话,其实她家里的婆婆对她挺好,只是临走时为了香港生了点儿气,婆婆想留澳

"咱媳妇"让人发笑又让人发怵。"咱媳妇"这叫法独特,但真实,来源于生活。

战栗 / 147

门,想不到留下的却是香港。

老婆婆开始吃饭,老婆婆说她先吃,吃完了再替一下手,中年妇女再吃。

中年妇女看着老婆婆,老婆婆吃饭很快,一勺子下去,马上又接一勺子,<u>这一勺子下去,另一勺子已经又舀好了在那里</u>,是干练的作风,骨子里其实是身体好。

"您吃饭真快。"中年妇女说。

"受苦受出来的。"老婆婆说。

中年妇女看着老婆婆,不知道老婆婆说的受苦是指什么。

老婆婆吃过盒饭,那个叫"白家梯"的小站也已经过了,只停了几分钟。

这一次,中年妇女把孩子解下来给了老婆婆,开始吃她的饭。

此时,老婆婆的孙子和那几个人不知从哪个车厢又都过到这边来,都坐下,只是没话,其中一个精瘦的中年人,把鞋上的泥都擦到车厢的地板上。看样子,他刚才肯定是下车去了,那泥很快就干掉,白晃晃的一片,仔细看,是一个一个叠落在一起的鞋印。老婆婆侧过身把晾在塑料饭盒里的水拿过来让她孙子喝,这孩子的眼睛真亮,是单眼皮。

"找东西擦擦,像个啥?"老婆婆对那精瘦的中年

不知为何,让人莫名不安。

人说。

那中年人便站起身,去了另一头。

中年妇女朝另一头看了一眼,继续吃饭,不经心地问婆婆一句:"您孙子上了学没?"

老婆婆像是有些慌,她推了一下孙子:"说,姑问你。"

老婆婆的孙子用两只亮亮的眼睛把老婆婆和那几个人一个一个都看过来,最终也没说出上学或没上学。老婆婆的孙子的两只手一直攥着,这时却张开了,手里握着那种磨了小窟窿眼儿的杏核,他把它放在嘴里吹了一下,"呜"的一声。马上被老婆婆喝住,又一推,要他坐好。老婆婆站起来,要中年妇女坐在里边小桌上去吃。中年妇女站起来,换了座儿。中年妇女在心里想,自己要是有这样一个婆婆就好了,在心里,不免把眼前这个老婆婆和自己的婆婆比了一下,又心想,不知道这老婆婆的儿子长什么样。这么一想呢,忍不住在心里笑了一下。老婆婆的那几个人这时找出了一副扑克,簇新的。去那边找拖把的也回来了,拖了地,又把拖把送回去。他们开始抓红三。<u>老婆婆的孙子扒在车窗上看外边,外边的景物原是看不清的,一闪,过去,又一闪,又过去</u>。老婆婆的孙子忽然尖叫了一声,是一头黑牛出现了,在铁道边吃草,只一闪,过去了。老婆婆

> 七八岁小孩,心思原应单纯好奇。真实。

的孙子又尖叫了一声,又是一头黑牛,也在道边吃草,也一闪,也过去了。窗玻璃上一道一道,是雨,又下了。

老婆婆原是个爱说话的人,这在晚上还看不出来。火车上,虽说气氛是混沌的,是沉闷的,但火车里也是有白天、晚上之分,白天再看老婆婆,年纪像是没那么老,黑是黑,但皮肤还没有松弛下来,发头也剪得正好。吃过盒饭,中年妇女重新把澳门吊在了前边,老婆婆一边帮着系带子一边说:"可别把宝宝捂出痱子。"老婆婆说,"我们那时候知青里也有早早结了婚生下小孩儿,也是把孩子一天到晚背在身上,还得下地锄地摘花儿打烟叶什么都得干。"话匣子就这样打开。老婆婆说她在乡下一共插了八年队,是知青创业队,比一般插队还要苦!老婆婆这么一说,中年妇女简直是吃了一惊,她看着老婆婆,想不到眼前这个老婆婆当年居然还是创业队的,根子里竟然是城里人,这真让人看不出。不由得对老婆婆又多了几分敬重。老婆婆继续说她的,她说她们年轻的时候,和现在不一样,几乎不用脑子想事,行动都靠最高指示,顶得烈日吃得苦,一连七八天的洪水也泡得起,割麦子几天几夜不怎么睡也顶下来了。

"那个苦哇,跟你说你都不会相信。"老婆婆说。

老婆婆让中年妇女看自己的手,看手上靠近拇指

> 世上许多人需再看,再看端的会不同。

> 应了前面说的"人们靠什么把关系拉近呢?只能靠说话。"但说话需要分辨真假,不是所有人都有此意识。

那地方的那道疤,她告诉中年妇女自己的名字是叫刘玉兰。"你说这名字我们那地方没人不知道。"老婆婆说她年轻的时候就知道受苦,结婚后孩子都不懂得要,不是没时间要,而是在响应号召。嫁了个男人又是村里的,只知道挣工分不知道心疼自己,那时候不要孩子就只有一个办法,吃避孕药。<u>老婆婆说:"那药有什么好儿,没一点点好儿!吃来吃去把自己给吃出毛病了,到后来想生也生不出来了。"</u>老婆婆看一眼那边,那边的几个人的注意力都在扑克上,老婆婆的孙子此刻已经睡了,趴在小桌上,一只小手朝前伸,张着,手里是几颗磨了窟窿眼儿的杏核,另一只小手朝另一边伸着,也张着,像是要抓住什么,手里的杏核早已经掉在了地上。

　　中年妇女弯了一下腰,不行,只好蹲下来,把那几颗磨了眼儿的杏核给一粒一粒捡了起来放在小桌上。中年妇女再次坐好,听老婆婆继续说。老婆婆说一开始是怕有孩子,有了孩子就不能改天换地了,但后来是想要孩子却怀不上了。

　　"真怀不上?"中年妇女说。

　　"就是怀不上。"老婆婆说。

　　中年妇女看了一眼老婆婆睡在那里的孙子。

　　"是我儿子的。"老婆婆说,又小声说,"我儿子是

※ 交浅言深,有可能包藏祸心。

战栗 / 151

抱的。"

"都一样。"中年妇女看看那边,马上说,"要说亲还是养的亲。"

"我两个儿子和别人的儿子不一样。"老婆婆说刚抱回来的时候一样,能跑能跳能吃能喝,到后来就不一样了。

中年妇女想问问怎么个不一样。没等问,老婆婆已经说了,老婆婆看样子是个心直口快的人。她说自己的儿子要个头有个头,要模样有模样,但就是脑子不好使。

> 自我贬损,其心可疑。可惜中年妇女不疑。

"老大连小学二年级都没读完,是个废物!真是个废物!"

中年妇女看着老婆婆,张着嘴,不知该怎么安慰一下老婆婆才是,一时又想不出话,不知该怎么说,找不出话来了。老婆婆却早已平淡了这一切,又说:"这个老大的脑子不行,我后来又抱了一个。"老婆婆把话停下来,叹了口气,端过塑料饭盒猛地喝了一口,"咕咚"一声。然后不再说,看着车窗外边,但不说是不行的,以她这种性格,也只是让自己的心气平一下才好说。老婆婆又喝了一口水,又长出了一口气,说自己这辈子简直是憋屈死了,想不到抱的第二个儿子脑子也不好使!老婆婆问中年妇女:"你说怎么就都让我碰上了。

> 继续示弱,江湖套路。

152 / 五张犁

你说怎么就有这么多脑子不好使的。你说咱家是怎么回事。"老婆婆朝那边示意了一下，小声说：

"那就是咱家老大。"

中年妇女朝那边看了一眼，马上明白了，把鞋上的泥在地板上擦了一大片的就是老婆婆的老大。中年妇女就更找不出话来了，换个人，也会找不出什么话，忽然，怎么说，只觉得眼前这个老婆婆真是苦，怎么都让她碰上了？中年妇女忽然有了话，说："后来呢？后来呢？"她这么说话什么意思呢？她是想让老婆婆把话跳过去，说后来的事。后来也许就好了，过日子，一般都是前好后不好，前不好后好。那就拣好的说。

老婆婆看着中年妇女，不知道中年妇女想问什么。

"插完队，后来呢？"中年妇女说。

"后来还不是都回了城。"老婆婆说只是苦了自己，嫁了本村的怎么走？但后来自己说实话也不错，给从村里抽调到了乡里，后来又从乡里到了区里，在妇联干了五年，又再回到乡里。

"既去了区上怎么又回乡里？"中年妇女有些急了，问。

<u>老婆婆笑了一下，说："这次是去给他们当乡长。"</u>
<u>一下子，中年妇女不知该说什么了，张着嘴，一下子找不出话来了，</u>她想不到面前的老婆婆当年竟然是

萍水相逢，信口开河之言，不可轻信。可惜中年妇女竟信了。

个乡长。"真看不出您是个乡长。"中年妇女说。

"当乡长有什么好儿？整天陪上边的领导喝酒。"老婆婆不想说这些了。

车这时候又到了一个小站。站台的水泥地面亮得像是抹了一层油，雨还在下，虽然不大。中年妇女看到了鸡，站台上居然有一群鸡，也不知是小站养的，还是从附近人家跑过来的，正在站台上啄食什么。是什么？是粮食，火车运粮食，粮食撒在了站台上，这一群鸡在那里啄粮食。还有两个人，站在小站遮雨篷的下边，不知是在等哪一趟车，其中一个人在东张西望，一个人只顾低着头看自己的手。手上有什么？是手机。车停了一下，很短暂，也没人下去，也没人上来，车猛地一挺，又一挺，"轰隆"一声，又动了起来，此刻火车的每一声"轰隆"，倒像是叹气，这小站也实在是太冷清了。

"您那时，威风吧？"中年妇女说。

"喝酒呀，可把人给喝坏了。"老婆婆说好在后来又调到了县上，就不喝了。

"到县上？"中年妇女说，"到县上做什么？"

"做副县长。"老婆婆说也没啥意思。

中年妇女就更吃惊了，张大了嘴，两只眼睛定在了老婆婆的脸上，想不到面前这个短头发老婆婆这么不简单，居然还当过副县长，这简直是要把她吓住了。她

从示弱到逞强吹牛，无所不用其极。江湖忽悠大法。可惜很多人看不破。

看着老婆婆,真的一时不会说话了,不知道该说什么。或者是该再问什么。火车"轰轰"地开着,声音忽然大了起来,是在过一座桥,这座桥有个名字叫"长风桥",但人们都叫它"大长",因为它很长,是这一带最长的桥,离这座桥还有一座桥,人们把那座桥叫作"二长"。而中年妇女心里想着的却是别的事,想的却是自己的老娘,中年妇女忽然笑了一下,想起自己老娘当时是村里的计划生育小组长,自己还小的时候,就只记着一件事,是娘总是拿着避孕套去给大家发,或是给她一个,让她到一边去吹着玩儿。这么一想呢,忽然就觉得跟眼前这个老婆婆就更亲了。但自己的老娘怎么能和眼前这个老婆婆相比呢?自己的老娘当计划生育小组长最风光的一次也就是去县城里开"三干会",那一次,娘还把她带了去,正式开会的时候自然不能带她到会场,娘就把她安顿在一个亲戚家里。那次娘带她去百货商店开了眼,用误工补助的钱给她买了些红红绿绿的糖豆子。这件事,她总记着。

老婆婆去了一下厕所,从车厢另一头回来时,一边看着车窗外一边说:"这雨可下成了,下车的时候弄不好还要下,云盖百里天。"

"下车有人接没?"坐下后,老婆婆问中年妇女。

中年妇女说:"我已经告诉我那个了。""我那个"就是她的丈夫,这一带都把丈夫叫"我那个",丈夫也把自己老婆叫"我那个"。"我那个。"男女都这么说,大家也都懂,从来都不会出什么错。

"那就好,外面下着雨呢。"老婆婆说。

"就是不知道我那个死货会不会带把伞。"中年妇女说。

"一岁零几个月了?"老婆婆用手摸了一下澳门。

"一岁零五个月了。"中年妇女说。

"从小就吃你的奶?"老婆婆说。

"刚加了点儿米糊。"中年妇女说,"要不,再大点儿就什么都不吃了。"

"在哪儿生的?"老婆婆说。

"赶不及了,生在乡卫生所。"中年妇女说,有点儿不好意思了,为了这样的经历,有这样经历的人现在毕竟不多。

老婆婆说:"除了吃点儿米糊就不给吃点儿别的什么?"

"可爱吃鱼呢。"中年妇女说,"得把鱼煮得稀烂稀烂。"

"他爸姓啥?"老婆婆说。

"叫周福生。"

"宝宝小名呢?"老婆婆说。

"澳澳。"中年妇女不好意思了,不好意思说"澳门"。"澳门"可以说是一个名字吗? 她还想告诉老婆婆说自己还有一个呢,那一个叫香港,但她没说,生二胎在乡下罚得很厉害。

"宝宝大名呢?"老婆婆又说。

"还没起呢。"中年妇女想想,说。

老婆婆看了一眼中年妇女,这一眼看得可真厉害,老婆婆说:"现在二胎不像以前那么严了。"

中年妇女不再说话,侧身,非要让老婆婆进去坐,靠窗坐下。

"什么血型?"老婆婆又问。

中年妇女想不起来了,她都不知道自己是什么血型。

老婆婆却把话一转说她的孙子,说她孙子一生下来后背上就有一大块青记,"是不愿意来,让阎王爷戳了一指头才来的,长大了要想当空军都不行。"

中年妇女说:"不会吧,身上长块记就不让当空军?"

"你这宝宝没记吧?"老婆婆说干干净净好往天上飞。

老婆婆的话又让中年妇女高兴起来,她说"澳澳"

看似寻常聊天,实则句句藏奸。

战栗 / 157

是光溜溜的一个小子,身上什么也没有,只是一个耳朵比另一个朝外。她这么一说,老婆婆就侧过脸细看了一回,还摸了一下,把两只耳朵对比了一下。可不,两只耳朵不一样,不说还看不出来。老婆婆说睡觉的时候压一压,也许就压回去了。"小孩儿都是十八变,小时候再不好,大了就什么都看不出来了。"老婆婆又说,"但也有小时候一点点都看不出来,一到长大毛病就都出来了。"

中年妇女知道老婆婆在说什么,朝那边看一眼,想安慰一句,却找不出话来。

<u>老婆婆的那个精瘦的儿子在那边正看别人出牌,嘻嘻地笑,怎么看,都不像是有毛病的人。</u>

"人活着就这样子。"老婆婆叹了口气,说。

这话什么意思呢?中年妇女在心里想。

这时卖货的小车推过来了,停了一下,"轰隆隆"又推过去。又停下来,有人在买什么。另一头,乘警又出现了,喊谁呢,大声喊:"听见没,都不许在车厢里抽烟!都掐了!"被说的人就站起来纷纷往过道走,咳嗽、吐痰、擤鼻子、说话、笑。他们在那边抽烟,烟又从那边漫过来,漫进车厢。

<u>火车像什么?有时候倒真像是一条热闹的里弄,</u>

旁注:
语言有镜头感,此时镜头转向大儿子。

进入尾声,但不急着结尾,再慢慢讲一下火车。

热闹、乱、无序,也充满了该有的烟火气,方便面的味道,烧鸡和酒的味道,还有小站送上来的菜包子的味道。端午节的时候,又是粽子的味道;中秋节,月饼也绝不能少。既在车上,虽非邻居,但这边座儿的孩子会"扑通扑通"跑到座儿那边去,那边座儿的人会走过这边来围观这边的牌局,里弄还不就是这么个意思,是你来我往。我的中学同学毛车生,那时候一直没问过他为什么叫"车生",后来才知道他居然是在火车上出生的。他发奋学习,立志要在火车上工作,现在已是一位列车长了,如把火车比作是一条里弄,那他就是里弄的街道主任。如果从始发站到终点站路途远一点儿呢,这条"里弄"的乘客不但已经成了邻居,不但会互相传递各种大道和小道的消息,而且,也许还会把自己的私房话都告诉对方。但是,忽然马上就要到终点站了,这暂时建立起的各种关系便就此宣告结束,也有不愿就此分手的,便互相帮着出站,行李少的帮着行李多的提一下行李,帮着抱一下孩子。不知道他们关系的人还以为他们真是一道来的。

中年妇女坐的这趟车,从里八庄到风冈,不算太长,也不能算短,行程恰好是一天一夜。好了,风冈马上就要到了。车上有对风冈站熟悉的,他们看到那条河了,在雨里汤汤地流着,白晃晃的。熟悉这一带的人马上就说起这条河当年水有多好,河两边的稻子有多好,这河两岸的大米又是如何如何好吃,要比天津的小站大米好得多。可现在全完了,全给金矿污染了,没人种大米了,就是种出来也没人买。对风冈站熟悉的乘客说差不多该收拾收拾了,已经到了。一个人开始从行李架上往下取东西,别的人也跟着忙起来,好像不这样就下不了车了。一天一夜。这车整整跑了一天一夜,时间不算长,但也绝不算短,怎么就过得这么快呢?

<u>中年妇女没多少东西,只有那一个提包,她还没顾得上从行李架上往下取,老婆婆已经让她的儿子帮她取下来了,并且,帮她拎着。</u>其实离车到站还会有一阵子,但人们却都站了起来,站了一会儿,看看还没到,又都再坐下来。火车的速度明显慢了下来,车窗外出现了房子,楼房,平房,又是楼房,还有水塔,水塔上有标语,没等让人看清,一下子又过去了。又是一堵墙,红砖墙,墙上用那种蓝得不能再蓝的颜料刷着广告,是有关压面机的。人们果真需要那么多压面机吗?火车更慢了,一下子,人们的眼前一暗,是火车进了站台,人们就都再次站起来,这一次是真到了,站起来的人此刻动了起来,往车厢门口那边挪。这时候,中年妇女也跟着往外走,<u>她的身前是老婆婆,帮她提着那个包儿,还有老婆婆的孙子。她的身后,是老婆婆的儿子和其他那</u>

镜头又给到中年妇女和老婆婆,回到叙述焦点。

前后被包围,情势危急。中年妇女却浑然不知。

160 / 五张犁

几个人。他们护住了她陪她下车,这真是让她更加感动,在路上,真想不到还会碰到这样的好人。

中年妇女下了车,别人也都下了车,都在往前走,往一个方向走。要再过一个通道,通道里一点儿都不暗,墙上有灯,还有一个又一个的广告箱,通道就在这一片的灯光中慢慢上升,渐渐更亮了。前边传来的声音也大起来,嘈杂起来,"嗡嗡"的都是人声。有不少接站的人站在出站口,他们中,有人还打着伞,雨不算大,但还下着。又是一阵挤,你挤我我挤你,但一旦被挤到那不锈钢的过道里也就不挤了,也就出了站了。中年妇女就这样出了站,她想着应该怎么跟这个老婆婆和她的儿子孙子说句告别的话,因为她和老婆婆都已经从出站口走了出来,雨虽下着,却根本就不用打伞,是一丝一丝的小雨,就跟没有似的。

<u>中年妇女又把手伸进去,想给老婆婆的孙子再掏一个苹果,却忽然听到老婆婆对她说:"好了,就到这里吧,把咱孩子给我,让你累了一路。"</u>

图穷匕现,小说猛地进入高潮。

中年妇女的脑子"嗡"的一声,瞪大了眼睛。怎么回事?老婆婆什么意思?中年妇女看着老婆婆,一时反应不过来,也许是,老婆婆在对别人说话,但周围又没有别人。

老婆婆又说了一句:"把咱的孩子给我,辛苦你抱

战栗 / 161

了一路。"

中年妇女这才觉得是有问题了："孩子？"

"把孩子给我。"老婆婆又说，一下子，声色俱厉。

中年妇女脱口说："你说什么？"

老婆婆已经扑上来，开始解兜孩子的兜布，她要把兜布解开，把澳澳抢过去。

中年妇女把身子扭过去，用手护着，大声喊："干什么？干什么？干什么？"

（旁注：只能大喊。）

老婆婆也大声喊："把孩子还给我！"

"干什么？干什么？干什么？"中年妇女大声说。

中年妇女觉着自己是不是碰上神经病。在车上，老婆婆刚才还好好的，看不出什么，怎么现在一下子就变了。她几乎是用求救的眼光看着和老婆婆一道的那几个人，她想问一下老婆婆是不是有病。怎么会这样？会不会是突然犯病了。中年妇女到此时都没意识到这是一伙什么人。她想不到那几个人也突然都说："快把孩子还给咱娘，还给咱娘！还给咱娘！"

周围的人，怎么说呢，已经有人停了下来，看着他们，看着他们在争夺孩子。他们以为，中年妇女和老婆婆是婆媳两个，不和了，起争执了，这时候老婆婆的孙子也大叫起来："把我弟弟还给我奶奶，你这个大坏人！"

162 / 五张犁

"看看看,也不看看是什么地方!"有人说,走开了。

怎么说呢?中年妇女静了一下,她想让自己静一下,想看看这究竟是不是个梦。但那老婆婆下手很重,又是拽又是扯,只是中年妇女用来兜孩子的兜布绑得太结实了,一下子扯不开。这时候围的人更多了,但最靠近中年妇女的是跟随老婆婆的那几个人,他们把中年妇女围在中间,死死围住,也都动了手,一个人拉住中年妇女,另一个在帮着老太太解扣儿,但那兜孩子的兜布的结打死了,澳澳受了惊吓,尖声大叫起来。那边是越急越解不开,中年妇女这边是又推又搡。中年妇女觉得自己像是仍在一个梦里。<u>"警察,警察。"她忽然喊起警察来,警察就离她不远,是两个年轻警察,在说话,在笑,一个指着旁边的什么让另一个看,另一个就笑得更厉害了,</u>这两个警察往这边看了一下,又接着说他们的话。中年妇女给那几个人死死围住了,任她怎么喊,那两个警察根本就不知道这边的一群人在做什么。车站上向来这么乱,更何况人家是一家人在那里乱,又是婆婆,又是媳妇。

"福生!福生!"中年妇女忽然喊起她丈夫的名字来。

"把咱的孙子还给我!"老婆婆并没有压低声音。

"哪个是你的孙子!"中年妇女大声喊,声音都喊

> 警察在旁却无用,增加无助感。

战栗 / 163

岔了。

"还我的孙子!"老婆婆揪扯住中年妇女,但那个扣儿就是解不开。

"放开放开放开!"中年妇女往外冲了一下,马上被那几个人推回来。

"把孙子还给他奶奶!"其中的一个说。

"把弟弟还给我奶奶,你这个大坏人!"那孩子也跟上喊。

"福生,福生!"中年妇女已经和自己丈夫约好了,要他来接站。

"把我弟弟还给我奶奶!"那孩子又喊。

中年妇女忽然听到了熟悉的声音,是她丈夫福生的声音,他也在找她,她丈夫在叫她的名字。她丈夫来接站了,已经听到了她的声音,但就是看不到她的人,也急了,又喊了几声。中年妇女猛地答应了,这一声真是怕人,像是给什么噎住了,却又被从嗓子里冲出来的力量把那要堵住她的东西一下子冲开了。

中年妇女的丈夫这下子听到了,他听到了自己媳妇就在前边的人堆里。

"怎么啦?怎么啦?"中年妇女的丈夫把这些人猛地一下推开。

其实不用推,中年妇女的丈夫一应声,老婆婆那边就马上松了手,并且,马上就四下散了,只是老婆婆的孙子慢了一步。

中年妇女突然扑向老婆婆的孙子:"你小小年纪怎么跟上干这种坏事?"

老婆婆的孙子被谁猛地一拉,不见了,能听到的是这个孩子突然爆发的哭声,声音很尖,但马上又消失掉,像是给什么一下子塞住。

"出什么事了?"中年妇女的丈夫也有几分惊慌,他以为他媳妇给人抢了。他出现了,他也受了惊,脸上的肌肉一跳一跳。这是个高大的男人,瘦瘦的,剑眉,连脸上,怎么说,都好像是肌肉。他没拿伞,穿着两股筋的背心,下边是一双黑灯芯绒的布鞋。没穿袜子,手里是一根很长的木棍,用来挑东西的。他看看这边,再看看那边,他不知道出了什么事。

"什么事?"做丈夫的蹲下来,"怎么跟人家打起来了?"

中年妇女身子软得再也站不住,她一屁股坐在了那里,地上是湿的,到处是水,<u>她放声大哭,怀里是孩子,万幸孩子还在。</u>

"怎么回事?"中年妇女的丈夫说,"他们是不是想抢你?"他看看四周,那几个人早已不见。

中年妇女哭得更厉害了,她是越想越怕,一时不知

> 结局这样处理很好,若设计成孩子被抢走,则无趣。

战栗 / 165

该怎样说起。

"那几个人怎么啦?"做丈夫的又问,说,"到底怎么回事?"地上是水,他想用一只手把自己媳妇搀起来,他感觉到自己媳妇浑身都在颤抖,像触了电,不停地颤抖。有人停下,朝这边看,又走开,又有人停下,看,也走开了。谁也不知道这两口子发生了什么事。是在干仗?但这不是地方,这是车站,车站是干仗的地方吗?

车站上,照旧是一片忙碌。那么多人,不是从外边刚回来就是马上要离开此地。所以个个都行色匆匆,所以谁都不顾谁,谁都没心思管别人的事,他们的目标只有一个,上车,回家;或下车,回家;没家的,也在心里想,赶快去什么地方找个便宜的旅馆,这雨要是下得再大呢?得赶紧走。所以,人们的脚步迈得就更快了,车站一带,就更加乱。怎么说呢?要是不乱,车站也就不是车站了。

> 闲笔结尾,意味悠长。

雨下着,又起了雾,周围在渐渐模糊起来。连车站上边"凤冈站"那三个字也很快模糊掉,雨转大了。这"凤冈"两个字原来是"凤冈",这就说通了,也像是比较的好听。"凤冈站"过去,就是"小龙冈站",只不过那个站比"凤冈站"要小多了,在那里上车下车的人自然就更少,那个小站也就更清静。

雨　　夜

　　<u>周口店是最后一个走的，他把那三十块钱塞给山东人。</u>

　　"<u>别收他们的钱。</u>"他对山东人说。

　　"<u>两碗面用不了这些。</u>"山东人说。

　　"<u>你看着再给他们来点儿什么。</u>"周口店说。

　　"还能用你的？"山东人说。

　　周口店说："我的钱是不是脏，是不是不干净？"

　　山东人张着嘴，不说话了，他看着外边，看着从屋里出去的周口店。雨下得更大了，按理说，冬天不会有这么大的雨。山东人不知道周口店他们做什么去了，应该是回家去了。这样的晚上，是应该回家去，在这样的晚上，不回家的人都有不回家的道理，但山东人知道，西边埋在地里的那个人是永远也回不了家了，问题是，那个小煤矿现在也没了，让上边给封了，在井口放了炸药，"轰"的一下子，什么都没了。那个矿主也早就不知道去了什么地方，当年在那小煤矿里挖煤的工友也都不知去了什么地方，只有那个人，矿井出事后给埋

> 开头直接切入，不作背景交代，是先声夺人。小说常用笔法。

雨夜 / 167

在了那里,永远回不了家了。

"给炒个鸡蛋!"山东人对里边屋自己女人说。

"下这么大雨,应该吃个炒鸡蛋。"山东人又自言自语说了一句。

"还有什么呢?"山东人问自己,"是不是还有点儿猪头肉?"

"对,还有点儿猪头肉。"山东人又说。

> 现在开始交代时间、场景、气氛。回潮式补叙。

> 小村、小煤矿、路边小店,构成了这篇小说的全部空间要素。

雨是冷的,是冬雨,不大,淅淅沥沥的,却不停。<u>地里的庄稼早已经收过了,场里的事也已经完了,所以人们就没什么事做。再过几天就是新年了。雨一直下到晚上还不肯停</u>,在这样的天气里,人们能做什么事呢?在一起说说话,嗑嗑瓜子,或者就早早睡去,但肯早早就钻到被窝儿里睡觉的人毕竟不多,更多的人是在那里看电视。但电视又总是不清楚,因为<u>小村紧靠着一个煤矿,这煤矿就叫了"独树矿"</u>这样一个怪名字。因为靠了这个煤矿,小村的电视就总是看不清楚,并且呢,村子里的那条路给来来往往的大车弄得坑坑洼洼不好走。这让村子里的人们都很生气。更让人们生气的是那些从外边来的女人,这几年城里的生意不好做了,她们都跑到矿上来。来做什么?村里的人们有很生动的说法,说她们是下来收集炮弹。矿上年轻人多,炮弹的库存量相当大。有人就在高粱地里做那种事，白花花的套子扔得到处都是，这就更让村子里的人们生气，都说高粱减产跟这事分不开。

都快要过新年了，天还下着雨，让人觉着没什么意思，甚至呢，让人觉着有些扫兴，让人觉着该找点儿什么事做做才好。做什么呢？在这样的天气里，一切都显得闷气，一切都显得无精打采，这种天气里找事做原是在寻找刺激。<u>周口店便和六子、周来富、周金、菜刀头出动了</u>。这村的人们大多姓周，外姓很少，有外姓也是从别处迁来的。周口店是个漂亮小伙子，只是笑的时候嘴会张得很大，所以人们就叫他周口店，这绰号原是取得很有一点儿学问的。无端端让人觉得有些奇怪，这就让他好像和别人有些不同。不同在哪里呢？又让人说不出，也许周口店和别人不同的地方就是他的漂亮。皮肤白白的，在村子里，像他那样白净的小伙子是很少的，并且呢，他又是大眼睛，鼻子也挺挺的，好看。好像是因为他长得漂亮，村子里的年轻人就很喜欢和他在一起，做起什么事呢，又好像总是由他带头。其实周口店是个很勤快的年轻人，总是在找事做，秋天的时候他去收了一阵胡麻，把胡麻收来再倒手卖给油坊，其实也挣不到多少钱。胡麻收完了，他又去收豆子。收豆子做什么？收豆子卖给豆腐坊，这种事都是

旁注：五个人，一一起了名字。增加真实感。

雨夜 / 169

有季节性的,周口店还计划到了天冷再去收羊毛,收羊毛是个脏活儿,他肯做这种事,就说明他的扎实。他不能不扎实,他的父亲原是个木匠,现在已经很老了,什么也不能做了,眼睛有了病,总是红红的,烂烂的样子;他的母亲却是个胖子,动不动就头晕,但还是忙着给人们做衣服挣些钱。周口店的母亲是村子里最好的裁缝,会蹬机子,那缝纫机就放在屋里的炕上,高高在上的样子,这么一来,她一边做活儿一边还可以看看外边,蹬蹬机子,然后坐在炕上给布料子上抿抿浆子,抠抠边儿。让她发愁的是她的儿子还没娶上媳妇,周口店呢,好像一点儿都不急,这就让她更急。

<u>周口店和六子他们出去做什么?</u> 他们五个,穿了塑料的雨衣和雨鞋,在雨地里一划拉一划拉地走着,雨下到他们的身上有细密的声音。村道上都是坑,原是不好走的,一下了雨就更不好走,周口店他们只好在道边墙根处的稀泥里行走,这就让他们好像排了队,一个跟着一个,一个跟着一个,走在后边的六子忽然"呱嗒,呱嗒"跑到前边去,他想和周口店说说前几天来矿上找婆家的那个姑娘的事,那姑娘也太小了,十五六岁的样子,谁也不敢要,人们都说肯定是给人贩子骗出来的,人贩子也太可恶了。六子凑近了周口店,说那小姑娘也不知现在去了什么地方。十五六的那么小,能吃得

去做什么,并不马上回答。小说忌直喜绕。

消？六子这么一说，五个人便都哄笑了起来。他们一划拉一划拉地走到村口的道边了。他们到那里做什么？他们是去收路费，只要是想从村子里过的车，他们都要向他们收些钱，好像是，这样一来，他们就和那些把村子里的路压得都是坑的车的关系就扯平了。做这种事，让人无端觉着像是做土匪：一是要把凶放在脸上，二是不能害怕。他们做这事，原是底气不足的，但他们说做这事原是要保护村子里的道路的，底气便又有了，一开始做，大家都提心吊胆，好像是真在那里做土匪了。但做过几次胆子便大了，理由也充足了，而且呢，还有了收费的标准，那就是大车收多少，小车收多少，倒有了公事公办的味道。村子里的人对做这种事总觉得不太好，总觉得这不是正经人做的事。再说这种事老实一点儿的人是做不来的，敢做这种事的，多多少少是有些无赖的，不敢做这种事的人看到做这种事居然能挣到钱，心里便不平了。不平又能做什么呢？也只能是在背后说闲话。都是一个村里的，闲话又能说些什么？说他们不务正业，说他们二流子。话是这样说，说来说去，周口店、六子和菜刀头他们真的就好像是二流子了。好像是，别人既然那么说了，为了显示自己的不在乎，周口店他们说话办事就偏偏要和别人不一样。问题是，周口店他们觉得自己是在给村子里

> 至此方点出行动的目的。

雨夜 / 171

做事,路既然是大家的。这么一想呢,周口店他们就更不在乎了,好像是,他们和村子里的其他人有区别了,行事说话都好像有了城里人的味道,这又让村子里其他的年轻人从心里羡慕,想仿效他们。

"干什么去?"有人在道边问了。

"劫道!"

<u>周口店的口气有时甚至是挑衅的,好像是,你要是再问,还会有好话给你说出来。周口店总像有一肚子心事和不满。</u>有什么心事和不满?他自己也说不出来。因为长得漂亮,倒好像是所有年轻姑娘都欠了他什么,他对姑娘的态度是四个字:不屑一顾。村子里的姑娘们其实都很喜欢他,但周口店对她们的态度总是不友好,好好一句话让他一说出来就有了挖苦的味道。他瞧不起村里的姑娘。

旁注:总是一肚子不满,结局却不落在做坏事上,是逆锋写人。

小村现在不能说是小村了,因为那个独树矿,小村的道边开了不少小饭店。周口店他们就在雨里一划拉一划拉来到靠路边最近的那家饭店,这家饭店是山东人开的,<u>这个山东人原来是下井的,受了伤,天阴了腰就痛</u>,所以就在这里开饭店,小煤窑那边呢,还领着一份工资,因为他的表哥是矿上的副矿长。小饭店是两间房,门上挂着塑料缝的门帘,一撩就"哗啦哗啦"响。

旁注:下井则受伤、死亡为常见事,在此先关联一笔。

周口店他们来了,就总是要个花生米,再要个炒山药丝儿,再要几两酒就那么喝起来。他们也没钱,对周口店他们来说,喝酒倒在其次,吃什么更在其次,也吃不上什么好东西,让他们喜欢的是那种气氛。

周口店他们进了这饭店,坐好了,披在身上的塑料雨衣马上给山东人搭到柜顶上去。

"×,这天气真应该×一下子!"六子坐下来,对周口店说。

"外边有猪!你去不去?"周口店说。

"那你说,人活着数什么好?"六子笑嘻嘻地又说。

"数猪好,你去吧。"周口店说。

人们便都笑起来。

周口店也跟着笑了起来。

"啤酒白酒?"山东人说。

> 乡村野语,顺手写来,真实鲜活。

天下着雨,在这样的夜里他们能做什么呢?他们就那样一边喝着那一点点酒,一边说着荤话,说荤话让他们觉着很过瘾,而且好像还有一种快感。既然不能做那种事,说说还不可以吗?好像是因为不能做,他们的嘴上就说得更厉害。而实际上他们都还年轻而纯真,虽然他们常常和那些小姐拌嘴或打情骂俏。要是那些小姐真要挺身而出他们倒会害羞起来。他们喝着

雨夜 / 173

酒,说着话,耳朵呢,却在外边路上,一有车的动静他们就要跑出去,外边的雨"沙沙沙沙、沙沙沙沙"地下着,他们的耳朵现在都很好使,可以说都已经练出来了,能听得出外边来的是什么车,大车还是小车。为了怕从外边来的车一下子冲过去,他们在路边拦了一根杨树杠子,这么一来,真像那么一回事了。正经路卡,都有那么一条杠子。

<u>这路边小饭店呢,其实更像是一个家,里边一间是住人的,炕上乱得可以,地上又堆满了粮食口袋和烟箱酒瓶。外屋大一些,放两张桌子,人们就在那两张桌子上吃碗面条儿了,喝口小酒了。墙上呢,贴着美女的大画片和好看的烟盒儿纸。</u>还有一台油污污的黑白电视,摆在里屋的桌上,屏幕冲着外边,所以外边坐的人也能看见电视里的动静。饭店的主人是两口子,比如女人要去炒菜,男的便去剥葱了,穿着油污污的大裤衩,腿上的毛很黑很长。这边炒好一个菜,男的便会马上端出来。但人们常常看到的是那个女的在那里一下一下很用力地和面,面要和得很硬,饧好了,才能削。这就是说,这个山东女人也学会了削面。或者她就在那里"嚓嚓嚓嚓"飞快地切菜,动作快得让人眼花缭乱。外屋其实就是个厨房。灶台上好像是永远放着两个红塑料盆子,一个盆子里是炖好的羊肉,一个盆子里是羊

典型的路边小店、典型环境。

下水，总是这两样，谁要是想吃就马上盛出几勺子热一热就是。外边的客人喝着酒，那男主人有时也会过来和客人喝一口，总是蹲在小凳子上，或者就坐到里间的炕上去。碰上矿上的人下来，恰好又带着个小姐来，给他们一点点钱，这小饭店的主人便会把里屋的小炕让给他们，所以里屋的门上原是有个布帘儿的。布帘儿要是放下来呢，人们就知道里边在做事了，里边的事做完，那小姐还会在里边小声地问一声："谁还来？"也许马上就有人笑嘻嘻地进去，在里边解裤子做起来。<u>没人做那事的时候那小姐便会帮着饭店主人做些事，洗洗菜，扫扫地，擦擦桌子，好像那种事跟她们没一点儿关系。</u>

　　周口店他们喝着酒，忽然听见外边的动静了。

　　"车来了。"饭店的男主人，那个山东人马上出去又马上进来，说。

　　"大车小车？"周口店说。

　　山东人便又一头出去，只一刻便又回来，水淋淋的。

　　"吉普车。"山东人说。

　　周口店他们都喝了些酒，身上也暖烘烘的，这暖烘烘的感觉让他们不想再出去，再说外边还下着雨，这让他们有些不情愿。这么一来，他们便和那从远处开来

> 小姐也很质朴，说明店不是黑店。人与环境是一致的，善地不会有恶人。

雨夜 / 175

的车有了气,好像是那远远来的车害得他们不得不出去淋雨。车真是过来了,<u>车灯一跳一跳地亮过来了</u>。周口店他们站起身,出去,外边的雨横扫着,"唰唰唰唰"地在人们的塑料雨衣上乱响。

> "一跳一跳",写路坑洼不平。

车是一跳一跳开过来的,路呢,真是让人火极了,司机的脾气一般是大的,就是平平的路他们也总好像是累了,付出得太多了,有什么不对了,要放脸给人看。谁又能想到会遇到这样的路?车开在这样的路上就像是一艘船了,但比船更糟,路上的稀泥溅得车上到处都是,车一会儿上来一会儿下来,坐在车里的人就都把心悬着,车一下子跳上去的时候,车上的人便都忙把身子紧了,车落下去的时候呢,人又会一下子给弹起来。天气呢,又很冷。路呢,又看不清,司机怕走岔了路,想要问问路,却看不到人。忽然,前边有了灯光。是人家呢,还是小饭店、小旅店?司机的心里就有几分暖了,想象那不可知的热炕和热茶,就把车停了。车"吱"的一声停了下来,司机才看到路边竟然还站着人。下雨天,人站在雨里做什么?年轻司机想都不用想就明白是什么事了,这种事见太多了。

"站住!"

六子说话了,声音是不友好的,很凶,小村这一带人的嗓音都有几分尖,猛地听上去是很滑稽的。"下来,下来。"六子说。

司机的脚就又蹬下去了,他在想是不是要一下子冲过去,但车灯让他看到了横在前边的木杠。因为下雨,看不出多远的。

"<u>下来,下来。"六子又凶凶地说。</u>

年轻司机摇下玻璃了,雨从外边一下子扫进来。

年轻司机长着一张猛看上去很漂亮的脸,但这张脸要是细看就会让人看出一些油滑来。不知怎么回事,这年轻司机的头发竟然很稀了,为了让自己的头发显出一种人为的蓬勃,这年轻司机用"啫喱水"把头发蓬起来,这就显出了夸张的意味,让人觉着好笑的意味。这种头发是司机留的吗?好像不是,好像是有些过分的讲究,但他就这么讲究你也没有办法。这年轻司机其实是心雄万夫的,但不知怎么就开了车,开车这工作在别人看来很好,在他却好像是一肚子的委屈在那里窝着,他的父亲原就是这个局里的老司机,父亲是有办法的,自己退了,却想办法让儿子来接了班。这是让多少人羡慕的事。但年轻司机却总觉着自己应该去做更好的工作。更好的工作是什么工作呢?他又说不上来。实际上他是自由的,早上接一次人,中午送一回人,下午再接一次再送一次,其余时间他可以到车库那

> 如此方能几个方面的人在饭店相遇,方有此小说。

雨夜 / 177

边去打扑克。但他又不喜欢和那些人一起打扑克,他是个爱干净的人,身上的衣服总是干干净净,蹲在那里或坐在那里怕把裤子弄得皱皱巴巴,所以更多的时候他在那里看报,或者就去洗澡。因为没什么事做,他简直就是热爱洗澡了。一个热爱洗澡的男人是不是有些怪呢?人们都这么认为了,认为他有些怪,所以人们就离他更远了。

与周口店目的不同,但都相遇于路边小店。小说就是写相遇。

<u>年轻司机冒着这么大的雨是为他们局的办公室主任下来办件事。</u>他在心里其实对那个王主任很反感,首先让他看了不顺眼的就是王主任的那个大肚子,鬼才知道那个奇大无比的肚子里究竟装了多少公家的油水。因为这不顺眼,而这不顺眼也只能装在肚子里,表面上年轻司机还要讨好这个王主任,比如说,升工资和换车本,司机的评定都离不开这个王主任。所以,大面上他还要讨好这个王主任,这么一来,年轻司机觉得自己在阳奉阴违,这让他自己都在讨厌自己了,讨厌自己的结果是在心里更加仇恨这个王主任。在背后,他总是把这个王主任叫"肚比",这个"比"字念起来是要发平声的,因为王主任名叫王毕,因为那个王主任的肚子,人们都觉得这个绰号取得真好,有创意。

<u>年轻司机在这样的雨天下来给王主任做什么事?原是下来找人的,</u>车上还坐了一个女人。这女人在这

样的天气里穿得很厚,头上呢,还戴着头巾,这头巾几乎把脸都遮了去,她一路上连一句话都不说。其实这个女人是王主任女人的一个远房亲戚,两个月前,和她刚刚结婚的丈夫离家出去做事,因为结婚,他们小夫妻欠了一屁股的债,他们商量好了,都出去做事,第一是还债,第二是多挣些钱把家搬到县城里去。他们是有理想的,不愿意一辈子待在乡下。她丈夫就去下煤窑了,下煤窑挣得多一些,和她丈夫一起去的还有同村的四个后生。她呢,就去了县城里的饭店打工。马上就要过年了,和她丈夫一起出去的那四个人都回了村儿,她丈夫呢,却不见人影儿。据那四个人说她丈夫是去了别的煤窑,到底去了哪个煤窑,那几个人也说不清。眼看就要过新年了,她是来找自己男人的。她的名字是很怪的,叫小婉。她在县城里的一家饭店里做过事,从厨房一直做到前厅,这其实是一种苦熬,一点一点,从又臭又脏的厨房剥葱剥蒜开始,然后才慢慢、慢慢熬到前厅。厨房是人待的地方吗?简直就不是人待的地方。夏天的厨房要比任何地方都难闻,小婉一直奇怪厨房里怎么会炒出那么香的菜。铰肉馅儿的机器有一次下班的时候忘了清洗,第二天小婉发现有那么多白花花的蛆虫在那里爬。小婉在饭店里做得很好,是一点点、一点点干起来的,从厨房到前厅就好像一条毛虫

> 名字其实并不怪,但周口店、山东人、司机、小婉等各个人物出场,都要交代一段生活史,如此形象方能饱满鲜活、生动起来。

一下子变成了一只好看的蝴蝶。但后来出了一件事,她便不再是一只美丽的蝴蝶了。饭店丢了东西,老板怀疑是小婉偷了那东西。怀疑呢,又不当面问一问,而是到处散布关于她的谣言,这就是那个饭店老板的做法,行事像女人,对这个说说,对那个说说,等到小婉知道的时候,饭店里几乎所有的人都已经知道了。小婉为这事病了一场,是精神分裂症,是忧郁和愤怒的结合,她无法给自己做解释,但最好的解释就是她那天把饭店的碟碗砸了个粉碎,然后就回家了。这是前不久的事,现在她的病已经好多了,但人总是在那里忧郁着,闷闷不乐着。她现在说话容易激动,所以她就干脆不怎么说话,以免村子里的人说她又犯了病。<u>别人都回来了,过年人们都要回家,可是她的男人却没了人影儿。</u>这让她更没话,更两眼发直。男人和自己结婚没多久就离了家,他们的感情因为结婚不久所以是极其完美的,几乎是没有一点点磕碰。

　　小婉呆呆地坐在那里,在心里一次一次地问自己,自己的男人呢?去了什么地方?怎么就好像是一下子消失了,一家人就都没了主意。小婉的公婆是村子里老实巴交的那种人,虽然五十多了,说话还会害羞,脸红得像二十多岁的小后生。出了这种事,小婉的重要性就显示了出来,因为,她毕竟见过世面,因为,她毕竟

年前出来找人,悲苦可怜之人。

180 / 五张犁

和更多的人打过交道。这件事太重要了,她嘴上没多少话,心里却一次次地对自己说:找回来,找回来,一定把他找回来!在车里,有一阵子她流了泪。一路上,车总是一上一下地颠簸着,有一阵子她在心里都有些恨坐在前边头发梳得光光的司机,认为他是在有意这样让车子上来下去翻江倒海,但年轻司机一路的骂骂咧咧又让她明白司机原是不情愿的,这种颠簸对大家都是平等的,她心里便又平和了。小婉一路上不说话,是因为心里有事。年轻司机心里倒有几分兴奋,这兴奋的里边有些幸灾乐祸的味道,因为这小婉毕竟是王主任家里的亲戚,而且是出了事了。要是王主任日子太好了,太顺利了,倒让人觉着不公平,因为过日子人人都会有不顺。好了,这一回,王主任也有了不顺,而且是这种事,一个大活人,一下子就不见了。年轻司机在心里悻悻的,希望事情办得不顺利,希望节外生枝,比如,身旁这个女人的男人又在外边找了一个。

<u>小婉和年轻司机下了车。</u>

"先下车,下了车再说。"年轻司机小声对小婉说。

小婉不知道下了车再说什么,车下的人让他们下车做什么,她有些害怕,雨夜是漆黑的,天边偶有闪电,会吓人一跳。

交代完生活前史,人物回到叙述场景。

雨夜 / 181

"下车做啥?"小婉说话了,一路上她几乎一句话都没有。

"吃饭,吃了饭再说。"

年轻司机很不高兴地说。他想好了,如果车外边是个饭店,就先吃一口再说。再说也到了吃饭的时候了,有什么事吃饭的时候再说,喊他们下车的人了不起就是想要几个钱,再凶也不会凶到哪里去。年轻司机毕竟是见过世面的,他明白这种事的转机会在什么地方,吃饭的时候,比如,请他们喝一瓶啤酒,再说说话,便有可能把尖锐的事情避开了,话就好说了。但他希望事情不顺利,希望节外生枝。<u>开小饭店的山东人呢,是高兴的,想不到雨夜还会有买卖</u>,他一时还拿不准这一男一女是两个什么人,是来吃一口饭还是来做那事,最好是吃饭连着那事都做一做。

小婉下了车,站在车外的周口店他们才发现车上居然还有个女人,这就让他们兴奋了,好像是黑暗中忽然有火花一闪,是这么个意思了。在这下着雨的晚上,他们本来是沉闷的,而且好像没来由地还有些疲倦,小婉一出现,他们好像一下子振奋了,六子"吱"地怪叫了一声,这叫声就是挑衅,是有那么点儿意思。让周口店和六子他们兴奋的是有好事了。这种女人能做什么呢?在这样的晚上,一个女人再加上一个头发油光水

相遇小店,各有各的心思。

滑的司机,这样的一男一女能做什么正经事呢?周口店他们便兴奋了,这样的人出手向来是不犹豫的。为什么?为的是不让人打搅他们的好事,人无论怎么坏,做那种事总是不希望有人来打搅,这原是符合人性的。

小婉进屋的时候,六子又吹了一声尖利的口哨。周口店呢,竟也随着吹了一声。周口店已经在心里把小婉和年轻司机认作是那种人,心里呢,便一下子也放松了。周口店他们做这种事心里原来是紧张的,说他们不紧张是瞎说,但他们的紧张和不安,他们的种种面子上的凶恶和不讲理都是准备给那些正经人的,是准备给那些正儿八经跑生活的司机的。那些司机满脸煤屑,钱挣得有多么不容易,总是一角一分地争取着。但对于雨夜出现的这样的一男一女,分明就不是正经人,他们在心里先就蔑视着,正因为这蔑视,他们便在心里松懈了。<u>下一步,就是怎么要钱,要多少钱的事。</u>

> 欲写给钱,先写要钱。

年轻司机和小婉进到饭店里了,山东人把帘子打起来,帘子再放下来的时候,冬雨就给关在了外边。屋子里的热气和气味让年轻司机和小婉一下子感到了生活。

"下两碗面。"

年轻司机吩咐了,司机都是随遇而安的。他们的工作性质不随遇而安又能怎么样?年轻司机先去里边一个塑料盒子，写出饭店全貌，神笔。

那间屋看了看，要洗洗脸了，但那个红色的塑料盆子太脏了。这塑料盆子原是什么都洗的，比如洗菜，有时候又用来洗洗手。客人多了，忙不过来的时候山东人又会用它来拌下酒的凉菜，比如山药丝儿，切得细细的，用开水氽了再用凉水凉过，再把整粒的花椒用油炸了，却只要那油，泼在山药丝儿里，便是一个凉菜。再比如拌粉条子也在这个盆子里，有时候还会用它来放面汤，到了晚上，客人们都散了，山东人竟会用它来洗脚，真是他妈的眼不见为净。在这个小饭店里，一切都是没有秩序的，混乱的，做什么都是随手拿过来就是，比如，从矿上那边过来和小姐做事的人，做完了，怕得病，有时还会顺手把盆子拉过来洗洗。在独树这地方，这样的小饭店，可真是"眼不见为净"。

年轻司机只把手洗了洗。洗了手，看看毛巾，也没擦，把手甩了甩。他对小婉说了声："你不洗一洗？"小婉这时已经摘了头巾。小婉长相一般，但她是那种越看越好的长相，能让人看进去。眼睛呢，是细细长长的，眉毛也好，嘴长得也有轮有廓，因为眼睛是细细的，便让人觉着她是在那里害羞，又好像是在想心思。周口店他们原是见惯了那种到独树来挣钱的女子，一个个打扮得都有些过头，比如指甲，比如嘴唇，比如头发，都是和别人不一样的，都像是马上要去演出的样子。

其实她们时时都是准备演出的,只不过她们的舞台是床,她们的心情便时时刻刻都好像是演员站在了台口的二道幕后,时时有马上就要出台的感觉,心总是跳跳的,眼总是亮亮的。只等着需要她们的男人的出现。这样的女子,气派总是要让人觉着靓丽,但她们一旦演出完,人马上就像是换了一个人,这又让她们更像是一个演员,演完了戏,妆也洗掉了,人也一下子松懈了,拖拉上随便一双什么鞋,嘴里有时还会叼着一支烟,好像是,她们是有意要这样,有意拿自己的不在乎和别人不屑的目光作对。实际上,做小姐的这种人时时都处在斗争的状态之中。她们时时都处在紧张的状态里,人就容易老,而她们呢,又最怕自己让人看出老来,化妆便往往过了头。一个女人可以靠化妆品美丽,可以靠服装不同凡响,但一个女人就是很难做到清纯。

小婉和那些女子是不一样的,因为她在城里做过事,所以她又和村子里的女子有些不一样,她是夹在城里和农村中间的那种类型,让城里人看不惯,让村里人也看不惯。她坐在那里,她的衣着,她的神态,有时会让人误解她是一个不怎么走运的小姐。小婉的心里呢,其实简单得很,只想把自己的男人找回来,她现在是见人就问,她想问问这些人可见过她的男人。快过年了,她的想法很简单,她想要她男人回家。她在想,

> 路边饭店,就是这出戏的舞台。周口店、司机、小婉、山东人,皆聚于此。

雨夜 / 185

该怎么问?她朝里边的那间屋子看看,山东人的女人在那里下着面,有白白的气从里边一股一股飘出来,下冬雨的天气是有些凉了。小婉知道女人跟女人还是好说话。

小婉站起来,一头扎进里屋去了,年轻司机也跟了进去,他要看看下面条儿的锅干净不干净,面条儿像样不像样,还有,淯子馊了没。

小婉和那个司机进去才一会儿,山东人就从里边张张惶惶地出来了,神情有些异样,他一说话,周口店和六子他们都愣住了,张大了嘴,也都站了起来。

"找那个人来了。"山东人朝外指指,小声说,"西边矿上埋的那个人。"

"是他女人?"六子说。

"那肯定。"山东人说,看着周口店。

周口店不说话了,他觉得有什么从心里涌上来了,一下子就涌上来了。这样的晚上,下着雨,来了这样的车,又来了这样一个女人。西边地里埋的那个人,那个人他认识,和自己一起下过井。周口店站起来,把手抬起来,在身上摸,他身上有二十块钱,他又让六子在自己身上找找,六子身上有十块。二十块加十块就是三十块。周口店的那些兄弟们和山东人都不知道周口店

> 周口店等人雨夜出动的目的本是劫钱,现变成给钱,这是小说的戏剧性转折点。

186 / 五张犁

要做什么。

周口店把身子探出去,外边的雨还很大。

"咱们走。"周口店对他的弟兄们说。

"还早呢。"六子说。

"走!"周口店说,像是突然生了气。

<u>周口店是最后一个走的,他把那三十块钱塞给山东人。</u>

"别收他们的钱。"他对山东人说。

"两碗面用不了这些。"山东人说。

"你看着再给他们来点儿什么。"周口店说。

"还能用你的!"山东人说。

周口店说:"我的钱是不是脏?是不是不干净?"

山东人张着嘴,不说话了,他看着外边,看着从屋里出去的周口店。雨下得更大了,按理说,冬天不会有这么大的雨。山东人不知道周口店他们做什么去了,应该是回家去了。这样的晚上,是应该回家去,在这样的晚上,不回家的人都有不回家的道理,但山东人知道,西边埋在地里的那个人是永远也回不了家了。问题是,那个小煤矿现在也没了,让上边给封了,在井口放了炸药,"轰"的一下子,什么都没了。那个矿主也早就不知道去了什么地方,当年在那小煤矿里挖煤的工

> 从这句话开始,整个结尾部分与开头完全相同,小说呈现环形结构,首尾衔接,天衣无缝。

友也都不知去了什么地方,只有那个人,矿井出事后给埋在了那里,永远回不了家了。

"给炒个鸡蛋!"山东人对里边屋自己女人说。

"下这么大雨,应该吃个炒鸡蛋。"山东人又自言自语说了一句。

"还有什么呢?"山东人问自己,"是不是还有点儿猪头肉?"

"对,还有点儿猪头肉。"山东人又说。

看　　戏

　　西瓜节开幕这一天,贵得把区上和县里的领导都请到了,虽然是西瓜节,到了晚上一下露水天气还有些凉,贵得给上边的人准备了军大衣,簇新的军大衣,几乎是拉来了一大汽车。"领导们每人给一件,也算是个礼。"贵得说。除了军大衣,贵得还给每个客人准备了五六十斤西瓜,瓜都摘好了,一份一份放大棚里。<u>说是西瓜节,地里这时候其实连个西瓜毛都没有,瓜都在大棚里,大棚里的西瓜要比地里的西瓜早熟两个多月</u>,地里的西瓜是顺着瓜蔓在地上滴溜儿趴着,可大棚里的西瓜却在架上吊着,架上的瓜有大有小,顺着蔓子一路上去,都藏在厚密的叶子里。因为大棚里的瓜要比地里的瓜早下两个多月,平平常常的西瓜这时候就成了个稀罕物。西瓜有什么好看的?但来看的人就是多,看了不行,还要动嘴吃,人们的理由是:"吃好了才会买。"所以,每个大棚的入口处都摆了一张桌子,桌子旁还有凳子,怕人们站着吃累,让人们坐在那里安心吃,桌子上一牙一牙的都是切好的瓜,粉瓤的,红瓤的,黄

西瓜节乃"大棚"西瓜节,比时令提前两个月。此处交代了时间。

看戏 / 189

瓢的,一牙一牙地放在那里等人们来大口大口吃它们。贵得给人们的规定是西瓜要统一过秤,统一收钱,无论是谁的大棚都不许私下收钱。这就有那么点儿集体主义的味道,贵得现在的心很大,村子里的事都是他说了算,贵得说这么做也是为了防止乱糟糟的,同时也为了防止人们瞎搞价。西瓜节要有个西瓜节的样子!再说唱戏,<u>原计划是白天唱,但贵得不知怎么突然变了主意,把戏改在了晚上。</u>

> 晚上总是意味着有更多的戏剧性。

"晚上吧。"贵得说。

别人当然不会有什么意见,邻庄赶来看戏的人当然更不会有什么意见。

"晚上更好!"有人马上在一边附和了。

贵得问了这人一句:"你说怎么个好儿?"

"热闹!"这人嘻嘻一笑,"热闹不过晚上人看人。"

乡下唱戏,除了死人搭台唱戏没个准,一般都有个时间,比如过年过节,或者是祈雨求神,平时谁也不会请剧团下来唱戏,所以党留庄这次闹得动静特别大,邻村的人们都赶来了。这时节,地里的玉米要抽穗了,高粱头子也努了小苞了,而且马上要开苞了,人们相对就不那么忙,所以有人对贵得说把西瓜节安排在这个节骨眼儿上真是高招儿。大棚是没有季节的,即使是冬天照样也可以把西瓜给人们绿皮红瓤地结出来。但安排在这个时候就不一样了,人们有时间,难得的就是人们有时间。而且剧团也有时间,这时候请剧团去唱戏的地方不多,所以能请到县里最好的剧团和最好的角儿。人们都知道,这次来的主角是"桃子红"和"二毛眼"。好家伙!都是远近闻名的好角儿,要在别的时候,想看她们的戏还不那么容易。"军大衣得给桃子红和二毛眼各留一件。"贵得说。又看看那一份一份留好的西瓜,说:"瓜也照样给桃子红和二毛眼各留一份。"贵得这么说话,倒好像他和桃子红和二毛眼的交情有多深,其实贵得根本就不认识这两个演员。贵得不但嘱咐给桃子红和二毛眼各留一份瓜,还嘱咐把西瓜多切它几个,一牙一牙摆桌上,每个桌儿上都摆上。

"大棚里的瓜多着呢,让旁边庄的也尝尝,都尝尝。"

党留庄旁边都有哪几个庄子呢?王留庄和张留庄,再远还有个李留庄。怎么庄子的名字里边都有个留字?文化馆老丘头说这有个说头儿,这个说头就是有"留"字的庄过去都住过兵,当然这是古时候。丁儿香的家呢,就在王留庄,人们都叫她"丁儿香",这发音有些特别,而这特别只有王留庄有,比如这天吃的是鸡肉,王留庄的人会说"鸡儿肉",比如"面条儿",王留庄

地方名角儿,艺名自有地方味道。

让"旁边庄"的也尝尝,顺带引出小说主要人物。

人物名字,不是随便起的,有讲究。

看戏 / 191

却非要说成是"面儿条",比如"裤腿儿",王留庄的人会说"裤儿腿"。这真是侉,要多侉有多侉。因为王留庄人说话有这么个怪特点,舌头有那么点儿卷卷的,所以无论他们到什么地方,人们都会知道他们是王留庄的。王留庄的丁儿香是去年和党留庄的刘大来订的婚。<u>不订婚还好,丁儿香还会时不时抽时间到党留庄看看她舅,她舅就是贵得</u>,订了婚,她倒不方便来党留庄了。要来,就必得找个别的什么借口。这下可好,丁儿香找到了借口,那就是去看戏,村子里的戏一开锣就要演到后半夜。丁儿香她爸对丁儿香她妈说:"你跟上去吧,你不去我还不放心,大晚上小男嫩女的。"丁儿香的爸还嘱咐丁儿香妈:"晚了就别回来了,就在她舅家睡一宿。""一宿哪行?"丁儿香的妈说丁儿香她舅要给人们唱七天,所以她要和闺女在党留庄看个够。"最少还不在我兄弟家住三宿?"丁儿香和刘大来的婚事,就是丁儿香的舅舅贵得从中撮合的。贵得不但管村里的事,家里的事他也要管。

"听说光军大衣就拉了一车。"丁儿香她爸说,"贵得拉那么多军大衣做什么?"

"谁知道拉军大衣做什么?"丁儿香妈说,"不过这几天到了后半夜还冷不叽的。"

"拉军大衣做啥?"丁儿香的爸还是想不明白这个

※ 顺便交代人物关系,不另费笔墨,顺其自然。

192 / 五张犁

问题。

"管他娘！"丁儿香妈心不在这上头,她和丁儿香商量该穿什么衣服去,灰的？蓝的？还是黑的？

头天晚上看戏,丁儿香和她妈是在村食堂里吃的饭。来吃饭的人很多,可以肯定的是有很多人是吃混饭的,因为人多,谁都不知道谁是谁的客人,但可以肯定的一点是,这些人大都是从上边来的客人。但本村的人也有在食堂吃饭的,比如丁儿香的舅妈,她陪丁儿香和她大姑姐在食堂吃饭,<u>因为人多,饭菜也好不到哪里去、炖羊肉、鱼、猪蹄子、大烩菜、炖鸡肉,还有黄汪汪的炒鸡蛋</u>。丁儿香舅妈小声对丁儿香妈也就是她自己的大姑姐说："你兄弟贵得这下子闹大发了,连区长和县长都下来看戏了,要是别的村演戏,唏！区长和县长才不来呢,才不会下村里看戏！"丁儿香的舅妈这么一说,丁儿香就把脸转来转去,但丁儿香把脸转来转去还是没有看到区长和县长,丁儿香的舅妈说："你坐在这里怎么能看到区长和县长,你舅陪他们正在另一间屋喝酒呢。"

"咱们吃咱们的,七点半开戏,咱们可别误了。"丁儿香的舅妈说,"<u>不过那个人已经给咱们占了座儿,咱们不怕误,咱们的座儿紧挨着区长和县长</u>,到时候你就

> 这还不好？可见农民生活水平之提高。

> 对话中优越感和虚荣心呼之欲出。

知道前边那一排谁是区长谁是县长了,你要是不知道就让那个人告诉你谁是谁。"

"哪个人?"丁儿香还问。

"还哪个人哪个人?"舅妈笑着说,"那个人就是那个人。"

丁儿香不问了,她说了句:"管他是那个人还是哪个人。"

吃过饭,丁儿香和她妈随舅妈去了戏台那边。丁儿香注意到舅妈为了看戏也穿了新衣服,其实最不好看的衣服就是新衣服,到处僵僵的,舅妈因为穿了新衣服,人就显得僵僵的,像纸扎起来的那么个人。要说好

> 才写她说话,又写她穿衣,皆具特点。

看,最好看的衣服是洗过一两水的衣服,丁儿香就穿着洗过一两水的衣服,里边是件水红的,外边罩了一件白色的细线子毛衣,这样的搭配很中看,而且鲜亮。有人已经在那里指指点点看丁儿香了,看得丁儿香很不自在,但她觉得自己这衣服是穿对了。在心里,丁儿香这

> 初涉爱情的女孩心理。

会儿是十分留意大来此刻在什么地方的,她也知道他在什么地方,表面上,她却故意装着眼里根本就没有他,她明明知道这时候刘大来就在台子那边忙,忙着往一边裹那些往台口上乱挤的孩子,但她的眼睛就是不往那边看,丁儿香她舅妈说:"看看看,看看看。"丁儿香知道她舅妈让她看什么,可她却偏偏不看,偏偏看另一

边。另一边就是食堂那边,是坡上,<u>坡上这时下来人了,都披着件军大衣,都举着烟卷儿</u>,这些人既然过来了,天也黑得差不多了,戏就要开演了。

"是不是要开演了?"丁儿香小声问她舅妈。

"谁知道你舅让几点开?"丁儿香的舅妈说,"这全村都听你舅的。"

那边也有人在问了:"几点开?到底几点开?可不早了。"

"七点半开,七点半开,保证七点半开。"是刘大来的声音。

"听听听,听听听。"舅妈对丁儿香说。

"听什么?"丁儿香说。

"听大蛤蟆叫!"舅妈哈哈笑了起来。

"七点半开,七点半开。"刘大来的声音近过来了,已经近到了丁儿香的跟前。他笑嘻嘻地捧着几牙西瓜,弯下腰来,看看,没地方放,只好把瓜放在丁儿香的手里,丁儿香妈和舅妈每人手里也拿了那么一牙。

"都七点半过了,怎么还不开?"有人又在旁边说,"大来你也不去问问,你往这边瞎混什么?"又有一个人马上笑了,说:"人家大来不往这边混还能往别处混?像你,混到县城的歌厅?混还不行,还让自己越混越细!越混越软!又细又软!"

乡村干部形象。

刘大来也跟上笑,说:"可不是都快七点四十了。"

"还不问问,到底几点开?"这几个人说。

刘大来去问了,去食堂那边,最里边那间,也算是村里食堂的雅间,墙上挂着老大一张"迎客松"。贵得正在陪着区办公室的门主任喝酒,这时候,县长和区长还没到,正在路上,电话也打过来了,说县长和区长来了也不吃饭了,来了就直接看戏,他们已经吃过了。大来从外边进来,小声问:"叔,都七点四十了,人们都说开吧。"

> 似雅实俗。只此一图,就写出了乡村饭店包间的"典型环境"。

"人们? 谁是人们?"贵得说,"你先说说谁是人们。"

大来说不上来了,他笑着站在那里,他确实说不上来人们是谁,人们可太多了。

"我就是人们,人们就是我。"贵得笑着说。

"那还不是?"办公室门主任笑着说,"在这村里你就是人们的总代表。"

> 人物的语言都极具代表性,反映着性格、身份以及社会现实。

"过来,先敬杯酒。"贵得对大来说,"你先敬门主任一杯酒。"

"那戏开还是不开?"大来又小声问,此刻他心里其实只有一个人,那就是丁儿香,他就怕丁儿香在那里坐着一个人觉着没意思,一个人坐着难受,他想让她不难受,等戏开了,乱哄哄的他们就可以到别处不难受去了。

"听我的还是听人们的?"贵得说。

"听你的就是听人们的。"门主任又笑着说,"贵得你就是人们,我宣布,你代表人们!"

"是不是?门主任都这么说了。"贵得说,"大来你还不赶快敬酒?"

大来马上敬了酒,是三杯而不是一杯。敬过酒,大来又给门主任杯里倒上,贵得又对大来说:"你听听这是谁家的驴,一点儿都不懂事,听听,听听,这么'昂昂昂昂'地叫,待会儿是听它还是听剧团的,给它赶一边去,妈的!"

> 要求驴懂事,虽带着幽默也带着霸道。这篇人物的语言都很精彩。

大来也听到驴叫了,"昂昂昂昂,昂昂昂昂"叫得特别喜庆,让人觉着热闹中又添了份乱哄哄。大来笑了一下,有点儿不好意思,倒好像那是他在叫,所以他才有那么一点儿不好意思。大来说这就马上把它牵到一边去。

> 小人物心态,写活了。

"你告诉人们,就说我说了,八点开。"贵得说。

"八点开,八点开。"大来出去了,找到了那头驴,把驴绳抓在手里,一边拉驴一边对人们说,"谁都别急,八点就开,八点就开。"

"你拉头驴干什么?操你妈个小×的。"人们笑着问。

看戏 / 197

"让它到一边练去。"大来笑着说小心让剧团那边听了生气,它再"昂昂"两句,剧团的人都不敢上台唱了。

戏到了八点半才开,县长和区长来了,披了军大衣先在下边坐了一会儿,然后才把军大衣脱了上台,他们上台又没别的什么事,只不过是说说话,说热情澎湃的话。贵得陪着县长和区长上台讲完了话,又从台上跳了下来,好像是,贵得的意思还不准备开场,他这边看看,那边看看。"都几点了?"贵得周围不少人对贵得小声说是该开场的时候了,"人家马县长和吕区长都来了,话儿也都讲过了,你还不开?都什么时候了?"贵得说:"谁说都到齐了?<u>牛老师还没来,牛老师来了吗?就靠他们?他们能把棚里的瓜卖出去?</u>还不靠人家牛老师?"他这话是对着村里的那帮人小声说的,那帮子人当然知道贵得说的"他们"是谁。"他们"就是区上县上下来的这帮客人,吃饭喝酒他们一个顶两个,要说卖瓜,他们可比不上牛老师。牛老师原来是个教书的,后来扔了书本去做水果生意,这几年可搞大发了,和南方都有生意。人们说县里卖的橘子都是牛老师从南方倒腾过来的,还有香蕉。

"是不能再等了。"贵得左右看看,说,"开就开吧,

县长和区长都不在话下,此话又反映出贵得的务实风格。

牛老师也未必爱听这两口。"

戏开了,村子里的人们看戏其实是为了热闹,戏台下边的声音要比上边都大,吃瓜子的,吃糖葫芦的,和亲戚们说话的,人们要的就是这份热闹。戏台下都是说话声,都是一张张的脸。人们当然也有看戏的,伸长了脖子往台上看,一边看一边说:"桃子红怎么还不出来?""二毛眼呢?"有人在旁边烦了,说:"该出来就出来了,你这么一说她就能提前跳出来?那还叫演戏?"这个人这么一说,原先说话的就急了,说:"这是你们家?不是吧?你还管我说话呢?"乡下看戏就是这么吵吵吵吵,吵吵吵吵,有人在台上出现了,马上有人说:"这可是桃子红?桃子红出来了!"马上又有人说:"看过戏没有?这是宫女!桃子红能演宫女吗?桃子红演的是金枝女。"

丁儿香呢,心根本就不在台上,她压根就不怎么爱看旧戏,《打金枝》演得再好与她也没什么关系,她想知道大来这会儿在什么地方。大来刚刚送来的瓜她已经吃完了,瓜不怎么甜,但她觉得特别好吃,从来都没这么好吃过!她把瓜皮放在了脚下,瓜子却在手里握着,都握热了。她不敢把脸左左右右地转来转去找大来,但她觉着,大来这时候也肯定是在看她,站在别处看她,所以丁儿香把身子正了又正,这么一来呢,她就要

> "丁儿香"是该篇的另一条叙事线。

看戏 / 199

比旁边的人高出许多。因为她的前边是区长和县长,所以她坐的这一片地儿相对安静些。她看见有人给区长和县长猫着腰送过来两束红红绿绿的花儿,是塑料花?丁儿香倒有些不明白了,人家台上唱戏挺累的,怎么倒要给县长和区长先送花?丁儿香的舅妈像是猜透了丁儿香的心思,马上把嘴对着丁儿香的耳朵小声说:"你往哪儿乱看?你看送花儿的那个是谁?"舅妈这么一说,丁儿香的脸就红了,她怎么就没注意到刚才把花儿给县长和区长送过来的人就是大来,这会儿他就站在县长和区长坐的这排的顶边上,正朝这边一眼一眼看呢。丁儿香不好意思了,她也把嘴对准了舅妈的耳朵,小声说她并不是在看大来,她是在看送给县长和区长的花儿呢。"怎么倒给他们花儿,花儿不是应该给台上的桃子红和二毛眼吗?"丁儿香这么一说丁儿香的舅妈就小声笑了,捂着嘴笑,又把嘴对了丁儿香耳朵小声说:"那是先准备好的,待会儿县长和区长上台接见演员要带的。"丁儿香的舅妈说了这么一句,停停又用嘴找准了丁儿香的耳朵,说,"要不是上台接见演员,区长和县长才不会坐到散戏。"丁儿香的舅妈还小声说,"那不是?电视台的在那儿等着呢,要不是电视台要拍电视,区长和县长才不会坐这儿看戏。"

这时候人们哄了起来,是桃子红出场了,穿一身大红的帔,真是俊俏。旁边的那个人又说了:"这才是桃子红,那年我还跟她说过话呢。"这人说了还不算,人已经站了起来,对另一边他的亲戚大声说,"二大爷,二大爷,这就是桃子红。"那边也有一个人马上站了起来,往台上看,说:"是不是就是她?"这人这么一站一说,旁边的人可不乐意了,说:"你这么大声干什么？是看你还是看人家桃子红?"这人又说:"这是你们家？谁规定不能说话?"因为说话的都离县长和区长不远,贵得就站起来了,说:"看戏看戏,都好好听人家桃子红唱,领导还在这儿呢。"贵得说完又朝另一边看,大声说,"大来大来,把暖瓶拿过来,领导喝水。"贵得的声音更大,但人们都没什么意见,又都伸长了脖子看台上的桃子红。

大来过来了,提着三个暖瓶,一只手两个,一只手一个。他猫着腰,怕人看到,大来把两个暖瓶给丁儿香前边那一排放下,手里还拎着另一个暖瓶,怎么就猫着腰又不见了呢？丁儿香根本就不敢朝那边看,等到有人猫着腰过来了,听声气是大来,丁儿香这才看到大来的手里不但有一个暖水瓶,另一只手里还有大茶缸子。他猫着腰过来,在丁儿香妈的前边蹲下,他把暖水瓶放下了,小声对丁儿香妈说:"婶子您喝水。"再猫着腰要出去的时候,大来就轻轻拉了丁儿香一下,他猫着腰,没人看到他的这个小动作。他猫着腰从这一排出去,

> 村民性格既崇荣又纯朴,真实可爱。

> 大来频繁出现,既是服务,又是接近"丁儿香"。热恋中的不安分状态生动可观。

人就站在了边上。丁儿香的眼睛这时候像是变得特别大,用眼角都能看到大来就站在那里,在这一排的边上站着,等她。

有人推了丁儿香一下,是舅妈。

"去。"<u>丁儿香的舅妈把嘴又放到丁儿香的耳朵上了,热乎乎的。</u>

> 把嘴"放"到耳朵上,写出女人态,又表现出现场杂乱。

"干啥?"丁香的声音小得不能再小。

"去呀。"丁儿香的耳朵又热乎乎了一下。

"干——啥?"丁儿香好像是不那么耐烦了,把身子摇了摇。

"你说干啥?"丁儿香的舅妈说,"<u>你去给舅妈取条头巾,看这风,看这风。</u>"

"<u>哪有风?</u>"丁儿香又小声说了。

> 来自生活的鲜活语言。两人皆心知肚明,故有趣好笑。

"你给舅妈取去,再给你妈取一条,都在柜里。"丁儿香的舅妈又推了推丁儿香,这么一推呢,就好像把丁儿香一下子给推了起来,这可是舅妈推的,丁儿香可没自己往起站。丁儿香没猫腰,只不过她侧着点儿身子,一点一点走到边上了,来到大来跟前了,这可好像是在梦里,她挨近一点儿大来,大来就马上离开一点儿,<u>她挨近一点儿大来,大来就马上离开一点儿,她再挨近一点儿,大来就又马上离开一点儿。就这么,他们从戏台子那边走了出来,</u>一旦离开了那些看戏的人,丁儿香和

> 看得细,写得准。

202 / 五张犁

大来很快就没有距离了,这回倒是,大来挨近一点儿,丁儿香就离远一点儿,大来再挨近一点儿,丁儿香就再离开一点儿。后来大来一下子把丁儿香的手攥住了。大来说:"到我们家的暖棚了,没人看见了。"丁儿香这才觉得唱戏的声音果真已经小了那么多,而大来的声音却大了那么多,她还闻到了什么,闻到了酒的味道。大来把他们家的暖棚打开了,暖棚里的味道湿不叽的还真好闻!味道还有湿不叽的吗?暖棚里就是这么个味儿。按说暖棚里有灯,而且还不是一个,一是为了给瓜照个亮儿,让它们晚上也别忘了往大了长,二是可以给暖棚加点儿温,好让它们别冷着。大来和丁儿香进了暖棚,但大来没把灯开开,他对丁儿香说:"你不怕吧?你放心,谁也进不来。"丁儿香却说她有那么点儿怕,黑咕隆咚的!挂在蔓子上的西瓜可不就像是人脑袋?正在厚密的瓜叶子后边悄悄看着他们两个呢!

大来紧紧攥着丁儿香的手往暖棚里边走,暖棚里可真够黑的,月亮都照不进来。但大来就怎么看到了那地方放着一张两条凳子架起来的床呢?大来已经坐在了床上,他让丁儿香就坐在他的腿上,说这样热乎点儿。丁儿香可不知道那是张床,她还以为是个凳子,只不过到了后来她才知道那是张床,而且还够结实。

"<u>吃不吃瓜?</u>"大来小声说。

> 在无人处还小声说,紧张、兴奋、激动、神秘全传递出来了、

> 一个声音小,一个声音更小,写出神秘、兴奋、紧张、害怕等多重心理。

> 戏台是另一条叙事线。

> 牛总出场。

"不吃。"丁儿香的声音更小。

"管他呢,他们他们的,咱们咱们的。"大来小声说。

戏台那边呢,在唱到第三折的时候出了点儿事,一下子停了,唱到半道停了,是贵得传话让停的。下边看戏的人们根本就不知道台上出了什么事。人们只当是下一折马上就要开了,是间隙。台下其实这会儿比上边还要热闹,这就是村子里看戏,多久不见的亲戚们非要在这时候才有说不完的话,你要是让他们回家好好说,他们倒没了话。有什么吃的,红薯干哪,炒花生啊,大红枣哇,风干栗子呀,软柿饼子呀这时候都拿了出来,好像是在搞吃喝大比赛。你要是让他们把这些东西都好好拿回家去慢慢吃,他们倒会觉得没了味儿,他们偏要在这地方吃才有味道。他们吃着说着,说着吃着,但他们也很快觉出台上有事了,怎么唱到一半停了戏了呢?这时候人们又看到了贵得,已经上了台,只不过是贵得走在后边,他前边还有一个人。下边的人便有些急,是不是停下不唱了呢?到底出了什么事?

贵得已经站在台上了,只不过他侧身站在另外那个人的旁边。

"大家欢迎牛总。"贵得先就拍起手来。

下边也就跟上拍手,村里人不习惯拍手,拍得七零八落,也没人教导他们。

戏台下的乡亲们便有不少人知道台上那个人原来是牛老师,只不过他现在不是老师了,是县里出了名的水果大王。他怎么这会儿才来?戏都唱了三折了。金枝女都让郭暧打过了,上用拳打下用脚踢,下手可够狠的,谁让这个金枝女不让郭暧好好回宫呢?还挂什么红灯笼,两口子在一起睡觉还要挂红灯笼?规矩太重!要是金枝女不把红灯笼挂出来,小郭暧就不能进去,这简直是太让人生气了!这个金枝女太不像话,她挨了揍,活该她挨揍!谁让这个金枝女自以为是皇上的姑娘就不去给公爹上寿呢?郭暧已经打过金枝女了,下边的戏就更好看了,怎么就停了呢?贵得这家伙在搞什么?

戏台子下边的人们听不清贵得在上边说什么,只看见贵得先说了两句自己就鼓起掌来。接着是牛总说话,就是那位人们都熟悉的过去的小学教员牛老师。他也说了好几句,不是好几句,是几十句也多吧,然后贵得又要下边的人们鼓掌。鼓完掌,两个人这才又从戏台上下来。这一回是贵得先下,在下边张着两手,好像生怕牛总走不稳摔了似的。

"重新开始,重新开始。"离得近的人们听见贵得对牛总说,"就等你啦。"

牛总是真正大人物,市场经济竟使中国固有的"官本位"文化略略失效。

牛总说:"看过桃子红不用重开,继续演,唱戏还有重开的?"

"我已经说了,就让他们重开,这台戏就是给你牛总唱的。"贵得说。

"县长和区长还在呢。"牛总说往下演往下演,叫我牛老师就行。

"他们不算什么!"贵得靠近牛总,小声把这句话送到牛总的耳朵里,说,"别看他们是县长区长,他们只知道下来吃肉喝酒瞎×吹,他们又不能把棚子里的西瓜给人们都卖出去,他们一个瓜也卖不出去,现在跟以前不一样了,不能事事都把他们顶在头上。"

> 真正牛人总是谦虚的。

"可不能这么说,可不能这么说,那也不能把我顶在头上。"牛总毕竟是老师出身,为人很谦虚。

"他们连一个瓜也给我卖不了。"贵得又小声说。

"可别这么说,他们一个一个都比我大。"牛总说。

"再大也帮我卖不了瓜。"贵得说这可是西瓜节,经济第一。

"好好好,好好好,"这回牛总是在跟县长和区长握手了,说,"不好意思不好意思,有事来晚了,快坐快坐,县长区长你们快坐。"贵得带着牛总和县长区长握了手,然后才坐下。那地方早就让出了两个位子,一个是牛总坐,另一个呢,也许贵得也要坐,和牛总坐在一起说说瓜棚里那些急等着要卖出去的瓜。那些瓜越长越大,大得连它们自己都着了急,急着想让人们把它们赶快卖出去。

丁儿香的舅妈在后边小声对丁儿香妈说:"那就是牛总牛老师。"

丁儿香的妈听说过水果大王,她用嘴找着了丁儿香舅妈的耳朵:"是不是教过我侄儿?"

丁儿香的舅妈又用嘴找到了丁儿香妈的耳朵:"那还不是!好几年呢。"

"大来呢?大来呢?大来——"这时贵得又站了起来,大声说。他看看周围,但他什么也看不到。周围都是脸,一张脸又一张脸,就像是地里的葵花,这时候都朝着一个方向,也就是都朝着戏台。戏台那边的锣鼓又重新响了起来,是宫女,一对,又一对,一对,又一对,从后台让人眼花缭乱地飘出来,还打着灯笼。出来了,在台子上站好了,然后才是桃子红扮的金枝女,金枝女先亮相,然后在那里抖水袖,理花鬓,左手理一下,右手再理一下。怎么回事?怎么又重新开始了?戏台下的有些人这才知道戏是又从头唱了,这倒是人们从来都没有遇到过的事,这不是白白占了便宜吗?多看了一次桃子红。许多人不明白戏为什么又要从头再唱,但县长和区长们对此也都没什么意见。县长还对牛总

> 又是形容现场之嘈杂。

看戏 / 207

说:"西瓜节全靠你啦。"区长呢,对牛总说:"戏是为你从头唱的,刚才已经唱到第三折了。"

"不可以不可以,真是不可以。"牛总说,"你这个贵得尽胡来,戏还有从头开始唱的?"

"从来都没有过吧?但到了牛总你这儿就有了!"贵得笑着小声说。

> 结尾回到"丁儿香"这条线。结构清晰。

丁儿香呢,还有大来,人们还真不知道他们去了什么地方。但大棚里的那些个西瓜们知道,丁儿香和大来此刻正猫在大棚里,那可真是个好地方!大棚里那些架子上的西瓜此刻在他们两个人的带动下也都激动得颤动了起来,连瓜叶子也激动得"唰啦唰啦"直颤。动着动着,丁儿香要大来停一停:"你听听,戏怎么又从头唱开了?"

> 直接来自生活的语言,极具表现力。

"管他们呢,他们他们的,咱们咱们的!"大来根本就顾不上这些。

棚子里的西瓜们也都好像很同意大来的意见,又跟着动了起来,而且越动越激烈。

花　生　地

　　这地方,就叫花生地,据说这里原来种过花生,现在什么都没有了,只有一片灰色的水泥楼群。老赵就在这个小区里看车棚。人们总是能看到老赵在小区里走来走去,但人们就是很少能看到老赵那个个子细高细高的儿子在做什么。只是,人们早上能看到老赵个子细高细高的儿子上学去了,骑着一辆旧车子,"哗啦哗啦"。晚上,人们又看到老赵个子细高细高的儿子放学回来了,还骑着那辆旧车子,"哗啦哗啦"。人们从来都没见过老赵个子细高细高的儿子在院子里玩儿过。星期天,人们有时候可以看到老赵个子细高细高的儿子站在那里背英语单词,就站在小区车棚前的花圃边,旁若无人地背着,而且声音很高。花圃里的蜀葵开得正好,这种花儿实在是太能长,一长就长老高,一开就开出各种颜色的花儿来,但来一场大风,这花儿就会给吹得东倒西歪,但就是给风吹倒在地上,它还会照样横在那里开花。

　　老赵这一家人是这小区里最最特殊的一家,好像

　　一句话交代出人物和空间位置。水泥楼群里的看车人。
　　很少看到的往往是戏眼。

　　写景状物多往前写一步。一般人到"吹得东倒西歪"为止。

主人公的身份定位。

底层人家的持家之道。

这家人是整个小区的仆人，人们有什么事都会去找他们帮忙，搬个东西上楼，要拉点儿水泥沙子回来，注定都是老赵的事，无论谁一喊，老赵就去了，大高的个子拉个小车看上去有点儿滑稽。老赵住的车棚靠八楼最近，所以他和八楼的人就来往多一点儿。夏天的时候，人们在屋里热得待不住，就到下边来，站在车棚前边说话，老赵也会加入进来。人们看到老赵种的花儿了，一盆一盆，碧绿碧绿。什么花儿呢？走近看，才发现原来种的是香菜、韭菜，还有芹菜。别人吃芹菜会把根子扔了，老赵女人却把芹菜根子留下再种到盆子里，那盆子是别人家丢弃不要的漏盆子，正好用来种这些东西。人们在上边阳台上看到下边的老赵女人从屋里出来了，弯腰在盆子里摘了一把什么碧绿的在手里，是香菜，又进屋里去了。那香菜，给老赵女人洗洗切切就下锅了，那是要多新鲜就有多新鲜的香菜呀！看着让人眼馋，楼上的人马上就下去，去对老赵女人说："给我们摘几根芫荽做汤好不好？""好哇，好哇！"老赵女人会马上说。八楼的居民就是这样与老赵一家亲近起来的。有了什么事，比如小孩过生日、老人做寿，都会来车棚这边喊老赵女人，要她帮着做糕团或去漏绿豆粉条子。人们有了什么废品，比如两三个啤酒瓶子，或者是一个马粪纸的包装箱子，也不扔，也不值得去卖，也会在阳台上喊了老赵,让他拿了去,有么一点儿施舍的味道,更有那么一点儿意思是,让人觉得人们在心里还想着老赵。人们在自己的屋子里居高临下望一望下边的老赵,那棚子,那乱糟糟的各种破烂,让人们无端端觉得老赵的生活零零碎碎,是零零碎碎拼凑起来的生活。这样的生活会有前途吗?或者是,会有明天吗?这么一想,老赵家的一切都仿佛在人们的眼里暗淡了下来,像谢完了幕的舞台,灯光正在一盏跟着一盏熄掉,人已经走光了,只有模糊不清的人影还在台上晃,这模糊不清的人影必然是老赵两口子还有他们那个子细高细高的儿子,这让人们在心里生出些无名的怜惜。人们是这样看老赵家的,其实是,人们忽略了老赵,起码是忽略了老赵那个个子细高细高的儿子的存在。老赵的个子细高细高的儿子像是深藏着,只有吃饭的时候,人们才偶尔会看到他端着碗出出进进,或者是,人们还好像听到他在屋里背英语单词,不见人影,只有声音的存在。在人们的印象中,老赵这一家人好像什么都吃,白菜、白菜帮子、茄子、茄子柄、芹菜、芹菜根子、芥菜、芥菜叶子和根子、香菜、香菜根、处理的香菜,大把大把地买回来。老赵的女人在那里择香菜了,两只手在一大堆碧绿里刨来刨去。那一大堆烂糟糟的绿,慢慢慢慢就被顺成了整整齐齐的一堆,香菜根子也不

> 这句道出全篇的核心架构:人们在高处,老赵在低处。

> 老赵的儿子始终像个影子,却是隐性主角。

扔,洗了,切了,用醋和糖泡在一个罐头瓶子里,是一道菜了。萝卜也是买处理的,一大堆,一一择好了,萝卜是萝卜,缨子是缨子,缨子也是用水洗过,切碎,也是放在一个又一个空罐头瓶里腌了起来。<u>老赵的屋子窗台上,一溜儿,都是这种内容丰富的瓶子。车棚里的窗台上,也是一溜儿,亦是这种内容丰富的瓶子。</u>老赵家好像是一年到头难得吃几次炒鸡蛋,鸡蛋的空壳就都一个一个扣在花盆子里,让人们无端想起过去的日子。让人们觉得老赵的日子过得虽然零零碎碎,却有一份悠久的细致在那里。真正的深秋还没来的时候,老赵的女人又在那里张罗着腌菜了,老赵弯着腰把缸和瓮都搬到了院子里,又不知从什么地方接了根红色的水管子,把那些缸都洗了又洗,很庄重,像是在做一件大事了,老赵儿子也参加了进来,细高细高的个子也弯着,帮着挪缸,这真是少见。那些洗过的缸和瓮必须在院子里倒扣一夜,第二天才可以开始腌。要腌的大白菜在入缸之前还要晾一晾,就一棵一棵地立在车棚外边的墙根下。<u>人们在上边居高临下地看着老赵的女人在那里翻菜,弯着腰,把菜一棵一棵都翻到。</u>老赵的女人总是穿着别人穿旧不再穿的衣服。在这个夏天,她穿着一件孔雀蓝的半截儿袖,这件衣服前边的两个口袋是两个鲜红的草莓补花,这衣服有那么一点点闺阁

> 贫寒人家生活风景线。

> "居高临下"既是空间上的,也是心理上的。

气,但穿在她身上多多少少有那么点儿不协调。老赵一家在那里腌菜了,腌过了大白菜,怎么说,居然还要腌韭菜,小区的人们还没见过这么腌韭菜,整腌,不切,用盐又多,腌出来的韭菜<u>黑绿老咸</u>!住在八楼的人们有时候在吃饭的时候朝下望望,老赵在棚子里吃什么?他在吃什么?从盘子里挑出来,长长的一根就送嘴里了,原来就是这腌韭菜。老赵腌完了韭菜好像还不行,还要腌韭菜花,白白绿绿地把韭菜花买回来,洗了,放石臼里捣,捣,再捣,直捣得整个院子都能闻到那令人受刺激的味道!菜刚刚腌好的时候,住在八楼的人们常常被老赵的女人喊住,老赵的女人会让他们拿一些新腌的菜回去吃。

> 只此四字,方准确、到位。

老赵的生活是零零碎碎的,人们是远远地看着这一家人生活,从色彩看,从物件看,那各种各样的破烂,怎么能不是零零碎碎?不但零零碎碎,而且呢,还是暗淡的,但人们忽然发现,老赵家的生活在暗淡之中居然有一种生命力极强的勃勃生机。<u>问题是老赵这天忽然要请客了,请八楼的邻居,要他们下来吃一顿便饭</u>。这真是新鲜事,为什么?人们于兴奋中说到了老赵可能请大家吃什么。都说老赵家要请客就不必吃什么大鱼大肉,更不必吃什么海参鱿鱼,就吃些老赵家平时吃的土饭就行了,莜面饺子啦,莜面墩墩啦,小米子稠粥啦,

> "居高临下"的关系似乎要改变。

花生地 / 213

二米子捞饭啦什么的,菜就吃火烧茄子啦,火烧土豆啦,苦菜团子啦什么的最最好。人们还说最好不要在屋子里吃,干脆就在车棚外边摆张桌子。还有就是,八楼的邻居下到下边去问老赵女人要不要帮忙。因为老赵家从来都没请过客,其实别的人家现在也很少在家里请客,这就显得很隆重。老赵女人笑笑,侉侉地说了句:"不用,我一个顶得住阵。"

晚上,被请到的人都去了,大家好像没看到老赵女人怎么忙,菜却都已经做好了,凉盘已经都放在了那里。一张荸荠紫大圆桌面,下边垫了一张小桌子就放在了炕上。大家都上炕,桌上的凉盘是一个牛肉,一个芹菜海米,一个凉皮子,凉皮子上边是通红的红油和切得极细碎的葱花,两个猪手,对切开,再对切一下,亦红红的要发出光来的样子。还有一个火腿肠,还有一个小肚儿,这两样是从店里买来的。还有一个大拼盘,里边是蔬菜,有黄瓜和水萝卜,还有豆腐干,这说明老赵一家也与时俱进着,知道时下人们喜欢吃些什么。这是晚上,天已经黑了,有蝈蝈在外边叫。老赵笑眯眯的,<u>一张脸本是黢黑的,给日头晒的,晒到的地方呢,是黑,没晒到的褶皱里呢,又是白。这样的一张脸是花的</u>,皮骨紧凑而花,这就让老赵的脸很有看头。他坚持坐在最边上,圆桌还分什么边儿不边儿?但他就是要

辛酸受苦人的花脸。观察得细。

分出个中间和边儿,边儿就是炕沿儿这边。他让老沈,<u>过去当过林业局局长的,大家现在还叫他沈局长,老赵让沈局长坐在了顶里边</u>。大家都坐好,老赵却执意不坐,要弯着腰给大家的小碟儿里毕恭毕敬地倒一回醋。不知怎么,老赵的动作有些不自在,有些夸张。看他那样子,倒醋的样子倒像是在倒酒,这就让客人们笑了起来。老赵脸红了,黑脸一红便像是紫,还有汗,额头上和鼻子上还有下巴上,一路下来,亮晶晶的。老赵说:"有了醋吃饭才香,没醋还叫个宴席?"人们就又笑。老赵的女人呢,在车棚的后边,夏天热,老赵就在后边立了个泥炉子。老赵女人在后边炒菜,人们用鼻子感觉到了,是在炒肉炒青椒,平平常常的肉炒青椒这时候忽然是那么香,那么家常而动人,那么让人们有食欲。各种菜肴里,唯有肉炒青椒让人想到夏天,那香不是香,而是一种刺激,肉先在锅里爆炒,然后下青椒再炒,青椒的香气不炒硬是不肯出来。香气出来了,炒菜的人在那里给呛得直捂鼻子。这个菜,起锅的时候再倒酱油,这样肉片儿就更红了,青椒呢,就更绿了,这个菜原是大红大绿的意思。一个肉炒青椒,一碗白米饭,这顿饭会有多香!老赵女人在后边把第一道菜肉炒青椒炒好了,菜也给端了上来。<u>客人们都吃了一惊,是老赵的儿子,个子细细高高的小赵把菜端了上来</u>,小赵怕羞,

应该是楼里最大的官儿,"居高者"的代表。

小赵逐渐出场露面。是"居下者"一方的王牌。

把菜往桌上一放就跑掉,虽然是慢慢进来再慢慢出去,却是跑的意思,是怕人。第二道菜,里边的客人又闻到了,是炒芹菜,当然是肉炒芹菜,这菜也是一道夏天的菜,香气好像是清了一些,实际上却是更浓。里边的人已经开始喝酒了,先干三杯,是这里的规矩。酒是倒在一个小小的白瓷壶里,然后再从壶里往每个客人的杯子里倒,这样就会滴酒不漏,是节省,好像又不是节省,是一滴都不肯浪费。老赵一直是站在那里倒酒,还陪着一杯一杯地喝,他也会偶尔夹一筷子菜吃。老赵站在那里,把筷子伸出去,夹准了,菜在筷子头上了,他的另一只手也跟着伸了出去,在筷子下边接着,一直接着送到嘴里,又一筷子,夹住,菜离了盘,另一只手又伸了过去,伸在筷子头下,也就是在菜的下面接着,稳稳地又把菜送到了嘴里。有菜汁滴到他手上了,他会把手在嘴上一抹,连那菜汁也不浪费。炒芹菜过后,人们的鼻子给剧烈地煽动了一下,是异香,这异香也只能是茄子香,是烧茄子啊,烧茄子的味道传了过来,在花生地这个小区,也只有在老赵这里还能吃到烧茄子。烧茄子是用一个大盘给老赵那个子细高细高的儿子端了上来。烧茄子颜色多好,是绿,绿之中有些微焦的意思在里头,上边是大量的蒜泥,还有油,是三合油,亮亮的。这道菜一上来,人们便暂时停止了喝酒,筷子纷纷都伸

> 姿态愈低愈有耐人寻味处。

向了烧茄子。这时候,老赵那个子细高细高的儿子还没出去,不知谁说:"小赵!也喝一口!"老赵的个子细高细高的儿子忽然就慌了,<u>脸红了</u>,摆着手忙说:"<u>不会不会</u>。"一边说着一边朝屋外退着走,在门槛上不小心给绊了一下,年轻人真是机灵,人没倒,却跳了一下,<u>跳出去了</u>。烧茄子过后,再没动人的味道传过来,但下一道菜却更具煽动性,是火烤山药,山药还是去年窖里窖的,大个儿的紫皮山药,在灶下烤得沙酥酥的,一剥皮,里边的瓤儿便松松地散开在碗里,这烤山药是要调了刚刚腌好的芥菜来吃,芥菜,一盘,白白绿绿,是细丝儿,端了上来,这菜好不好?好!饭店里吃不到。这一顿饭吃得人们都很高兴,酒也喝得差不多了。这时候,老赵又宣布了一个好消息,上完最后一道菜就上主食,主食是酸捞饭。老赵说他女人昨天已经把玉米面捂在那里了,一大盆,捂了一夜,已经酸透了,这样的酸饭,加上大量的红红的油泼辣子,再加上绿绿的芫荽,该是多么诱人。为了迎接这在别处再也吃不到的酸饭,大家又纷纷敬老赵一杯。

<u>最后一道菜,还是老赵那个子细高细高的儿子给慢慢端了上来</u>。这盘菜与别的菜不同,是用一只大盘子端上来,上边还严严实实地扣着一只盘子,这就让老赵的邻居们不知道这最后一道菜是什么菜。人们都能

细节抓得好,年轻、健康、敏捷。"居下者"家庭的希望。

谜底就要揭开。

感觉到,老赵这时已经兴奋了起来,老赵的儿子也兴奋着,脸红通通的。他把盘子端端正正放在桌子中间了,两只手好像不知该放到什么地方,眼睛却看着他的父亲。老赵对他个子细高细高的儿子说:"你把盘子给叔叔大爷们打开,让叔叔大爷们看看你这道菜。"老赵看着儿子,连说了几句,满脸的笑,只看着他个子细高细高的儿子。老赵的儿子呢,也笑着,两只手好像是更不知道往什么地方放了。"你把盘子给叔叔大爷们打开,让叔叔大爷们看看你这道菜。"老赵又对他的儿子说了。这时候,不但是老赵和他那个子细高细高的儿子兴奋着,老赵的邻居们也都跟着兴奋了起来。他们不知道那盘子里该是什么菜,是老赵儿子的手艺?这时候,老赵的女人也出现了,站在门口,笑着,好像是累了,就靠在了门上,一直笑着。她在背后对她个子细高细高的儿子说:"你就打开盘子让叔叔大爷们看看你的菜。"好像是老赵的女人一出现,老赵那个子细高细高的儿子忽然有了勇气,他已经把手伸了过去,白皙的手指,把扣在菜盘上的盘子轻轻一掀,这中间他还犹豫了一下,但还是把盘子一下子掀了开来。坐在桌子边老赵的那些邻居看到了什么?盘子里居然没有菜,红红的,盘里放着一张对折的红纸,像是请帖,但会是请帖吗?这是什么?这最后一道菜是什么?老赵的邻居们都有些傻,都不知道这是怎么回事,都抬起脸看定了老赵。老赵是抑制不住,他的手,居然在那里抖,他抖抖地把盘里那请帖样的红纸拿在手里了,手抖动得就更厉害了。老赵把对折的红纸拿在手上念了起来,声音也在跟着抖,这回是,老赵的那些邻居也激动起来。他们都听清了,这是入学通知书,老赵那个子细高细高的儿子的入学通知书,老赵的儿子,居然被录取了,而且是,清华大学!"再念一遍!"不知谁兴奋地说。老赵就又念了一遍,声音抖得更厉害:"清华大学!""再念一遍!"不知谁又大声说。老赵就又抖抖地大声念了一遍:"清华大学!""这真是最好的一道菜。"沈局长在那里说话了,声音也激动得有些不对头。他说话的时候,老赵和老赵女人的脸上都一道一道亮亮的,但那不是汗。"这真是最最好的一道菜了!"沈局长又说,激动地大声说,手也举起来,"世界上还有没有比这道菜更好的菜?"沈局长执意要敬老赵和老赵女人一杯,老赵的那些邻居也都纷纷举起杯子来,老赵的手抖得更厉害了,接过酒杯,一杯酒倒有一半都洒在了地上,另一半喝到嘴边马上又给顶了出来,人们都听到了老赵那尖锐的哭声,从胸部一下子汹涌澎湃了出来。

"花生地真是好地方啊!"不知谁感叹了一句。

> 城市人群生活链中,"居下者"的逆袭。全篇的包袱在此抖开。

> 所有心酸都在这哭声中了。

花生地 / 219

五　张　犁

这种病,怎么说呢? 在民间一般都叫疯子,"神经病"是文明一点儿的说法。民间还有文疯子和武疯子之说:文疯子一般来讲对人们没有威胁,而武疯子就不一样了,动不动就要追上人打。<u>这五张犁,刚刚出现的时候,人们都还以为他是园林处请来的老园林工。</u>可也太老了,园林处怎么会用这么老的老头儿? 人们都觉得怪,到后来,人们才越看越不像了。在张沟这地方,人们都认识他,知道他就是远近出名的五张犁,但城里人对他就不熟了。不但对五张犁不熟,恐怕说起张沟也会有许多人不知道,张沟现在早已经不存在了,和其他许多靠近城市的农村一样现在只剩下了一个名字。<u>土地呢,早已变成了城市的一部分,那些靠土地为生的农民呢?</u> 也都做小买卖的做小买卖,外出打工的打工。土地现在对他们来说是没有一点儿意义,他们也不再关心那些原来属于他们的土地上现在都长了些什么,那些园林工都在地里种了些什么。园林工们能在地里种什么呢? 不过是些花花草草,草茉莉,大丽

（旁批）
可见是文疯子。

城市化改变了农民与土地的关系,这是故事发生的现实背景。

菊,还有波斯菊和雏菊,还种了一些树,龙爪槐和洋槐,还有,就是杨树,或者,还有柳树。但靠近河边的地方却没有树,是一大片草场,那地方原来是菜地。菜地最最难莳弄也最累人,种菜是一茬赶着一茬,不能间断。最早下来的是菠菜,菠菜下来之后是水萝卜,水萝卜过后又要马上种小葱,小葱起了,接下来就要种各种夏天上市的菜,比如豆角儿,比如茄子,比如芹菜,比如黄瓜。再下来是秋菜,是茴子白,是长白菜,是胡萝卜,是芥菜,是苤蓝……菜农是最最辛苦的,从春天一直要忙到冬天来临,一刻不停,接三赶四,到天冷了,不能再种了,还要在地里撒一些菠菜籽,让它们在地里待一冬,把根扎下,明年春天一来,它们会早早就绿了。种菜不单单是力气活儿,还得动脑子,那就是,要操心地里下一茬该种什么。这就要看别人在地里都种了些什么,得东张西望,这东张西望就是为了掌握行情,要是别人都在那里种芹菜,你再种芹菜还能卖个好价?所以,最好要种稀罕一点儿的菜,所以,种菜的人都有些偷偷摸摸的意思,季节就是那么个季节,该种的时候大家都在种,把种子要及时种到地里,是一天都不能迟。种子总是一粒粒的,很小,所以谁也无法准确知道别人种了什么,到地里渐渐绿起来的时候,人们还是不能马上明白别人到底种了些什么,到菜秧子长大了,人们才会慢慢

> 写农村就要懂农事农时,方为"不隔"。

> 这种菜的经验写得熨帖。

> 紧紧抓住人物外貌特征。疯子的眼睛似乎总是与别人不同。

<u>看出地里是什么</u>。种菜就是这样,不能像种庄稼那样,种菜要用心机。但现在人们是既不要那心机也不用再关心那地里长了些什么。人们离土地越来越远了,越来越陌生了,所以五张犁才引起人们的注意。一开始,人们看到了五张犁这老头儿,<u>瘦干瘦干的,目光灼灼,两眼有异光</u>,在地里焦灼地走来走去。人们一开始没怎么注意他,园林处的人还都以为是什么人又雇了人。园林处那些拿工资的园林工为了再做一份事,就从自己的工资里拿出一小部分雇人替他们下地劳作,比如说一个园林处的工人一个月的工资是一千元,他就有可能拿出三百雇一个附近的农民,这样一来十分合算,他可以再找一份事做,收入就更多一些,这样一来呢,地里就不断有陌生的面孔出现。园林处那边,为了好管理,地是分了段的,每人一段各自承包。如果不是一段一段地承包,人们还不会发现问题,问题是,五张犁不是在一片地里做他的事,五张犁经常出现的那片地横跨了三段地。这就让人们摸不清,到底怎么回事?这个叫五张犁的老头儿怎么在地里?是谁让他来的?这年春天的时候,人们先是看到五张犁往地里送了三次粪,是谁让他往地里送的粪,连承包那块地的园林工也不知道。一开始,人们以为是园林处要在地里施肥,但别的地里又没有。又过了几天,就有人看见五张犁

在地里把那些土粪一锹一锹地往地里撒,真是好把式,一锹一锹散得真匀。土粪是那种经过一冬天加工过的粪,也就是把粪池里的稀大粪弄来,再和上一些土,在冬天里封好了沤过,沤一冬天,在春天到来的时候再把这沤好的粪摊开,再往里边掺土,掺了土,再把这粪一次一次地倒几回,倒的意思是要把沤过的粪和土倒匀了,然后才用小驴车运到地里去,运到地里后,这土粪还要堆成堆再封一些时候,让它变得更加蓬松,然后再一锹一锹散到地里。这时的土粪是干爽的,味道也特殊,好像是不那么臭,还好像是有点儿特殊的香。粪能香吗?但庄稼人闻它就是香。人们看见了,看见那名叫五张犁的老头儿在地里撒粪,人们看见他弯了一下腰,又弯一下腰,把锹一次次插进蓬松的粪堆,然后再直起腰来,那土粪便一次次被扬了起来,说扬好像有点儿不太对,不是扬,是平平地贴地面顺风一撒又一撒。这撒土粪也是个技术,要在地面上撒得匀匀的,地面上是薄薄的一层。粪撒完了,要是在这时候来场雨,那就再好不过,肥力便会被雨水直追到地里去,要是这几天一直在刮大风,那干爽爽的土粪便会给吹走。有人看见五张犁在那里撒粪了,认识他的人都觉得奇怪,他怎么会在这里干这种活儿?怎么回事?撒完土粪,五张犁并不走开,而是坐在了那里目光灼灼地看着远处出

知识点。

知识点。小说家就是掌握各种知识点的人。所谓"百科全书",写小说,至少要掌握该领域的知识点。

五张犁 / 223

神。五张犁那张脸很瘦,皮肉很紧,而且黑,而且是见棱见角,肩头也是尖尖的见棱见角,那双手也是粗糙而见棱见角,五指总是微张着,有些攥不拢的意思,这就是干粗活儿的手。五张犁就那么坐着,目光灼灼,看着远处。人们不知道他在想什么,当然了,他也不知道别人在想什么。这时候的地里,还没有多少绿意,有也是地埂和朝阳坡面上的事,是星星点点的绿,是小心翼翼的绿,这绿其实是试验性质的,是先探出头来看看天气允不允许它们绿。认识五张犁的人看到五张犁了,过来问他在做什么,五张犁没说话,张张嘴,笑笑的,目光灼灼,还是看着远处。问话的人连自行车都没下,骑着车子"喀啷喀啷"走远了。

> 疯子往往专注于某种事物,故"目光灼灼"。只此四字,得其神矣。

这是早春,暖和和的,无端端让人有几分慵懒,这慵懒里又充满了种种欲望和生机。接下来,是下了两场雨,地里就大张旗鼓地绿开了,而且是一下子就绿得不可收拾,然后就是花儿开了,先是迎春花,黄黄的,从金黄开到淡黄,然后是杏花,从粉红一直开到淡白,然后又是桃花,从红开到粉。只有在这时候,人们才知道这里原来既有杏树又有桃树,春天是真的来了。不但是来了,而且马上就要过去了。地里呢,草也绿了,园林处种下的花卉呢,也抽了叶。这时候,人们又看到了五张犁,他来了,戴着烂草帽,穿着很旧的一件军装,袖

> 春天就是各种颜色的展示。

224 / 五张犁

子那里有两块补丁,领子那里又是一块,下边是条蓝布裤子,屁股那里是两块补丁。他扛着一张锄,目光灼灼地进到地里就锄开了,他把身子朝前探过去,把锄往前一放,再往回一拉;再往前一放,再往回一拉,还是那块一下子跨过三段别人承包过的地。五张犁弯着腰锄地的姿势,就像是一张曲尺,一旦锄起来,腰就不再挺直,从地这头,一下一下往地那头锄,并没有锄到地头,五张犁就又折回来,这一回又是,又没有锄到地头,他就又锄了回来,这就是说,五张犁心里有数,怎么锄,锄什么地方,他自己知道。早上五张犁来,到了中午,地里就有了样子了,锄过的地方,土壤的颜色要深一些,润润的,在太阳下有好看的光泽,而别的地,没有锄过的地皮简直就是白花花的。五张犁是在一大片地里锄出了长方形的一块,这长方形的一块地远远看过去就特别好看。怎么个好看?好看就好看在苗是苗,棵是棵,如果站在近处看,你也许会赞叹起来。什么是苗是苗、棵是棵?五张犁锄过的地就是苗是苗,棵是棵,好像是用线比过,从南边看苗,是个直线,从东边再看苗,还是个直线。地这个东西,锄过了,也就是梳理过了,被锄倒的苗是趴下了,留下的苗就显出了它们的好看,挺着,有精神。有人路过了,远远看了一眼,那黑润润规规整整被锄过的地真是受看,显示出了把式的水平。

> 重复得妙,非简单重复。

> 始终抓住"目光灼灼"这个眼神特征。

> 普通作者只会写"蹬着车子走",写得这样细致方胜一筹。

这时候五张犁已经锄完了,他坐在那里,目光灼灼,看着远处,不知道他在想什么。有人认出他是五张犁了,笑着问他:"你怎么在这里锄地?"五张犁的脸上还是看不出有什么表情,还是目光灼灼地看着远处,好像没听到有人跟他说话,或者是,没听懂这个人的话。这人又问:"地早就不是咱们张沟的了,你怎么还锄它?"五张犁目光灼灼地看了那人一眼,张张嘴,笑笑的,还是不说话。那人也笑了,那人没下车子,一只脚支撑着车子,身子就朝一边歪,这时身子却又往另一边猛一斜,车子被蹬开了。"神经病!"这人说了这么一句,蹬着车子远去了。五张犁像是没听到,依然目光灼灼,但站在旁边的人听到了那三个字,掉过脸再看看五张犁,他还目光灼灼地看着远处,放在膝盖上的手微张着,是合不拢,是僵僵的,手上的茧子自然是硬,这时又给锄柄磨得很亮,僵亮僵亮的。接下来,人们就发现五张犁的脑子多多少少是有些问题了。问题是,他又焦灼地走进了地里,看看左右,往手心里吐了口唾沫,又开始锄,他弯着腰,是个曲尺的样子。他把锄往前一放,再往回一撸;再往前一放,再往回一撸。他从地这头锄到地那头,再从地那头锄回到地这头,地的这头和那头是五张犁定的,其实五张犁锄的这片地无论从哪头说都不挨地边。这真是怪事,他怎么只锄这么一片?好像是谁给他规定了只是这么一片，春天撒粪也是这么一片。是准确无误，如果有地埂标着倒也罢了，也没个地埂，也没个杂树什么的做标记。五张犁这时是锄第二遍了，而且，天快黑的时候，他又锄完了这第二遍，锄完了第二遍，他还不肯住手，又紧接着锄第三遍，这第三遍是补锄，是锄两下，把土用锄往苗子下培一下，锄两下，再把土往苗子下培一下。是一二三、一二三、一二三、一二三这么个节奏。是有着音乐性质在里边。手下的锄是一点点都不乱。就这么，五张犁在地里来来回回，天便黑了。天黑了以后，人们还看到五张犁在地里。

　　这个夏天好像不那么漫长，下过几场雨，大热过几天，发过一场洪水，好像就一下子这么过去了。在这个夏天里，人们看到五张犁在那片地里又是锄地，又是抓虫，人们总是不敢和五张犁那双眼睛对视，<u>五张犁那双眼是目光灼灼的</u>，他在地里焦灼地忙活这忙活那，好像还有什么事等着他去做，好像他有许多事要做。那片地现在可以一下子就让人远远认出来，虽然没有地埂，但那片地的草要比别的地长得格外好，花儿也开得格外好。那片地远远看去是既有地子，又有图案，别的地呢，是混在一起，花和草杂乱在一起，颜色也就乱了。只有那片地，花儿是平在绿叶的地子上，而不是七高八低，是齐刷刷，是好看。但人们还是奇怪，这个五张犁，

愈重复愈妙，人物越发生动形象。不要怕重复，关键是你如何重复。

> 不怕重复。

> 从春天写到夏天，再到秋天，再到冬天。一个文疯子的四季。这段文字亦是散文笔法。美文。

是谁请他来的？是怎么回事？到底是怎么回事？这谁也说不清。有人走到五张犁跟前，去跟他说话，他也只是笑，目光灼灼不知看着什么地方，再跟他重复一遍刚才的话，他还是不说话，只是笑，目光灼灼，让人有些害怕。五张犁的笑容里边是茫然，是没有底，五张犁那双眼实际上很清亮，倒不像是老年人的眼睛，有几分像孩子，是有所思，但人们不知道他心里想什么。便有从张沟过来的人，告诉那些不知五张犁底细的人五张犁是什么样儿的人，人们又都不信五张犁竟会是个疯子。怎么不是？便有人说五张犁最疯的那一阵子晚上都要睡在地里，人们就更不信。但有一点人们信了，那就是五张犁原是这一带最出名的庄稼人，人们从那片地看出来了，五张犁是好把式。可无论怎么说，五张犁不是个引人注目的人物，在这个世界上，天天都要发生的事情太多了，人们怎么可能把目光和注意力放在五张犁这样一个农村老头儿的身上？再说，现在去地里的人不是很多，星期六和星期天来这里野餐的人也都在靠近桥的那一带活动。很快，夏天就要过去了，秋天是在一阵大热后悄然来临的，地里的事，说冷就冷了下来。先是那天早上下了一层薄薄的霜，庄稼的叶子上是白白的，像镀了一层银，太阳一出，那霜便变成了露水珠。然后是，这天早上地里又下了霜，白白的，这回不像是

228 / 五张犁

银,倒像是谁在地里撒了薄薄一层细白面。这一场霜一过,地里的庄稼和蔬菜的叶子就要发生变化,该红的红,该黄的黄,要完成它们又一个轮回了。这就是说,地里的庄稼要收了:先是黍子,人们把黍子先在地里过一下,寻寻觅觅地掐黍子头,这是为了明年留种子,人们在地里走一个过儿,把个儿大的黍子头一一掐下来,然后才开镰。黍子收过,接下来就是谷子,照样是先留种。谷子收完是高粱,高粱是割头,人们在高粱地里走,把高粱头一下一下割下来。然后是掰玉米,玉米收过,都给搭到院前屋后的树上去。然后才开始收莜麦,莜麦白白的,可真是好看,在太阳下白得都让人觉得有些晃眼。也就是这个时候,人们又看到五张犁了。<u>五张犁又出现了,他目光灼灼地站在地头了</u>,他焦灼地走进地里了,<u>他的手里,亮闪闪的一牙儿,是镰刀</u>。他想做什么? 他是来收割了,这个季节,是收割的季节,但他怎么可以用镰收割那些花草? 花草是庄稼吗? 花草怎么会是庄稼? 他弯下了腰,把那花草一把一把地割下来。那些花儿还在开,还可以再让人们看一阵子。为了让花儿开得长久一点儿,园林处专门种了一些花期长的花,可以一直开到十一月底,到了十二月,有些花儿还零零星星,在那里红红紫紫地开着。五张犁在那里收割着,他用他那僵僵的大手,在花上先撸一下,

> 人物具有了诗意和美学意味儿。

再一攥,另一只手便扬起来,那小镰刀一闪,一小捆花草便躺在那里了,接着,五张犁又用他僵僵的大手撸一下,又一攥,另一只手又一扬,小镰刀又一闪,又一小捆花草躺在那里了。五张犁真是好庄稼人,他割得不紧不慢,割得干净好看,地里留下的茬子像是用尺子量过一样的高低,割下来的那些花儿是一顺儿,都放在左手,放得也顺顺的。从早上开始,到下午天快黑,这片地就被五张犁基本割完了,远远看去,被五张犁割过的那片地好像忽然要从地面上跳出来,秋天的大地就好比是一种纺织品,针法原是一致的,而现在不一致了,有了新鲜的针法,那针法不再是一针一针一行一行地织下去,而是,到了五张犁割过的地里就变了一种针法,是堆绣,那鲜艳的颜色,是一撮,又一撮,一撮,又一撮,好看不好看? 好看,尤其是远远看了更好看。有人终于在远远的地方看见了,看见五张犁在这里做什么了。这怎么可以? 那是园林处的管理人员喊着,从桥那边冲过来了。他过来了,站在地头扬着手朝五张犁喊,其实也不必喊,那长方形的一块地早已经给收拾得干干净净了。园林处的人是哭笑不得,无论他怎么扬手和喊,五张犁也不搭腔,两只眼睛,目光灼灼地不知看着什么地方。园林处的人绕过去,绕到五张犁的正面去,但他走到离五张犁还有几步的时候又停住了,他

> 疯而不野,疯儿不闹,疯而无言。很少有人把疯子写得这么静,这么美。

230 / 五张犁

看到了五张犁手里的那张镰,亮亮的一牙儿,一闪一闪那么锋利。他现在相信了,相信别人说五张犁的话是真的了,这园林处的人没再说什么,看看地里,却不由得在心里赞叹起来,这地收割得真是漂亮。这片地从春天到现在给五张犁收拾得有模有样,横是横,竖是竖,这会儿,那些还能再长些日子的花草都给收割下来了,但也是横是横、竖是竖的好看。园林处的人看着五张犁,忽然在心里有些难过,他又扬扬手,对五张犁说:"这又不是庄稼,这是花儿,是花儿你懂不懂?"<u>五张犁对着园林处的人</u>,只是笑,<u>目光灼灼地不知看着什么地方</u>。园林处的人只好自己点了一根烟,他看了看手里的烟,想了想,觉得应该给五张犁一根烟,他把烟从烟盒儿里抽出来了,想了想,却又把烟放了回去。五张犁手里的那张镰,亮亮的一牙儿,在五张犁手里放出光来。"这是花儿,不是庄稼你懂不懂?"这园林处的人又说了一句。五张犁还是笑着,两眼不知道看着什么地方,脸上的表情好像有一些<u>羞涩</u>,羞涩之中还有些紧张。"你割吧,你割吧。"园林处的人扬扬手,对五张犁说,身子已经慢慢退着走出了那片地。他也是前不久才知道的,这片地早先就是五张犁家承包过的,许多人都已经忘记了这件事,因为许多土地都已经扎扎实实变成了城市的一部分,许多土地现在都已经变了形,比

重复之妙。

五张犁 / 231

如说张家的地原先是方形的,现在也许已经被一条路分割开,比如说李家的地原先是狭长的,现在也许已经变成了一个五角形的大花坛。人们奇怪五张犁怎么会记着自己那片地,而且会记得那么准确。即使那片地已经被重新平整过,已经被重新分配过,但他还认得出,而且分毫不差。而且还能按着原来的地形去劳作它,去抚慰它,去亲近它,春天按着春天的规矩来,夏天按着夏天的规矩来,秋天按着秋天的规矩来。园林处的人走到地头就不再走,他转回身来,看着地里的五张犁,后来他蹲下来,觉得心里有些说不出的难过。

秋天向冬天过渡的期间,是到了大地即将上冻的时候了,这一天,人们又看到了五张犁,他出现在那片曾经是他的地里,他的前边是一头驴,一头小黑驴,那头小黑驴拉着一张犁。五张犁在那里犁地了,这是每一个农民都要在大地上冻之前对大地进行的最后一道程序。五张犁按着犁,从地这头开始,一步一步往地那头走,然后再回来,再一步一步朝这边走,这真是一片好土地,一旦被犁铧犁开,那黑润润的颜色是多么好看,是多么让人动心。更让人动心的是五张犁的庄户手艺是那么好,一道一道的犁沟像是用线拉过,齐齐的,齐齐的。他按着老规矩,是两犁一垄,犁沟很深,犁垄很高,这样一来,到了明年春天,土地就会变得要多蓬松就有多蓬松!

> 此篇写到收割亦可结束,又写五张犁上冻之前犁地,这使得小说的完成度更高。

菜　　头

　　菜头从小就不怎么爱说话,总是别人问一句他说一句,再问一句就再说一句。如果有两三个人同时在那里问他话,他就会脸红了,看看你看看他地结巴起来。家里人说:"菜头大了就好了,还小呢,小孩子家都是这样。"但菜头好像忽然一下子就大了,村子里的王金宝出去打工把他带了去,菜头就好像忽然一下子长大了。首先是个子,总在人们眼前晃还让人觉不出,但出去半年猛地再一出现,人们都觉得菜头一下子长高了许多,像是个大人了,岁数呢,也不能再说小,都十八了。和菜头一起打工的刘七八,还有王金喜王银喜兄弟俩都爱和菜头开玩笑,到了晚上把他按在床上脱他的裤头子,一边脱一边说:"十七十八,家伙发达。"他们要看看菜头的家伙是个什么模样。其实那还用看?天气热的时候,大家总是一起下河里去洗澡,都脱光了,大大小小的家伙在前边黑亮亮长短不齐地展示着。村子里的人们离开村子到乡里去打工,除了干活儿又能做什么呢?晚上他们又不敢出去,乡里的坏人多,有人

正所谓蔫人出豹子。小说人物有顺写有速写,此为逆写。

菜头 / 233

出去挨了揍,有人出去被抢了钱。其实他们身上又能有多少钱?他们都不太敢出去,就窝在屋子里说女人的事,互相开玩笑。

菜头十八了,不能说他还小,但他还是不爱说话,人们说乡里就靠个说话,乡里人又不看你下死力气在地里锄庄稼,也不看你一下子跳下冬天的粪坑勇敢地去凿那冻得很结实的大粪。乡里人就看你会不会说话。菜头的娘就对菜头不止一次地说要他到乡里多说说话,说:"会叫的鸟儿才会有人喜欢,好鸟都出在嘴上。"菜头的妈说来说去,菜头只笑笑地小声说了句:"我又不是只什么鸟儿。"

"你真是个菜头!"菜头的娘就笑着说。

菜头是什么意思呢?人们吃菜,总是把菜叶子和菜帮子留下,菜头却一刀切了扔到猪食锅里,菜头是没用的东西。有时候人们叫菜头叫急了,菜头便会开口小声说话,说:"菜头就菜头,总比石头好,菜头还能喂猪,石头能做什么?"

"石头能盖房啊。"王金宝最爱和菜头开玩笑,"你这家伙敢说石头没用?你菜头家的房子不是石头盖的?你用菜头盖一间房给我看看?"

王金宝这么一说,菜头就说不上话了,笑笑的,脸红红的,害羞了。

性格、脾气、禀性、年龄、名字,都在这一句话里了。

<u>菜头和王金宝的关系最好。王金宝是个漂亮人物</u>,大眼睛黑皮肤,皮肤虽然黑,却干干净净,穿衣服也总是干干净净,女孩子最喜欢他。所以王金宝每到一处,女孩的眼睛就总是跟着王金宝走。<u>王金宝又爱说话,也会说话</u>,有事没事,王金宝总爱在那里没话找话说,这就显得他性格开朗。因为长得漂亮,性格开朗之外又让人觉得可爱,因为可爱,他就总是能找到活儿,因为他能找到活儿做,所以自然而然他就是二工头。村子里跟他出来的七八个人都听他的,不听他的又能听谁的呢?别人又揽不上活儿。菜头能揽上活儿吗?菜头更揽不上,菜头不起眼儿。而王金宝是个起眼儿的人物,所以事事处处都要占个尖儿,让别人都听他的。好像,他就是别人的师傅,做什么都要他说了算。算工钱的时候也是这样,你多少,他多少,都由他来定,大家也听他的。这么一来,时间长了,他说话行事果然就像是有了当干部的味道,村子里现在还干部长干部短地这样说话。人们都说王金宝天生是块干部料。

　　"你好好学学人家王金宝,一样的岁数,人家就是块干部料。"菜头的家人对菜头这么说,好像他们也想让菜头变成一块干部料。而菜头只能是个木匠,菜头的父亲是个老木匠,菜头能学什么呢?只好也学做木匠。

> 以王金宝映照菜头。参差对比的写法。

菜头 / 235

> 房地产热。装潢具时代性，典型性。

王金宝带着村子里的这些小伙子在乡里做来做去。但他们能做什么？这七八个人里边不是木匠就是泥瓦匠，所以他们要做的活儿就是给人家装潢。主人让他们怎么做就怎么做，那些要装潢自己屋子的人大多没什么主见。他们没房子的时候好像还有主见，什么什么的都会说出个头头是道，一旦买了新房，主见就好像一下子没了，人一下子好像就慌了。他们到处去饭店和歌厅里去东看看西看看，他们的灵感都是从饭店和歌厅得来的，地面怎么做，房顶子怎么吊，安什么样的灯，一样样都是饭店和歌厅的翻版。然后他们会把这种想法当作自己的想法一一告诉王金宝。这种装潢的活儿，从泥瓦匠活儿干起干到木匠活儿结束最少也得两个月。活儿做好了，最后一道粉刷的工序做完了，主人来看了，挑三拣四一番，想多多少少扣一些工钱，但他们大致都会满意，因为他们的屋子装得像极了饭店和歌厅，天花板上有五颜六色的灯，门上有花玻璃，他们满意了。按照规定，完工的时候他们还要请王金宝他们这些工匠吃顿饭，但这顿饭大多不会好到哪里去，要几个最便宜的菜，炒山药丝儿算一个，拌粉皮又会算一个，焯菠菜拌豆腐干又是一个，菜没什么好菜，但酒是少不了的，酒是个好东西，一有了酒，有好菜没好菜就好像不重要了。只要有了酒，王金宝他们就会忘掉一切。再说酒一下肚子谁还想吃菜？酒一下肚子人们就光想说话了。

<u>菜头不会喝酒</u>，别人喝酒他只会在那里看，一边看别人喝酒一边吃菜。

"菜头，光吃菜不会喝酒你还像个男人？"别人说。

菜头不说话，你说不是个男人就不是男人啦？菜头自己在心里说，又夹一筷子菜放嘴里，细细地嚼，喉结一动一动，咽了，再夹一筷子放嘴里。

"不会喝酒倒占便宜，光吃菜。"别人又说。

<u>菜头就脸红了</u>，停了筷子，他怕别人这么说自己。

"你怎么不吃菜？"王金宝说。

"我不爱吃菜。"菜头说。

"操，还有不爱吃菜的？吃菜！"王金宝把菜给菜头往碗里猛夹。

菜头脸红了，看看别人，其实别人都不注意他，话只是随口说的，是逗他玩儿的，人们都在酒里热闹着，男人们有了酒就热闹了。

菜头跟着王金宝在乡里做事，他和别人一样也背着一卷自己的行李。菜头妈说："外出做工脏哩叭叽的，白被里不经脏，别人的行李是蓝被里，干脆，你连被面都是蓝的吧。"但和别人不一样的是他还要把大家伙的锅背着，还有一个大家伙的电炉子。王金宝他们辛

菜头不爱说话，不爱喝酒，爱脸红。性格特点边叙事边展开。

苦一年也挣不上多少钱,所以他们得自己做了自己吃,能省几个算几个。他们能吃什么呢?什么便宜就吃什么,有时候就白煮一锅面条子,吃的时候在面里倒点儿酱油就是顿饭。菜呢?不过是山药蛋、茴子白,上顿下顿都是山药蛋、茴子白。吃是这样,晚上睡觉呢,在谁家做活儿就睡在谁家的地上,不过是把要做家具的三合板、五合板或者是木板子在地上铺一铺。好在装潢房子都在天气暖和的时候进行,也冻不着。睡觉好说,一睡着,什么地方都一样,吃饭就不行,不太好凑合,起码要做熟了,煮面条子呢,又要煮熟了还不能煮成一锅糨糊。跟王金宝出来的都是年轻后生,在家里谁做过饭?所以他们都不愿做这种事。

> 装修行业惯例。作家写什么,要了解什么,此之谓写作准备或生活积累。

"别人都不做你就做吧。"王金宝对菜头说,"让别人做我还不放心,手一会儿抓东一会儿抓西,一会儿擤上边的鼻涕,一会抓下边的那个家伙,脏哩叭叽的。"

别人都不肯来做饭,菜头只好来做,菜头做饭别人来吃,吃好吃赖且不说,闲话倒不少,不是嫌菜头把菜做咸了,就是嫌菜头把面下软了。菜头都听着,笑嘻嘻的,别人的话说重了,菜头的脸就红了,也不多说什么,好像是菜头天生就胆子小。每到一处,人们就总能看见菜头不是出去买馒头就是满头是汗抱两棵大白菜笑嘻嘻地回来。人们总不见菜头跟人们说话,有人还真以为菜头是个哑子,有人还问金宝菜头这人是不是个哑子。

　　<u>问王金宝话的是个年轻女子,是王金宝他们做活儿的这家新房的主人</u>,菜头也知道这女人叫软米,是王金宝告诉他的,王金宝还告诉菜头说这年轻女人有些喜欢自己,要想把她放倒干一下子是件很容易的事。菜头知道王金宝在这方面很有本事。

　　软米在那里问王金宝的话,菜头在这边早听到了。

　　"谁说我不会说话?"菜头脸忽然红了,小声声明自己会说话。

　　"我还以为他不会说话。"软米也笑了,却只对王金宝说。

　　菜头随着王金宝在乡里一干就又是半年多了。乡里这几年总是在盖新房,这家装好了,那家马上也要装,只要活儿做得好,别愁没事做。菜头在心里算了算,自过年从家里出来,这是装的第三家。这第三家的活儿做得格外细,王金宝也格外上心。为什么王金宝格外上心呢?<u>人们都看得出来,是因为那个叫软米的年轻女人很喜欢王金宝</u>,她一来就总是不停地和王金宝说话,还给王金宝拿苹果吃,有一回还拿了香蕉,有一回还拿了一个猪蹄,有一回还拿了橘子,有一回还给

新的人物加入,故事才真正开始。

小说铺垫至此,"软米"方才出场,引出故事。可见并非一定要马上开始故事。

菜头 / 239

王金宝剥橘子吃,还对王金宝说吃橘子下火,还把橘子瓣上的橘络一丝一丝剥下来。

"操!多会儿她把她自己剥光拿给我吃才好。"王金宝那天临睡觉时对菜头说。

菜头不说话,外边好像是下雨了,有细细碎碎的声音在窗上响着。

"你想啥呢,你他妈咋不说话?"王金宝说。

菜头说话了,说:"软米这女人挺好的,只是她那个在乡里做武装部部长的男人岁数太大了,比她要大出十多岁,像她爸。"

> 对话中交代关键背景材料。

"操!你别说了。"王金宝说。

菜头就不说话了,他知道王金宝是喜欢软米的。

软米来了,总爱站在那里看王金宝做活儿,看他使锯,锯子呢,很锋利,很怒气冲冲地就把木头锯开了:"哗,哗,哗,哗,哗,哗,哗……"

"看什么看?"王金宝说。

"你锯得真直。"软米还能说什么?

"木匠还有把木头锯歪的?"王金宝说。

"真香。"软米说木头的味道真香。

> 说闲话。没逻辑性。有一搭没一搭。符合此时情境。

王金宝正在锯一块松木,松木是有一股子香味儿。

"香什么香?烂木头味儿。"王金宝用手抓了一把锯末,"给!让你说香。"

<u>软米还真把那把松木末子拿在手里团来团去,软米心里是苦闷的,好像是得了什么病,总是空落落的,又好像急煎煎的。</u>

这天,因为下了雨,到处都是黏黏的,外边的雨停不住,而且一下就是三天都不停。软米就在新房里待着,看累了就到阳台上去看阳台对面的堡墙,堡墙土的茅草长得一蓬一蓬的,还有结红果实的枸杞,枸杞在雨里红红的,让人看了很伤心。怎么会让人觉得伤心呢?这就让人有些说不出来,<u>天是灰灰的,雨是凉凉的,那红红的枸杞是鲜亮鲜亮的,好像是,在这种天气里,越鲜亮的东西越会让人伤心</u>,好像是,在这种天气里任何东西都得一塌糊涂才对。

"哎呀,哎呀,看看你做的是什么饭!"软米忽然大声对菜头说。

菜头呢,正要下面条儿,锅里水开得"哗哗"的。锅是坐在电炉子上,乡里用电都是放开了用,连鸡窝里也安个灯泡子,这样鸡可以多下几颗蛋。大家理直气壮地都不交电钱,谁家也不肯交电钱,理由是乡里有三个月没给人们发工资了。

菜头吓一跳,不知自己出了什么错。

"让开,让开。"软米要菜头站到一边去。

"这是人吃的饭又不是喂猪!"软米大声地说。她

此时写软米内心苦闷,为后边情节发展作铺垫。

枸杞遇水颜色愈加鲜红,进一步揭示软米的内心。

是忽然想这么干涉一下菜头的,这么一来,她的心情忽然好像好了起来,一下子亮了,就好像天晴了一样。

> 小细节揭示内心之微妙活动。

软米打了伞出去了,她自己原本带着伞,但她这时又不用自己的,她偏要打了王金宝的那把烂伞去,她知道王金宝的伞放在那里。软米打了伞出去,不一会儿买回了一袋子酱、一袋子味精,还有八个鸡蛋。她算计好了,要用酱和鸡蛋给王金宝他们炸一个鸡蛋酱,做酱用五个鸡蛋,剩两个再做一个汤,汤里再放些香菜。香菜是向菜铺子白要的,既然买了这家菜和鸡蛋和酱,天下着雨,地上黏糊糊的,人家不去这家,也不去那家,单单去了你这家,你还不白给人家一点点香菜?

软米觉得自己像是在做主妇了,这让她很激动。天上下着小雨,这小雨是让人心生怅惘的,雨声好像是有,又好像是没有,远远近近都湿着。软米在那边忙着,心里激动着,她在给王金宝他们做饭了。王金宝他们还在做他们的事,不过是锯锯刨刨,让软米激动的还有一件事,那就是她从他男人胡子那里给王金宝悄悄拿了一盒"中华"烟,她知道那是好烟,烟在那里放着,她就悄悄给王金宝拿了一盒,待会儿她要把烟拿给他,让王金宝好好抽抽。

> 重要道具"烟"出场。

女人就是好,女人的好处说也说不完,王金宝他们

242 / 五张犁

吃上好面了,女人是可以让生活变得有滋有味的,<u>但女人也会让一个人的生活一下子变得一塌糊涂。</u>

天下着雨,在这种天气里,人们的心情一般都不会太好,软米的男人胡子忽然从外边推门进来的时候,软米也正端着碗吃面条儿。软米用谁的碗呢?她端着王金宝用来吃饭的大茶缸子。那种有盖子的大茶缸子,凡是进城做工的好像人人都有这么个大茶缸。<u>软米的男人胡子这天心情坏极了,区里要让下边的乡合并,小乡合并成大乡。</u>这样的好处人们暂时还不知道在哪里,坏处却一下子就可以让人看出来,坏处就是两个乡合并成一个乡,原来的两个乡长就只能留下一个。其他部门呢,比如妇联和武装部,比如团委和办公室,所有部门都一样,都只能留一个正头。软米的男人呢,原是乡武装部的部长,部队下来的,平时总是粗粗笨笨的,胡子好像总是刮不净,眼睛呢,又细细地总是眯着,见人总是笑笑的,给人的印象原是好的。说实在的,胡子也算是个能人,从部队下来没有三年就把家从晋南迁了来,还盖了房子,而且呢,还给自己的弟弟把户口也迁了来,而且呢,他还和晋南那边原来的女人离了婚,把比他小十多岁的软米娶了过来。他真是极能干的角色。比如征兵的时候,他会笑眯眯地悄悄对这个说:"今年的兵我给你留一个指标,你有没有要走的?"

让软米老公的生活变得一塌糊涂,引出软米老公。

进门之前心情已是不爽。

跟这个说完,他又会笑眯眯地去跟那个悄悄说:"你有没有要走的兵,我给你留一个指标。"人们都觉得胡子好相处,因为他的胡子,人们就叫他胡子,一开始呢,只是在背后叫叫,后来连书记和乡长都这样叫了。书记有了事,会从自己的办公室里出来,脚上呢,是双蓝塑料拖鞋,上边呢,也许就只穿着一个小背心,这是天气热的时候。书记在走廊里叫了:"胡子,你他妈过来一下。"胡子便笑嘻嘻地过来了。乡长呢,有时候也会站在走廊里大声喊,乡长长了一张马脸,要多长有多长,而且是个小眼,胡子是黄黄的,又总是忙得顾不上刮。乡长总是睡不好觉,开会的时候总爱打哈欠,"胡子,胡子,来一下。"乡长在那里喊了。胡子便马上笑眯眯地出现了。

> 说话极具地方土皇帝特点。"你他妈"三字传神。

胡子有时候也会很风光一下子的,那就是训练各村的民兵,他喊操喊得特别好:"立正!"

"稍息!""齐步走!"每逢这种时候,胡子也特别神气,脸都是亮的,脸上的那个肉鼻子更亮。

人们对胡子都好像没什么意见,可是呢,一到乡要合并,两个武装部部长无论如何只留下一个,人们就好像都对胡子有了意见。又说不出具体是什么意见,这种事向来是含含糊糊的,总之,人们都推举另一个乡的武装部部长来当部长。胡子呢,便只能是副职。这便让胡子火儿得不行,脸上的笑容不见了,一张脸整个儿黑下来。他也明白另一个乡的武装部部长的叔叔是区里人大的主任,这有什么办法呢?没了办法便只能生气,只能让肚子里的火儿憋着。

　　胡子在这个雨天里冒着雨瞎走,比如,在书记的家门前走走,想进去说说,怎么说呢?

　　雨还是不停地下着,他又到乡长的门前走来走去,想进去说说,但胡子也明白即使是书记和乡长都同意他来当武装部部长,那又顶什么屁事?这事是要区里定的。<u>胡子的心情坏透了,他就是怀着一肚子坏透了的心情来到了自己的新房。</u>来这里又能做什么呢?他也不知道自己来这里能做什么。也许抽支烟,也许看看工匠们做活儿。他的衣服已经湿透了,胡子进门了,愣了一下,<u>他看见了自己的女人软米在那里吃饭,火儿就是在这时候一下子烧起来的。</u>胡子其实是个很好的人,一个从乡下来的人,而且他待的这个乡不是他们老家,是外地,所以说他无论怎么说也是个外乡人,这就让他事事都存了一份小心,再说他在部队里待了整整十年,十年的部队生活让他学得很有纪律,做事很有分寸。他是从一个小士兵慢慢做起来的,后来做了个连长,也风光过,比如,下边的士兵会给他把衣服洗了,把洗脚水给他天天倒好,早上呢,刷牙水也总是打好了放

> 前面已交代如何坏透了,节奏井然,次序分明。

菜头 / 245

在那里。这就让他慢慢慢慢有了一种优越感,他原是没有上过几天学的,这优越感就让他不知头重脚轻,让他好像是两个人,一会儿很了不起,一会儿很卑微,他在上级面前是一个样子,在下级面前又是一个样子,这让他自己也弄不清自己到底是个什么样的人。然后,他就到乡里来了。

软米的男人一进门,屋子里的气氛便不一样了,先是他带进来湿漉漉的雨气,再就是他把门重重地一下子关了。重重地把门一关后他就先去了南边的屋子,那间屋子已经装得差不多,窗套子和门套子都已经打好了,都是按他的心思做的。他对怎么装潢屋子是一点点想法都没有,他是经常去书记家的,书记家就是他心里的样子,比如一进家就要安一串红红绿绿、闪闪烁烁的灯,比如住人的屋子的顶棚上要装许多的石膏花,角上、四边、中间都要一一安满。软米的男人胡子进到南边的屋子里了,好像要看一看,其实他什么也没看到,他只是点了一根卷烟。烟是好烟,这几天他见人就要给人好烟抽。乡里的事情已经定下了,但他好像还在心里存在着一线希望,希望事情会突然来个转变,所以他在口袋里就总是装着"中华"这样的好烟,其实这只是给别人抽的,他自己抽的是另一种牌子的香烟,"昆湖"牌子的香烟。这几天,他一直是当着人抽"中

> "湿漉漉的雨气"是客观气氛,"门重重地一下关了"是主观气氛。两者叠加,气氛愈加紧张。普通作者往往只写"门重重地关上了",不写她进门时的雨气。

> 自己亦不舍得抽"中华",此细节增加了冲突的强度。

246 / 五张犁

华",背着人他只抽"昆湖"。但他突然觉得自己真是窝囊,又好像是忽然想开了,他就给自己点了一支"中华"。这烟硬是和"昆湖"不一样,绵绵的,轻轻的,软软的就流到喉咙里头去,对人好像是一种安慰了。胡子先是站到窗子前边去抽烟,窗子外又能看到什么呢?灰灰的天和被雨淋得一块颜色重一块颜色轻的城墙。胡子是有些怕自己的女人的。道理就是软米太年轻,他事事都会依着她。<u>但他想不到软米会在这里和装潢屋子的工匠一道吃饭,还用王金宝的饭缸子。这就让他忽然火儿了。</u>但他又不敢让这火儿发出来。胡子怕什么?胡子怕的就是软米生气。抽着烟,想着这事,胡子觉得应该算了,抽完这支烟去办正事吧,等有机会再收拾这个王金宝。怎么收拾呢?也只是房子装潢完的时候挑挑毛病,不是这里不对就是那里不对,然后从中扣一点儿钱。

  软米从外边进来了,她也有些底虚,好像是做了什么对不住自己男人胡子的事。乡里的事她还不知道,胡子很怕把乡里的事告诉她。怎么说?原来是正职,现在一下子成了个副职?他这会儿倒有些怀念晋南乡下的那个女人了,那个女人虽然比自己大两岁,虽然是黄板牙,可真是体贴自己,自己有什么话都可以向她说。胡子忽然在这个小雨不停的日子里心里很难受,

> 第一道火。循序渐进。

那种难受又几乎接近委屈,他很想回到老家的村子里去,去找自己原来的黄板牙女人,这是一种冲动,这种冲动一上来就让人鼻子酸酸的。

胡子的鼻子酸酸的,就这时候软米从外边进来了。

"我过来看看活儿做得好不好。"软米站在胡子身后轻声轻气地说。

"对,多看看好,工钱他们又一个不少要。"胡子已经抽完了那支"中华"烟。

"油匠找好了没?"软米又轻声轻气地说。

第一道火已消。　"金小红家的油匠挺好。"胡子觉得自己的火气已经消了。人只要鼻子一酸酸的,还会有什么火气? 他忽然想回家了,既然外边下着小雨,既然乡里的事让人不顺心,他觉得自己应该回家去,回家做什么呢? 操! 关起门和软米做夫妻们都爱做的事。胡子是喜欢下雨天做那事的,下雨天人们都不出门,天气又不那么热,两个人正好可以脱得光光的,被子也不用盖。院子门关上,两个人在炕上可以天翻地覆,也可以和风细雨。胡子总是喜欢既天翻地覆又和风细雨。胡子觉得世上最好的事就是夫妻间的事了,这事会让人忘掉一切不痛快。"咱们回吧,雨下得挺好。"胡子对软米说,声音是柔情的。

软米就明白胡子心里想什么了,这也是让她心里

248 / 五张犁

欢喜的,她其实是喜欢胡子的,胡子的身体是结实的,每一块肌肉都还很年轻,很有力,很怕人,很可爱,只是胡子最近太忙。

"回吧。"软米也说,声音也是柔情的。

胡子和他女人软米要回家了,这让胡子的心情好了一些,一想到要做的事,他还是很冲动。胡子和软米从里屋走了出来,忽然,胡子一下子怔住了——王金宝和菜头他们已经吃完了,是要歇一歇的。菜头正在那里低着头"嗦嗦嗦嗦"地喝水,刘七八也在那里"嗦嗦嗦嗦"地喝滚烫的水。王金宝在那里抽烟,他把软米拿来的那盒"中华"烟拆了,取了一支在那里细细抽,那盒烟呢,就在他的身边放着。和王金宝一起出来打工的王金喜和王银喜在一边调乳胶,兑了水拼命地在桶里搅。

胡子怔在那里:他看到了那盒红皮子"中华"烟。

王金宝想把烟放起来已经来不及了,他用手把烟虚虚罩了一下,又松开了,这又有什么用呢? 这么一来,情况就更加糟糕,这是不打自招。王金宝的脸就红了起来。王金宝还没有结过婚,女人却是搞过许多个的,玉米地里,高粱地里,王金宝的肩膀那么宽,腰那么细。好像是,他生下来就是要样样讨女人欢喜的,他知道软米的心思,他也想过该不该做那种事,他明白那种

> 第二道火。

> 小细节抓得传神。

菜头 / 249

事就在眼前了,只要自己乐意,就好像饭就在锅里,只要自己肯去盛。因为心里想过这种事,王金宝的脸就更红了。

"你,先回去。"胡子忍住火气对软米大声说。

软米早在一边羞红了脸,便急急出了门,外边的雨还下着,远远近近一片迷蒙,就像是这世界一下子都沉到了水底,软米的心跳得很厉害,步子呢,深一脚,浅一脚。软米觉得自己是没了脸,这没脸是两头都没脸,在自己男人这头和王金宝那头,就让她有一种绝望的感觉。

> 胡子也不知道自己要怎么做。先喊"站起来",既是部队习惯,也是第一反应。

软米从屋里出去后,胡子怎么对王金宝说话呢?屋子里一下静得不能再静,倒像是屋外的雨一下子下大了。胡子先是对王金宝说了声:"站起来!"王金宝就站起来了,王金宝站起来后,胡子还能说什么呢?胡子又大声说了句"立正!"这原是他在部队里天天喊熟的一句话,因为天天喊来喊去地喊了那么十多年,所以声音特别大,特别好听。好像是,每个人听了这话都会不由自主地站起来。所以呢,菜头也跟着站起来了,菜头一站起来,刘七八和王金喜还有王银喜也就跟着站了起来,就好像这种事竟也会传染。他们都那么往起一站,胡子就觉得自己又像是当年的那个连长了。这种感觉一回到胡子身上,胡子就更生气了,胡子就又大喊了一声。这一声纯粹是习惯性的,胡子又大喊了一声什么呢?他又喊了一声"稍息!"这两个字一出口,胡子马上觉得自己是喊错了。他这么"站起来!""立正!""稍息!"一连串地喊,不知怎么就生了一种很好笑的戏剧效果,刘七八这狗日的坏东西就先"嘻嘻嘻嘻"地笑了起来,他一笑菜头和王金喜王银喜也就忍不住"嘻嘻哈哈"跟着笑了起来。

<u>胡子真正的发火就是这时候开始的,在部队的时候让他最最恼火儿的就是战士们嘻嘻哈哈。</u>

胡子火儿了:"都笑你妈个狗屁!"

紧接着,胡子又喊了:"立正!"

刘七八和王金喜王银喜都不敢笑了,都站好了。

王金宝和菜头也都站得正正的。

胡子的脸这时候是黑的,是那种从心里发出的怕人的黑。这就很让王金宝和菜头他们感到害怕,他们不知道胡子会做什么,也不知道他下一步会有什么动作,他们都盯着胡子。胡子一步,两步,三步走到王金宝跟前了,一弯腰,拿起了那盒被拆开的"中华"烟,又一步,两步,三步回到了自己原来的位置。胡子站在了那里,在原地转一个圈儿,他不知道自己该怎么说,或说什么。这就让他脸红了起来,他感觉到自己脸红了,

> 引发记忆。胡子后边的行为有了出处。

菜头 / 251

就更恼火了,人在火头上,话又往往会脱口而出,想都不用想的。

"你怎么这么不要×脸!"胡子对王金宝说。

这时候的王金宝是一脸的尴尬,他在想自己该说什么。可他能说什么呢?

"这种烟也是你抽的?"胡子又说,接下来他又不知该怎么说了,怎么说呢?烟是自己女人软米拿过来的,这让他怎么说?怎么处置?他想努力想一想有什么办法可以处置这王金宝,他想如果是在部队,出了这种事该怎么处理。部队能出这种事吗?部队怎么会出这种事,这就让他为难了。

"真不要×脸!"胡子就又骂了一声。

胡子的样子是可笑的,他那可笑的样子让人不能不笑。笑有时候是难以忍住的,有时候是越想忍越忍不住。刘七八忍不住,"嘻嘻嘻嘻"地已经在那里又笑了起来。他那里一笑,王金喜和王银喜也都忍不住了,也笑了开来。菜头不敢笑,他看看王金宝,王金宝好像也要笑了,菜头忙扯扯他的衣服。

胡子火儿了,这种事让他又丢脸又生气,又生气又没法子说,没法子说他也要说。胡子能说什么呢?这种事一不能讲大道理,二不能送派出所。胡子现在是东家,东家能怎么对付工匠呢?胡子明白了自己该怎

> 第一步喊"站起来",第二步开骂。说明此时胡子仍不知如何处理。

252 / 五张犁

么说了:"我让你们笑,你们要是想好好拿到工钱你们就笑!"胡子有话说了,他指定了王金宝,"他这么不要脸你们还敢笑?"说这话的时候,胡子心里有主意了,他想起了他当新兵的时候,一个新兵做错了事,排长存心想要羞一羞他好让他进步,便要班里的士兵都吐他口水,每人走到这个新兵跟前把口水吐到这个新兵的脸上。那新兵是谁呢?原来就是胡子。胡子当时做错了什么呢?就是不知是谁的烟放在窗台上被他拿来放在了自己的口袋里,而后来有人来找那盒烟,那烟原来是给部队送菜的乡下人的,那乡下人常常来部队,原是和部队相处得极好的。

胡子在部队时被伤害的尊严开始寻找传递对象。

胡子坐下来,脸子上竟有了一些笑容,这笑容让菜头他们感到害怕。

"笑吧,只要你们不想拿工钱。"胡子说。

菜头和刘七八他们不知该说什么好,都看着王金宝。他们都知道他们马上就要收工了,收工那天就要拿工钱,但许多时候那工钱总是不会好好让人拿到手,要一遍不行,要十遍不行,有时候一两年过去了那工钱还要不到手。

"你们都看他。"胡子脸上的笑容在慢慢扩展开来,他用手一指王金宝,"他也太不要脸了,不是他的烟他都敢抽,这么好的烟他都敢抽,你们想要工钱就每人给

菜头 / 253

我往他脸上吐一口口水。"

菜头和刘七八他们都一下子看定了王金宝,他们都不觉得好笑了,都觉得问题不一样了,胡子居然要他们每人吐一口口水给王金宝,还要往他脸上吐。

> 被伤害的记忆复活,向更弱者转移。

"想要工钱你们就每人往他脸上吐一口口水。"胡子又说。觉得自己这个主意真是太好了。

菜头看着王金宝,王金宝的脸一阵红一阵白。

"不想要工钱你们就别吐。"胡子又说。

菜头、王金宝、刘七八、王金喜和王银喜都愣了,都互相看着,想不到事情会是这样,想不到胡子会这样处置人。

"看什么?想要工钱你们就朝他脸上吐。"胡子又说。

菜头、刘七八、王金喜和王银喜就都看定了王金宝。

"不吐就别想拿工钱!"胡子又开始火儿了。

让菜头想不到的是王金宝这时突然说了话,声音是小的:"操,吐就吐吧。"

菜头的脸就一下子红起来,他看着王金宝,心"怦怦"乱跳,好像口水就要吐在他自己的脸上了。

"吐吧,看什么看?"王金宝忽然火儿了。

王金宝和谁火儿呢?是和自己火儿,又是和菜头他们火儿,这是丢脸的事,胡子这头儿的脸丢了,自己这边人的脸也丢了,这是两头丢脸的事。王金宝看着刘七八,忽然对刘七八说:"你先吐,我不怕。能拿上工钱我啥也不怕。"话是随口说出来的,但这话一出口,王金宝忽然觉得自己像是给自己找到理由了。自己让人往自己脸上吐口水原是为了能拿到工钱,这个理由真是很好,让人心上能好受一点儿,还好像有点儿英雄的味道在里边。

"刘七八,你先吐,能拿上工钱我啥也不怕。"王金宝又说了。

刘七八不敢笑了,事情发展到这种地步已经不好笑了,他往前迈了一步。

"操,谁不吐我扣谁的工钱。"王金宝又说,把脸侧了一下。

菜头的嘴一下子张得老大,因为他看见,刘七八真的往王金宝的脸上吐了一口。紧接着是王金喜走了过去也吐了一口,然后是王银喜。菜头的脸因为激动都好像要变形了。这时候没人注意菜头,人们的注意力都集中在王金宝的脸上,王金宝的脸上挂着唾液。没人注意菜头的激动已经接近了极点。这极点怎么说呢?菜头脸上的肌肉忽然开始抽动,一下一下抽动,样子呢,真是有些滑稽,像有根看不见的小棍子在他脸皮里边一下一下地捅。

"菜头你来。"

王金宝喊菜头了,菜头是最后一个。好像是挨板子,最后一下打完,耻辱也就会随之结束了,而菜头偏偏又那么慢,这就让王金宝火儿得可以。一步,两步,三步就可以过来了,菜头却好像每迈一步就让什么胶在了那里。

"你他妈快点儿!"王金宝大声对菜头说,菜头吐完他就可以把脸擦干净了。

菜头觉得自己像是快要晕倒了,心像是要从胸口里跳出来了。

"金宝——"菜头叫了一声金宝,声音让人觉得菜头有些不对头。

"快你妈的×吧!"王金宝又说。

"金宝——"菜头又叫了一声,声音让人觉得菜头真是有些不对头了。

"菜头,妈的,快点儿。"王金宝说。

菜头忽然站住了,不动了。让屋子里所有的人大吃一惊的是,菜头忽然把身子转向了胡子,人们都一下子张大了嘴,<u>人们都看到口水从菜头的嘴里一下子"呸"地唾了出来,这口水却没落在王金宝脸上而是落在了胡子的脸上</u>。这是一口分量很足的口水,菜头把

到此已是不出所料,水到渠成。

256 / 五张犁

它一下子都吐在了胡子的脸上。

  胡子愣住了,脸上挂着的是菜头的唾沫,他一屁股坐了下来。

  让人们更吃惊的是,菜头又吐了一口,又吐了一口,又吐了一口,往胡子的脸上。

端　午

> 一个"乱"字，抓到了工地的特征。

<u>工地上是乱得不能再乱</u>，一边还在修建着，另一边则已经有住户在抓紧时间开始装潢了，这边装潢着，那边却已经乱哄哄地种树种草了。工地太大，一共有二十二栋楼。开发商一是急，二是从没做过这么大的工程，房子已经卖出去了一部分。所以开发商简直是慌了手脚，是有一头没一头。按通常的情况，应该是，楼都起来，把外墙粉刷过，把地面硬化过，再把草皮和树慢慢种起来，然后再把房子出售。这会儿是全乱了，颠倒了。工人们也跟上乱，一会儿做这个，一会儿做那个，<u>忙忙乱乱中，端午节又来了</u>。<u>工地上的民工百十多号</u>，都在那个大食堂里吃饭。大食堂也是一个临时搭建的工棚，一个大烟囱，很高，在工棚屁股后边立着，工棚前面是一个大灶。人们不用问，只用眼看就知道这里是工友们的食堂了。<u>那大笼屉，蒸馒头的，十多节，如果气势雄伟地全架起来，腾腾地冒着气</u>，让人觉着工地的日子亦是雄赳赳的。这样的十多节笼的馒头蒸好的时候，下笼才好看，要那两个年轻的伙夫踩着架子上

> 端午节、大食堂，是该篇核心叙述元素。

> 浓墨重彩写工地食堂。

258 / 五张犁

去,两个人合了力,一二三!把笼盖先拿下来,下边要有人接着,然后是下屉,屉里是热腾腾的大馒头,照例是,下一屉,下边另两个人就接一屉,再下一屉,下边的那两个人就再接。这就是说,这工地食堂一共有四个人在那里做菜做饭。整屉的馒头下来都放到两个空的大铁皮筒上,再架稳盖好,然后是炒菜了,是两口大锅,炒菜用的是小号的铁锹,这样的铁锹亦是无法拿在手里铲翻腾挪,亦是被一根绳子绑缚住吊起在一根横杠上,借了横杠的力,大师傅才能用得了它。两口锅炒菜,是先在锅里注一些油,两碗葱花一下子倒进去,"哗哗哗哗"地先炒出香味儿来,再放白菜和土豆,然后再放豆腐,然后是浇酱油,是一碗酱油"哗"地泼进去,再翻翻,把锅盖盖上,隔一阵再炒炒。这样的菜,也并不出锅,临要把菜铲给工友时,又是一只碗,这一回碗里是油,是熟油,往锅里一泼,菜就亮了起来,油汪汪的,也好看了,油水也大了,味道呢,却还是那样。工友们吃饭的家什都是大家什,是那种带盖儿的大搪瓷缸子。工友们排队过来,把大家什伸过去,大师傅就把那把大铁勺往锅里一探,半勺就够,再往工友的大家什里一扣,然后再从笼里抓两个大馒头往这菜上一扣,这便是一顿饭了。工友们吃饭,因为天气热,就总是在工地工棚的背阴处,一个挨一个坐下,话也不多,一大片的"呼

此页工地食堂写得精彩。

端午 / 259

噜,呼噜"声,极有气势,是响成一片的"呼噜"声,"呼噜"声过后一顿饭大致也吃完了,然后是大家都去那个锅炉前去接水,"嗦嗦嗦嗦"喝水。<u>工地吃饭,天天是这样。是填肚子,有什么滋味? 没什么滋味! 吃饱就是。</u>工友们这样,那些工头呢? 有时候便会去工地对过儿改善一下,工地对过儿也是新盖的楼房,下边的一层原是要开超市的,又高又大,但在没有装潢之前却开了面馆,也是应急的那么个意思,先抓一些钱再说,里面有面条儿,还有几种凉菜,用方的白搪瓷盘装了放在那里,一样两元,若是要各种的拼一盘亦是两元。但工友们来这里的很少,依旧在工地里吃那大烩菜。<u>就这样,端午节到了。</u>

端午节到来的前两天,工地里就有了鸡叫,是一片的鸡叫,是慌乱而不知所措的叫。就在伙房的前边,有一群鸡,很丑陋的鸡,毛是又秃又难看,原来是鸡场里退休的下蛋鸡。它们的前途并不光明,也不乐观,等待它们的就是挨最后一刀,给人们改善一下生活。<u>鸡给圈在了伙房的前边,用工地那种门框样大的几个大筛子围着,不知哪只鸡还抓紧时间又下了蛋</u>,是一颗,也引不起人们的注意,那颗蛋白白地在那里任其他鸡踩来踩去。工友们还有不知道端午快到了的,他们在工地上,又没个日历看,看日历也没有用,但这群鸡让他

所以改善伙食成头等大事。

写完工地食堂,端午节到了,叙述紧凑。端午节会发生什么? 还应该是与吃有关。

即将成为人们口中食,还"抓紧时间又下了蛋",场面既喜又哀。作家的笔处处出彩。

们知道端午节来了,而且呢,他们知道是要给他们改善生活了。鸡是退了休的母鸡,丑就丑吧,肉可是香的。工友们这时候却巴不得马上就过节,想的是有鸡肉吃。到时候主食该是什么? 工友们猜了又猜,最后觉得最好应该是油饼,当然还会有粽子,但有的工友也注意到了,伙房那边连个粽子皮都没有,应该是,有几盆江米白白地泡在那里,再有就是,有几盆粽子叶也绿绿地泡在那里,但这一切都没有。但是,工友们看到伙房的大师傅们在那里杀鸡了,鸡给尖叫着一把抓过去,头很快给背过去压在它们自己的翅膀下,好像是怕它们看到自己被杀的情景。头给背过去塞到它们自己的翅膀下不说,大师傅们在拔它们脖子那里的毛了,这让它们感到了十分疼痛,它们就尖叫了起来,叫声戛然而止是因为刀已经切断了它们的气管。一只一只的鸡都是这样的下场,杀了的鸡都给扔到一边去,它们最后的挣扎实际上是扑腾,瞎扑腾,把自己那点儿可怜的血扑腾得到处都是。这是一场气势磅礴的屠杀,很快整个工地就都听不到鸡的叫声了。大师傅们已经烧好了水,都倾在一个大铁桶里,四五只鸡一下子同时给扔进去。然后,那大师傅,真是手疾眼快,飞快地拔毛,他们也只能飞快,慢一点儿呢,就要烫到自己了。拔下的毛也就让它沉到大铁桶的水底。这边把毛拔了,是拔一只往另

吊胃口。

冷酷的幽默。

端午 / 261

一只桶里扔一只,另一个大师傅在另一边再细细拔一次。这都把工友们看呆了,他们站在那里看,想象着鸡肉的香,有的已经在那里咽口水了。有个工友还不放心,问了一句:"多会儿给吃鸡肉哇?"是那个江苏的小工友,嫩嫩的,白白的,却是一脸的灰土,灰土又给汗水一道一道破开,便是一张好看的花脸。大师傅便说:"明天,明天就是端午了。明天等吃鸡肉吧,明天给你们改善生活。"只这话,便让工友们快活起来,工友们几乎清一色都是从乡下来,从离开家那天开始,他们已经很少吃到肉了。乡下人更舍不得杀鸡,客人来了,或过年的时候,他们才能闻到鸡肉的香气。而这样的一大堆鸡,虽然都还没下锅,却已经够让他们惊呆了,这让他们忽然对工地的大头儿有了好感,甚至是感激。

工友们吃完中午饭就散去了,散到背阴的地方躺一会儿,种种的姿态在那里横陈着,并且是马上有鼾声响起。只一会儿,真是香甜,小睡最是香甜,然后马上就又要开始干活儿了。而伙房这边却更忙了,鸡是流水线样地给收拾出来:杀,拔毛、收拾小毛,开膛,再褪一下鸡脚壳儿,再把肚子里红艳艳的东西依次都取出来,再肝归肝,肠归肠,鸡肫归鸡肫,一盆一盆分别放开。最后再把整个的鸡一次一次地洗,便洗得干干净净的了。到了下午四点多的时候,忽然来了一辆小面

〔继续吊胃口。〕

〔写得越热闹,结局越冷清,欲左先右之笔法。〕

262 / 五张犁

包车,"吱"地一停,就停在了伙房的前边。那个叫四哥的工地二头目从车上跳下来,把一大把食品保鲜袋递给了伙房的大师傅,然后是装鸡,拣肥的,大的,好看的,顺眼的,一只一个袋装了起来,这么一装,一半鸡就没有了。装好的鸡都放到小面包车上去,然后车就开走了。四哥说是要送土地局的领导,送规划局的领导,送方方面面的领导,因为是端午节!四哥还小声说:"还有只送鸡的?妈的,我×他妈的,×死他妈的,连他姐也一起×!每只鸡肚子里还要放两千块钱。"四哥的车开走了,大师傅们又开始收拾那些鸡杂,把里边的鸡粪细细捋出来,清理干净了,也是放在那个大铁桶里收拾,水脏得不能再用时,就把那大铁桶猛地一推,人马上往一边一跳,桶就翻了,桶里的水滚滚滔滔,一股鸡屎鸡臊味儿四处散开。然后再过去人,再把大铁桶立起来,再把那根胶皮管子捅到桶里,又接了水,再把鸡杂碎倒进去,再洗。那边,剩下的那一半鸡已经给剁开。然后,已经是该给工友们做晚饭的时候了,收拾好的鸡都给放到两个很大的塑料盆子里去,大师傅们开始做晚饭。又是蒸大馒头,每一个都有碗那么大,然后是炒菜,"哗"地一碗油倒在锅里,然后是葱花,然后是一大扁筐的青菜,又一大扁筐的土豆,豆腐是一大洗脸盆,等锅里的菜煮过一会儿,才小小心心地倒在菜上

> 希望和期待开始被残酷打破。

> 好作家的文字就是这样准确生动、活灵活现。

端午 / 263

边,然后是一大碗酱油,"哗"地倒进去,然后就把大锅盖盖上了。<u>这时工地那边还在"叮叮当当"地做着,几天没下雨了,地上的尘土有半尺厚,便有工友扯了胶皮管在那里洒水。</u>水是一道线,从这人的手里一下子射出去。一道线怎么可以?这人使了力,用两只手把胶皮管的出口处压扁了,这样射出去的水便是一个扇子面。他站在那里转着圈儿洒水,洒完了再换个地方,然后又浇那些半死不活的小树。那些小树才刚刚种下没几天,那种叶子红红的树,被种成波浪形,另一种树,是种成圆形。还有人在另一边挖坑,坑很大,看样子是要种大树了。什么树呢?谁也不知道。水洒在很厚的尘土上,很快便有好闻的泥土味儿漫了起来,泥土原来也是香的。但它还是香不过伙房那边的味道。吃饭的时候到了。

  生活是什么?生活实际上就是重复,不停地重复。什么样的生活不是重复呢?吃,拉屎,再吃,再拉屎,醒来,再睡下,然后,不可能就从此不睡,就再睡,再起来。衣服也是脱掉,再穿上,然后呢,还是再脱掉,再重新穿起。这样一想,真正是让人有些觉得无聊,但人类的生活就是这样无聊,即使是最最好的事,也一样是重复,进去,动,再动,再动,再动,越动越快,然后就完了。到了下一次,依然是进去,动,再进去,再动,再动,越动越快,然后又完了。这便是生活。所以说,重复便是人类

两处场景,两处空间,交叉叙述。

的生活,要是不重复了,那倒是可怕了。所以,工友们又开始吃饭了,每个人端着一个硕大的缸子,排着队去打饭。大师傅手里的大勺子在锅里一挖,然后再在那硕大的缸子里一扣,然后是两个大馒头给大师傅一下子抓过来扣在这大缸子上。每个人过去都是这样,是机械的,大师傅是机械的,工友们也是机械的。工友们开饭了,开始机械地吃,是在夕晖里。夕晖是黄黄的,但已经柔和了许多,不那么刺眼。那个小工友,嫩嫩的,白白的,已经洗了一把脸,整个脸都好像要放出光来,是那样的漂亮,坐在黄黄的光线里在吃他的馒头,一手捧了馒头,一手使筷子,用筷子夹一下菜,马上便把馒头接过去,是两只手同时往嘴里送。他是垂着腿坐在水泥预制板上,两条腿一晃一晃。另一个年轻工友呢,也坐在水泥预制板上,是盘着腿,把馒头撕一块,再用筷子夹了蘸一下菜汤,然后再送到嘴里,然后呢,再撕一块,再蘸,再往嘴里送。<u>这些工友,吃饭的时候还要把嘴腾出来说话,说端午节的事,自然,又说到吃鸡的事,</u>从鸡又说到酒,因为说到了酒,另一个问题也被扯了出来,那就是会不会给他们放假,如果放假就好了,可以好好喝一回酒。这时候,他们都看到了,伙房那边,那个大师傅,在用一把高粱头子做的大扫地扫帚在洗那口大锅了,锅里的水已经滚滚地开了。大师傅

> 希望仍未完全破灭,还在巴巴地盼着。

就用那把大扫帚"哗哗"地洗锅,洗了锅,又用那很大的黑铁勺子,一次次把洗锅水再舀出来泼在地上,锅里的水舀尽了,再倒进一些水,再洗一次,便开始做鸡了。鸡已经切成了小块,足足放满了两只塑料大盆,做这样大锅的菜,大师傅的手法便没什么花样了,是"哗"地把一大碗油先倾到锅里,锅里马上冒起青烟,然后便是把八角和红辣椒、大葱段和姜块都先放进去炒,香味儿出来了,再把那两大盆切成小块的鸡肉全数倒进去。然后,真是让人吃惊,大师傅整整往锅里倒了一瓶酒,是二锅头,很便宜,才三块钱一瓶。然后又是一整瓶,这回是醋,一瓶酒和一瓶醋倒进去后,大师傅才用那小铁锹样的铲去翻动锅里的鸡肉,七七八八地翻了一阵,再把一整瓶的酱油又"哗哗哗哗"地倒进去。然后再翻。有几个工友在那里看得有点儿发呆,又好像是要在心里记住怎么做,又好像是想知道另外那一大盆鸡杂怎么做。香气便已经飘了过来。这时候天还没有黑。做完这些,那四个大师傅才开始吃他们的饭,他们的习惯,总是最后吃,留好的菜已经扣在了那里,现在端了出来,慢慢吃起来,不像工友们那样风卷残云,"呼噜呼噜"一顿饭就下去。他们也是和工友们一样的菜,也是和工友们一样的大馒头,他们原来也是从乡下来的工友,这时候站在那里的工友们也许会这样想。但他们

> 做鸡的过程精彩。普通作者写不出这个过程,只好一笔带过,小说立马显得简单、乏味、空洞。

和工友不同的是,竟然有那么半瓶子酒,细看呢,还有一碟子鲜蒜,这时候是下鲜蒜的季节,他们是就着鲜蒜喝酒,吃一口蒜,喝一口酒。那个小工友,不知什么时候已经洗了他的饭缸,在手里拿着,在一旁问:

"吃蒜喝酒,辣不辣?"

但没人理他,他又问了:

"鸡肉在锅里煮着,也不翻一下?"

但还是没人理他。

"好香!"那小工友又说。

"还没熟呢,香什么香?"这时又有人说话了,说,"鸡肉不香什么香?✕香?"

人们便笑起来。这个小工友也"嘻嘻嘻嘻"地笑起来。

<u>而鸡肉真正香起来并且把香味儿一下子飘到很远很远的时候是晚上的事了。晚上八点多,工地管材料的老王来了,</u>管材料的老王黑不溜秋,还戴着副眼镜,这说明他多多少少有些文化。<u>他一下子带来了十多个大塑料袋子。</u>伙房外边没有灯,工地上的灯又照不过来。<u>工友们便看见这个管材料的老王让一个大师傅用大手电照着。照什么? 照着那口香喷喷的大锅,</u>照着老王手里的勺子,老王把一勺子一勺子已经煮得喷香

第二轮的残酷打击又开始了。这种心理折磨是一种不易被发现的伤害。

端午 / 267

的鸡肉盛到一个一个的塑料袋子里,老王不但一勺子一勺子盛,他还在那里挑挑拣拣,他的另一只手里还有一双筷子。他挑好了一个塑料袋子,又挑好了一个塑料袋子,装好的塑料袋子扎好了口儿都放在了一个很大的纸箱子里。老王就那么一直挑挑拣拣,盛了一勺又一勺。说是工地的大头儿让给各小队队长送去,工地上居然有小队,小队还有小队长。那些民工,晚上也没什么事了,虽然天黑了,但还很热,<u>他们就站在那里看着这个老王把挑好的鸡肉装了一袋又一袋</u>。终于,这个老王挑完了,也装完了。装着鸡肉的袋子都给放在那个大纸箱子里,然后让这个老王给推走了。那个大手电也给带走了,也就是说,光亮一下子也给带走了。<u>民工们看不见锅里还有多少鸡肉,但那香气还在</u>,而且,香的气势一点点都没因此而减弱。民工们的棚子和伙房这边的棚子离不远。<u>他们就在鸡肉的香气里幸福地躺下来</u>,他们几乎都是,一下子睡着。然后呢,就是天亮了。民工们起来,洗脸,吃饭,上工。

<u>工地并没因为这天是端午节而把工停下来,工地上依然是乱得不能再乱</u>。又有树给拉来了,还是小树,都给卸到每栋楼的前边。又来了车了,这回是大树,一辆车只拉一株树,可见这树是多么大,这样大的树拉了

"幸福"二字既讽刺又真实。

又回到工地。

268 / 五张犁

来,车却拐不了弯,只好再慢慢退出去,从南边的门再进一次。树是用吊车吊下来的,这时才发现昨天挖的坑小了,急忙中,便喊了几个民工过来往大里挖那个坑,两个民工下去转不了身子,一个民工在下边挖得很吃力,好不容易挖好了,这棵树才被安顿了进去。另外的土坑这会儿也各有一个民工在里边奋战,土是湿的,颜色是黑的,被一锹一锹从坑里扬出来。这时又来了一辆面包车,是这里住户的车,是把整体橱柜拉来了,却进不到里边的那个单元去,被拉大树的车堵在那里,便只好把整体橱柜从车上抬下来,走一段路抬到楼上去。这时又有一辆送沙子的车来了,也要把沙子送到里边的那个单元门口儿去,但被拉大树的车堵着,过不去,主人便和民工在那里搞价,搞的是把一袋沙子扛到八楼要多少钱。这个民工说:"过端午节呢,要加一毛钱。"那沙子的主人便笑了,说:"端午节还是个节?国家放不放假?不放吧?所以不是节日。"意思呢,是不愿加那一毛钱。这个民工又说了:

<u>"谁说不是节日,工地都给我们改善生活呢!"</u>

那沙子的主人笑了笑,而且朝那边看了看,说:

"怎么改善?你说怎么改善。"

<u>这个民工说:"工地给我们炖了一大锅鸡肉!香喷喷的一大锅!"</u>那个沙子的主人还是不愿多加那一毛

> 还心存热望,便愈加可怜。

端午 / 269

钱,说:"等吧,你们这几棵树总有种完的时候,我不信你们就会种到下个月!"

树在中午时候终于种完了,太阳笔直笔直地从两座楼的中间照了下来,也就是说,已经到了吃饭的时候了。民工们的食欲已经被那炖鸡肉的香气鼓荡了起来,是一荡一荡。中午吃饭的时候,民工们一般都不洗手,今天就更没有洗手的必要,人们在心里想,有没有粽子? 没有也罢,有鸡肉就行,有鸡肉没酒行吗? 多少要喝一点儿,是过节呢。有几个民工这样商量着。那个小民工,脸又是花的,白白嫩嫩的脸上又荡了一层水泥灰,又给汗水一道一道破开,是个好看的花脸,是个出了力的样子。他这时比谁都急,他是饿了,食欲猛烈得很,他的食欲像是一头老虎,就要跑出笼子了,是想吃鸡肉,是那么想吃。但还是得排队,一队,从这头排起,排到左边的那口锅跟前,一队,从另一边排起,排到右边那口锅跟前。人们打到饭了,是米饭,还是用那每人一个的大缸子,下边是半缸子米饭,这就足够了,上边是一勺子菜,当然是鸡肉,也真是香,只不过内容有了变化,里边加了一些豆腐,但味道还是鸡肉的味道。<u>民工们打到饭了,但他们都有些毛愣愣,都有些不解:怎么没有鸡肉? 只有些鸡骨头在里边,或者是一个鸡头、一个鸡爪子、一个鸡屁股,更多的是鸡骨头架子</u>,但

> 很少有人从"吃"的角色表现底层民工被侮辱被欺凌被伤害。作者独具慧眼。

270 / 五张犁

民工们还是香香甜甜有滋有味地在那里风卷残云——吃了起来。每一根鸡骨头,都一一吮过,每一个鸡头,也都一一拆开了细细吃,他们并不问那些大块大块的好鸡肉都去了什么地方。那鸡汤还是鸡汤,已经渗到了米饭中去,所以更香,这便是节日的意思。只有那个小民工花着脸,用筷子在饭缸里急急忙忙地找来找去,到后来,他失望了,问旁边的老民工:

"鸡肉呢?那么多鸡肉都哪去了?"

"到××狗肚了。"旁边的老民工笑着说。

小民工还在找,还不死心,用筷子在饭缸里找,这回又是一根鸡骨,他把鸡骨吮了,吮了好一会儿,吐了,再找。又找到了什么?他这次用筷子把找到的东西举了起来,竟是一根大鱼刺。小民工愣了一下,说:

"怎么,鸡肉里会有鱼刺?"

那老民工,"扑哧"一声笑,说:

"吃吧,吃不出×毛就不错!"

工地上是乱得不能再乱,下午,再开工的时候,又拉来了大树,几个民工又被喊去往大里挖树坑。他们挖得格外有力,他们中午真是吃好了,这是一顿很香很香的午饭,端午节能吃上这么一顿饭真是很不错,好像是,那香味儿,此刻还在工地上一飘一飘。

一 丝 不 挂

> "突然袭击",形容春天来得快。

> "出汗、冒汗、淌汗"。一字之差,意味大不相同。

> 掺了盐不结冰,故可以继续干。

几乎是,每过一辆出租车他俩都要往那边张望一次,好几辆出租车在他们跟前停下,他俩又摆摆手让司机把车开走。这是四月中旬,想不到天气就已经是这样热了,<u>花儿开得比往年都早,简直像是一次突然袭击</u>,人们都没准备,来不及,都穿得还很厚,毛衣和毛裤还都在身上,天就一下子这么热了。他俩站在那里浑身冒汗,<u>冒汗和出汗当然不一样</u>,但这对他俩是无所谓:天热还有不干活儿的?夏天,他俩在高高的脚手架上,<u>那何止是冒汗?是淌汗</u>,是汗出如浆,但照样也得干,照样得不停地砌砖,一上午要砌三米乘十米的青砖墙。三年前的那个工程,从那年春天就开始了,一直干到了冬天,干到大地上了冻不能再干但老板还让他俩接着干。老板的心都是黑的,<u>让工人在水泥里掺了盐照样干</u>,这就是豆腐渣工程,看上去水泥面儿光溜溜的,实际上用不了几年就会一块一块往下掉。工程因为天气实在太冷而不得不停下来,包工头终于向那个年轻的老板要了些钱给工人们发了让他们回家去过年。但年轻老板要求留下两个人把外墙的缝勾了,不勾完就不要走,并且扣下了他们兄弟两个人的工钱,等他们勾完了再给。他俩只好继续勾缝,在凛冽的西北风里,一边勾一边埋怨,一边在心里凛冽地骂着。但为了把工钱拿到手,他们只能不停地干。让他们想不到的是,就在这个年底,出了事,还没等过年,那个年轻老板就给抓了起来。为什么事被抓?他们不知道,但他们只知道他们的工钱泡了汤,没处去要了。这都是三年前的事了,那年过年他们是空着双手回家的,浑身上下光光的,一分钱也没给家里带,白干了一年,让家里人也白等了一年。这过去已经三年了。这期间,他们找了多次这个年轻老板,但地方早就变了,人也不知去了什么地方。后来,他们打听到了,那个年轻老板确实是破产了,钱全赔在了工程上,还欠了银行一大笔贷款,现在听说是当了出租车司机,给别人开车。在什么地方开车?他们也打听到了,就在桐花道这一带,他们找来了,等着,也看到了,就是那个年轻老板,满脸倦容,开着出租车,拉着客人从他们旁边一趟一趟开过去。他们决定就在桐花道这一带等,他们拿不准能等出个什么结果。现在的情况是,当年的愤怒早已经没有了,好像是,那个年轻老板也已经被收拾过,已经不是老板了,现在只是一个出租车司机,已经够惨了,倒

> 也许这就是一丝不挂的感觉。

要人可怜了。但是呢,他俩觉得这还不够,也不公平,起码,他俩那一年的工钱到现在还没有着落。有没有向他要钱的意思呢?有,但能不能要回来呢?他俩谁也拿不准。但他俩想试试。刀子呢,已经买下了,小而锋利,在身上藏着,别在阿拉伯的后腰上。他兄弟俩,弟弟叫阿拉伯,天热的时候,阿拉伯总是把白衬衣脱了,脱了又没处放,就缠在头上,缠成一大饼,在头上。这样一来呢可以遮太阳,二来可以挡挡往下淌的汗水。他当了这么多年的砖瓦工,被太阳晒了多少个夏天。阿拉伯的皮肤又黑,头上又是这么一大饼的缠头,可不像是个阿拉伯人?人们就叫他阿拉伯。

> 似乎作者作品中的名字都非随意取得,皆有生活依据。在作者那里,名字并非仅仅是个符号,而是有着实在的生活内涵的。

他俩招了招手,车就停了下来。当年的年轻老板当然不会认识他们俩。工地上的工人也太多了,都住在临时工棚里,也就是用红砖草草砌起来四堵墙,上边再用油毡一盖,油毡上再压些砖块儿和泥,刮大风的时候不要把油毡刮走就行。里边呢,是用四五块砖把木板子搭起来,就是一条大通铺,工人们就都睡在上边。工棚外边接了一个水管子,水管子旁边有一个大油桶,工人们就在那里洗脸和洗澡。吃饭呢,工地上有一个伙夫,是阿拉伯他们一个村的,顿顿都是一碗烩菜,有豆腐,有粉条,有白菜,也只是这三样,永远是这三样,当然还有一碗辣椒酱,馒头蒸得要多大有多大,一碗菜,菜上放一个大馒头,这就是一顿饭了。工人们收了工就都光着膀子蹲在那里吃饭。工地上工人多,年轻老板哪能记住他们?可是他们记住了这个年轻的老板,<u>时不时带着人过来看工程,总打着一根领带。</u>

<small>小老板典型形象。</small>

他们两个坐在车上了,一个坐在前边,一个坐在后边。他们从年轻老板的表情看得出来,他根本就不认识他们俩。"去什么地方?"现在的出租车司机过去的年轻老板问了一句。眼睛呢,是看着前方。"去马站。"阿拉伯说话了,马站在这个城市的北边,再往北就是钢厂了,那一带很偏僻。年轻老板已经把车上的计时表"啪"的一声放了下来,车就开动了。车从西门外的这条道朝北开,道边的洋槐开得真是好,<u>紫紫的一片,又紫紫的一片,又紫紫的一片,又紫紫的一片,</u>一片接着一片从眼前滑过去。这就说明车开得很快。前边是一个红灯了,车便只好停了下来。阿拉伯原是坐在年轻老板旁边的,便和年轻老板说话。阿拉伯说:"你开几年车了?"年轻老板却回答说是下岗了:"下岗三年了。"阿拉伯呢,又问:"师傅原先是干啥的?"年轻老板这回是看了一眼阿拉伯,说:"啥都干过。"语气是疲惫的。"结了婚没有?"阿拉伯又问。三年前,就这个年轻老板,他还没有结婚,这一点特别让他们那帮子工地上

<small>连写四个"紫紫的一片"并非啰唆重复,而是车在前行的感觉。重复四次,动感出来了。妙!</small>

一丝不挂 / 275

的工人从心里佩服,年轻轻的,婚还没结就出来当老板了,人们当时都这么说,说老板这条××是世上难找,也不知道是哪个姑娘修来的福气。"结了,又离了。"<u>年轻老板说,身子朝左偏了一下,把车子往右打,打过去了。</u>这时车就朝了东,朝东开下去,再朝北转一个弯,一直开下去,过一个桥洞再下去就是马站了。年轻老板看样子不怎么想说话,也不想提过去的事。他从倒车镜里可以看到坐在后边的人,是个老实巴交的乡下人吧,但很壮实,旁边这一个,脸黑黑的,也很壮实,年轻老板拿不准这是两个什么人。是外地来的?是来城里打工的?还是来做买卖的?他都拿不准,<u>现在他的眼力也不济了,不是他老了,而是他远离了他过去的行当</u>,要是在过去,他会一眼就看出面前的人是不是进城打工的,是河南家,还是河北家,还是四川家,不用他们说话,一看就准。现在不行了,看不出来了。现在的这个年轻老板是特别会看黑道上的人,在里边待了三年,说经验也行,说第六感也行,许多的人站在一起,他几乎是一眼就可以看出哪个人是黑道上的人,而且呢,还会看出他们的行当,是小偷儿,还是烟鬼,还是打架的。这对他开出租车简直是有莫大的好处。现在他心里有气,一股莫名其妙的怨气,无论是什么样的人上了车,他都会在心里说:我怎么会侍候你们?每上一个人他

欲往右打,身子须先向左偏。细。一般作家直接写"把车子往右打"。

也不是远离了过去的行当,而是不当老板了。

都会在心里重复这句话,尤其是车上的乘客像阿拉伯这样的人,他心里的火儿就特别足,如果坐车的是个有身份的人,他又会在心里骂:×相,看你也没多大的本事,坐出租车。或者是,在心里说,你算什么?我当年,过手有多少钱!这个过去的年轻老板现在的出租车司机看人的时候总是用眼角,回答乘客的问话也总是很慢。刚刚开出租车的时候,他最怕的就是遇到过去的熟人。这是刚刚开出租车时的事,现在呢,他不在乎了,碰到熟人又怎么样?一开始他碰到熟人会不收熟人的钱,现在是照收不误。他现在是心里伤感,伤感得了不得。车被堵了,他会烦躁地用手"啪啪啪啪、啪啪啪啪"地猛拍车喇叭,直拍得警察跑过来,弯腰,问:"什么事?出什么事了?你做什么?是不是遇到那事了?"一边问一边还会审视坐在车上的乘客,猜想是不是这个司机遇上了劫匪,那乘客会不会是劫匪。

年轻老板说他是离了婚,但他并没有离,他这么说是为了保住他那些钱,他还有些钱存在媳妇的名下。<u>他做了几处工程,是越做越精,心也越做越黑,那就是,总是拖,材料款也拖,工人的钱也拖,能不给就不给,钱</u>就这样慢慢积蓄起来。他出来开出租车,怎么说,也有故意让人们看的意思,那就是,他想用行动告诉人们,他身无分文了,破产了,这样一来呢,果真就少了不少

> 做老板做得心黑。是现实所迫还是人性使然?

一丝不挂 / 277

> "一丝不挂"之前的穿着，着意交代一下。

事，该上门的也不上门了。他之所以不到另一个城市去，是因为他的小媳妇还在读研，在这个城市里的大学，再有一年，他的小媳妇读研一结束，他就要远走高飞了，让谁也找不到他。他现在的穿着也不那么讲究了，起码看上去是这样，下边是条牛仔裤，裤子有点儿脏，在膝盖那地方，有点儿油渍，是那次吃肉串时把油掉到上边了。上身是件黑衬衣，粗布黑衬衣，看上去粗，却很高档，因为坐在车里热，他只扣了下边的三个扣子，所以露着里边的白背心。他的衣服上总是多多少少沾着一些狗毛，他家养的那条小狗已经十岁了，春天一到就总是掉毛，他想把它扔掉，但没把它扔掉的原因是去年他旁边的两家邻居都被撬了，屋里还有人，小偷儿就进了家。他的家之所以没被撬，是因为他的小狗警觉了，小偷儿一动护窗，小狗就叫了起来，是那种警告的叫声，低沉，声音在喉部，外边的小偷儿听到了，他的家就幸免了。因为这只小狗，他的身上就总是有狗毛。他的脚上呢，是一双皮鞋，鞋子是名牌的，他穿鞋子总是在"今日足屋"买，原皮原色，很厚却很柔软，穿在脚上真是舒服。他是个爱干净要体面的人，袜子总是穿白色的线袜；内裤呢，也总是穿白色的名牌内裤。他是哪种人？真是一下子很难说明白。他可以不开车，但他开了，而且开出租车。他本可以整天待在家里,但他却偏要出来,所以,阿拉伯和他的哥哥才会找到他。

"到了,就停在这里吧。"

车开到快到小站的时候,阿拉伯让年轻老板把车拐到路的西边去,西边是野地。年轻老板犹豫了一下,但听说车上的这两个人是来扫墓就不再多想了。他把车停下来的时候才明白是要出事了,因为,阿拉伯手里的那把刀子,已经一下子顶住了他的腰,因为衣服穿得薄,他感觉到了刀子的尖锐,那尖锐的意思就是,只要旁边的这个人一用劲,那刀子便会进到他的身体里去访问他的内脏。在那一刹那,年轻老板不知道这两个劫匪是想要抢车还是想要钱。现在出租不好跑,从早上跑到现在,他还没跑够五十元。

"老实点儿,把钱都掏出来。"阿拉伯说,手竟然有些抖,这种事,他从来都没做过,做这种事原是要有胆量的,此时此刻,在他的心里,其实要比年轻老板都害怕。他做过这种事吗?他什么时候做过这种事?

这时候,阿拉伯的哥哥已经从后边跳下了车,堵在了车的另一边,年轻老板就是想下车夺门而逃也办不到。

年轻老板把钱从座子下边取了出来,这太让阿拉伯失望,数一数,想不到只有四十五元钱。

"再掏!"阿拉伯忽然气了,怎么才四十多块钱?

"没了,我早上只挣了这么多。"年轻老板也慌了,这种事,他毕竟是头一次碰到,他出汗了,汗水原是不要过渡的,一下子就是满脸大汗。他想这两个人也许是烟鬼,烟瘾犯了,急着找钱,但他确实没有钱。"我确实只挣了这么多。"

"再不掏我就捅你一刀。"阿拉伯说。

"我真是没挣多少,早上才出车。"年轻老板说。

阿拉伯呢,这才明白现在才是上午十点多。接下来,他就开始搜了,<u>三年前,就这个年轻老板欠了他和他哥最少也有六千多,现在却只有五十还不到</u>。这算怎么回事?这太让人失望,也太让人生气了。但阿拉伯很快就失望了,他翻了翻,车上凡是能放钱的地方他都翻到了,就是没钱。

> 最怕心里有本账。

"<u>脱衣服。"阿拉伯说,用刀逼着年轻老板。</u>

年轻老板就把上衣脱了,他以为这个劫匪要搜他的衣服。

> 羞辱。

"再脱。"阿拉伯又用刀子逼着年轻老板。他在做这件事之前已经和他的哥哥商量好了,要让他把衣服都脱光,要让他出丑。年轻老板犹豫了一下,还是把里边的白背心脱了,这样一来呢,他的上身就光了。年轻老板的身子很结实,受看,可以去美术学院当人体模特儿。

"再脱。"阿拉伯又用刀子逼着年轻老板的脖子,往下一指,"把裤子也脱了。"

年轻老板满头是汗了,是害怕,也是紧张,忘了脱鞋就开始脱裤子。

"笨蛋,先脱鞋后脱裤子。"阿拉伯又说,刀子凉凉的就在年轻老板的脖子上。年轻老板的害怕是一点一点加强,他希望这时候有人出现,哪怕是远远地出现也好。他还想到自己的存款,存在苏州的那一笔大数字,谁也不知道,连他的小媳妇都不知道,要是自己被这两个人杀了,钱就不知道便宜谁了,当然是便宜了银行,这就叫一报还一报,欠银行的那一大笔贷款就等于还上了,他不由得叹了一口气。

"快脱!"阿拉伯又低声喊了一声。

年轻老板就把裤子又一下一下脱了下来,里边呢,就只剩下一条鼓鼓的白色内裤了。年轻老板脱一件,阿拉伯就往车外扔一件,扔出去的衣服都给阿拉伯的哥哥接住塞到他们随身带着的提包里,大衣、背心、裤子,还有鞋。

"把袜子也脱了。"阿拉伯的刀子一直逼着年轻老板,现在是阿拉伯说什么他只有照办。年轻老板把袜子也脱了,脱到这时候,年轻老板身上就只剩下一条白色的内裤了。

"把裤衩儿也脱了!"阿拉伯又说。

年轻老板犹豫了一下,他有那么一点儿害羞,有那么一点儿不懂,这两个劫匪,要做什么?年轻老板在那一刹那想到了鸡奸,这样一来,他就更害怕了。

"脱!"阿拉伯又说,把刀子往年轻老板的脖子上按了按。

年轻老板只好把裤衩儿也脱了,他已经,全裸了,身上一丝不挂了。他还年轻,年轻的身子很好看,他保养得又很好,为了更好地发育,他甚至还做了包皮切除手术,此刻呢,是一览无余了。他用手捂着自己该捂的地方。这时候他开始发抖,不是冷,是害怕。他看着自己的那条内裤被扔出车去,也被车外的那个人塞进了提包。车里的阿拉伯这时开始把车里所有的座套、手巾,所有可以用来遮一下羞处的东西都扔出去。车里没有什么东西了,只有赤裸裸的年轻老板,他真是赤裸得完全彻底,只有在洗澡的时候他才会这样。

阿拉伯下了车,他和他哥把扔出车外的东西都塞到了提包里,忽然又想起了什么事,用刀逼着年轻老板要他下车。这一次,年轻老板预感到不妙了,他哭了起来,说他实在是什么也没有了:"要车就把车拿走吧,就是别要我的命。"

真正的一丝不挂。

282 / 五张犁

"谁要你的命？把后备厢打开。"阿拉伯说。

一听说让把后备厢打开，年轻老板就哭得更厉害了。他明白，他这回是完了，他们会把他一刀捅死，然后塞到后备厢里。他在这一刻才想到了要跑，但刀子就凉凉地逼在他的脖子上。他抖抖颤颤把后备厢开了。阿拉伯看了看后备厢，后备厢里是一个旧轮胎，两只空油桶，掀起的后备厢盖子上挂着一条手巾，还有一个游泳裤，是年轻老板游泳时用的。除此，没有别的了。阿拉伯把那条手巾和游泳裤抽了下来。刀子，忽然又有了力量，在年轻老板的脖子上压下来，却忽然一下子松开。

"<u>上你的车吧，不要你的命，只是想让你也光一回</u>！"阿拉伯说。

年轻的老板退着，捂着，上了车，但他不敢动，不敢关那个车门，还是阿拉伯从外边"砰"地一脚把车门给他踹上。车门被踹上后，阿拉伯和他的哥哥在外边忍不住笑了起来。笑了一阵后，阿拉伯把脸贴近了车窗玻璃，对车里的年轻老板说："<u>没别的意思，就是想让你也光一回</u>！"年轻老板是惊魂甫定，他看着车外，看着这两个劫匪，提着那个鼓鼓的提包，朝公路那边走去，那个叫阿拉伯的，忽然又停下来，回过头来，大声说："<u>不要你的命，就是想让你也光一回</u>！"

重要的事情说三遍。

一丝不挂 / 283

<u>阿拉伯和他的哥哥下了一个坡,消失了,又上了坡,又出现了,最后,在公路上消失了。</u>

文字的视觉性。

几乎是,所有的出租车,管理车辆的部门都给它们的司机发过指示,不许在车玻璃上贴太阳膜。怎么说呢? 这也是出于对司机安全的考虑。这样一来呢,好了,外边的人就可以看到车里的一切。<u>年轻老板浑身上下光着,开着出租车终于战战兢兢上路了,这对于他,是一种从来都没有过的感受,全身一丝不挂,全裸着,坐在车里。</u>下边,割过包皮的那家伙,连他自己低头看看都觉得陌生,是那么大,那么粗,那么黑,那么丑陋。有时候它可以是动人的,在它能够给女人带来欢乐的时候起码是这样,但现在是极其丑陋的,怎么会长成这样? 他想在车上找一点儿东西遮一遮,但车上什么也没有,有一阵子,他只好用自己的结实的大腿把它夹住。但那能夹住吗? 它的体积是不容忽视的。年轻老板想了好几条路线,但无论从什么地方往家里开都要走一段漫长的路,都要经过一个又一个红绿灯。他甚至想到了一个中学时候的朋友,就在马站附近的一个乡政府里上班,他想是不是可以把车开到他那里去,到他那里找一身衣服。但进了那个院子,自己怎么才能下车? 光着身子怎么才能往办公楼里走? 光着身子

且看看昔日的老板如何面对人生困境。

怎么才能上楼？而如果他的这个朋友又恰好不在,手机呢,也给那两个劫匪拿走了。按照最近的路线,他想他最应该去的是他母亲那里,他的母亲住在西门外那一带,是一楼,只要进了大院,把车停到小院的门口,他就可以跳下车往家里跑。但他马上打消了这个念头,这时候,正是院子里的老太太们晒太阳的时候,自己光着,就是捂着,也不可能捂得住,还不把那些老太太吓晕？他又想到了他的哥哥,在三医院东边,只要把车开到那个院子,开到他哥哥朝南的院门口,跳下车,一敲门就可以进了家。但这可以吗？这样子可以让他的嫂子和侄女看吗？还不把她们吓坏？他低头看看自己下边,这个念头马上就被打消了。

车在路上行驶着,外边的人好像已经注意到他了,天虽然一下子热了起来,让人防都防不住,但也不至于热到这个份上,怎么可以？这个司机,光个膀子在那里开车,真是没有司机的起码道德,真是不像话！太不像话！外边的人们当然看不到车里,但年轻老板真怕有个人忽然跑到车的前边来拦车。或者是,前边堵了车。他这样想着的时候,车已经进了城,远远的是红绿灯了。年轻老板害怕了,怕赶上红灯,他有意把车开慢了,算计着,后边的车不耐烦了,一个劲儿地按喇叭,按了又按,把车"呼"的一声超过去了。又一辆,在后边一个劲儿地按喇叭,也是按了又按,也把车很气愤地超了过去。还朝他这个车上看了看,那辆车上的司机马上就吃了一惊,怎么,这个司机,居然会光着膀子!不至于吧?车挨得是太近了,那辆车的司机又朝这边看了一下,以为这边的司机是喝多了。<u>那辆车的司机把车窗玻璃摇了下来,对这边说:"喂,朋友,喝多了就不要开了。"</u>

现实中也许碰不上这种热心肠司机。

年轻老板算计着时间,终于没给堵在红灯下,绿灯通行了。他现在是战战兢兢,一进市区,红灯就多了,过一段一个,过一段一个,过一段一个,过一段一个。而他的车终于停在红灯下了,而且是最前边,因为他是想抢过去,但没等他过去红灯就猛然亮了,他就只好排在了第一位。一个姑娘,衣装甚是入时,从他车前的斑马线上匆匆过着,一掉脸,忽然尖声叫了起来,好像这还不够,她又回了一下头,又尖叫了一声,然后不是走,而是跑,这姑娘是看到了,什么都看到了,这意外的收获简直是让她受不了。在姑娘怕人的尖叫声中,绿灯终于亮了,年轻老板把车简直是飞一样开过了十字街口。下一个街口是什么灯年轻老板好像已经分辨不清了,他也是受了惊,被那个尖声大叫的姑娘吓到。他没停车,马上就要到家了,所以这一带熟人就更多,他不敢停车,红灯也罢,绿灯也罢,那个姑娘的一声惊叫让他下边起了巨大的反应,那巨大的反应因为受了从未受过的刺激而好像暂时消除不了。就在这巨大的反应下,年轻老板冲过了一个红灯又冲过了一个红灯,只要到家就好了!他已经想好了,顾不得那么多了,下了车他就会捂着下边往楼上跑,没有开门的钥匙也不要紧,就蹲在那里等邻居。这时候,已经是中午下班的时候了,年轻老板想自己的年轻媳妇差不多已经回家了吧。他把车开得飞快,要多快有多快,管什么红灯绿灯,他觉得,他的车是在飞起来,而突然呢,他的车确确实实是飞了起来,一下子,在商业医院那个地方,一下子飞了起来。再往东拐一个路口就到他的家了,但他的车在一辆重型车的轮子下一下子飞了起来,像跳水运动员在高台上背身跳那样,他的车,一下子优美地飞起来,车头朝上,飞了一个弧形,是背身跳,原地背身跳,一下子跳起来,又原地落下来,车头着地,落下来的一刹那,朝一边倒下去的车尾又给那辆重型车的尾部弄得来了一个一百八十度侧身转。这一转,车就滑到了人行道的另一边,是立着滑行,像是美国大片中的特技,车门在滑动的时候忽然自己打了开来,完全是自作主张。

年轻老板给赤裸裸地从车里救出来的时候居然没

有死,人们奇怪这个年轻司机怎么能够在撞车的一刹那把衣服脱得这么彻底,连一条内裤也没有剩。车里呢,也没有衣服,上衣呢?裤子呢?内裤呢?鞋子呢?袜子呢?

他的衣服呢?他的衣服呢?他的衣服呢?救护人员跑来跑去地喊。但这又有什么意思呢?

道边的桐花快要开了,树上的骨朵儿都努着,天热得它们不开怕是不行了,天实在是太热了,让人没有一点点准备就一下子热了起来。<u>道边正在施工的那栋楼上,不少从外地来的泥瓦工都停了手里的活儿,脸朝下趴在脚手架上看下边的车祸。他们的身后,是天天都在往高升的楼体,</u>他们这些从外地来的泥瓦工,一天起码要砌三米乘十米的墙,要不到了年底,他们就拿不到几个工钱。<u>他们的衣服都还没换季,毛衣毛裤都还在身上,</u>他们热得满头满脸都是汗。他们在上边看着下边,终于看到了下边这场车祸的主角,一个光溜溜的年轻男人仰面朝天被抬进了一辆救护车,车门一关,救护车马上大惊小怪地尖叫着,很快消失了。

年轻老板的那辆出租车还在那里立着,立得十分妙,要是有人有意想把它立成那样,也许还不好办,但它就那么立着,像是要倒,但就是不倒。行人都远远绕开它,也有人停下来,问路旁的人,出什么事了?人有

与小说开头部分形成呼应。现在的泥瓦工,正重复着"阿拉伯"兄弟的生活,他们是另一些"阿拉伯兄弟"。不同的是,他们目睹了老板的窘状——一丝不挂。

事没事？听说这个司机出事的时候浑身上下什么也没穿，一丝不挂。不会吧？怎么会一丝不挂？更多的人，都知道了年轻老板出事的时候，确实是浑身上下一丝不挂，但他们都不知道究竟是发生了什么事。

这样的结果，可能连那个阿拉伯和他的哥哥也始料不及……

客　　人

　　刘桂珍七十了,她的生日是五月二十三。她对儿子和闺女都说了,要他们都来,一块儿吃吃饭。她买了肉,买了鱼,买了各样的蔬菜。肉是炖了一半,皮和肥肉放在锅里出尽了油,再用八角和料酒慢慢炖入味,肉皮是煎过的,炖得有一指厚,红汪汪的半透明。另一半肉是瘦肉,放冰箱里僵了僵,这样好切一些,准备炒着吃。鱼早上就开始放锅里炖了。刘桂珍说鱼要千炖万炖,味道才会好。孩子们也总是喜欢她做的鱼。鱼临起锅还要放些香菜末子,这样一来,鱼的味道就更香了。刘桂珍这天早早就起来收拾了。大儿子、二儿子、三儿子,还有闺女等,要来六七口子。她对他们说了,要他们早些来,帮她做做,<u>其实那一点点活儿她自己都能对付了,她要他们来是为了热闹</u>。刘桂珍的两间屋子,是一楼,光线有些暗淡。刘桂珍住的是老房子,格局是一进走廊门就是一个细细长长的走廊,左手的地方是个厨房,挨着厨房是厕所,过了厕所朝北是一间屋,朝南又是一间屋。屋子都不大,却是当年分给市里

老人最怕孤独,最怕热闹。

干部住的最好的房子。刘桂珍的孩子都是在这屋里长大的。

刘桂珍合计好了,一共要做八冷八热。鱼是一个,炖肉又是一个,红烧牛肉是煮熟的牛肉一分为二,一半切了凉盘,一半切了髀子块儿来红烧。刘桂珍把要炒的蔬菜都切好了,青椒、蒜薹、菜花。茄子是那种极细的,只有手指粗细的南方茄子,用手撕了和雪菜一道炒。凉盘也都切好了,切好的菜都放在了那张大圆桌子上,用报纸蒙了。快十点钟的时候,刘桂珍到门口去听听,果然是大儿媳妇和女儿来了,来了就一头扎到厨房帮着刘桂珍做。二媳妇却没来。快中午的时候,大儿子和老三、老三媳妇都来了,老二还没见人影。刘桂珍惦着老二两口子,朝外看了又看,门就是这时候被敲响的。

<u>门外站了一堆人,看样子是从乡下来的,刘桂珍一下子不明白怎么会有这么多人出现在自己家门口。</u>四个大人,一个男人,三个女人,还有三个小孩儿,都穿得很厚。他们的衣着让人明白他们不是这个城市里的人,他们一定是乡下的,而且不是这里的乡下人,他们的手里提着、抱着些行李和鼓鼓的蛇皮袋子。刘桂珍在屋里愣着。站在外边的客人,那个男的,鼻子很直很挺,眼睛却小,不是小,而是细长。他一说话,就让人看

> 意味。老二两口子没来,老二媳妇的乡下亲戚来了。小说就是要处理意外,且看作者如何处理。

到他嘴里的一颗突出的虎牙。他有点儿害羞地说,他们是从河南乡下来的,来找他的表姐,表姐家里又正好没人,就只好找到这里来了。他脸红红的,还没把话说完,刘桂珍就明白了,站在门外的客人是老二媳妇的乡下亲戚。

"快进来,快进来。"刘桂珍忽然有点儿慌,忙把四大三小让进了屋。

<u>刘桂珍二儿媳河南乡下的亲戚一进屋,屋子里就热闹开了</u>,也一下子小了许多,好像是,人都没地方可站了。他们带来的大包小包和捆得紧紧的行李一开始都放在窄窄的走廊里,堆着、摞着,恨不得把体积变得更小,但这样一来,走廊里还是不好过人了。刘桂珍要老三把那些大包小包和行李都往小屋里挪了挪,放到床上去。客人呢,都让到里屋去,这时候已经到了吃饭的时间了。这些河南乡下的客人都愣愣的,他们都好像是吃了一惊,看到了桌子上那么多的好菜,不知道表姐的婆婆家在做什么。他们站也不知道怎么站,坐也不知道怎么坐了。那三个女的,都像是看不出准确岁数,像是二十多,又像是三十多或者简直是四十也说不定。她们的岁数之所以让人捉摸不定,可能与她们身上的衣服有关。<u>都快六月了,她们怎么能够穿得那样厚?里边都还是棉衣,朝外鼓着</u>,外边,颜色都让人分

> 老人喜欢热闹,但这已不是热闹,而是一种打扰。如何面对这种尴尬的亲情关系,是中国文化常常需要面临的问题。

> 文学作品里,乡下亲戚总是穿得不合适。

不清的罩子,也都短了,是那种碎花的布料子,撅着。她们都不说话,一进到城里这种屋子里,她们就都慌了,都束手无措了。她们能说什么呢?刘桂珍说了声"都坐吧",她们就都在朝南的那间屋子里的床上一个挨着一个坐下了。她们这么一坐下来,这张床就被她们一下子坐满了。那三个孩子,都挤过去,挤到她们的身上去。已经是中午了,厨房里的香气煽动了孩子们的食欲。他们不停地抬头看大人,好像是,他们的大人可以下一道命令让他们马上扑到厨房吃到什么。那男的,站在那里,脸是越来越红,出汗了,接了老三递给他的一支烟,抽着,也是没话的,因为这时间正是吃饭的时候,让他有些尴尬。<u>刘桂珍让大儿子出去打电话给老二,老二家没人接,也就是说,老二家没有人。</u>刘桂珍的大儿子又回来,说:"再等等吧,也许马上就要进门了,在路上呢。"出去了一下子又从外边回来的刘桂珍的<u>大儿子耸耸鼻子,屋子里的味道呢,怎么就忽然变了?</u>掺和进了一种陌生的,让刘桂珍一家人都不习惯的气味,是臭,也不是;是腥,也不是,是一种让人从未领略过的陌生的味道,冲击着这个屋子。那味道是从外边进来的这大大小小七个人的身上散发出来的,一开始是微弱的,但很快就气势汹汹起来,简直就要压倒厨房那边飘过来的香气。那男的,还很年轻,他一说

> 关键人物不出场,方有许多戏剧性事件发生。

> 陌生、异类往往最先是由味道、气味传递出来的。

客人 / 293

话,就让人明白他顶多四十岁。他是那种有力,能干,身体好,食量大,肌肉突出的男人。他抽完了烟,靠着墙蹲了下来,好像是,在那里想话说,但又想不出来。坐在床上的那三个女人,也都不说话。怎么办呢?<u>都十二点半多了,老二和媳妇还不见来</u>,刘桂珍的老大又出去看了一回。看看都快一点钟了,厨房里的菜该凉的都凉了,不该凉的也都凉了。既然是二媳妇的亲戚,刘桂珍在厨房里和老大老三小声商量:"就让他们一块儿吃吧。那该怎么办?"刘桂珍是商量的口气,眼睛看着儿子。

"总不能撵他们走吧!让他们吃吧,是客人,又是二嫂的亲戚。"老三说。

"这个臭老二,到底搞什么?"老大说。

<u>刘桂珍兴奋起来,想一想自己要招待二儿媳乡下的亲戚,她忍不住就兴奋。</u>

那张红漆大圆桌,就给抬过来,摆在了大屋子里,靠着床,这样一来呢,床上就可以坐三个人,因为凳子不够。刘桂珍的意思是,小孩子们不妨就到另一间屋子里去,坐到那张小桌子上去吃。但桌子一摆好,刘桂珍对二儿媳的亲戚们说:"都坐吧,别客气。"那三个女的,因为别人摆桌子,都木木地站了起来,那三个孩子都好像要把头栽到她们的裆里去。刘桂珍这么一说,

294 / 五张犁

旁注:
- 老二媳妇若来了,这出戏便无法继续下去了,不来符合戏剧原理。
- 老人原是讲人情和喜热闹的。

那三个女的就都坐下来,她们有些不习惯,有些发愣,不知道城里的这家人在做什么。怎么会弄这么多好菜,难道就是为了招待她们?她们坐下来了,并且呢,她们的孩子也跟着她们坐了下来。那男的,站在那里,被刘桂珍吩咐了一下,也坐了下来。他们都穿得很厚,这时都捂出汗了。他们一出汗,屋子里的味道便更加浓郁了。像汤里放了白胡椒粉和格外多的味精。刘桂珍的闺女和儿媳,鼻子感觉到了,屏着呼吸,把菜一样一样往桌上端了。菜肴的香气让这些客人的汗腺更加发达了。刘桂珍又对他们说,屋里热,把衣服都脱了吧。刘桂珍这么一说呢,那三个女的和那个男的就都把外衣脱了。不但大人脱,孩子们也开始脱。外衣脱下去,能放到什么地方呢?就都堆到床上去,这样一来呢,家里就更乱了,家也不像个家了,倒像是旧物商店。大人的衣服,小孩的衣服,堆在一起,颜色却是一致的,那就是不再新鲜,一律都旧旧的看不出原来的颜色。一律都散发着怪怪的气味。这就和这屋子里的主人有了某种冲突。先是,刘桂珍的闺女在厨房里小声说:"什么味儿?真难闻。要不,我就不进去吃了。"刘桂珍的闺女的意思是她随便在厨房吃一口就算了,桌子上太挤。她还小声埋怨了一句:"我二嫂也是,她不来,却派这么多代表来。"她这么一说,自己先"嘻嘻嘻嘻"地

> 俗话说"气味相投",不相投则是陌生、异类。

> 气味是领地的标志,陌生气味儿意味着入侵。

客人 / 295

笑起来。刘桂珍的大儿媳便也表示了不满,也小声笑着,说:"我也在厨房吃一口算了。"这实际上就是和那些河南来的乡下人划清界限。

屋里圆桌那边开始吃饭了。刘桂珍和她的大儿子、三儿子刚好挤着坐下。因为有了这些客人,老大和老三倒不好对这些乡下客人说是给他们的母亲过生日了。刘桂珍一开始还给这些乡下人布菜,但很快她就明白很没那个必要了,客人们像是都给饿坏了,筷子伸得又准又狠。那三个孩子,头上冒着汗,人虽然小,却并不要人照顾,大人筷子能伸到的地方,他们也都能照样伸到,大人筷子伸不到的地方,他们会一下子在凳子上立起身,把身子探过去,瞅准了,猛夹一筷子。<u>饭菜一旦占了嘴,这些乡下的客人们就更没话说了。</u>那男的,和刘桂珍的老大和老三却喝开了啤酒,酒好像是对他没什么作用。<u>好像是,他还是想不出该说些什么、解释一下他们进到城里来做什么。</u>他们从河南的乡下,坐两天一夜的车,来做什么?就为这一顿饭?如果没有小孩,圆桌边的情况或许还是另一样,因为有了这三个孩子,冲锋陷阵样地吃,大人们的食欲便受到了空前的刺激。而对刘桂珍的家人来说,那桌上的菜本没多大吸引力,但他们是被激怒了,被那三个孩子冲锋陷阵样的态度,更被他们的大人的态度。他们应该喝住他

<small>乡下人言拙词寡,倒可以不用写对话了。笔墨用在表情、举止、动作上。</small>

们的孩子,但他们表现出来的态度是在用默默无语怂恿他们的孩子,好像是怕他们吃不到,这就让人们的情绪悄悄起了变化。而这些乡下人呢,却是实在,人家请你吃,你就吃,你不好好吃,倒像是人家的饭菜不好。那三个女人,吃着吃着就把神经渐渐放松,肚子一饱,人的神经就无法不放松。吃到后来,其中的一个,微胖,笑着,站了起来。她要找水喝了,她可能是吃得太饱了,挺着肚子,站起来,去了厨房。女人永远会明白厨房在什么地方的,无论到什么地方,这便是天性。她一手拿着自己的碗,一手拿着筷子,两手张成"八"字形,去了厨房。去了厨房她才看到在厨房里吃饭的人,她笑笑,算是打招呼。她在自己的碗里倒了水,又回来。她这样一松动,别的人也就松动开,也纷纷去厨房倒水。这就到了吃饭的尾声阶段。<u>那男的,既然吃饱了,便和刘桂珍的老大和老二说起话来。说什么呢?是在那里说房子,说院子。刘桂珍的老三客气地笑了一下,这笑纯粹是礼节性的,其实他不想笑,但城里人的修养让他觉得自己应该露一些笑脸给这些乡下人看。</u>老三说城里哪会有什么院子,地皮就是金条。那乡下的男的说,还是有院子好,可以放许多东西,来了客人可以在院子里多放一张桌子。好像是,这男的对他们的到来表示了歉意。"要是有个院子就好了,可以

所谓"闲聊"。

多放一张桌子,屋里就不用挤了。"那男的又说,笑着。刘桂珍的老三却不笑了,一时不知说什么了。

<u>请人吃饭与和别人一起吃饭喝酒有两种结果,一种是亲近,一吃饭一喝酒就是哥们了;另一种是无聊,吃过了,喝过了,却觉得更加无聊了。</u>刘桂珍的老三在心里觉得无聊极了。他站起身,说再去打打电话,说我二哥也该来了,下边的话他没说,下边的话是你们也该走了。老三这么说着,却没有马上出去,他等着这些乡下人的行动,老三觉着自己已经把话说到了,也暗示到了,他们该行动了。那男的却又蹲了下来,摸出一支烟来抽。

这时,既然吃过了饭,那三个乡下来的女人都明白自己该做什么了,她们的脸红扑扑的,一拥而上都去了厨房,她们要去洗碗了。她们一拥进厨房,刘桂珍的闺女和大儿媳三儿媳就马上从厨房里撤退了出来。任那三个乡下女人在厨房里做事。<u>那三个河南的乡下女人,以她们乡下的经验对付着城里的厨房,那就是,该倒掉的都不倒掉,不该倒掉的都倒在一起。</u>河南有一种菜是"渣菜",就是,把各种菜都一股脑儿收在一个盆子里,甚至要盖住它们让它们在一起发酵,让各种菜的味道都掺和在一起,这就好吃了。她们这样做了,把所有菜盘里的汤汤水水都归到了一处。她们从小都这样

是对生活的一种发现,但还不够,本质是两个世界的人由于一种莫名其妙的亲戚关系,被强行连在了一起,或者说一方的生活被另一方强行闯入。

同一屋檐下,处处不兼容,生活习惯的、生活方式的、价值观的,却能忍耐相处在一起。这也是一种中国文化。

做着。很快,她们把厨房收拾出来了。收拾得干干净净。地呢,也扫了扫,但效果却是相反,显得更脏了。她们收拾完了厨房,又进里边来,她们其中的两个孩子已经趴在那里睡着了,孩子们经过了长途跋涉,又经过了激情飞扬的大吃大喝,现在是瞌睡了。乡下人是率真的。那乡下女人,把孩子在床上顺了顺;<u>那男的呢,先是坐在那里,忽然就被无法遏制的瞌睡击中了,在睡眠中,他把自己放倒了,顺着躺在了床上。</u>

> 梦里不知身是客。投奔亲戚,首要问题就是吃和睡。

这一切,让刘桂珍和她的女儿、儿子和儿媳都有些猝不及防,他们面面相觑,又都不好说什么。刘桂珍的老三马上出去了,去打电话给他二嫂,他简直是火儿透了,要她马上来,来安顿她的亲戚,把他们马上带走,无论带到什么地方去都可以,就是不能再在母亲的家里待下去。这个家,到现在是乱得不能再乱了。是应该收场了,那种异己的味道和到处堆放的衣服和袋子该收场了。

但是,老三很快回来了,他失望而且有些恼火。<u>"老二家里没人接电话!"他在厨房里小声地对老大说。</u>

> 老二始终不出场,戏剧冲突得以延续。

很快就又到了接近吃晚饭的时间。刘桂珍的老三又出去打了一个电话,老二家里还是没人。这时候,刘桂珍的家里是乱得不能再乱了。孩子们都睡好了,精

客人 / 299

神得以恢复,都闹开了,大人们的精神也得到了休整,开始说话。这中间,刘桂珍的闺女走了,她忽然生了气,生她二嫂的气。母亲过生日她连个人影也不见,还来了她这么多的亲戚麻烦人。晚上呢?吃什么?刘桂珍先是去厨房小声问闺女:"他们要是还不走怎么办?给他们吃什么?"刘桂珍的闺女说她要走了,这又不是她的人,谁知道该怎么办!刘桂珍又小声在厨房问她的大儿子和儿媳妇:"要是到了晚上还不走,怎么办?"刘桂珍的大儿子也小声说:"哪还有个不走的?一会儿他们就走了。"但是呢,从河南乡下来的二媳妇的亲戚根本就没有走的意思,都那么坐着,忽然又都不说话了。要是他们说话倒好了,空气会活动开,会有一种交流。但那几个女的和那个男的都不说话,都坐在那里发呆。因为这沉默,刘桂珍忽然觉得好像有什么地方对不起他们了,忙给他们打开了电视,又给那三个孩子找出了糖果。糖果是去年过年剩下的,放在那里没人吃,那花花绿绿的糖纸给那三个孩子带来了惊喜。看着电视,那男的,让人大吃一惊的是,怎么会又忽然睡着了?像是在自己家里,在床上躺得顺顺的。这让刘桂珍的大儿子和三儿子更加生气,他们认为那男的不应该在母亲的床上这样子睡觉,但他们也没有办法。

<u>"再出去打个电话,给老二。"</u>刘桂珍的大儿子在厨

妙在老二始终不出现。

房里对三兄弟说。

"乱七八糟!"老三小声说,又出去了,老三媳妇也跟上走了,说要去加班,晚上不来了。

刘桂珍张张嘴,站在那里,不知该说什么好。

刘桂珍准备做晚饭了。她取出了盆子,心想是做面条儿还是做米饭,该做多少。现在她是一个人过日子,是小锅小碗,一下子来这么多人,她倒慌了,不知做多少了。她又和大儿子到厨房里去商量,商量该做多少米饭,她在心里想好了,晚上就吃米饭,中午还剩着一些菜,正好吃米饭。"你说,放多少米?"刘桂珍对大儿子说。大儿子却早不耐烦了,说了声:"这个老二,他妈的!"这就是一句粗话了。说完这句话,<u>刘桂珍的大儿子心里已经有了主意,他在厨房里对他母亲说:"让他们到门口的小饭店一人吃一碗面去,别给他们做。"</u>刘桂珍的大儿子想了想又说,让他们走,不让他们走,看样子他们准会住在这里。刘桂珍的大儿子想好了,也决定了要这么办,再说母亲也该歇一歇了。刘桂珍有高血压病,每天吃过了饭都要歇一歇,因为这些突然出现的人,刘桂珍从早上到现在还没躺一下。高血压犯了怎么办?刘桂珍的大儿子有些担心,他也在心里想好了,就让他们到外边去吃饭。一碗面是两元钱,连大带小七个人,就给他们十四元钱,也算说得过去了。

城里人的思路。

客人 / 301

> 吃、喝、拉、撒、睡，生活被全面入侵。

> 厕所文化是文明的标志，更是城市文明的根本标志。这是最直接、最强烈的差异和冲突。

刘桂珍的大儿子进到屋里去了，他忽然脸红了，又不知该怎么说了。

这期间发生了一个插曲，那就是那些乡下人忽然都有了上厕所的欲望。先是孩子，其中的一个，憋不住了，脸憋得红红的。谁又能注意他呢？引起刘桂珍注意的是这小孩的妈忽然打了一下子这孩子。然后是给这小孩穿衣服，要带他出去。刘桂珍一问，才知道孩子要上厕所。乡下的客人呢，意思是要孩子到院子里去随便解决一下，像在乡下一样，找个地方方便方便。刘桂珍慌了，说："那可不行，那可不行，在院子里怎么可以？咱家里有厕所呀，厨房边上那个门就是。"然后是，刘桂珍二儿媳妇乡下的客人，忽然都有了这种蓄谋已久的需要了，那需要忽然都变得迫不及待。这也难怪他们，时间太长了。小孩子一完，乡下来的大人们也鱼贯而入了，争先恐后川流不息地进到厕所里边。刘桂珍的两个儿子在屋里都支棱着耳朵，简直是受了惊吓，听着厕所里边的动静。他们听什么？听放水的声音。厕所里呢，一会儿进一个人，一会儿进一个人，但就是没有放水的声音，最后是那个男的脸红红地从里边出来了，笑了笑，露出了他的虎牙，他满足了，有一种排泄后的那种说不出的舒服。尾随着他的是，那浓郁的味道从厕所里弥漫出来了。

"没放水冲冲?"刘桂珍的三儿子说,问那个男的,不等那男的回答,老三已经冲进厕所里了,捂着鼻子冲进去了。抽水马桶里简直是空前内容丰富了。这就激怒了刘桂珍的三儿子,<u>他把抽水马桶冲了又冲,水先是受了阻,然后才慢慢从堆积老高的屎尿里冲出一条生路,终于流下去了,移山倒海样把那些乡下人的排泄物送到了马桶里,弄出了很大的声音</u>。刘桂珍的老三站在那里愣住了。怎么回事?他问自己,人的生活原是像歌曲一样,每一首都有自己的拍子,这拍子又往往是一辈子都不会变,一旦变了,生活就是另一个样子了。

> 这也要写得如此生动!令人哭笑不得。

刘桂珍的老大,站在那里,脸红红的,倒好像自己做了什么对不起别人的事。他已经把十四块钱放在了老二媳妇的亲戚的手里,他忽然结巴开了,说晚上,因为,家里人都要出去,既然是母亲过生日,他们要陪母亲去外边吃饭。这十四块钱,你们就每人到院子对面的面馆吃碗面。刘桂珍的老大说着话,那个乡下男人,听着,笑着,他甚至还把手里的钱数了数。他表示同意,但他还没有马上做出行动的表示。刘桂珍的老大便只好说,时间到了,已经和饭店定好了,晚了,定好的桌子就怕没了,所以,他们马上就要出去了。他这么一说,老二乡下的亲戚才明白是该行动了。他们开始穿衣服,都一言不发,把堆在床上的衣服都重新穿到身上

客人 / 303

> 在乡村文化里,出门吃、住在亲戚家里天经地义。

去,屋子里,那种异己的味道又汹涌了。他们要出门了,但他们没有把他们带来的东西再带走的意思。刘桂珍的老大慌了一下,便冲进里屋,把他们带来的东西都提了出来。这么一来呢,老二媳妇家的乡下亲戚倒好像弄不明白了,弄不明白为什么让他们把东西都带走。刘桂珍的老大,脸红红的,又向他们解释了,说他们还不知道什么时候回来,也许会回来得很晚。你们吃完面条儿就去老二家找老二吧,晚上,老二他们说什么也不会不回家。老二媳妇的那些亲戚把东西提到了手里,但都不动,好像不知该走哪个门了。那几个孩子听说了要去饭店吃面,食欲便马上沸腾了,都恨不得马上去,抓了大人的手摇。

乡下的客人终于出去了,他们出去的时候,刘桂珍的大儿子甚至把他母亲的衣服也拿了出来,装出也要换了衣服马上出去的样子。这些乡下人,终于出去了,屋子里一下子安静了许多。刘桂珍的老三把窗子都开了,要把异己的味道放一放。又去了厕所,把抽水马桶又放了放水。这时候,刘桂珍忽然在屋里发现了放在茶盘子里的那十四块钱。"他们没拿钱?"刘桂珍说,看着大儿子,"他们怎么没拿钱?"

"十四块钱也不少了,谁会白白给他们十四块钱?"老大说。

"他们要是找不到老二呢?"刘桂珍说。

"谁管他们那么多?"老大说老二也太不像话了,不但自己不来,反而还来了这么多乡下亲戚,"不像话!太不像话!乱七八糟!厕所都进不去人了!"

<u>"老二做什么去了呢?"刘桂珍好像是在对自己说,</u>站在那里,头上出汗了。

> 老二做什么去了到现在反倒不重要了。

刘桂珍晚上的饭吃得很安静,大儿子,三儿子,两个媳妇又都回来了,老二和老二媳妇还没出现。老大媳妇又去厨房重新炒了两个菜,好像是,一切又书归正传了。刘桂珍一般晚上吃不多,喝点儿白米粥,吃点儿小咸菜。中午也没剩下什么,只是一些菜底子,都给刘桂珍的大儿媳一囫囵倒了。吃过饭,两个媳妇又去洗碗,刘桂珍的大儿子却蹲在那里给母亲修电褥子,把细细亮亮的电线头子接好。这时候,他们听到了敲门声,"咚咚咚咚、咚咚咚咚"。刘桂珍忙去开了门,这几天该是收电费的时候了。<u>刘桂珍开了门,却一下子怔在了那里,门外,大大小小,拥挤着,是老二媳妇乡下的亲戚,一个挨一个在那里站着。手里提着他们的行李和大大小小的袋子……</u>

> 戏剧性结尾。若平收则无趣。

客人 / 305

牛　皮

　　牛呢,大家几乎都不当一回事地说:"卖了吧,既然门房老高病成这个样子,单位现在又拿不出钱来给老高看病,不妨就把那头老牛卖了吧。"人们这么说了说就定了下来,让老高去把牛卖了,卖多少钱算多少钱,就好像那头牛真是一堆破烂儿了。门房老高心里真是伤心,想一想这头奶牛在院子里一晃都活了八年多了。当年单位的情况不好,幼儿园的奶水不够,不知是谁出的主意,说不如去买头奶牛来养,挤些奶水来给孩子们吃。好像是工会主席李子英说的这话,人们就果真去买牛了。牛给单位的那辆接送人的大轿车拉了回来,别看是一头很小的奶牛,秀里秀气的,也不知从什么地方来得那么大的力气,在车里跑来跑去就把身上擦破了,流着血,让老高看了好不心疼。

　　门房老高在这个厂子看门真是够半辈子了,他们的厂子在城市的边上,又不能算是在农村里,往西去,可以看到农村的土地,高粱地和玉米地,还有豆子地、山药蛋地。还有那条细细的河,河边当然是草滩,草不

大轿车拉牛,这牛的出场不同凡响。若是电影,这镜头会有视觉冲击力。

在城市边上,故可以养牛。

高,但密实,真像是织得很好的地毯,上边开满了小小的妖艳的黄花,让人没事就想在上边走走,那便成了厂子里年轻人谈恋爱的好地方,白天去,晚上也去,平平的草滩便凭空有了许多秘密。老高家本来是山西村子里的,在这样的厂子里上班就好像是又在村子里了,这让他心里很踏实很愉快。<u>他原是喜欢土地的,他便在厂子外的一小块地里种了山药</u>。厂子的厕所里有的是粪,他就去掏了给山药上了,那山药蛋长得便很好,到了夏天开出十分娇气的蓝蓝的花儿。收获的山药老高一个人怎么吃得了?就给大家分了,你拿一些我拿一些。山药原都晾在门房前的窄地上,大家拿了山药说一声:"老高的山药长得真好。"老高听了心里自然是高兴的,就好像得了奖状。后来牛来了,人们说,总不能把牛放在工会那里让工会主席老李去喂吧,<u>不如就让老高喂去。结果,这牛就好像是老高的了</u>。结果人们就常常看到那牛在老高的门房里,这是牛小的时候。后来牛不知怎么忽然就大了,忽然就变成了一头很漂亮的大花奶牛,毛是白白的底子上有一片一片的黑花,鼻子是粉粉的,总是湿漉漉的,出气总好像很紧,好像很害怕。这就让人多了一些怜爱。更漂亮的是牛的眼睛。厂子里的人都说:"如果咱们厂有哪个姑娘的眼睛能比这头牛的眼睛好看,就可以去拍电影了。"结果弄

> 看门工作有许多空闲,故可种地。

> 门房、种地兼养牛。看门人大多是同时做几件事。人物形象立得自然。

牛皮 / 307

得厂里的姑娘们都很不开心,又都觉得这头小牛的眼睛实在是好看,又都在背地里说厂子里谁谁谁、谁谁谁的眼睛长得像奶牛的眼。当然这谁谁谁都是厂里的小伙子,只不过那些被讨论的小伙子不知道自己被那些姑娘在背后讨论着。牛后来就大了,门房里放不下了,人们不知怎么就看到了紧挨着老高的门房旁盖了一个棚,牛就在那里边了,老高的日子也就不寂寞,牛在外边"哞哞"叫,老高在里边唠唠叨叨,人们都习惯了。老高就爱穿件红色的球衣,人们的印象里老高就好像总穿着那件红球衣,这好像与他的岁数有些不对路,但人们习惯了。

牛一天天大了,老高总是喂它最新鲜的草,但让老高奇怪的是它一天比一天大,怎么就不见奶水?老高在没人的时候用手揣揣它的奶,这么一揣的时候老高的脸就红了,好像自己做了什么不好的事。他不明白小奶牛的奶子怎么总是小小的,不像别的奶牛的奶那样硕大得吓人,老高背着人用手揣小奶牛的奶的时候心里总有几分不好意思,就好像自己是在对一个姑娘动手动脚。这也难怪老高,老高一辈子也没结过婚,不知怎么就二十了,不知怎么就三十了,不知怎么就四十了,不知怎么就五十了。五十了还像一个小后生,别人说什么不好的话他都会脸红,这就让他显出几分别人

旁注:人牛相伴主题。

旁注:叙事中同时交代人物身世。

所没有的可爱,别人所没有的特别,或许还有些神秘。厂子里的年轻人还猜测他是不是一个童子,还跟着他去澡堂看他的身体。老高便总是一个人去洗澡,<u>这就让他显得更特别了</u>。他好像是有些斯文,这是男人不该有的斯文,又像是有些害羞,这就好像更不该有了。<u>总之人们觉得老高是个很特别的人。</u>他的特别还在于他那天去很认真地问工会主席李子英。老高问什么?他问那头小奶牛怎么就不见有奶水,既然幼儿园的孩子们都在那里等着它的奶水吃,它就应该赶快把奶水给孩子们生产出来。工会主席李子英一听老高的话就笑了,笑得很厉害,老高不知道工会主席笑什么。

"你不给它交配,它怎么会有奶水?"工会主席李子英说。

老高的脸一下子就红了,"交配"这两个字让他心跳得厉害,老高觉得工会主席李子英怎么可以这么说,说"那个"不就行了吗?旁边的人也就都笑,都说:"你们看,你们看,你们看老高的脸都红成个猴腚了。""老高你脸红啥?牛又不是你闺女,交配又不是件坏事,另外又不是让你去交配,你害个啥羞?要想有奶就得让公牛去×他妈那么一下子,一×就准保把奶水给×出来了。"不知是谁说的这粗话,说粗话让人感到快感,这是男人们的开心时刻,但这话却让老高一下子生了气。

> 小说人物总是有特别的地方,去发现这些特别,方能成为一名小说家。

牛皮 / 309

人们就更高兴了,人们都觉得老高真是很可爱,都五十多岁的人了还会为这种话生气,为这种话脸红。这就让老高显得与众不同,一个人有与众不同的地方不容易,这不容易竟然很容易就让老高给弄到了手,这就让人们又觉得有些莫名其妙。人们猜测老高怎么会对那头小奶牛那么好。也许正是为了这点,工会主席才对老高说:"老高,你把奶牛弄到奶牛场配一下吧,别人去厂里也不放心,再说别人也弄不了你那头小奶牛,两个后生弄不了,也许四个后生也弄不了,还是你去吧。你一喊,它就会乖乖跟着你走了。"这话让老高从心里很高兴,这等于夸奖了他。别人做不了的,他能做,这不是夸奖又是什么?老高很高兴,他答应去给小奶牛交配,但他小声向工会主席解释了下:"我根本就不用大声喊,我只要小声说一声它就会跟我走。"老高这么一说,工会李主席就又笑了,说:"那就好,所以必须你去,这事别人真还做不了。"

　　老高就欢天喜地地去了奶牛场,奶牛场离老高他们厂子很远,老高是牵了小奶牛去的。去之前,老高给小奶牛吃了刚刚从地里弄来的玉米秸,那种玉米秸很甜,有很多的汁液,<u>老高一边看着小奶牛在那里吃玉米秸,一边对小奶牛说:"你知道不知道你这就要去结婚了?"</u>老高这么说的时候,小奶牛并没有停止吃它的玉

心地单纯良善人之语。

米秸,只不过把脸朝另一面转了转。老高就又是小声说了:"你也别害羞,你又不住在你男人家,你只跟它结一次就还跟我回来在咱们家住。"老高这么一说,小奶牛就又把脸掉了过来,它探嘴又叼了一根玉米秸。"你看你是个什么样子。你就不像个当新娘的。"老高又小声对小牛说,这么说的时候,老高就想起村子里结婚的事了。<u>"你就要当新娘了,你还这么个吃法?你也不怕人笑话?"</u>老高觉得小奶牛吃得实在是不像话了,也怕它撑坏了,就把吃剩下的玉米秸拿到一边去,"你看看你,吃也没个样子,把自己吃成个这样,你看看你那嘴头子,还得我给你擦。"然后就给小奶牛擦了擦。先用一块湿布子给小奶牛擦嘴头子,嘴头子上有不少玉米秸的绿沫子,然后又给小奶牛擦身子,主要是擦小奶牛的尾根,那地方拉屎拉黄了。"你看你羞不羞,一个姑娘家,你看你羞不羞,一个姑娘家。"老高一边擦一边说,自己倒忽然羞了,他用那块布子擦到了小奶牛的生殖器。他忽然很伤心,伤心什么?伤心这头小奶牛给自己从小拉扯大,现在倒要给别人的公牛去当媳妇了,为了这,老高忽然很恨那头还没见面的公牛。"唉,我知道你也不想去,你要是不去你就不会有奶,那些孩子都等你的奶呢,你奶了他们你就算是他们的奶妈了,你看你牛×不牛×,你一下子就有那么多奶孩子了。"老

如嫁女儿一般。

牛皮 / 311

高把小奶牛擦得很漂亮,从头擦到尾,还把四个蹄子都擦干净了。奶牛的蹄子是黑的,被老高那么一擦,黑黑的真像是穿了漂亮的小皮鞋。老高牵着小奶牛往厂子外边走,人们都知道了他要去做什么,在厂子门口挖排水沟的年轻工人看见老高和他的小奶牛了,都为小奶牛的漂亮喝彩,一个浓眉小眼的红脸后生说:"别说给牛当媳妇了,给我当媳妇我也想要。"这后生这么一说,别人就说了:"要不就让这家伙试试,这家伙要是能把他的那家伙给牛搁进去,咱们输给他一条烟。"人们这么开玩笑的时候,老高有些不高兴了:"人家小奶牛是为了啥?还不是为了你们的孩子才去给别人交配?""老高你有啥不高兴的?又不是你闺女。"那些年轻人对老高说。这话让老高更不高兴了:"就是我闺女,咋啦?"老高大声地说。老高觉得小奶牛真像是自己的闺女,从小喂它,给它水喝,给它洗澡,小奶牛的存在让老高觉得自己是在当爹。当然这话不能对别人说,这话藏在心里,便更显得有了滋味。老高也不明白自己为什么会伤心,但老高觉得要是去了奶牛场,那头公牛要是长得不俊,老高就不让它配,要配也要给小奶牛找个英俊的小公牛,不能委屈了小奶牛。<u>这么想着,老高忽然有些生气的样子。"去了还说不定配不配呢!"</u>老高对那些人说。

> 真乃娘家人心态。

老高牵上了牛到了奶牛场了,奶牛场的周围种的都是玉米,海似的玉米地好像一直接到了天边,黑森森的。从远远的地方吹来的风把好闻的庄稼的气息吹了过来,这气息让人体味着宁静和神秘,还有一种说不清的忧伤。老高拉紧了牛绳,他真怕奶牛一钻进玉米地就再也找不到,那玉米地真是太大了。老高在奶牛场里看到了很多牛,大牛和大牛关在一起,小牛和小牛关在一起。不到吃饭的时候,小牛是不许和大牛见面的,原是讲纪律的。老高就拍拍小奶牛的脑门儿,小声对小奶牛说:"你就是从这里出去的,这原来是你的娘家,你不用怕,你怕什么怕?"

奶牛场的老周是工会主席李子英的朋友,他把老高带到了后院。那么大个院子,空空荡荡的,院子两头立着两根很粗的铁杆,铁杆下拉着很粗的铁绳子,铁绳子穿着环儿,环儿下拉着一根很长的绳子,绳子另一头就拴着那头让老高看了害怕的种牛。那头种牛一下子就让老高兴奋起来,老高还是头一次看到那么高大魁梧的牛,在那里站着,一动不动,让人不敢靠近。老高觉得那种牛会一下子把人踏成一摊稀泥。老高怕了,怕那头种牛一下子把小奶牛压死,一下子压成一摊肉酱。"哪能吃得住?"老高小声对老周说,老周就笑了,说:"再小的锅也能放下再大的勺儿,你怕啥?"老高

> 散文笔法。此时之忧伤,即是老高的又是作者的也是读者的。好作品就是这三者气息的打通。

牛皮 / 313

> 配种亦是新知识点,若无目睹绝写不出。作家要多多增长知识点。

就红了脸不敢说什么,然后就看着老周把小奶牛带进了场子,在那头种牛的跟前浪。浪了一个圈儿又浪了一个圈儿,那种牛就用鼻子去闻小奶牛的屁股,闻着闻着老高就看见有黑乎乎的东西从那头种牛的肚子下伸了出来,那可真是把老高吓了一跳,他想不到种牛会有那么巨大的东西。紧接着老高就看见老周把小奶牛领进了一个木头架子里,头朝里站在那里了。老高这才放心了,因为他看到了那头大种牛一下子扬起两只前蹄扒在了那个木头架子上。老高又脸红害羞了,因为他看到牛场的老周用手把种牛的生殖器一下子扳了过来送到了小奶牛的肚子里,老高差点儿叫出声,他听到了小奶牛的惨叫,很尖利的,他看到了小奶牛的身子抖得像是触了电。老高觉得自己也像是触了电,浑身像是感到了疼。种牛在小奶牛的身上动着,老高忽然大声"嘿"了一声,又"嘿"了一声。这好像由不得他,好像不喊不行了,连老高自己也弄不清自己为什么要喊。那种牛这时已经完了事,从木架子上安然下来。下边的家伙还没来得及收回去,却已经在那里吃草了,低头吃了一口草,又不吃了,愣愣地看着这边。

"你'嘿'它干什么?"老周对老高说。

"他妈的。"老高脸憋得通红,不知说什么。

"它是舒服呢,没事。"老周拍拍小奶牛。

"吓死我了。"老高满脸是汗。

"过一个月要不行还得来一回。"老周对老高说。

"可不敢来了,可不敢来了。"老高说。

"它都不怕,你怕啥?"奶牛场的老周就笑了起来。

"想不到世界上有这么大的牛。"老高说。

"它还不怕呢,你倒怕了,你真是个怪人。"老周说。

"它一天到晚就总干这?"老高看着那头种牛问老周。

"这工作还不好?世界上还有比这更好的工作?"老周笑着说。

老高觉得自己的小奶牛吃亏了。回去的路上,太阳已经西斜了,地里有人在锄麻,土路上车很少,小奶牛走走停停,因为它也觉得新鲜,时不时要停下来把嘴伸到路边的青草上。小奶牛走走停停,老高也走走停停。<u>老高对小奶牛说:"想不到你让个流氓给欺侮了,它成天做这不要脸的事,要早知道就给你好好找个人家,找个童子也好,唉,咱们都上当了。"</u>走到没人处,看看左右没人,老高拉起小奶牛的尾巴朝那地方看了看,湿漉漉的,才放了心。

> 痴人语。老高亦是一痴人也。

牛的肚子一天比一天大了。看着牛的肚子,老高感到有些害怕,怕那肚子会一下子裂开,牛肚子大到不

> 一般人没见过母牛生产，作者定然见过。

能再大的时候，小牛便生了出来。生小牛的时候，老高差点儿没给吓坏。<u>他想不到牛是站着生，站在那里，血开始从牛的尾巴后边流了出来，然后是牛腿，一条牛腿出来了，包着白白的胎衣。</u>老高不知道那是什么，看了半天才明白那是一条牛腿，一条牛腿生出来，牛就再没了动静，奶牛拖着那条腿在地上打转，那条腿是没生命的，是不能自主的。奶牛在地上一打转，老高就害怕了，他怕奶牛会死掉，便忙去找厂医，厂医老白却说："要生它就生了，我去了也没用。"老高忽然很生厂医老白的气。但老白还是随老高去了门房旁的牛棚，再去的时候，小牛已经又出来半个身子，但那半个身子还是没有生命的，不能自主的。又过不一会儿的工夫，小牛就全生出来了，一下子从它的母亲的身子里掉了下来。老高又给吓了一跳，这回是为了奶牛的肚子，那肚子一下子瘪了，像放了气，松松的肚子垂下去。老高事先已经问了人，牛和人一样，生下小牛是要坐月子一样地先喝些稀的。工会主席李子英已经吩咐了，要老高去食堂取些米，再取十多个鸡蛋，要给牛做了吃。因为什么？因为它生了小牛。老高自然是兴奋的，兴奋得有些过了头，进了食堂就大声喊："快生了，快生了。"食堂里的人自然知道要生什么了，<u>却偏偏要和老高开玩笑，说："你女人是不是快生了？"</u>老高拿了米和鸡蛋要走，

> 旁边人的捉弄愈发显得老高痴绝。

食堂的人又追出来,给了他巴掌大一块红糖。那锅稀粥现在早已经煮好了,也晾得正好喝,<u>因为里边放了那块红糖,便有了淡淡的红色,又因为里边打进了鸡蛋,又有丝丝缕缕的黄色。</u>这都让人们觉得新鲜,但更加觉得新鲜和兴奋的是老高,觉得像是在过节,围在外边看牛生产的人更加强了这种过节的感觉。老高举手投足便和往日不同,不是轻了就是重了。到奶牛刚把小牛生下来,老高就给奶牛把粥端了过来,但奶牛不喝老高给它准备好的稀粥,却不停地舔小牛身体,一边舔一边就把小牛身上的胎衣吃下肚子去。小牛给它的母亲舔得站不起来,这让老高很担心,担心小牛是不是不会站。但过不一会儿小牛就颤颤巍巍站了起来,能够自主了,并且马上就开始吃奶了。小牛一吃奶,奶牛才开始喝老高给它准备的那锅稀粥,小奶牛真是渴了,喝得很快很急。老高就在一边急了,对牛说:"慢点儿,慢点儿,<u>看看你,你小心呛着。</u>"人们就在一旁"哄"地笑了起来,老高这才明白原来竟有许多人都在那里站着看牛生产。工会主席李子英也来了,脸给树影遮着,声音却在:"这下好了,幼儿园的奶可以解决一部分了,就是老高要更忙了。"只这么一句话,老高好像得了奖一样高兴了。

> 描写若能善于抓住颜色,写出颜色则写作水平会大大提高。

> 一般人会写"看看你,小心呛着"。此处多一个"你"字。读者可细细体会其中不同。

生了小牛,老高才觉得奶牛实在受罪了,为了把奶挤给幼儿园的孩子们,就必须把小牛和大奶牛分开。一个在那边叫,一个在这边叫,叫得老高心里很不好受。老高把大奶牛关在棚子里,小牛就只好关在门房里,或者就用布兜子把奶牛的奶兜住。这样就是小牛在跟前也吃不到奶,憋得大奶牛直叫。大奶牛一叫,老高就心疼了,在一边直"哞哞",就想解那个布兜子。老高现在比以前忙多了,要打更多的草。工会主席对食堂里的管理员说:"把食堂里的豆子给牛弄一些,也不是给它吃,是给孩子们换奶呢,多吃点儿豆子,多下点儿奶,再说牛也不是白吃,它的奶换来的钱也足够买一车豆子了。""哪儿呢,够买两三车。"老高在一旁小声说。"对对对。"工会主席李子英笑了,说,"现在一斤奶的钱能买三四斤豆子。"

老高现在学会了挤奶,<u>有时候挤着挤着他会看看左右,左右要是没人,老高就会用嘴含住奶牛的奶头猛地吸一下牛奶。</u>从牛的奶头里吸出来的奶不那么甜,有那么点儿腥,温温的。<u>这么一吸,老高就把自己的脸给吸红了,好像自己干了什么不好的事。</u>老高把奶挤好了,把奶送给来取奶的幼儿园的人,一天一大桶。

"你对孩子们说,他们的奶妈是头牛,那么多孩子都是吃这头牛的奶,这头牛就是他们的奶妈。"老高对

童子身,童子心。

幼儿园的人说,幼儿园的人们就是笑,就对那些孩子说:"你们有个共同的牛奶妈,你们还有个奶姐姐。"六一儿童节的时候,下了雨,到处都湿漉漉的,幼儿园的孩子们没了地方去,就都给阿姨带到老高这边看奶牛。孩子们穿得花花绿绿,一边看,阿姨就在一边笑着说:"这就是你们的牛奶妈,那就是你们的奶姐姐。""不是奶姐姐,是奶哥哥。"老高马上在一边纠正了一下。

小奶牛生下的第一胎是头漂亮的小公牛,长得和它的母亲一模一样,身上的毛是白底子黑花,小蹄子是<u>黑的,鼻子头粉粉的,总是湿漉漉的,眼睛长得真是漂亮,看什么都很聚精会神,又深又亮。</u>厂子里的年轻工人们说:"这双眼要是长在哪个姑娘脸上可了不得,到时候多少人都会犯他妈的生活错误。"老高听了这话不知怎么就很高兴,为什么高兴,连他自己也说不清,能说清的一点是这小公牛是他老高养的奶牛生的,就这一点,使他和小公牛有了某种联系。小公牛生下来两个月的头上,工会主席李子英对老高说:"可不能再养了,它是头公牛,连地都不会耕,只能养大杀了吃。"厂里要把这头小公牛卖掉,这让老高伤心得不行,但他也没有什么法子,厂子就是厂子,又不是农业社养头牛使唤。那边临来拉牛的时候,老高哭了,当然是背着人哭。他头天给小公牛洗了,把全身都擦得干干净净,把

※ 观察动物,眼睛总是主要特征。

蹄子也擦得干干净净。这天晚上老高不再让小牛和大牛分开,让它们待在一起,老高也不再给奶牛的奶上布兜子。老高蹲在那里看着小公牛说:"吃吧,以前总不让你好好吃,现在你就放开吃,这一辈子你也是最后一次吃你妈的奶了。"说着,老高的泪水就流了下来。老高觉得自己更对不起的是奶牛,便用手一遍遍地摸奶牛的脑门儿:"你为什么是头奶牛,你要是头黄牛就好了。"是黄牛又能干什么？这连老高自己都说不清。到了早上,老高不挤奶了,他忽然想起要带着奶牛和小牛去河滩,河滩上的草开始发黄了,这是他第一次带着大牛和小牛到河滩上来,他想让大牛和小牛在一起多待待。早上的秋风很凉,大牛和小牛都很冷的样子,吃了几口草就不吃了,站在那里,背着风,看着老高,好像在想,他为什么要带它们来这里,宽广起来的河水无声地流着,河水的颜色不知怎么忽然让人很伤感,秋天有时候就是动不动要人变得多情而伤感。

"唉,长百岁也是要母子分离的。"老高对牛说。

这都是七八年前的事了。时间是过得多么快,一眨眼幼儿园的孩子们都长大了,厂子也不行了。小牛卖了一茬又一茬,现在老牛也要卖了。问题是老高病了,一是没人给它割草,二是食堂里再也没有那么多的

旁注：
- 良善多感之人。
- 秋凉、秋风、牛母子生离死别,此处宜煽情。

豆子给它吃。大家几乎都不当一回事地说:"卖了吧,卖了给老高看病,卖牛的钱最有资格花的就是老高。"老高躺在那里不说话,他不明白自己怎么就得了心脏病,而且肾脏也出了大毛病。说到卖牛,他想想也是,牛一天天饿着,有时候就自己跑出院子到外边胡乱吃口草,也一天比一天瘦了,它要是自己走丢也算了,可它偏偏记着家,记着回来。一回来就对着老高的门房叫,让老高心上说不清是什么滋味。奶牛场那天来了人,说:"好家伙,都八九岁了还挤什么奶?场子里的牛四五岁就淘汰一批,杀了吃肉。"这话让老高心里难过了好几天,卖就卖吧,老高也不说什么了,但他要人们把牛卖到附近村子里的农家户,这牛虽然挤不了奶了,耕耕地也许还行。厂子里的人说行,就把它卖给旁边的村子里,给它条活路。人们是很尊敬老高的,一是他老了,二是他为人一直很好,三是他病了,病得那样瘦。人们不忍心不尊重他的意见。牛要给拉走的时候,老高说什么都走不出屋子。头天他已经给牛喂了豆子,他不知从什么地方找了些豆子。没人的时候,天已经黑了,厂子里安静了,老高才到棚子里去和牛说话,这也算是告别了。他搬了门房里的那把老木椅子,坐在牛的旁边,他用手摸着牛的脑门儿,一开始说话就流了泪。老高对牛说:"我老了,我连自己都照顾不了怎么

人牛俱老,卖牛治病。

深情。

牛皮 / 321

能照顾你呢?你看你现在连口好草都吃不上。我老了,你也老了,你看你的蹄子都裂了,你又不走远路,你蹄子都裂了,这说明你老了。你老了,我也老了,我老了还不如你。你有那么多的奶孩子,他们都吃你的奶长大,他们都会记着你;我连一个孩子都没有。照理说,你就是我的孩子,你这么小我就把你拉扯着了,喂你吃,给你喝,给你洗澡,可有啥用?啥用也没有,问题是我老了,你也老了……"老高说不下去了。说不下去就不说了,眼泪却停不下来,他的手停了下来,牛却把头掉过来开始舔他。先是舔他的手,后来舔他的脸,泪是咸的,牛是爱吃一口咸的。牛一舔老高的脸,老高就哭得更厉害了,老高没开灯,他是怕人们看见他在棚子里。

　　村子里的人来拉牛的时候,老高说什么也不走出门房,他让来拉牛的那个眉清目秀的小伙子进来。他认识这个小伙子,这小伙子是个木匠,名字就叫了"强强",是一个很一般的名字。要是你站在县城的街上喊一声,也许会有十多个这样的小伙子跑过来。这个名叫强强的小木匠给厂子里做过木匠活儿,晚上不回了,就住在门房里。老高很信任这个小木匠,也很喜欢这个小木匠,小木匠不爱说话,总是笑,不出声地把笑挂在脸上的那种笑,这就让人们都很喜欢和信任他。老

> "对牛弹琴"形容牛无知无觉无感,此处牛竟有回应,是动人之处。

高让小木匠进来:"回去能干啥就干啥,不能卖给杀牛的,你也喝过它的奶。"老高的话都在这里了。小木匠喝过奶牛的奶吗?当然喝过。

  小木匠去棚子里牵牛。牛懂了,牛是十分聪明的动物,说什么也不出来。也许它昨夜一夜没睡,感到了什么。它"哞哞哞哞"地叫,让老高想起一次次把它的孩子拉走时的伤感的叫声。但人还是有办法的,前边拉,后边推,还有人手里抓了把青草,牛不知怎么就出去了,出去了,又不走了,又叫。牛瘦了,但力量还在,人们拉不动了,再拉,牛鼻子就要给拉豁了。老高待在门房里,脸色让人有些担心,他不出去,听着外边,外边的牛分明一声声是在叫他。后来,牛还是出去了,人还是有办法的。工会主席李子英现在退了休,没事了,但他的家在厂子里,他听到了牛叫,他过来了,坐在门房里的亮处,他想和老高说说什么,但他不知道和老高说些什么,就那么坐着。这就显得更尴尬,就像是戏剧里的静场,越静越让人受不了,越受不了越静。后来工会主席也走出去,把静场留给老高一个人。这让他心里酸酸的,这酸酸的感觉让他又走不开,便拉了那把老木椅子坐在了门房的门口。

  叫强强的那个小木匠这时不知从什么地方找了个破盆子,里边放了些浸了凉水的黑豆子,哄了奶牛一步

> 不能杀,是对牛最后的眷顾,也是老高的情感底线。此处的交代很关键。

王硕左右而言他。

一步走出厂子。牛的叫声一声声小下去,那叫声让人明白牛是一步一回头地叫着,但又让人明白它又忽然不走了。

"老高,你没事吧?"牛一停在外边不再走,工会主席李子英就朝门房里问了一声,他有点儿担心老高。

"唉,过几天要刨山药了,你找人刨吧。"老高在门房里说。

老高种了许多山药,那一大片山药会收许多麻袋。这让人就有一种担心,担心老高吃不上他自己种的山药。这种担心让人想马上做一些事,比如去地里刨一些山药给老高吃。老高是山西人,爱吃口莜面,平时总是在那里自己慢慢做推窝窝,山药就整个在笼里溜熟了,再加些酸菜,这顿光棍儿饭就很好吃。现在老高病了,盆子、碗筷都静静地安排在那里。工会主席想是不是老高想吃莜面了。他也是山西人,连老婆也是,搓莜面还是能行的。

"老高,你是不是想吃莜面了?"工会主席在外边问。

"这头牛爱吃山药,给它山药吃它就走。"老高在门房里说,嗓子里好像噎了什么。工会主席李子英便明白老高的耳朵一直在外边,耳朵一直跟着那头牛,那牛是叫给谁的耳朵听呢?是叫给老高的耳朵听。工会主

324 / 五张犁

席李子英想了想,不知该不该去刨山药。他好像看到自己已经走出了厂子,站到了地头,一把子下去,大个儿大个儿的山药就从土里跳了出来,然后,他明白那牛是要吃熟山药的,然后他好像又看见自己在洗山药了,在把山药放在笼里蒸,然后拿给牛了,山药热,牛吃得急,头一摇一摇。

工会主席李子英站着没动,人老了行动总是少了的,想得多,动弹得少,这就是老了。别说是牛,就是人,岁数一大,会有多少困难在那里等着你。牛更是这样,它什么也不能干了。谁能像侍候老人那样天天给它喂水喂草？厂里的人谁都不愿看这头牛死去,但更困难的是谁也不知道该叫它怎么活着。这就是问题了,谁也解决不了的问题。

"啥都得想开点儿。"工会李主席好像是对自己说,又好像是对门房里的老高说。树影已经挪了过来,外边的牛还在叫,它不愿走,它从小就在这里生活,它也习惯了。它的奶水在这里简直就流成了河,如果有这样的河的话。它不愿走,它有它的道理,但它就是说不出来,当然它是说了,只是人们听不懂。<u>后来它哭了,泪水从它已经不再美丽的眼里流了出来。</u>小木匠却火儿了,用柳条重重地抽了它,它叫得更亮了,小木匠抽得更重了。

> 动物亦通人性,有时人则未必。

> 新鲜经验。很少有人听过牛打鼾,所以读小说也是广见闻。

牛不在了,厂子里的人不觉得有什么变化,觉得变化的是老高。他从来都没觉得门房有这么安静过,牛的"哞哞"声和夜里睡着后的打鼾声对老高是太熟悉了,牛的鼾声细得滑稽,细细的一声又一声,像是在远远的地方有人吹哨子。老高记不清牛是从什么时候开始打的鼾,总之第一次听到牛在那里打鼾,老高是吃了一惊,他以为厂子里的年轻人在和他开玩笑,看露天电影回来了,或者是从河滩那边回来了,在吹口哨儿,但夜是很深了。老高出去,吓了一跳,鼾声是在牛的棚子里,老高忽然害怕是不是牛棚里进了什么东西,但老高马上明白那是牛在打鼾了。这种感觉简直是无师自通的,人在许多事情上都是无师自通的。老高就在外边笑了,他想不到牛会打鼾,更想不到那么大的牛打起鼾来会是那么细声细气。听着牛在那里打鼾,老高忽然有些茫然,他不知道自己晚上睡了后会不会打鼾,这让他忽然觉得自己很孤独。后来呢,后来老高在牛的鼾声里睡觉竟然有了一种安全感,因为牛在那里,那鼾声让老高时时明白自己有个伴儿在那里,不是自己一个人了,这么一想,他的心里就很安然。牛不在了,当然

> 原本声音也是一种陪伴。

牛的鼾声也不在了。老高睡不着了,心里空落落的,从来都没这么空落落过。他在想牛现在在什么地方。这

326 / 五张犁

么想着,他就像是看到了牛的那双大眼睛。老高下了地,出去,外边是一地月色,白的,像是霜,树影子又让人觉得像是人在水底。老高往牛棚那边看,牛棚是静的,这静只有老高才会感觉到。老高忽然想起牛小的时候把头从棚里伸出来的样子。这么一想,牛就又像是在老高的眼前出现了。老高又好像看到牛从北边往这边过来了,看见他了,踣踣踣踣跑了几步,又不跑了,却偏要去闻墙上的铁丝,忽然还打了个喷嚏,样子是滑稽的。或者牛自作主张地从厂门出去了,不知去了什么地方,老高央了人去找,天都黑了,河滩那边不见,只有河水亮亮地在那里流,厂子西头的砖厂那边也不见。老高的心里不是慌,而是生气,他明白没人会动他的牛,肯定是它走得太远了,他就在门房外坐着,那都是半夜了。老高像是<u>一个父亲在等他的儿子回来</u>,厂门口黑黑的一晃一晃是什么?老高就想开口骂了,果真是他的牛踣踣踣踣过来了,老高坐着不动,闻着牛的身上一股子河水的腥气,老高坐在那里不动,牛却伸过舌头在舔他的脸了。可那是一次幻觉。那一次,牛掉到砖厂的破窑里去了,摔断了一条腿,是老高忽然猜出牛肯定是掉到那破窑里去了,带了人去找,果然在那里,一声一声叫。那一次,老高就是护上了,牛的护士,照顾了它好长时间,后来牛的腿好了,居然一点点残疾都

> 妙句!为什么不是等女儿?因为只有儿子才会回来这么晚。

看不出来。老高看着牛棚那边,想着这些往事,忽然就好像又看到了牛的头在棚子的窗上搁着,一动不动,牛的脑门儿上已经落满了雪,眼睫毛上也是。下雪的日子里,牛总是这样,不知它在想什么。它喜欢雪吗?老高掉过脸,又往厂门那边看,就好像看到牛卧在那里,嘴在不停地动,有车从外边过来了,响着喇叭,牛就是不动。司机李百潮喊了,骂了,骂女人的脏话都一句句骂出来,牛就是不动。老高在这边喊了,才骂了一声,牛便一下子起了身。这让老高觉得自己像是有了特权了,觉得自己和别人不一样了。自己本来是一个和别人一样的人,但是因为这头牛,自己就有些和别人不一样了。有时候,当着人,老高就动不动故意喊牛几声。牛呢,也许正走得好好的,就会停下来,看着老高。有时候呢,牛也许正在那里撒尿,给老高这么一喊就不再尿了,好像是害羞了,知道不是地方了。这都让老高觉出一种亲切,一种人和牛之间的亲切,一种默契,人和牛之间的默契,这简直有些说不明白。这让老高觉得自己的日子一天一天过得实实在在,这实实在在的感觉就像是在一个很大的屋子里放了许多东西这屋子就不空落了。

老高走进牛棚了,牛棚里的味道冷冷的,这只有老高才会感觉到。<u>牛不在了,牛现在在什么地方?</u>当然

> 无处不在的牵挂,若无牵挂则无伤心事。

老高知道牛在小木匠的家里,但老高不知道牛是在院子里还是在棚子里,小木匠家里有没有棚子?老高又摸摸索索从棚子里出去了。老高现在才觉得时间是过得太快了,怎么一切都好像是个梦?当初为什么要养一头牛?这么一想的时候,老高忽然从心里很怀念过去:厂子里那么热闹,出出进进都是人,晚上也热闹,下夜班的人出去了,上早班的人又来了,现在车间里早没了动静。这让老高感到了伤感,这伤感忽然又和牛联系起来了,老高忽然从心里很恨工会主席李子英,他为什么会想起去买一头牛?要是当初不买牛,现在他怎么会这么孤单?这么一想,老高就好像又看到了牛小时候的样子,支棱着耳朵,眼睛又深又亮地在那里站着。老高感到揪心了。

这一夜,老高没睡,越想牛越睡不着,越想牛越觉得自己孤单,心就好像给什么揪着,揪着心,却把泪水给揪了出来。他用手摸摸枕头下边,那下边是钱,卖牛的钱。老高忽然决定了,天亮就把牛弄回来,自己的工资也够自己和牛花了,病就让它病吧,<u>老高现在忽然像是变成了一个孩子</u>。孩子的世界是简单的,所以容易固执和冲动,人老了,一切又都变得简单起来,好像一切都要从头来一次。问题是,牛不在了,就好像一间大

> 老高一直像孩子。

牛皮 / 329

屋子忽然空了,把以前放在里边杂七杂八的东西一下子都让人搬走了。老高决定了,天一亮,他就要去把牛弄回来。

外边下雨了,雨下得很小,因为老高的耳朵一直在外边,所以他听到了,要在往常,他是不会听到的,因为他的耳朵在外边,他居然听到外边在下小雨了。在这静静的夜里,老高的耳朵一直在外边,他想听到什么呢?他想听到牛"啪嗵、啪嗵"地从外边跑回来。

"不能说卖就卖了。"天亮后,老高去找工会主席李子英,找他有什么意思呢?但他就是去找了,天还在下着雨,好像是比夜里还大了些,远远近近一片迷蒙了,河那边像是浮起了白烟。<u>工会主席对老高说:"卖都卖了,就让它到新的地方去吧,就当它是调了工作,就当咱们单位有人调走了还不行吗?"</u>这么多年来,厂子里总是有人在调走,那么多熟悉的人一个一个都调走了,这让人们都很伤感。工会主席李子英想说服老高:"再说天下着雨,你又病着,要再把它弄回来,等天晴了行不行?"但老高的样子很坚决。"再说,你还病着,要是给雨淋了,再加重了怎么办?"工会李主席这么一说,门房老高就不再说了,他站起来,要自己去了。已经退了休的工会李主席没了办法,便说:"他妈的你这个老高,我就拿你没办法,我跟你去好了,我怕你自己去要了你

像工会主席说的话。

330 / 五张犁

自己的老命。"工会主席李子英像是有些生气了,他去戴了一顶草帽。

工会李主席真的陪着老高去了那个村子,他跟厂子里叫了一辆拉料的车子,他和老高挤在司机旁边的位子上,那位子是给一个人坐的,两个人坐了就挤了。司机是李百潮的儿子,前年接替他的父亲来开车,却赶上了厂子不景气了,每天事也不多,总在那里闲着。听说要去把牛再弄回来,他的兴趣就来了,拉料的车上原来就有很高的架子,为了把牛稳在架子上,他又去找了绳子。一大团给雨淋湿的绳子扔到车上,"砰"的一声。老高掉过脸从车窗后看到了,这让他很兴奋。厂子里的事原不多,便又有几个年轻工人也要去,在厂子里他们待得是有些腻烦了,他们想出去散散心,也许中午会回来得晚一些,要是那样,他们便会在外边吃饭,天又下着雨,还能不喝点儿酒?这都是让人高兴的事。这些年轻人便都上了车,把一块很大的花塑料布共同在头上顶着,雨"沙沙沙沙"打在塑料布上是很富有诗意的。这让那些原本不打算去的人忽然也都想去了,但车已经开了。

雨下着,远远的河滩那边白白的,流淌的河水呢,是灰的。

车在不到中午的时候出人意料地开了回来,当然,

> 很好的细节。带着喜悦的心情去接手。但,越写得兴致勃勃,越值得警惕。

牛皮 / 331

雨还在下着。厂里的人们看到车回来了,没看到牛,却看到那些年轻人在急急忙忙从车上往下抬一件什么东西,一直抬到厂医那里去了。人们才知道那不是东西,那是门房老高。

> 又是意想不到的结果。小说就要在看似结束的地方再生波折。

车拉着老高他们去了小木匠的村子,老高才知道牛是给卖掉了。几时卖掉的?就在昨天,牛给弄回来,什么也不吃,只是在那里不停地叫,不停地流泪。这就让小木匠的父亲把原本动摇了的要把牛卖掉挣几个钱的念头又坚定了。小木匠的父亲不是一个好庄稼人,却是一个好木匠,只是老了,没人再肯雇他做工,他就闲下了,手头也一天比一天紧,他就动了别的挣钱的念头。这第一桩生意就是把刚刚买回来的牛卖了。买牛花去了四百块钱,卖牛呢,只挣四百五十块,牛真是太瘦了,杀牛的那里有一台老掉牙的秤,秤老掉了牙,却还是一是一二是二可以把分量称出来。牛被没头没脑地打上了秤,一称,才二百多斤,真正是一头瘦牛。

> 心越急路越弯。小说家笔法。不弯体现不出急。

车便飞快地拉着老高和工会主席李子英还有小木匠去了杀牛的地方,那地方在一家鞋厂的西边,是一排平房,却有着细细的巷子,细细的巷子不直,一会儿朝这边转一下,一会儿朝那边转一下,然后就到了。那么细的巷子,车是开不进去的,人们只好下来步行。快到的时候,老高的脚步就比别人快了,这么一快就快到了别人的前边。老高听到了牛的叫声,但老高知道那不是他的牛,老高知道前边就是地方了。老高在前边走,工会主席李子英就跟在他的后边,工会主席李子英吃惊老高怎么会走得比别人都快,这时候,他们也就走到了巷子尽头。巷子尽头是一堵很高的墙,这堵很高的墙正对着朝西的门。走在后边的工会主席忽然看到走在前边的老高一下子站住不动了,这让工会李主席心里有很不祥的感觉。<u>接着,他就看到老高一下倒了下来,正好倒在院门口的一个水坑里,那水坑不深,却很大。那水坑是怎么给弄出来的呢?是那些牛。它们都知道自己来到了不该来的地方,便都死也不肯进这个院子,它们便和人挣扎起来,前边人拉,后边人打,牛原地打转,一边苦苦哀号着,便在院门口的地上留下了那么一个水坑。</u>

　　老高一下子就倒下了,他看到了贴在一进院门墙上的那张牛皮。<u>一般杀了牛,那些剥下来的皮就都搭在横在院子里的铁丝上了,可是这天下着雨,杀牛的人就把奶牛的皮顺手贴在了墙上,好让雨水把皮上的血水冲掉。</u>老高一眼便认出了那张皮。人们跟在老高的后边,看不到老高的脸,只看到他的后背,只看到他一下子就倒了下去……

连水坑的来历都做足了研究功夫,小说写得扎实。

所以才能一眼看到牛皮。小说的每个环节都成立,严丝合缝。

秋天到来的时候,李主席让人们去刨门房老高种的那片山药。这一年的山药长得真好,一耙子下去,大个儿大个儿的山药就从地里跳出来,它们为什么蹦蹦跳跳地急于从泥土里跳出来?因为它们在泥土里待得太久了,再说冬天也要来了。

"要是老高一下子也能从地里跳出来就好了。"这是一个刨山药的人忽然说出的一句话。人们沉闷着,刨了山药,把山药背回了厂子。他们都不知道明年春天来的时候,谁再会为他们把山药种下去……

> 出彩的一句。既交代老高之死,又写怀念之情。

拆 迁 之 址

住在这一带的<u>人们从来都没见过这样的乱</u>,先是有人来通知这一带要拆迁了,让人们到什么什么地方去办手续,人们便好像是个个都火儿了起来。那些本来天天嫌这里脏乱的人忽然一下子珍惜起这脏地方来,好像这地方忽然已经变成了宝地。又好像是,住在这里的人们忽然对这地方温情起来,有一种生离死别的味道在人们心里。邻居们呢,个个都好像要永别了,都不知道会不会再住到一处。尤其是那些老年人,在这里从小长到老,就像是一棵老树,要给人连根从地里移植到别处去了,<u>这便有一种说不出的恐慌</u>。但这恐慌也只是在心里,老年人的修养就是有话从不乱说,但眼睛却流露出不安。

好像是要拆迁的话只是一种遥远的传闻,说了几天,人们忽然又不提起了,这让那些急于告别老房子的年轻人又多多少少觉得失望。人就是这样,比如人们都在那里嚷嚷着要地震,人们便一下子兴奋起来,夜里要在床头立空酒瓶子,日里要看鸡鸭猫狗有什么异常,

> 拆迁就是乱和恐慌,因有各种未知。此篇全篇散文笔法,散点透视,写景、状物、描人,星罗棋布。

但最后还是没有地震,人们反而失望,这就是人性。

是春天的时候人们说要拆迁,那一阵子杏花刚刚开着,白白的,恰又下了一场小雨,杏花便好看,自里边有一点点娇气的粉红,是花萼。再说那小小的杏树叶子一星一星地绿了,其实杏花在这时候最好看。北方的春天毕竟是风多雨少,一刮风,杏花就没看头,土哄哄的。杏子长到有蚕豆大的时候,忽然又有人来了,扛着黄漆漆过的测量仪,是两个嘻嘻哈哈的年轻人,他们这里看看,那里看看,又把石灰粉在地上纵纵横横撒了些道子。人们便明白,这里的房子真是要拆了。<u>一开始是住在紧靠北边的那家人家忽然搬家了,搬家总是乱的,要的东西都上了车,不要的东西便给扔了出来,</u>比如说破了的一个腌菜缸,比如说一个折了腿的小马扎。不搬家的时候它们好像还有个家,其实主人也舍不得把它们丢掉,一旦要搬家了,它们就被无情地扔了出来,让人伤感地出现在垃圾堆上。人们看到它们,想起那些静若流水的日子。比如那腌菜缸,在秋天的时候,会给主人宝物似的洗了又洗,再把洗好的小萝卜什么的腌进去。再比如那小马扎,主人坐了多少年,也许主人就坐着它在路灯下下象棋,或者主人坐着它在那里洗脚。旧家具是最能勾起人们的伤感的。有人搬家了,那第一个搬家的人简直是让人觉得可恨,就好像是

> 从一家写起,一点带动全面。拆迁、搬家现场总是大同小异。

河边的堤坝从他那里决了口。好像是人们都不知道他们会搬,他们就忽然搬了,这就有了一种背叛的味道在里边。人们站在那里,看着这家人搬东西。看着四个后生把老大一个旧式立柜从屋里边终于抬了出来。这立柜也是太大了,装车的时候,这样放也放不合适,那样放也放不合适,放了好长时间却终于又不放了。主人的意思是,先把一个五屉柜放上车,放在车的前边,五屉柜上呢,还要再放一个茶几,然后才放这个大立柜,这大立柜最后还是上了车,委委屈屈地在车后露出一半。这样一来,倒像是车子一下子变长了。

人们围在那里看这家人搬家,搬家有什么好看呢?人们便好像是在那里品味自己的伤感。<u>没人注意到一个又瘦又小的老太太也站在那里,</u>她的个子本来小,在许多人的地方她就显得更加小。

> 老太太提笔就放下,也是一种写人之法。

搬家和拆迁不同:搬家是一户或几户人家离开一个地方;拆迁却是一大片,就好像是发生了战争,又好像是将要有什么灾难降临了,这片拆迁之地几天内就乱得不能再乱了。原来的井井有条忽然消失了,让人们知道住在这里的人们原是多么乱七八糟,多么瓶瓶罐罐。又好像是演完了戏,观众一下子散掉,只留下遍地的瓜子皮和各种的果核烟蒂。剧团的人开始拆台了,那么漂亮的山水布景也一下子软下来,什么也不像

拆迁之址 / 337

了。现在这片拆迁之地到处是给人们扔出来的东西,到处是又黑又烂的丢弃物,原来是一个垃圾堆,现在则到处是垃圾堆。恰又刮了风,垃圾堆上的塑料袋子给吹到树上去,像莫可名状的旗帜一样在那里招展。地上的垃圾又不知给谁点着了,冒着烟,那烟慢慢慢慢摇上去,又让空中的气压压迫了下来,制造出雾蒙蒙的效果。搬家的人家一多,原来的那些存在人们心底的轻轻薄薄的伤感便产生了变化,变成了烦躁,天又这么热。许多人家都看着自己已经乱了套的家感到惊奇,惊奇自己家里原来会有那么多没用的破东西。比如瓶子,怎么会有那么多的空瓶子?还有空了的饮料罐,还有花花绿绿的点心盒子和生日蛋糕盒子。这一带住着的既然都是平平常常的市民,趣味便也是平民化了的,那些空瓶子、空盒子原来是放在那里占地方的,只是觉得不该扔掉,就堆积了起来。现在要搬家了,不扔是不行了,就给扔了出来。那收破烂的好像都合计好了,谁都不肯收瓶子、饮料罐之类的小东西,知道这些东西迟早是要给扔的,他们的心胸现在一下子伟大了起来,简直就要变成了野心。他们准备着大干一场,拣些大一点儿的东西回去。<u>那些瓶瓶罐罐却给那个又小又瘦的老太太捡了回去。</u>人们不大注意到她。她本身就好像<u>是一堆垃圾,</u>身上的衣服是垃圾的颜色,脸呢,也差不

> 老太太再次出现,是"面"中之"点"。作者点面结合,或全面扫描或聚焦个体。

多是垃圾的颜色。她要是远远地站在那里不动,眼神不好的人真会把她当作一堆垃圾。她也是住在这一带的,只是她不住在靠街边的地方,她住在这个好大一片拆迁之地的中间地带。她只有一间房。她的邻居们知道她早就死了男人,她好像在什么地方工作过,她好像有儿子也有女儿,这只能说是好像,因为人们根本就见不到有什么人在她的屋子里出入。这又瘦又小的老太太每天就是去垃圾堆里捡垃圾,早早就在那里了,手里是用八号铅丝拧的耙子,把柄上缠了些塑料布,塑料布毕竟有些滑,耙起垃圾来不太好使,她便又在塑料布外边缠了些布条儿。和她在一起捡垃圾的还有几个垃圾样的老头儿,都是每天一大早就准时出现在垃圾地带。这老太太居然会分类,瓶子要放在一个蛇皮袋子里,烂塑料什么的又是一个蛇皮袋子,铁丝什么的又是一个袋子。每天到了八点多的时候,人们就会看到她背上和她体积差不多的破烂回去了。有时候呢,有人会看到她坐在街边的馄饨摊子边在吃什么东西。脸红红的在那里出神,好像是在想什么。脸分明是用很热的水刚刚洗过。人们无端端地会觉着她是在那里吃什么人吃剩下的东西。

<u>拆迁开始的时候,人们才知道这一片拆迁之地有多大。</u>从靠着北边的街口那边的土楼房拆起,那土楼

全部裸露出来方能看到真面目。

要拆迁方想起土楼的诸多问题。

有三层高,却是既没水也没有暖气。当年这土楼风光的时候还有不少人想住到这里来,但到了后来人们发现这种楼房根本就无法和平房相比,一是取暖用的煤,放在什么地方?放在什么地方都不对!冬天来到的时候,人们先就为了煤发了愁,一点一点拉回来用是不可想象的。北方的天气有多么冷,下了雪,路上的雪消消冻冻便就像玻璃一样滑。北方过冬第一要办的事情就是把煤拉好。但住这种土楼就让人没办法可想,没地方放煤。二是吃水,没有上水,也没有下水,吃水要到下边去挑。从下边慢慢慢慢挑上来。上楼梯要慢慢上,二十三级,前边的水桶要高一些,用手控制着,这还免不了把水洒得到处都是。上了一层楼梯,转弯,台阶又是八级,更要小心,楼梯转弯处原是窄的,转过这个弯便再上一层,又是二十三级,再转,又是八级。这种楼房的设计好像就是要和住在这里的人过不去。人是吃喝拉撒样样儿都不能减,有水给担进去就要有水给倒出来,没有下水问题就更大。夏天还好说,到了冬天,水倒在什么地方都是要结冰的,这一带就总是滑溜溜的,那滑溜溜的冰简直连一点点诗意都没有。冻在冰里的东西又很丰富,菜叶子呀,烟蒂和瓜子皮呀,小孩儿拉的屎或者干脆会有个打了结的避孕套子混迹其中。水要天天用,脏水也要天天倒,有时候那冰会一直

眼细、心细、笔细。

冻到街上来,小汽车开过来都要有一百个小心,只怕给滑到一边去。

这样的土楼要拆了,却有人又不愿离开,这大多是家里连一点点办法都没有的人,拆旧房住新房是要交一笔钱的,老头儿老太太去什么地方生钱?他们便先在心里慌了,看着别人搬更明白自己原来是连一点点办法都没有。这样一来呢,拆迁的工作就要停顿下来,人们天天在街上走来走去可以看到这里的土楼几乎都快搬空了,但总是有一两户人家的窗玻璃还在,旁边人家的窗上不但玻璃没了,连窗框都没了。原来一楼接出来的灶披间也都给拆了,从外边看过去是黑洞洞的,<u>有人可以放大胆子去那里小便了</u>。是个小伙子,叉着两条腿,理直气壮的样子,牛仔裤紧绷绷的,突显出年轻的臀部。或者是个中年人,左右看看,狐狐疑疑地掏出来,想赶紧了事,完了,掂几掂,草草收兵的样子。或者是个老者,自己眼睛昏花了,也就无所谓了,全无遮掩的样子,一派慢条斯理的作风。从两边过来的人可以看到在那里解小便的老者的生理特点。一开始是,主办拆迁的单位被那两户不肯搬的人弄得没了办法,这种事照例是要开会的,开了会,便定了要给那几户不肯搬家的停电停水,电停了黑着还可以过,停了水就让人不知所措。这土楼的北边原是一条街,街不宽,说不

> 也是一下抓到了废墟的常见现象。写事、写物、写人都要抓主要特征。

上繁华。从北往东先是一家美发厅,两个温州女人,十片指甲染得鲜红,在那里"叽叽喳喳"做生意。再过去,往东,是一个收破烂的,用铁丝网网了自己的势力范围,范围里便都是收好的破烂,瓶子、玻璃、铁丝和烂塑料。那收破烂的几乎天天在那里又是收又是过秤,或者是蹲在那里往直了捣铁丝,或者是用力"叭喳"地踩易拉罐。再过去是一家从内蒙古那边过来的人家,原是来这里打天下的,他们打天下靠的是什么?靠的是把牛羊的下水和头蹄买回来加工好了再卖。先是燎毛,那味道原是要人恶心的,羊的蹄子和头都要先用火燎了,然后再用烧红了的铁棍细细地收拾,把闭着眼睛好像在那里睡大觉的羊头收拾得光光的。然后是煮,用一个他们从别处买来的用来盛开水的白搪瓷大桶煮。这家的门前还立着一个牌子,上边便用红油漆写了"现煮羊头羊蹄和马板肠,鲜香无比"。字是写在一块木板上的,只冲着东边,要是骑着车子从西边过来还不会看到。从这家往东又是一家做护窗的小作坊,幽蓝的电光总是一闪一闪,<u>或者就在那里喷漆了,银粉在空中飘来飘去</u>,人们擦眼镜的时候会发现眼镜上蒙了<u>一层什么,竟是擦不掉的</u>。

戴眼镜人才会有的体验。

　　水和电是停了,但人们就看到坚持不搬的那几户人家到街对面卖羊头羊蹄的这家来接水,接了水再提回去,一路上是水。他们提水回去连路都不用绕了,只从他们楼下没了门的黑洞钻进去。只看这一场景,好像让人们感受到了战地,比如中东或阿富汗,那里的灾民就是这样在战争的缝隙里生活,一样会生出活蹦乱跳的孩子来,就好像给炮弹打过的地方也一样会开出探头探脑的小花儿来。卖羊蹄羊头的这一对夫妻好像是并没受到搬迁的影响,其实他们到什么地方都一样,所以总是在那里忙。有人出出进进到他们那里接货,也有零单的客人,趸进去,买一两个羊蹄子,在盆子里用一双筷子挑来挑去。一个羊蹄子才一元钱,两个羊蹄子正好下酒。也有买半个羊头的,这时候男主人多半不在,总是穿着一件红毛衣的女主人就会拎起刀来劈,把羊头一下子从中间劈开,白白的脑子露出来了。买羊头的人还在那里等着,等着这女人把羊头肉从骨头上剔下来,再切好,放在一大片茴子白的叶子里,浇些蒜泥,再在上边盖一片茴子白的叶子。这一带的居民好像是对茴子白情有独钟,天快冷的时候家家户户都好像要买许多茴子白。茴子白是一种彻彻底底平民化的蔬菜,一叶一叶紧紧包在一起,长相是实用的,不像长白菜那样有时会披散开,一棵一棵摞起来的时候又容易烂掉,茴子白却无论你把它们怎么堆在一起,因为它们是圆圆的,所以总是有缝隙存在,所以不容易

> 均是拆迁现场的人、事、物。可作散文看。

拆迁之址 / 343

坏。这地方的古风是，人们买肉馅儿或别的什么，竟不用别的包装，就用一片苴子白菜叶，你买十来块腐乳，放在半圆的苴子白菜叶里，多么方便！

这一带，北边靠着一条街，南边呢，也靠着一条街，南边的那条街是条大街。不拆迁的时候，人们还不知道这一带会有这么大，也不知道地形竟然是南边低北边高。<u>房子拆得差不多的时候，人们才发现北边竟是个高坡，高坡上长着几株很老的杏树。</u>房子拆的时候，很多的乡下人便都赶来了，来把拆剩下的砖拉回去，所以人们总是能看到有人在那里拣砖，有拖拉机停在那里，车屁股"啪啪啪啪"冒着青烟。一排一排的房子拆掉后，原来看不到的树都一株一株地显露了出来，让人看了伤感。那树从小原是和人们亲切在一起的，这时却孤单了，在热风里"哗哗哗哗"响。这里一株，那里一株，而且都是杏树。杏树是长不太高的，所以无端端让人们觉得它们也老了，树干黑黑的，又像是经了火的洗礼。随着房子一天一天的拆除，人们就又看到了那座孤零零的房子，别的房子都拆了，那座孤零零的房子倒像是一下子变得让人关注了，这让人不由得不关注。这么大一片空地只有这么一座房子，房子的周围堆满了各种破烂。房子原本应该是方的，但这座房子却是没有形状的，各种破烂在房子周围堆积起来，让人产生

> 房子拆完了，树会留下。此页也是散文笔法写拆迁现场。

了一种错觉,那就是这房子像是一座孤岛。别的房子都拆掉了,这地方一下子空旷了起来,好像是要走近这座房子非要走那么一段路。因为它的孤单伫立,这就让人们替它和住在这里边的人又多了一份想象:里边住的是什么样的人?因为远远望着,那边又总是没有动静,所以本来是匆匆走过的人也会把脚步放慢下来,想看到有人从那房子里走出来,但总是没人从里边走出来,人们便只好若有所失地走开。这里既然拆空了,正好成了人们从南边到北边的近道,<u>但忽然有一天人们发现这里不能走了,施工的围墙砌起来了。</u>河北的民工们来了,他们是人类中的候鸟,冬天不见了,天一热便又会出现了,都兴冲冲地扛着行李卷,都是些不知忧愁、性欲旺盛的年轻人,脸又都是红红的。红脸的人总是要给人们一种错觉,让人觉得他们时刻都在兴奋着。因为年轻,因为从河北到了山西这地方,他们多多少少是有些兴奋,一切都有新鲜的意味,比如,他们在盖工棚了,工棚盖在南边,那边靠近大街,有多少方便。工棚盖好了,工头又让他们搭了地铺,厚厚的木板,用红砖支起来,他们一个挨着一个就睡在上边,像罐头里边的鱼。而且,他们同在一个锅里吃饭了,给他们做饭的那个河北人,五十多岁。伙房在工棚的最东边。大笼、大锅,水就放在汽油桶里。每天的饭就是老大的馍

> 写完拆迁写施工,次序分明。

头,有小孩子脑袋大,菜也就是烩菜,山药和白菜,有时候会有豆腐出现,有时候在碗里出现的又是粉条子。他们的食欲竟是那么好,开饭的时候一人捧了一只大碗,菜在下边,馍头像帽子一样戴在上边,他们,就坐在杏树的下边,一边吃一边说话。吃一口菜,咬一口馍头,最后是那个老伙夫提来了水,他们便在碗里倒了水,"嗦嗦嗦嗦"地喝,让人知道水有多热。天也是热的,汗出来的时候,人是很难受的。便有人到大汽油桶那边洗头去了,顺便把身子也擦一擦,或者就用桶里的水往身上浇,或者是看看左右,忙把下边也擦一下。他们其中的一个人,原是带着一支笛子的,便在那里吹了,总是一个腔调,翻来覆去只那么一个腔调。下雨的日子里,这笛子的腔调让人心里难受;天热的时候,这笛子的腔调让人觉得更热。<u>这天,有人从工棚里出来到墙角那边去撒尿,便看到了那个老太太,背着什么,到那孤零零的房子里去了。</u>撒尿的只看到老太太的背影,这便有了错觉,让人觉得是一堆垃圾长出了两条腿在那里走动。

  旧房子没了,拆房拆出的破砖烂瓦也没了,这里便平平的像是一个工地了。但那个孤零零的房子还在那里。工地的人和开发这小区的人好像是碰了头,房子要先从西边盖起,好像是他们有了主意要怎么对付那

<small>老太太再次出现。但老太太只是观察镜头里的一个焦点而已。</small>

346 / 五张犁

个垃圾样的老太太,又好像是他们连一点点主意都没有。人是怀旧的动物,那些从这里搬出去的人,还时不时地回来看看,看什么呢？这怎么好说清,也许是,什么也不看,也许是,他们什么也看不到。他们能看到的,就是那个垃圾样的老太太。这让他们忽然关心了,好像是他们的利益,一下子又都集中在这个老太太的身上了,原来的那么一大片房子现在都给拆光了,过去的时光和对过去时光的回忆现在忽然只能落实在这个又瘦又小的老太太身上。便有人去看那个老太太,这近乎慰问。<u>那屋里,乱而且黑,地上到处都是精选过的垃圾,下脚的地方都没有；一条小炕呢,上边也全是垃圾,是各种罐头瓶；墙上呢,也到处挂着垃圾,是各种别人扔掉的破旧衣服。</u>进到这屋子里的人忽然都后悔了,觉得自己是不是神经有些古怪,怎么会来这种地方？那老太太呢,知道来的人过去是在这一带住的,但她不知道他们为什么来,他们来做什么。来的人也只不过问老太太多会儿会搬,搬到什么地方去。来人一边说着话,一边看着老太太塞在椅子下边的一个别人丢弃的没了盖子的高压锅,有一只猫在里边卧着,猫是白的,现在倒是灰的。不知是谁家的猫,主人搬走了,却丢下了它,它给自己又找了一个家,便是这只高压锅。这只猫从高压锅里跳出来的时候,人们才发现那

拆迁工地的内部风景。扫描镜头摇进室内。

猫是用绳子拴在了锅把子上,原是没自由的。

这一带原来是热闹的,现在冷清了。西边的房子盖得很快,房子盖到二层的时候,<u>为了进料,便在工地围墙上开了一个很大的口子,很快有人发现了这个口子,便有人来这里谈情说爱。</u>出租车司机是早出晚归的,往往是,他们离家的时候他们的妻子还在睡梦中,他们回家的时候,他们的妻子也早早安歇了,他们的性生活总是没有规律的,无法安排的,忽然来忽然去的。坐他们车的人又是什么样的人都有。便有出租车司机把妓女带到这里来,往往是,妓女坐了他们的车,又不愿出车钱,一次次坐到了那个数,便提供一次服务了。出租车司机便把车子开到这里,谁会注意到这里有车子呢?最早注意到的就是那些河北来的包工队工人。他们先是看到了扔在那里的避孕套子,后来他们明白车子停在那里是怎么回事了。那些司机的胆子是可以包天的,心是不平的,力气也肯用下去,还有一点点报复的味道在里边,又有一点点对自己,对自己妻子的不满在里边,总之力气是用到十分。古人的话句句说得都好,"色胆包天"真正是真理。那车子是怎样被车里的人弄得一动一动,简直就是一腾一腾,好像要腾到半空里去,让偷看的人的想象不由得不丰富起来。那女的,原不是良家女子,竟会叫出声来。这就更丰富人们

> 拆迁工地、建筑工地僻静背人处,大抵如此。

的想象力。西边,原来是一栋四层楼房,是什么局什么局的家属楼。既然是夏天,窗子是不能不开的,那边的人们也明白这边有什么事在发生着。有人买了望远镜留意着这边,像天文学家观察天体一样认真而职业,但他们能看到什么呢?只看到车在那里一动一动,他们的想象也就跟上一动一动。然后是车子终于开走了。有时候呢,是司机从车上下来了,冲着他们的方向撒尿,提裤子,然后是志得意满地离开。性交这种事,从来都是要让那些心胸浅薄的男人凭空生出一种成就感的,这是命运对他们的抚慰,更何况他们是和不属于他们的女人在一起耕云播雨。

<u>房子全部盖起来的时候</u>,差不多天都冷了,北边的房子和南边的房子都是六层的楼,这就让人们看不到里边了。包工队的工人们在天冷前要赶着把楼房粉刷出来,是那种好看的颜色,是苹果绿,温馨之中好像是有些欲望在里边。这颜色是年轻的颜色,又有几分娇嫩的意思在里边,让人想到好看的苏绣和古典戏曲里花旦的裙衫。这么一来,那房子便好像是漂亮了,虽然阳台是十分的小,但整齐,好看。看房子的人来了,他们都急于看看自己的房子是什么样子,好不好,怎么安排,看房子的人一多,工地方面就有意见了,居然在那

> 拆迁、建设、竣工,是这篇小说的描写次序。

里派人把门了,要那些前来看房子的人出示房号才让进去。过去住在这一带的人们进去了,发现房子真的盖好了,但院子里真是乱,但人们又知道了院子里是要弄一些花池的,里边要种玫瑰和迎春花什么的。人们也知道了现在这个院子已经不能再叫什么什么院子,而是要叫"小区",还要交管理费。<u>人们的火儿便又涌上来</u>,又听说每个单元的门都要安一种可以对着讲话的安全门,这又要家家户户出钱,<u>人们就更火儿了</u>。话说了才几天,那种门就果真安了起来,再想进去,便要先买了钥匙才可以。<u>人们自然是火儿极了</u>。但心里却开始小瞧那些不安这种对讲门的地方,比如他们的熟人和朋友住的那些地方,楼门原来是整天整天不关的,他们在心里觉得自己好像是地位一下子高了,说话呢,口气也好像变了,那里里外外要对讲一番才能"啪"地打开的门让这些平平常常的市民有了新鲜的喜悦和身份变化的感觉。

人们都想不到这拆迁之地会变成这样,那些杏树呢,早给砍了。但人们现在已经没了怀旧的情绪,人们给新鲜感推动着,又给种种面临的问题鼓噪着,不安着,算计着,一分钱一分钱地苦恼着,这让他们的怀旧心情一点点也不再存在,这让人明白现实原是连一点点诗意都没有的东西。

> 所谓"火儿",应该只是牢骚话而已,此处为作家语言的夸张与个性处理。

人们又终于发现了这新盖起的小区南边的那一大堆垃圾,灰灰的垃圾,垃圾里又是一个棚子,棚子是自己搭的。<u>人们看到了那个捡垃圾的又瘦又小的老太太,背了垃圾回来</u>,远远看去,就像是垃圾自己长了两条腿,在那里走着,慢慢慢慢走着。人们又不免急煎煎起来,问:楼房已经盖好了,天暖和起来还要种月季,这老太太去什么地方?怎么会让这样一个捡垃圾的老太太住在这里?难不难看?竟还有人去小区管理站质问,是南边那两栋楼的居民,他们始终是兴奋着的,因为这新房,因为他们对新房的种种想法。但这又瘦又小的老太太和她的垃圾让他们的幸福感大大打了折扣。他们去问了,激动着,有那么一点点的环保的味道在里边,但他们的激动总是得不到确切的回应。小区那边的人总是闪烁其词,他们也不知道该怎样处分那捡垃圾的老太太。而准准确确回答他们的是忽然起了风,这是春天的那种忽然而来又忽然而去的风,把老太太垃圾堆上的塑料袋子一下子吹了起来,直飞上去,飞上去,飞上去。那些说话的人们便把头抬起来,抬起来。这时候有人打喷嚏了。"妈的!"这打喷嚏的人说,但这人又马上抬起头来,用感觉和眼睛还有隐隐作痒的鼻子迎接那悬在天上的太阳,那样子像是告诉旁边的人他还想再打一个。打喷嚏是舒服的,有时候竟然

> 老太太的偶或出现,似乎让这篇散文体小说有了一个贯穿始终的人物。

拆迁之址 / 351

接近快感。

现在只有那些在空中自由飞舞的塑料袋子可以鸟瞰这一大片拆迁之地。

> 也算个悬念吧。

那老太太要住到什么地方呢？谁也不知道。

杏花快要开了，但这一大片拆迁之地已经没有杏花可看，人们要看杏花需到公园里去。

夹　　子

　　<u>日子是寂寞的</u>,庄稼在地里静静地生长着,抽了穗子后,天又下了几场雨,人们就有了暂时的空闲。空闲对于农民,意味着有许多事情可以做,比如编编筐子和柳斗,比如修修屋顶和补补篱笆。可干的事太多,多到你干都干不完。而知青们的事却不多,<u>男知青们到河边去,女知青们也到河边去</u>。河里到处是那种很大很大的鹅蛋石,知青们就坐在上边洗他们的衣服。说笑呢,自然是有的。河水"哗哗哗哗"不舍昼夜地流着,远处呢,是山,一重重的山,山气是蓝的,蓝得有些让眼睛不好受。知青们的家都在山那边,每年只有很少的几次,他们会步行着翻过那山回他们城里的家和家人团聚。那时候的山上又都覆盖着雪,山风是很大的,会把雪一把一把塞到人们的脖子里去。知青们刚刚来到乡下的时候看到什么都新鲜,会成群结队去山上玩儿,而现在即使有人提议去山上人们也不会去。艰苦的日子是拼命干和慵懒的结合体,下地的时候,人人心里都怀了早日离开这里被抽进城的想法,所以都拼命地干,要

　　知青生活是寂寞的。此篇写知青生活。

　　却并非写男知青和女知青之事。

夹子 / 353

让人们看出好的劳动态度。收工回来的时候,人像是要散了架子,一躺到土炕上就再也不想动,衣服脏了也就那么胡乱穿在身上,袜子破了也好像无所谓。脏和破都是需要时间来收拾的,但知青们的时间都给了睡觉。知青们又不愿让自己和当地的农民们一样,于是除了脏和破之外便有了一种什么都无所谓的风度,比如何小满,身上的棉大衣扣子掉得一个也不剩,他却不知什么时候从家里带了几个夹文件的小铁夹子来,就那么用夹子把衣服夹着,倒显出他的与众不同。他很满意自己这个样子,到公社去开知青会,他居然也这样去,便被人们起了个很不俗气的外号:夹子。夹子会理发,知青们就喜欢让他来给自己理一理,夹子的父亲原是个理发匠,夹子就有了一套理发工具。因为会理发,夹子就显得更加与众不同,有时候大队通知他去公社开会,会顺便对他说一句:"把理发推子带上,公社书记要理理发呢。"结果不但公社书记要理,公社里别的人也要理,你也理我也理,时候就不早了。公社食堂里的饭总是要比知青们的好得多,夹子便留在那里吃了饭,饱饱地回来了,这就更让人从内心里羡慕他。夹子是与众不同的,人们都猜想他可能会第一个回城,但夹子的真正与众不同处却在于他其实是个没有多少朋友的人,他给人们理发,他和人们嘻嘻哈哈的时候其实离人

> 这就引出主人公"夹子"。文件夹也是城里的东西,自然与众不同。

> 有一技之长的知青显得重要。

354 / 五张犁

们很远。他的好朋友不多,他最好的朋友也是个插队知青,叫王红卫,这是个很大众化的名字。这王红卫住在离夹子插队的地方有三十多里的地方,那地方是山洼,且多黑石,便叫了"黑石所"。这名字是很奇怪的,叫"所"的地方并不多,好像就这么一处。听了这名字的人会一下子就记住了这名字,还会纳闷地想一阵,想它为什么会叫黑石所。这就会让人想到比如厕所什么的,想的人也许就会笑了,笑过之后就会牢牢记住这个名字了。

夹子要去看他的朋友去了,去黑石所,他去的时候当然是带了他的理发工具。因为是山区,自行车是用不上的,反而是个累赘,他只有用他的两只脚,脚上是球鞋,鞋面上已经开了绽,但还没有破。夹子经常在河里洗他的鞋子,他洗衣服的时候,先把鞋子用石头坠着泡在水里,到衣服洗好了,鞋子也泡得差不多了。鞋子呢,原来是白色的,就是那种白色的回力鞋,因为穿久了,又总是在黄土地里走来走去,现在看上去就像是一双洗淡了颜色的黄色的鞋子。夹子穿着这样的鞋子,上身穿的是一件他自己最喜欢的洗得发了白的军上衣,这种布料的军上衣原是越洗越白的,但白之中还是有淡淡的黄,让人就觉得干净而爽气。下边再配一条蓝色的涤卡裤子,裤子又是在枕头下压过的,裤线直直

> 名字有时代特点。是那个年代的常见名字。

> 衣服亦有时代特点。那个年代的知青标配。

夹子 / 355

的,压这种裤线是要在裤子还没全干时进行,这就是一份讲究。这份讲究好像是知青们的特权,村子里的年轻人从来都不敢这么做,他们不是不想,而是不敢。穿了这样的衣裤,夹子就显得有了几分英俊,但夹子长得原来就是英俊的,是那种猛看上去很一般的英俊,这种英俊耐看,越看越好,所以就不张扬。因为不张扬,往往一上手就会被人忽略,但忽略之后又会让人慢慢注意到,这样一来呢,夹子的英俊就好像是一种焕发,要在那里慢慢慢慢地焕发开。这是需要时间的,这种慢慢慢慢让人品味到的英俊其实是一种深入,一旦让人品味到,好感也已经稳固在那里了。

夹子一个人去看他的朋友,一个人走在路上。去黑石所的山并不陡,是一个又一个缓儿坡,坡上便是庄稼地。那一个又一个坡好像没有尽头,没有尽头的一个又一个坡儿远远看去就是重重叠叠的很柔和的线条。<u>很柔和的线条上有时会出现一株两株很大很老的树,那树是孤独的,不是一株两株地待在一起,而总是猛然出现那么一株</u>,这就让人觉出一种不同寻常,因为那树似乎是太古老了,要是在春天的话,那树还会开出吓人的花儿来,满树满树的繁花,那么寂静的山间猛然出现那么一树繁花是会让人从心里生出一种惊喜而又难过的心情。为什么难过?其实人都是为自己难过,

> 路上所见唯有突然出现的树最扎眼,也有一种寂寞的意味。是感怀伤世之笔,见树而自伤身世。

356 / 五张犁

这树会让知青产生一种与世隔绝的惆怅。满树的繁花是那么漂亮,但就是没人会看到它,它就寂寞地在山间独自开开落落,就好像一个有心事的人在那里说来说去却没人听他在说什么,他只好把话说给自己听。也许哪一天这树就会给天雷一下子劈了,没人看它,它还是年年尽心尽意地开出那么惊人的繁花,让人伤感的道理正在这里。好像那些知青,全社会的人都已经把他们忘了,包括他们亲亲的家人,可他们还活着,在寂静的乡间一天一天艰苦地活着,有时候他们会对家人产生一种十分刻骨的怨恨,好像是住在城里的家人们放逐了他们。

　　夹子一个人在路上走着,远远近近的蝈蝈叫让他忽然产生一种孤单的感觉,这感觉让他加快了步子。他为什么去看王红卫?在路上走着的时候他在心里问自己,<u>他明白其实只是为了寻找一点点新鲜的感觉。</u>王红卫新鲜吗?人还会有什么新鲜不新鲜,但确实又是新鲜着。好长时间不见了,见了就会有许多话要说,许多他不知道的事情也许在那里等着他去知道。其实这都是因为他们插队的那个村子里太死气沉沉了,什么都是看惯的,土坯房子、树、狗、牛和猪,人、队长、队长老婆、知青们的一张一张的脸和身体都是他熟悉的,日子是一成不变的,这就使夹子要走许多路去看他的

> 知青生活的真实感受。

朋友有了崭新的意义。什么意义呢？好像是一种争斗，好像是故意和他待久了的那个村子争斗，即使不能长期离开，也要短期离开一下子。好像是有这么一句话已经写在了夹子的心里，所以，夹子就有那么一点点的兴奋，所以，他才肯走那么远的路。翻过了一山又一山，翻过了一山又一山，翻山翻得让人有点儿绝望了。那黑石所就远远地让人看到了，是那么一个小小的村子，在山洼洼里，远远地在山上朝下就可以看到它了。

夹子站在那里，朝下看，<u>先是看到一缕青青的烟，像是搓线线一样从那里给直直地搓了上来</u>，然后就听见牛叫了。牛叫让夹子有一种回到了家的感觉，这种感觉让他马上感觉到了饥饿。在下了坡往村子里走的时候他在想，王红卫可以给他吃什么。王红卫是住房东家的，他的房东是一个很老的老妇人，有一个瘦高个子的光棍儿子。夹子已经来过一次，所以他知道这些。<u>王红卫和夹子不同的是，他想住知青集体宿舍而没有</u>，因为在黑石所插队的知青没几个，黑石所就没有给知青盖宿舍，<u>没有集体宿舍，王红卫就只好住在房东那里</u>。而这偏偏又是让夹子在心里羡慕的，夹子总觉得王红卫插队倒像是给自己又找到了一个家，那个老妇人，天天可以把热饭给他按时做出来。

夹子走在黑石所村子里的土路上，饥饿感让他忽

> 这个比喻用得好。看一"搓"字，意境全出。

> 知青和知青的生活也不尽相同。

然明白自己为什么要远远地来这儿的道理了。夹子在想,王红卫会有什么好东西给自己吃,酒是肯定有的,碰巧了也许会吃到肉,比如村子里会不会再次从山壁上掉下一头牛,牛的腿和脖子都断了,活是活不成了,就是活了也不会干活儿了,便给人们杀了吃。或者是山上下来的野兽把人们圈里的羊或猪咬死了,人们就又是骂又是高兴地有肉来吃了。

夹子想着这些,更觉得饿了。身上呢,也出了汗。

夹子一进村子,其实就给等候在坡上的王红卫看到了。前天,夹子已经让乡邮所的老李捎了信儿说是这天要来,王红卫就算计了时间,在那里等候着了。这对于王红卫,有点儿像是过节的味道。"有人要看我来了。"他逢人就说。这对于黑石所这个小小的村子,似乎也是一件大事了,于是村子里许多的人都知道有人要来了,不单单是来看王红卫,重要的是有人要来黑石所了。村子里正好有一家人家要娶亲了,日子也正是这一天,娶的是邻村的女子。村子小,一家的喜事也就好像是整个村子的喜事了,在这样的日子里,恰好又有外边的城里人来——村子里的人都把插队生叫作"城里人"——这就好像是他们的喜事也很不一般了。甚至,这家办喜事的人都在私下商量是不是要请这外边的人来入席。甚至,村子里的一些人都在猜测了,猜测

封闭寂寞的山村,见人就是过节。

无巧不成书。生活中未必是同一天。在小说的世界里就得是同一天。

> 三元钱大过婚宴的热闹。穷困年代，一切都是匮乏的。

这城里人是不是专门来出这家人的喜门的。于是，早上的时候那家要娶亲的人家来了人，来问王红卫，说："人家是客人，来看你，也是村子里的客人，办喜事要不要请你的客人？"王红卫想了想，当时是不好回答的，就说："客人来了再说。"这就给了那娶亲的人家一种期待中的喜悦，没说不来，也没说来。就好像有一样好吃的东西搁在那里，可能会吃到，又可能会吃不到，这就让人的心里期期盼盼。王红卫呢，也拿不定主意，<u>拿不定主意的原因是夹子要是去了用不用出那份礼钱。照乡下的规矩</u>，时下出门每人是要出三元礼钱的。要是不出礼钱当然好，到时会有许多好吃的东西，猪已经早在一个月前就杀了，听说是卖了一半给新娘做了两身涤卡衣服，剩下一半就腌腊了吊在那里等着办喜事。

王红卫拿不定主意，便去问他的房东。那房东老妇人原是见过世面的，说如果这样也是要拿一份礼的，这样的客人拿了礼是要坐上席的。王红卫不懂什么是上席，就又请教了，房东老妇人告诉王红卫上席就是要陪新娘子那边来的新亲，那席面要比别的席面更好。王红卫既然已经知道了这些，主意便也有了，他不准备让夹子出这个喜门子，并且，连自己也不要去了。这是有道理的，娶亲的那家人也是挑不出理的，因为王红卫来了客人，是要陪客人的，这么一来，那三元钱王红卫就要省下了,并且,夹子也可以不必出那三元钱。他自己也可以把省下来的三块钱用来招待夹子。

王红卫领夹子进了房东的院子,把跟在后边的孩子们赶散了。

狗却不肯散,它们很少见到生人,兴奋得厉害。

王红卫的房东住着两间石头屋,山里只是石头多,把石头垒起来,外边再糊上泥巴就是屋了。屋已经很老了,像要倒的样子。王红卫住了靠西边的那间,房东呢,住东边那间。房东的儿子现在和王红卫一起住着,这样一来,他们就有话说。说什么呢?也没什么说的,不过是村子里的种种琐碎事情,村子又太小,小到不会有太多的事情,所以可以说的事就更加琐碎。房东儿子的岁数已经很不小了,却总是找不上对象,好像是他也不准备找了,得过且过的样子。人是又瘦又高,眼睛有些斜,总好像心不在焉的样子,说话呢,即使是夏天也要把手抄在袖筒里,地方再大呢,他也要靠墙站着,好像这样安全些。有什么活儿要干,他不会自告奋勇地去做,总是站在一边看,如果你要他帮忙,他便会很高兴出全力地加入。有什么好吃的呢,他也不会饿虎扑食样扑过去,也只是抄着手在一边看,他要人请他然后才肯动手动嘴,一旦吃起来就很快很猛很认真了,话也不说一句。王红卫房东的光棍儿儿子的行事让人觉

> 算计得有道理。

> 寥寥几笔,一农村青年形象尽现。

得他好像是受过很好的家庭调教,又好像是从小就受惯了人们的欺侮,所以才会那个样子。但看他抄着手在村子里走来走去的样子,又让人觉得他实实在在像是个二流子。所以人们在背后给他起了个绰号叫"怪货"。上次来的时候,夹子已经认识这个怪货了。

夹子来之前,王红卫的房东老妇人已经和他的儿子细细合计过了。他们决定了,也准备不去婆亲的那里,既然家里来了外边的客人,他们的家里是很少有客人的,这就是一件大事了。老妇人的道理是客人来了而你又要去出喜门子就是不懂道理,所以她要留在家里待客,那份礼呢,虽然也不能少,但她和她的儿子都不能去出喜门子,送一份礼也就够了。<u>在村子里,这份礼也就是从米缸里舀小半袋子米。</u>一大早,老妇人就让怪货把米送了过去,并且告诉婆亲的那家人说要来客人了,好像人家不知来客人的事。婆亲的那家人很客气地留怪货喝水,好像他们家一办喜事就整个变了样子,大家一下子好像变得客气了,不认识了,这就让他们觉出一种新鲜感,一种兴奋。早上的时候,婆亲的那家人又送过喜糕来,照规矩是一个人要送三块的,却特意送过十二块,这就连夹子的那份也有了。糕呢,从早上到现在谁也没有动,都热在笼里,老妇人心里就很踏实了,并且有些骄傲。现在让她愁的是到了晚上该

（旁注：农村结婚随礼大致如此。当然这是过去。）

给王红卫的同学吃什么,白面是从来都不会有的,小米也是金贵的,有也只能让人们用来喝粥。老妇人决定了,到了晚上她就做莜面,山药蛋还是有的,隔年腌下的老咸菜还是有的,已经捞了出来,用水泡着,泡去一部分咸味儿,还要再在里边滴一些菜籽油。

夹子从外边走进屋时已经是十二点多了,是应该吃饭了。屋子里黑洞洞的,不知哪年哪月曾经刷过房子,现在是黑洞洞的了。北墙上有面镜子,已经裂了两半,用枣子粘了起来,枣子已经被苍蝇吃成了黑乌乌的。炕上有很好的太阳,夹子就和王红卫坐在了炕上,当然还有怪货。因为太饿了,夹子吃了那糕,竟然好像不知是什么滋味。怪货却尽在那里"嗦嗦嗦嗦"地喝粥,很大的喉结一上一下地动,每动一下都"咕咚"一声,眼睛呢,斜斜地看着夹子。王红卫呢,也在吃糕,他吃了三个,就停了下来,然后喝粥。他把已经泡得发了灰色的咸菜先放在粥里,然后才把碗里的粥和咸菜一起喝到嘴里。那老妇人呢,却是坐在地上的灶口旁,等着夹子他们喝完了粥便马上再给他们盛上。外边的炮仗就是这时候响起来的,并且狗也叫了起来,狗被炮仗吓了一跳。狗一叫,怪货就笑了一笑,对夹子说,村子里有人娶亲呢,娶的是邻村的女子,猪是一个月前就杀了,半只猪卖了五十三块钱,给那女的做了两身衣服,剩下的肉都腌腊了,今天都要被吃掉。说完这些,怪货就没话了,他的母亲,那老妇人这时纠正了他一下,说那猪只卖了五十块钱。夹子就听他们说话,外边的炮仗响过了,他心里在想,那边的人们可能已经入席了,新娘子也可能给背进了新房,还想自己要是在王红卫这边住两夜就最好给房东老妇人买一盒烟,就买很一般的那种就行了,那老妇人原是抽烟的。夹子喝着粥,看看王红卫的头发,明白自己来得正是时候,王红卫的头发该理一理了。夹子想着,怪货和王红卫在那里说着,话总是有说完的时候的,话说完了,要想再说什么就得想,一时想不出来的时候屋子里就静了下来,也就是这个时候,有人从外边"扑通扑通"跑了进来。

"出啥事了?"王红卫的房东,那个老妇人问那个从外边跑进来的人。

"您出来一下。"来人对那老妇人说。

老妇人便站起身跟了出去。

原来是办喜事的那家人家出了事,那新郎的父亲,早就有了病,动不动就头晕,这几天也累了,轧粉条子,磨面,到处去请人,收拾房子,忙得他病情加重了。病情加重了偏偏他又不肯说,硬撑着。新人对拜时他的脸色就兴奋得有了问题,乡下娶媳妇是一件大事,他也是太高兴了,新人给父母拜一拜的时候,人们就看到他的脸猛地往一边扯,接着就一头朝后栽倒了过去,现在是不行了,谁也想不到他会在这种时候一下子就不行了。这简直是一种突然的袭击,让人们措手不及。一下子不知是该办喜事还是办白事。便请教了村子里的老年人,老年人说这种事要两件事一起来办,喜事要继续进行,白事也要赶快准备。<u>那边来人的意思是想请夹子过去给那边人家的男人都剃剃头</u>,这边的讲究,人一死,百日里就不许理发了,所以,要马上都把头剃了。新郎呢,因为要娶亲,头是刚刚进县城里剃过的。新郎的父亲呢,也是为了儿子办喜事已经把头剃了。现在要剃头的是新郎的三个弟弟和新郎的小叔叔。

"一下就死了?"老妇人在院里问来人。

"一下就死了。"来人说。

"进屋吧,看看人家愿不愿去。"老妇人说。

那来人便又和老妇人进到屋里来,站在那里,把办喜事那家人发生的事说了一遍,又把想请夹子去给那家人理发的话说了一遍。

来人站在那里,看着夹子,等夹子的话,又看看王红卫,好像是想让王红卫给说说话。王红卫看着夹子,他想不到会碰上这种事情。夹子呢,也想不到会碰到这种事,他一开始是怕给死人剃头,来人便告诉夹子是要给活人剃头。既然不是给死人剃头,夹子也就不怕

> 可见夹子来到此地意义重大,也使小说获得一种他者的眼光来看突发的农村死亡事件。

了。"去就去。"夹子说,并站了起来。来请他去给那家人理发的人高兴了,因为他把这事办成了。老妇人呢,也高兴了,好像在这件事上她出了力,为了这件突然而来的事,好像她的脸上也有了光彩。老妇人便吩咐来人把夹子带好:"小心不要让狗咬了。"

"那当然。"来人高兴地说。

来人便带了夹子离开了老妇人家。夹子呢,背了他的书包,那理发的工具就放在书包里,书包是绿布做的,上边是红漆印的"上山下乡"之类的字样,洗过多次了,布和字的颜色都很淡了。

王红卫呢,穿着背心,跟在夹子后边,也去了。

怪货呢,也抄着手慢慢跟在后边去了。

夹子去了那家。这是三间朝南的房子,为了办喜事,粉刷了一下,就好像分外显得亮了一些。吃喜酒的人们都在院子里坐着,院子里一共放了五张桌子,人们已经吃到了一半,狗们在桌子下乱窜。就时间上说呢,真是说不清这是在吃中午饭还是在吃晚上饭,总之是既过了吃中午饭的时间又还不到晚饭的时间。新郎的母亲在那里张罗着,好像根本就没发生什么事,眉眼之间也看不出一点点悲切来。吃饭的人们也照样在一杯一杯地喝着玉米酒,还划着拳。这是一种很烈的酒,闻一闻都辣眼睛。新郎家的亲戚们也在那里忙着,忙什

> 对死亡处之泰然,也是中国乡村文化之一种。只是不常见。

么呢?在忙着收拾桌子,把换下来的碗筷都数好数,把馒头端上桌子。<u>新郎和新娘这时候在给人们敬酒,脸上挂着笑,好像他们并不知道他们的父亲发生了什么事。</u>被敬酒的客人照例要出个笑话难一难新郎和新娘,新娘有几分害羞,有几分忸怩,但还是肯了。比如,客人要把一根大葱放在一个玻璃酒瓶子里,要新郎和新娘用舌头合作着把那大葱从瓶子里取出来,那根葱好不容易要给从瓶子里拔出来时,有人便在后边推了一下新娘,这便又要重新来一次。人们便笑了。又比如,另一个客人要新娘把一张花花绿绿的糖纸用舌头给粘到新郎的上牙膛上去,新娘先是百般忸怩,然后还是做了,把舌头伸进新郎的嘴里,一次还不够,伸两次还不够,伸三次还不够,最后新郎红着脸笑着讨饶了,那客人便得到一盒"迎宾"牌子的香烟。

夹子和王红卫站在那里看了一会儿,忍不住笑了又笑,便被带到了后边。说是后边呢,其实就是东边的屋子。屋子的窗子已经给一块门板堵上了,屋子里就很暗。<u>夹子一进屋就看见了躺在炕上的新郎的父亲,脸上已经给苫上了一张新麻纸。</u>新郎的弟弟和小叔叔都在屋子里坐着,那个年轻的女人就是新郎的婶婶,已经从村子里借来了很脏很旧的孝服,这孝服明天就要给这家人穿起来。新郎的小叔叔请夹子和王红卫抽

> 喜事与丧事同时进行,各不相扰,是风俗使然还是对悲苦和死亡已麻木?这是这篇小说带给读者的新鲜经验。

> 一张纸,幽明两隔。

烟,请夹子和王红卫坐,好像家里并没有死人,也没出什么事。夹子呢,心里有些怕,他是怕死人的。抽过一支烟,夹子就开始给屋子里的人理发了。不知怎么,夹子的手有些发抖,却听见新郎的小婶子在一边不知和谁说"他大爷是有福气的,看到了丑小的媳妇"。夹子便知道了新郎的名字原来是叫"丑小"。屋子里的人一边小声说话,一边还朝外看,他们可以从挡在窗前的门板的缝里看到外边院里的动静,<u>看着看着,他们会忽然笑出声,就好像家里没发生什么事情,炕上躺着的那个人呢,好像只不过是累了,躺在那里暂时睡一会儿。</u>

> 再次让人感到对死亡的达观。

屋子里的人忽然又笑了,因为他们都聚到门板缝那边看到了外边新郎把新娘架在了肩上,这就显出了新郎是有力气的。因为屋子里的人在笑,夹子的手不抖了,突然好像觉得自己是在梦里,这世上并没有死人这么一回事,炕上的那个人真是在睡觉。这么想着,忍不住要朝那边看一看。这一看不要紧,蒙在那死人脸上的麻纸好像在轻轻地动了起来,一起一伏,一起一伏。

"妈呀!"

夹子忍不住大叫起来,扔了推子就朝外边跑,夹子是一身的汗,他站到外边了。外边正热闹着,人们都在和新娘新郎开着玩笑,新郎肩上架着新娘在绕着院子走了一圈儿,又走了一圈儿,人们还不放过他们,还要他们再走一圈儿,新郎笑着,脸红着,满头的汗,嘴里不知说着什么,就又走起来,他肩上的新娘也捂着嘴笑着。

"死人啦——"夹子站在那里大叫了一声。

"真死人啦——"夹子又大叫了一声。

> 笑着的新郎新娘与惊恐的外来者知青,使小说结尾获得一种饱满的张力。

演　　出

　　装好了车,已经四点多,时间是算好了的,六点要赶到那个叫沙岭的村子。天虽然灰阴着,看样子还不会马上就下起雪来,宣传队员们都知道这次是要到很远的一个村子里去演出,所以车要比往常开得早一些,要是在往常,六点多开车也不迟。车呢,是一部很旧的大轿子车,车上的漆片斑驳了,样子就像是人的脸上长了不好看的癣,一片一片的,车上的玻璃也乌乌的,好在上边结了很厚的霜,看上去就好像还干净了一些。道具什么的在队长的指挥下装好了,服装是一包一包的,都放在后边的车座儿上,化妆品都放在两个破破烂烂的提包里,那提包上都是化妆的油彩,左一片,右一片,所以谁也不愿去碰它。队长就吩咐跳舞的小王提着它:"你就把它提着吧,再说你也要化装。"乐器呢,是谁的乐器谁就提在手里。队长戴着一副很深度的近视镜,上身穿着很厚的中式棉袄,棉袄外又是一件深蓝色的中式罩衣,他还戴着一条很长的毛围巾,这就让他多少有了些知识分子的味道,有些与众不同的味道。别

晚来天欲雪。

农村下乡演出,破车破路,没时没点。

队长的形象很像一个队长。

370　/　五张犁

人呢,都在穿涤卡的中山装,而偏偏是他穿这种布料子的中式袄,好像就这么一点,他就有理由来当这宣传队的队长的。他是最后一个上的车,把手里拎着的鼓"咚"的一声放下去,又把手里的大铜镲"哗啦"一声放在鼓上。"梆子呢?"他朝车后边问了一声,是很浓重的河北唐山口音。"带上了。"演员小王马上在后边站起来说。

<u>"好,那就开车吧。"队长对司机说。</u>

车是朝北一路开去,这就顶了风,车窗外呢,没什么好看,就是灰秃秃的山,山又很远,但车上的人们都知道一会儿车就要开到那看上去很远的山里去。车里很冷,人们都缩着,这就让人们都没了说话的兴致,一个不说,大家就都不说,大家都不说,有谁想说好像也不好意思说了。又好像,人们缩着身子把睡意给缩出来了,人人都像是一半睡着一半醒着的样子。只听见放在鼓上的铜镲随着车子的颠簸"哗啦、哗啦、哗啦、哗啦"小声响着,好像怕把谁惊动了似的。车就这样不知不觉开到山里了,车开到山里就朝南掉了头。

车"吱"地一下猛地停下来的时候,车上的人们才忽然都醒过神来。因为人们都迷糊着就都以为到地方了,却看见司机跳下了车,坐在后边的演员小王把玻璃上的霜擦了擦,发现车是停在山旁的公路上,<u>外边已经</u>

> 宣传队傍晚出发,这时间本身就带着朦胧的戏剧色彩。

> 大雪骤至,汽车抛锚,使得这个演出之夜一开始就充满了不寻常的气氛。小说一边叙述一边营造着氛围,不紧不慢,从容不迫。

<u>在下雪了,而且下得很大,远远近近已经白了。</u>司机下去一趟,又上来,取了工具又下去。队长也跟着下去,再上来人已经成了雪人,他拍着身上的雪对车上的人说了句:"<u>车出毛病了,修修就好。</u>"便又下去了。坐在后边的演员小王站起来,侧了身子,慢慢慢慢穿过道具过到前边也下了车,他下去是想撒尿,风很大,冲着北边简直就没有法子把肚子里的尿撒出来,冲着南边或东边就会给车上的人看到了,他只好冲着北边努力让×和风作对。风还是厉害的,再上车的时候小王的裤子就湿了一大块。这时,别的人也都想起下车方便方便了,上上下下乱一阵子,车上就都是雪了。

车修了多长时间谁也说不好。<u>司机上车了,要大家都下车去推车:"不推着不了啦。"</u>队长也上了车,用浓重的河北唐山话对大家说,要大家都下去,人们就都下了车,发现天已经暗了下来,车是朝南走,风从北边来,人们都给灌一脖子雪。路是滑的,车就很不好推,但终于给推动了,车子动了,却还是打不着火,人们就继续推。公路在山间是盘旋的,人们就把车推着转过了一座山,又推着转过一座山。天黑了下来,车终于着了火。人们就都上了车,打身上的雪。才坐下,<u>车又熄了火儿,人们就再下去,车又打着了火儿,人们就又上车。</u>这一回车没问题了,天也黑严实了。"别误了开

> 熄火、推车,熄火、推车,小说铺垫之笔。

演,那边人都等着呢。"队长说,不知对谁说,"我看八点也到不了地方。"演员小王在后边说,好像是队长说了话后没人答话他觉得过意不去,就说了这么一句。他裤子上的那片已经冻得硬硬的,他这时把他的演出服从包里翻了出来套在了身上,这样就暖和了一些。他这么一做,别的人也就跟着这么做了,个个都好像一下子胖了许多。

"<u>九点半到了也不错。</u>"司机这时说了话。他是个不太爱说话的人,脸是狭长的,而且白,偏又长了黑黑的络腮胡子,脸就显得更白更长,让人见了就忘不掉。他是去过沙岭的,什么地方司机没去过呢?

雪大,路上,夜深。乡下演出之情状已呈现一二。

"那也得去,去了,他们等不及散了,咱们再回。"队长说,倒好像谁说不去了,很严肃的样子。他这时已经把围脖严严实实地围了起来,半个脸都在围脖里。

"九点半谁还看。下这么大的雪,又是露天台子。"小王在后边说。

"那也得去。"队长又说,口气更严肃了,好像是有些生气了。

坐在后边的小王用手擦擦玻璃,看外边,能看到什么呢? 什么也看不到,外边雪下得很大,努力朝前看,<u>可以看到车灯灯光里的雪,</u>很大、很密集。小土这时的心情很急,急什么呢? 他很怕车去迟了,又怕沙岭村那

车灯里方能看出雪之大之急。

演出 / 373

旁注：
- 小王着墨最多，是作者力图主要表现的人物。
- 风雪夜等待演出，写出乡村单调、匮乏的生活和独特时空里的独特氛围。
- 这话妙，也里唯有灯光里的雪可见。

边的人们等不及散了，小王是喜欢演出的，"下这么大的雪，人们可能不会看了吧？"他心里这么想，就有些怨那些雪。"怎么说下就下？快停了吧。"小王又在心里说。

村子很远，但九点多的时候车还是到了。

车一停下，队长就第一个下了车。下了车，就看见了台下的那些人，等看演节目的人们居然还都在风雪里等着，这就让车上的演员们有些感动，有些意外，有些高兴，又有些骄矜，宣传队的演员多多少少都有些骄矜，尤其是下到村子里来演出的时候。有人下了车，才发现车是停在了临时搭的舞台边上，舞台是用一个一个的大门板临时搭的，上边再用篷布蒙了。舞台前点了两大堆火，蹿起老高的火苗。舞台上方点着很大的三个灯泡，但那灯泡好像专门是给雪点的，又好像那些雪都朝着灯泡的方向拼命下，下，下。舞台的后边就是一排房，是沙岭村的仓库。队长一下去，马上就和村里的那个队长联系上了。队长是个子很高的人，三角脸，脸上的眼睛也是三角的，头上戴着顶皮帽子，皮帽子一张一张的像鸟的翅子。村子里的人早有些等不及了，有些失望了，这时又都忽然高兴起来。村子毕竟是太偏远了，很少有个热闹的时候，一见车来了，有人就

374 / 五张犁

又纷纷往家里跑,去叫那些等不及已经回家的人。宣传队要来演戏的消息是前两天就传开来的,<u>这样一来,附近村子的人也来了,而且,靠附近村子近的村子也有人来。</u>

　　队长又上了车,他的围脖已经解开,长长地垂在脖子两边,他要车上的人动作快一些。"别拖拖拉拉,把道具先搬下来,现在马上化装,化好装就吃饭,只给半个钟头,不要吃多了,吃多了就跳不动了,演完了再吃。"队长说。<u>队长这么一说,后边的小王就马上说:"吃一个馒头就行了,反正演完了还要吃。"</u>小王现在是很感激队长的,因为前不久,队长决定要他去演二人台,小王的嗓子原是好的,但没人注意他,队长的这种决定一下子就让小王不再是普通演员了,像是个角儿了。和他一起唱二人台的那个女的岁数已经不小了,都四十多了,叫李小芬,人长得很一般,但总是笑眯眯的,一化装,一上台就很好看了。嗓子呢,不算很好,有几分沙沙的,但很动听。她原来是专业剧团的,和她唱二人台的男演员姓许,人瘦瘦的,他也不知是怎么搞的,嗓子一下就坏了,一句也唱不出来,这让他很生自己的气。因为他唱不出来,队长让小王顶的戏,小王一顶他的戏,他就开始和小王生气。小许现在跑到乐队里去打梆子,因为不再上台,他就留起了黑黑的小

　　这话说得有意思。普通作者断不会有后一句。

　　重点写主要人物小王。

演出 / 375

胡子。

演员们都挤着下了车,从车上往下搬道具与他们无关,搬道具是乐队的事。演员们下车是急着去化装,所以可以不去管道具,这好像是一点点特权。

后台是一间屋,演员们一进屋就忙开了。屋子里点着火炉,靠里边是一条大炕,炕上还有两卷子行李,当中是一张桌子。小王把放化妆品的提袋放在了桌子上,和他唱二人台的老李洗了手,这时开始调底彩。上次队长为了化装的事生了气,说一个人一个颜色难看不难看,以后不许这样,都用一种底色。演出总是忙的,人们谁也不愿多做一些什么,都愿先把自己的装化好,所以谁也不愿去调底色,都是各调各的,所以化出装来很难一致。队长就让老李来:"老李你来吧,别人我还不相信。"老李为人很好,既然队长说了,她就只有听。她把调底色的油彩都先挤在一个碗里,碗是随手在屋子里找到的,调调,对着灯看看,又涂一些在手上看看,然后说:"快化吧,时间不早了。"演员们就知道底色调好了。<u>这时,屋外已经围满了小孩儿和年轻人,他们都想看看屋子里的人怎么化装</u>,其实他们也看不清什么,窗玻璃和门玻璃上结了霜,看什么都影影绰绰的,<u>但他们还是在外边围满了</u>。他们平时都能看到些

<small>村民也始终是这个不寻常夜晚的主要角色。</small>

什么呢？庄稼,还有猪羊牛马驴什么的,还有山,除此他们什么也看不到,村子又远,电影和节目一年都演不上一两次,所以宣传队的一切对他们都是新奇的,宣传队给他们带来了一种过节的气氛。

"演好演不好,化装要化得好看些,起码要让村人们看张好脸。"老李说,她已经在脸上打上了凡士林,一张脸在灯下好像一下子要放出光来。

小王呢,化装向来是又快又好,他早就占好了灯下边的地方。演员们都是每人一面小圆镜和一支化妆笔,小王总是把那支笔放在自己口袋里,笔杆儿被他弄短了,笔头也用剪子修过,很好用。他化装很快,在灯下很快把眼窝和腮红涂好了,然后往脸上扑粉,弯着腰扑,扑完了又用刷子扫,然后才描了眉毛,描完了眉毛就剩下嘴了,但嘴现在还不能化,嘴要等吃完了饭再去化。小王化完了装,屋子里又挤又热,他就出了屋,他是喜欢站到屋外的,喜欢看村子里盯着他看的那些眼睛,那些孩子和年轻人都会像看一件什么稀罕东西一样围着看他,这就让小王觉出自己好像有些与众不同,那种眼神,在别的时候是看不到的。要是小王高兴,他还会和那些人说几句话。他发现,只要他和谁说话谁就会一下子激动起来。所以,小王是喜欢到村子里来演出的。小王只在屋外站了一下就去了吃饭的那间

> 写演出就要写台前台后的故事。此为台后故事,重点还是小王。

屋,队长和乐队的都已经在那里吃开了。小王进去,屋子里雾腾腾的,好不容易看清了那两锅菜,一锅是肉,一锅是肉烩粉和豆腐。小王拿了一个馒头在那里飞快地吃了起来。为了不让自己出汗,小王站在门口吃,门呢,开着一条窄窄的缝儿,有人在这条门缝儿间朝里偷偷地看。乐队的那几个人也已经吃完了,他们每人也只吃了一点点,他们都等着演出完毕的炖肉和油炸糕。

小王很快吃完了,又喝了些水,他从吃饭的那间屋出来,用手护着脸,不让雪下在脸上。别的演员这时才化好装过到这边来吃饭,也都用手护着脸,雪下得太大了。小王又回到化装的那间屋去,去化他还没有化的嘴,小王这一回就化得很慢,很认真,因为他有的是时间,他把门开了,不是屋子里太热,是他想让外边的人看他在做什么。他站在灯下脸朝着外边,外边的人站在门口,他先用笔在嘴唇上打了线,然后再涂了口红,人就和刚才一下子大不一样了,更精神更漂亮了。然后,小王去了舞台,他要趁别人吃饭的时候走走台。

多么不同寻常的夜晚。

小王在前边走,那些村子里的人就跟在他的后边,这就让小王心里更高兴。走到台子侧边的时候小王打消了走台的念头,因为<u>这个舞台没有幕布,下边又是黑压压的人,黑压压的人</u>之上是飞飞扬扬的雪,小王一走到台子的侧边,下边的人就都偷偷地看定了他。

378 / 五张犁

小王挺直了腰板儿站着,忽然清了一下嗓子。那些乐队的都也坐到他们该坐的地方了,小王跺跺脚上的雪,朝乐队那边走过去,这么一来,小王就从台这边走到了台的另一边。<u>他在台子上走,台下的眼睛就都偷偷地随着他走。雪下得真大,台下人们的身上头上都是雪</u>,一开始,他们是等不及了,现在呢,已经是无所谓了,反正已经是等到了现在,好像是再等到多会儿都是无所谓了。回去呢,也只是睡觉,睡觉是天天都有的事,节目却不是天天都会有。有时候呢,一年都不会有。

> 这是小王在台上的视角。

节目呢,是一个接一个地演下去。节目演到一半的时候起风了,<u>风把雪忽然搅到台上来,半个台子就白的了,下边的火堆里,人们又加了些煤,冒起黑烟来。这黑烟过后,"轰"的一声</u>,火堆蹿起老高的火苗,台子上下一下子亮了许多。这简直是一种舞台效果,让站在台口准备出场的小王从心里高兴,因为该他的二人台了,这是宣传队的压轴戏,到村子里演出每一次都要返场。小王已经换好了装,上身是宝蓝色的对襟袄,下身是宝蓝色的彩裤,腰上是黑色的四指宽的腰带,头上呢,是在前边打了结的羊肚子毛巾,手里呢,是一把蓝色的绸扇,脚上是黑色的彩鞋。老李呢,也站在了那台

> 简直是烈火烹油、鲜花着锦的夜晚。会不会有愈热闹愈悲凉的结局?至少小说美学上往往都是这样的。

演出 / 379

口上,她穿了一身粉色的服装,头上还戴了一朵红花,她手里的扇子也是粉色的。这就让她显得很娇气,好像她就是一朵花了。那雪呢,好像是下得正好,正好把她衬托得更像是一朵花。这就更让下边观众的眼光饿饿的了。

前边的节目接近尾声了,是一个载歌载舞的女声表演。这是五个人的表演,因为其中的一个女演员最近病了,只好让乐队弹阮的小刘来代替一下。小刘胖胖的,服装穿在她身上有些绷,因为是替人上台,就紧张,这个节目怎么演、怎么走台步她原是在台边天天看熟了的,但一上台还是免不了要紧张,比如,她总是看着别人怎么动作才敢动作,这样一来她就总是慢了半拍。紧张而又慢,眼睛又总是看着别人,尤其是走斜场时她那又认真又紧张的样子似乎就更滑稽更好看了一点儿,这让后台的人看了都想笑,但又不敢笑,但还是有人笑了。因为台下的人们已经笑起来了,这个节目也就完了。

> 队长是二号主要人物了。既是队长又是管家,还是龙套,乡村演出队大抵如此。

五人表演完了的时候,<u>队长不知从什么地方弄来了一把扫帚,跑到台子上去,把台上的雪扫了扫。</u>他担心雪会把小王和老李滑倒,因为二人台是要一遍一遍<u>热烈地转圆场才好看,就像两只花蝴蝶。</u>扇子呢,要不停地在手里舞出花儿。队长一上台扫雪,台子上的气氛就更不一样了。乐队呢,"吱吱吱咕咕咕"地重新调了弦,这就让小王把心提了上来,好像心不在胸口而是在嗓子眼儿了,更像是要跳出来。为了好看,小王把里边的毛裤脱了,这样走起来才更精神,做金鸡独立才会更好,但冷得厉害,冷得让人不由得要抖,小王就随着热烈的锣鼓声和乐声抖着。过门响了一次,又响了一次,一次比一次快,响了两次还不够,最后又响了一次,这一次才真是热烈。第三次过门响过,小王和老李才出了台,先是交叉着走了一个轻盈的圆场,又走了一个圆场,那圆场走得有多么好!<u>小王把身子紧着,步子压得多么碎多么稳多么轻巧,背过身子时他的步子他的腰也那么好。</u>过门是热烈的,想让人们都吼一嗓子。那二人台的调子又是人们熟极了的,这便是一种欣赏了,因为人们都熟。<u>这二人台的调子是老的,节目的名字却是新的,叫作《农业学大寨》</u>,前边是有词的,一句句都是说大寨好的意思,到了后来就没有了词,就只是"哎嘿哈呀,哎嘿哈呀,哎嘿哈哈哈哈呀"。这是要台上的男女一句对一句地唱,男的呢,唱一句,女的就马上跟上唱另一句,而且一句要比一句快,让人于热烈欢快的气氛之外又感觉出一种性的挑逗,而且,好像是那舞台上的一男一女有了做爱的味道,这就更让人们喜欢了。上边唱,下边的观众的心就给唱到了嗓子眼儿里,

> 小王是精彩的、漂亮的。

> 点出这篇作品的时代背景。

唱到快要结束时,台上的男女要猛地停下来,乐队也停了,世界都静得让人心里受不住,好像要发生什么大事了。停了只那么一刹那,一拍的时间吧,小王呢,才半唱半吼地唱出了最后的极短促的一句,这一句也只有一个字,那就是"砰——"身子也随着唱一下子耸了起来,在那里做金鸡独立了。小王唱出了这一声"砰",乐队才又重新热烈地响起来,演女角的老李接着要慢慢慢慢唱出那婉转好听一点一点高上去的"啪啊啊啊",声音在一点一点地高上去,身子却要慢慢慢慢风摆柳样地蹲下去,蹲在了小王的身子前。台下的人便激动了起来。

> 描写活色生香,直让读者恨不在现场。

台下的人们已经朝台前拥了过来。雪还在下着,人们知道节目是演完了,因为没有幕布,乐队特意加了过门让小王和老李走了圆场回后台,这一对好看的蝴蝶便又在热烈而性感的乐声中飞舞起来,一直飞舞到了后台去,其实是飞舞到后边的雪中去了。下边的观众是不肯轻易放过这欢快的,因为这欢快是不能轻易得到的,便拍起手来,喊起来,一次一次地拍,一次次地喊。队长探头朝台下看看,便去对站在台子后边的小王和老李说:"那就再唱一段吧,最后一段。"小王和老李呢,都兴奋得胸口在一起一伏,他们是乐意的,演戏原是有瘾的。队长便对台子另一边的乐队挥挥手,那

> 不断返场,气氛达到高潮。小说的叙述也进入高潮部分。

边原都朝这边看着,乐声便又热烈起来。这一次小王和老李返场,身上和头上都披了点儿雪,这一次他们更卖力,走圆场时变了花样,而且脸上都笑着,扇子舞得花团锦簇,倒退的步子又急又碎又好看。老李的笑是好看的,她的扮相不能说好看,但她的笑却是极好看,这样的笑和台下极有人缘儿,小王的英俊又好像有一种说不出的光彩,这简直叫台下的人们眼花缭乱了,人们无端端地觉得他们就是两口子,感情很好的两口子。

有人跳到台子上来了,一个上来,另一个也上来,他们的身上都是雪,一头一身的雪。他们跳到台子上做什么呢?只为了仔细看看小王和老李,小王和老李挤着才退了场到了后台,人们又跟到后台去。

演出是结束了,雪下得好像也更大了,不知有谁猛地尖了嗓子学了一声二人台,人们笑了起来。

<u>时间已经是半夜十一点多了,演员们都到那间屋子里去卸妆,把凡士林涂在脸上,个个就都马上是花脸了</u>,然后又用人造海绵擦,也是一人一块,都用这人造海绵把脸上的油彩擦来擦去,脸就都红红黑黑地花成个不像样,再擦,就又把原来的脸渐渐给擦出来了。小王不愿让挤在外边的乡下人看他卸装,便背过了身子,一只手举着小圆镜,一只手用海绵在脸上擦,擦了脸,又转回身去找盆子。盆子呢,里边已经给倒上了水,都

> 演出完,卸妆,小说已到尾声,但作者仍是细细写,笔力不衰。

演出 / 383

已经被别人洗过了。小王就又去倒一回水,把肥皂往脸上打,细细地打,再洗,水便又红了。他在那里洗,旁边的村里人在那里盯上他看,都想看看这个唱二人台的后生卸了妆后是个什么样子。演员们在这里卸妆,乐队的却在外边已经把车又装好了,乐器和道具都放到车上去,鼓呢,还有镲呢,就好像是队长自己的,还是队长提了放在车上。队长上了车,对车上的人说一回:"完了赶快吃,不早了,赶回去也要两三点了。"口音是浓重的河北唐山味儿。队长在车上说了一遍,又到演员那边去说:"完了赶快吃,不早了,赶回去也要两三点了。"演员们已经都卸完了妆,屋子地上到处是红红黑黑的棉花球,盆子上也都是油彩,盆子是地上一个、炕上一个、桌上一个地放着。<u>那只调底彩的碗,在灯下红红地放着,就好像碗里放了一个烂柿子。</u>

演员们都到伙房去吃饭,乐队的也过去了,那些看演员们卸装的人这才散了。台子下边的两堆火还红着,雪好像更大了,台下没了人,灯还亮着,就只看到那无边的雪和场子里坐过的砖头石块什么的。村里的队长,那个大个子,三角脸,三角眼,头上的皮帽子还张着,像是鸟翅子,他踩着桌子去想把灯泡下了,想了想,还是没下,却又去弄那两堆火,把雪往火上堆,水气和雪花便搅起很高的一片。他很快把火堆用雪捂严了,

旁注:形象。作家的比喻随时产生。这就是艺术感觉。

被雪捂住的火堆不肯一下就范,"嗞嗞嗞嗞"地尖叫着,冒着腾腾的气,一会儿就又黑下来,又暗暗地红起来,"忽"地闪出火来。

人们很快吃完了饭,然后就都上了车。队长是最后一个上的车,他和村子里的队长说了几句话,说过年的时候也许还会来:"到时候演两场也可以。"

队长上了车,车便开了。

<u>车开出了村子,村子是在山的夹缝里,要上路就得先上坡,坡上的雪多么滑,</u>队长就对车里的人们说:"都先下一下车,车上了坡再说。"人们就都下车,下了车才知道雪有多么厚,车"哼哼哼哼"往坡上爬,人们已经等不及了,赶到车的前边自己上了坡。那车一空,便显出了力气,终于爬上了坡,人们就又上了车。车是朝北开,顶着风和雪。人们这时都困了,时间也是人们要睡觉的时候了。队长呢,坐在前边,就坐在司机的旁边,他怕司机也困了,就和司机说话,说些什么呢? 小王在后边听着,却听不清,小王明白自己也要睡着了。有烟从前边飘过来,是队长给司机点烟,人一抽烟就不容易犯困了。其实司机也不敢犯困,山路是很险的,左一个弯,右又一个弯,都是上坡,他心里有多么紧张,谁会知道? 他让车慢慢慢慢上坡,放在鼓上的铜镲"哗啦、哗

车况、路况与来时一样。叙述在一种貌似重复中推进。

啦、哗啦、哗啦"轻轻地响着。司机的紧张在这种时候似乎就只是司机自己的事了,他怕什么呢?他怕的就是车在上前边的那个大坡时会一下子停下来。结果呢,怕什么就偏偏出什么事,车快要上到坡顶上的时候真的就一下子停了下来。"他妈的!他妈的!"司机用力去扳那刹车。

队长在前边跳起来了,因为司机对他说"快让人们下去推车"。队长就跳起来大声对人们说:"都别睡了,快下去推车,车在坡上呢。"人们就都跳起来,一下子都不瞌睡了。人们下了车,才知道路上的雪有多么厚,天上的雪有多么大,有人滑倒了,又有人滑倒了,但又都马上爬起来。人们都到后边去,车停在坡上,坡真是很陡,车马上就要上到坡上了,但在这个节骨眼儿上它却停了下来。人们都到车后边去推车,但车后边站不了几个人,人再多也使不上劲,再说,路上的雪有多滑。小王是站到了车的后边,还有另外几个人,<u>他们使着劲要把车推上去。车动了,但不是朝前走,而是朝后滑,车轮并不动,但车子却朝后慢慢慢慢滑下去。是雪,路上的雪不让车停下来。车退得很慢,但很坚决的样子,好像是,它已经打定了主意。</u>小王和另外几个在后边推车的人坚持不住了,忙都跳开。<u>他们跳开了,车还是慢慢慢慢地往后退。</u>车下的人大声喊了起来,但不知

所有前边的叙述,都是在铺垫这个结尾。

车上的司机和队长听见了没有。车就那么慢慢慢慢朝坡下滑着,车下的人跟着车走,往坡下走,他们觉得车不会出事的,会退着退着停下来,或者是,车屁股退到山坡上就会一下子被山坡挡住了,挡住了就不会再退了。有几个人就不走了,他们想干脆等车停了再走过去。只有小王,忽然跑了几步,滑了一个跟头,又爬起来,一下子跳上了车。人们不知道他跳上车去要做什么,人们当然不会知道他跳上车是想让队长下车,小王觉得车再滑下去也许会出事。

> 前边重点写小王,自然是为了这个结局。

坡上的人们站着,看着车一点一点朝下滑,他们站着不动,好像都很麻木,其实他们谁也没有办法不让那车不往下滑。因为下着雪,这种晚上就和其他晚上不一样了,四野里白白的。他们都看着那车滑着滑着一下子碰到了山坡,车碰到了山坡后,好像是停了一下,那只是短短的一瞬,然后就马上朝一边斜过去。车是慢慢慢慢地斜过去的,就像是人的慢动作,车慢慢斜过去,又好像还会慢慢慢慢再正过来,好像它还没打定了主意翻不翻,但它还是慢慢地翻了,翻了一个个儿,又慢慢慢慢地立了起来,这一下好像是不再动了,但马上又朝一边斜了过去,一下子又翻了过去。这一下,车就翻到沟下边去,翻了一下,又翻了一下,在白茫茫的雪里,很慢很慢,一下,一下,一下地翻到沟里去。沟底

> 文字也如同慢动作,翻车过程写得如同摄影机在拍摄。文字写到此种地步,方为大家。

演出 / 387

呢,是冰,车翻到沟底时就在那冰上滑开了。这一滑就滑出了好远,是沟对面的石头和树丛拦住了车。

站在路上的人们呢,都愣了。<u>好像是眼前的事不像是真的,像是梦,又像是演戏,演给谁看呢? 演给他们看,好像又不是,他们现在依然是演员,他们和车,还有那越下越大的雪,好像是同时在演出。</u>是在演给老天看,演给四周的山看,或者是演给不知谁看。雪下得更大了。

有人跑到了村子里去,很快,有火把从村子那边过来了,狗叫着……

> 天地不仁,以万物为刍狗。